멋진 신세계

멋진 신세계

올더스 헉슬리 지음 | 이덕형 옮김

문예출판사

BRAVE NEW WORLD

Aldous Huxley

유토피아는 지금까지 인간들이
생각했던 것보다는 훨씬 더 실현 가능성이 있다.
그리고 실제로 우리들은
우리들을 불안하게 하는 문제들 앞에 마주 서 있다.
어떻게 유토피아의 궁극적인 실현을 피할 것인가…….
유토피아는 실현 가능하다.
인간의 삶은 유토피아를 향해 달려가고 있다.
그러나 지식인과 교양인은 유토피아를 회피하며,
불완전하지만 자유로운 비유토피아적인 사회로 돌아가기 위해
갖가지 방법을 생각할 것이다.
그러한 새로운 세기가 시작될 것이다.

—니콜라이 베르자예프

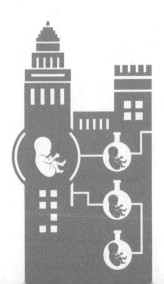

Brave New World

1

겨우 34층밖에 되지 않는 나지막한 회색 빌딩. 중앙현관 위에는 '런던 중앙 인공부화·조건반사 양육소'라는 간판이 붙어 있고 방패 모양의 현판에는 '공유·균등·안정'이라는 세계국가의 표어가 보인다.

1층의 거대한 방은 북쪽을 향해 있었다. 방 안은 열대지방같이 더웠으나 창 밖은 여름이었는데도 불구하고 황량하고 희미한 광선이 싸늘하게 창문을 통해 비집고 들어와 누군가 실험실용 가운을 입은 모습, 다시 말해서 어떤 창백하고 소름이 끼친 학자의 모습이 보이나 해서 허겁지겁 찾았지만 그 근처에서 보이는 것은 실험실용 플라스크와 니켈과 스산하게 빛나는 도자기류뿐이었다. 모든 것이 살벌함을 겨루고 있었다. 거기서 근무하는 자들은 흰 작업복을 입고 있었고 손에는 시체같이 창백한 고무장갑을 끼고 있었다. 조명은 차갑게 죽어 있었다. 유령, 바로 그것이었다. 다만 현미경의 노란 원통에 반사된 빛은 무언가 풍요로운 생동감을 발하고 있었고 작업대의 깊은 안쪽까지 버터와 같이 매끈한 원통을 따라 현란한 원을 그리고 있었다.

"여기가 수정실입니다" 하고 소장이 문을 열며 말했다.

3백 명의 수정계원(受精系員)은 인공부화·조건반사 양육소 소장이 방에 들어올 때 그들의 기구에 몸을 굽히고 숨을 죽인 것 같은 침묵 속에 빠져 있었다. 완전히 정신을 집중한 나머지 자아를 잊고 혼자서 콧노래라든지 휘파람을 불고 있었다. 새로 온 한 단체 견습생들은 매우 어린 홍안의 풋내기들이었는데, 불안한 표정으로, 아니 오히려 비굴해 보이는 자세로 소장의 뒤를 따라 들어왔다. 그들은 각자 손에 노트를 들고 있었고 소장이 말할 때마다 필사적으로 갈겨쓰듯 받아 적고 있었다. 최고권위자에게서 직접 배운다는 것은 소중한 특권이었다. 런던 중앙 인공부화·조건반사 양육소 소장은 신입 견습생들이 오면 몸소 안내하며 각 부서를 보여주는 것이 상례였다.

"다만 여러분들의 전반적인 이해를 돕기 위해서입니다."

소장은 견습생들에게 그렇게 설명하곤 했다. 사실 그들이 자신들의 일을 현명하게 수행하려면 전반적인 이해가 필요하겠지만——만일 사회의 선량하고 행복한 성원이 되려면 전반적 이해는 최소한으로 억제해야 한다. 그것은 누구나 아는 일이지만 전문적 지식은 덕과 행복을 증진시키나 전반적인 지식은 지적 견지에서 볼 때 필요악이기 때문이다. 사회의 근간을 이루는 것은 철학자들이 아니라 무늬를 도려내는 자들이나 우표수집가들이다.

"내일이 되면 여러분은 진지한 일에 착수하지 않으면 안 됩니다. 따라서 여러분에겐 일반이론을 배울 시간이 없습니다. 그러니까 반면에……" 하고 소장은 상냥한 표정에 위협을 가미하며 견습생들에게 말하곤 했다.

그러니까 그때까지는 이러한 견습도 특전이었다. 최고 권위자의 직강을 노트에 받아쓰는 것은 특전이었다. 젊은 이들은 미친 듯이 쓰고 있었다.

키가 훤칠하고 좀 마른 편이지만 자세가 곧은 소장은 방 가운데로 걸어갔다. 그의 턱은 길었고 지껄이지 않는 동안은 두텁고 발그스름한 곡선을 이룬 입술이 그의 뾰족한 치열을 덮었다. 늙은 편일까? 젊은 편일까? 서른? 쉰? 쉰다섯? 판별하기 어려웠다. 하지만 포드* 기원 632년이라는 이 안정의 시대에 그런 것은 문제가 아니었다. 그런 것을 질문할 생각조차 떠오르지 않았다.

"처음부터 시작하겠습니다" 하고 소장이 말했다.

그러자 열의에 찬 학생들은 그들의 노트에 "처음부터

---

* 헨리 포드(1863~1947): 미국의 자동차 왕

시작"하고 소장의 의도를 필기했다.

"이것들이 부화기라는 것입니다."

소장은 손을 흔들며 말했다. 그러고는 차단문을 열고 번호가 붙은 시험관을 올려놓은 선반의 대열을 견습생들에게 보여주었다.

"이것이 이번 주에 할당된 난자들입니다. 이것은 혈액과 같은 온도로 보관되고 있습니다." 그는 설명을 계속했다. "하지만 남성 배우자들은……." 여기에서 그는 다른 문을 열었다. "이것들은 삼십칠 도가 아니라 삼십오 도로 보존됩니다. 체온을 그대로 유지하면 수정이 일어나지 않습니다."

숫양들을 열발생 장치로 감싸면 새끼 양을 낳지 못하는 이치이다.

소장이 부화기에 몸을 기댄 채 현대식 수정법을 간결하게 설명하는 동안 견습생들의 연필은 읽을 수도 없는 필체로 노트 위에 휘갈기고 있었다. 물론 서두에 외과적 조치를 이야기했다.

"이 수술은 사회의 이익을 위해 자발적으로 행해집니다. 육 개월분의 월급에 해당하는 보너스가 지급된다는 사실은 말할 필요도 없습니다."

이것에 이어 절제된 난소를 산 채로 보관하고 성장시키는 기술을 어느 정도 설명했다. 그러고 나서 최적의 온도와 염분과 점도(粘度)에 관하여 설명하고 다시 분리되어 성숙된 난소를 보관하는 액체에 관한 설명이 있었다. 그러고 나서 견습생들을 작업대 쪽으로 인솔하여 여러 가지를 견학시켰다. 이상에서 말한 액체를 시험관으로부터 끌어내는 방법, 그 액체를 현미경의 특별히 데운 슬라이드 위로 한 방울씩 떨어뜨리는 방법, 그 한 방울 한 방울 속에 담긴 난소의 이상 여부를 검출하여 그 수를 파악하고 다시 그것을 다공질 용기에 옮기는 방법, (여기에서 소장은 그들을 이끌고 가서 그 조작과정을 관찰하도록 했다) 다시 이 용기를 정충들이 자유롭게 유영하고 있는 수프 같은 액체에 담근다는 것——1세제곱센티미터 당 최소한 10만 개의 정충이 집결해 있다고 소장은 역설했다.

그리고 10분이 지나면 그 용기를 액체로부터 건져 그 내용물을 다시 검사한다. 어떤 난소가 수정을 일으키지 않았다면 다시 한번 그 액체에 담근다. 필요하면 몇 번이고 반복한다. 수정된 난소는 다시 부화기로 옮겨진다. 알파나 베타 계급은 완전히 봉해지기까지 그곳에 그대로 두지만 감마, 델타, 엡실론 계급은 36시간만 지나면 그곳에서 꺼내어 보카노프스키 법(法)으로 처리된다.

"보카노프스키 법"하고 소장은 반복했다. 그러자 견습생들은 그들의 작은 노트 속에 적힌 그 단어에 밑줄을 그었다.

한 개의 난자로부터 하나의 태아가 나오고 거기서 한 사람의 성인이 생긴다. 이것을 정상이라 한다. 그러나 보카노프스키 법으로 처리된 알은 싹이 나고 증식해서 분열한다. 8에서 96개의 싹을 틔우며 그 한 개 한 개가 성장하여 완전한 형태를 지닌 태아가 되고 각각의 태아는 완전한 크기의 성인이 된다. 전에는 한 인간이 자라던 곳에서 96명이 자라도록 한다. 이거야말로 진보가 아니고 무엇인가!

"본질적으로 보카노프스키 법이란 일련의 성장 억제 조치로 구성된 것입니다. 정상적인 성장을 억제할 때 알들은 그것에 대응하여 발아현상을 일으킨다는 말입니다. 정말 역설적인 현상입니다" 하고 소장은 결론을 내렸다.

(이것에 대응하여 발아현상을 일으킨다.)──견습생들의 연필은 바삐 달렸다.

소장은 지적했다. 매우 서서히 움직이는 컨베이어 위에 놓인 시험관이 가득한 선반이 큼직한 금속 상자 속으로 들어가고 또 하나의 시험관이 담긴 선반은 거기에서 나오고 있었다. 기계는 부드러운 소리로 울고 있었다. 시험관들이 그곳을 통과하는 데는 8분이 걸린다고 그가 설명했다. 강력한 X레이를 8분간 견딘다는 것은 난자가 감당할 수 있는 극한치라는 것이다. 그중에는 사멸하는 난자도 있다.

생존한 것들 중에서 가장 반응이 약한 난자는 2개로 분열하지만 대개는 4개의 싹을 내민다. 어떤 것은 8개의 싹을 내민다. 다시 모든 것은 부화기로 환원된다. 거기서 싹은 자라기 시작한다. 그러다가 이틀 후에는 급격히 냉각시킨다. 냉각시켜 발육을 억제시키는 것이다. 그 각각의 싹은 2, 4, 8개로 발아된다. 발아가 끝나면 사멸할 정도까지 알코올에 담근다. 거기서 다시 싹을 내미는데, 그 발아 과정이 끝나면 이 세 번째 싹은 더 이상 발육을 억제하면 치명적이기 때문에 그냥 평화롭게 발육하도록 방치된다. 이 시점에 이르면 최초의 난자는 8에서 96개의 태아가 될 가능성이 있는 것이다. 이것이야말로 자연에 가해진 놀라운 개선이라는 점에서 이론이 있을 수 없을 것이다. 난자가 때로 우연한 분열을 일으키던 모태시대에서 보았던 보잘것없는 쌍둥이나 세 쌍둥이가 아니라 훌륭하고 똑같은 쌍둥이가 나오는 것이다. 그것도 한 번에 몇 다스씩, 아니 몇십 쌍씩 나오는 것이다.

"몇십 쌍!"

소장은 그 어휘를 반복하고 마치 기분 좋게 선심을 쓰듯 그의 팔을 앞으로 뻗었다.

"몇십 쌍씩 나오는 것입니다."

그러나 한 견습생이 "그렇게 되면 무슨 이익이 있습니까?" 하고 바보 같은 질문을 던졌다.

"이건 놀랄 일이로군!"

소장은 그 학생 쪽으로 몸을 급히 돌렸다

"자넨 그것을 모르겠나? 그걸 정말 모르겠나?"

그는 한 손을 올렸다. 그의 표정은 엄숙했다.

"보카노프스키 법은 사회안정의 중요한 수단의 하나야!"

사회안정의 중요한 수단의 하나.

표준형 남녀, 균등한 집단. 보카노프스키 과정을 거친 한 개의 난자로부터 태어난 인간으로 충원된 작은 공장.

"아흔여섯 명의 일란성 쌍생아들이 아흔여섯 개의 동일한 기계를 조작하는 거다!"

그 목소리는 열의에 차서 거의 떨리고 있었다.

"여러분들은 지금 여러분들이 어디에 있는지 알고 있지 않습니까? 인류 역사상 최초로" 하고 소장은 세계국가의 표어를 인용했다.

"공유, 균등, 안정이 실현된 것입니다."

거창한 말이다.

"우리가 무한히 보카노프스키 과정을 지속시킬 수 있다면 모든 문제는 해결될 것입니다."

표준형의 감마 계급, 한결같은 델타 계급, 균등한 엡실론 계급의 경우는 이미 해결되었다. 수백만의 일란성 쌍생아를 생산할 수 있다. 대량생산의 원칙이 마침내 생물학에 응용된 것이다.

"그러나 슬프게도 우리는 무한히 이 보카노프스키 과정

을 확대할 수가 없습니다." 소장은 머리를 흔들었다.

96이 한계이며 72가 후하게 잡은 평균인 것 같았다. 동일한 난소에 동일한 남성 배우자를 결합시켜 될수록 많은 일란성 쌍생아의 무리를 만들어낸다는 것——이것이 그들로서 가능한 최선의 선택이긴 했으나 슬프게도 차선의 성과였다. 그런데 이것조차도 곤란했다.

"그것도 그럴 것이 자연 속에서는 이백 개의 알이 성숙되는 데 삼십 년이 걸립니다. 그러나 우리의 임무는 현재의 인구를 안정되게 유지하는 일입니다. 따라서 사반 세기에 걸쳐 쌍생아들을 찔끔찔끔 만들어 내고 있으니 그게 무슨 소용이 있겠습니까?" 정말 아무 소용이 없는 일이었다. 그러나 포즈내프 씨의 기술이 이 난자의 성숙과정을 놀랍도록 촉진시켰던 것이다. 그들은 2년 이내에 적어도 1백 50개의 성숙한 난자를 확보할 수 있게 된 것이다. 그것을 수정시켜 보카노프스키 법으로 처리하면, 다시 말해서 72배로 증식시키면 평균 1만 1천 명가량의 형제자매가 1백 50쌍의 일란성 쌍생아 집단으로부터 태어난다. 그것도 같은 시대에 속한 2년이란 기간 이내에 가능하다.

"그러나 특별한 경우에는 한 개의 난소가 일만 오천 이상의 성인을 낳을 수도 있습니다."

소장은 그때 금발의 혈색이 좋은 청년이 곁을 지나가자 그를 불렀다.

"포스터 군, 한 개의 난자가 세운 최고 기록을 말해 줄 수 있겠나?" 소장은 그 청년이 가까이 오자 물었다.

"이곳에서는 일만 육천십이입니다" 하고 포스터 군은 거침없이 대답했다. 그는 말이 빠르고 생기 있는 푸른 눈을 가지고 있었으며 숫자를 인용하는 것이 자못 즐거운 모양이었다.

"일만 육천십이입니다. 그것이 일백팔십구 조의 쌍생아에서 얻어진 것입니다. 하지만 이보다 더 좋은 성적을 낸 곳도 있는 것은 사실입니다." 그는 계속 지껄였다. "열대 지방의 인공부화소에서 그렇다는 말입니다. 싱가포르에서는 일만 육천오백 이상을 생산하는 경우가 허다합니다. 그리고 몸바사*에서는 실로 일만 칠천이라는 목표를 달성했습니다. 하지만 그들은 불공평할 정도로 좋은 조건을 갖추고 있는 까닭입니다. 사실 흑인의 난소는 뇌하수체의 분비에 대해 맹렬한 반응을 보이거든요. 유럽인들을 다루던 우리가 볼 때 흑인의 난소는 경탄할 만한 성능을 가졌기 때문입니다. 하지만……" 하고 그는 웃었다.

그러나 그의 눈에는 의욕의 빛이 감돌았고 그가 턱을 드는 모습은 자못 도전적이었다.

"하지만 우리는 될수록 그들을 능가할 계획입니다. 제

---

* 아프리카 동해안

가 현재 놀라운 델타 마이너스 난소를 연구하고 있습니다. 겨우 십팔 개월밖에 되지 않았습니다. 그런데 벌써 일만 이천칠백 이상의 아기가 생산되었거나 태아의 상태에 있습니다. 그런데 그 난소는 아직 약화되지 않고 있습니다. 곧 그들을 능가할 겁니다."

"나는 그런 정신을 좋아하네!"

소장은 외치며 포스터 군의 어깨를 두드렸다.

"자, 나를 따라와서 이 학생들에게 자네의 전문지식을 베풀어 주게."

포스터 군은 겸손한 미소를 지으며 "영광입니다" 하고 대답했다. 그리하여 모두 그를 따라갔다.

저장실은 온통 소란하면서도 조화와 질서가 느껴지는 활력이 넘쳤다. 싱싱한 돼지의 복막을 적당한 크기로 잘라서 지하 2층 장기 저장소로부터 작은 엘리베이터에 실어 쏜살같이 올려오고 있었다. 히유! 하고 다시 딸깍하는 소리가 나더니 엘리베이터의 문이 열렸다. 병에 담는 담당계원은 단지 한 손을 뻗어 그 조각을 집어 병에 넣고 부드럽게 펴기만 하면 되는 것이었다. 채워진 병이 끝없이 이어지는 컨베이어 위에 실려 손이 닿지 않는 위치로 이동하기도 전에 히유! 딸깍! 하고 다음 차례의 복막 조각이 깊은 곳으로부터 올라와 다른 병으로 들어가서, 컨베이어 위에 실려 천천히 이동해가는 병의 대열 후미에 자리 잡을 만반의 준비를 갖추게 되는 것이었다.

그 담당계원들 다음에는 난자 삽입 담당이 서 있었다.
병의 대열이 전진했다. 난소는 하나하나씩 시험관으로부
터 나와 보다 큰 용기로 옮겨졌다. 병 속에 담긴 복막 조각
은 재빨리 갈라지고 그 갈라진 홈에다 상실기태아가 삽입
되고 염기성용액이 주입되었다……. 그런가 했더니 병은
벌써 그곳을 통과하고 이번에는 꼬리표를 붙이는 담당의
손에 넘어갔다. 유전, 수정 일시, 보카노프스키 집단의 일
련번호――상세한 기록이 시험관으로부터 병으로 옮겨갔
다. 이제 무명이 아니라 명명되고 신원이 밝혀진 가운데
병의 행렬은 전진했다. 벽에 뚫린 구멍을 통해서 서서히
'계급예정실'로 들어갔다.

"팔십팔 세제곱미터에 달하는 색인 카드입니다" 하고
그들이 방에 들어갔을 때 포스터 군이 말했다.

"관련된 모든 정보가 담겨 있습니다" 하고 소장이 부연
했다.

"매일 아침 최신 자료를 첨가합니다."

"그리고 매일 오후에는 정비할 것을 정비합니다."

"그것을 기초로 계산이 이루어집니다."

"이러저러한 성질의 인간이 몇 명이라는 계산입니다."

"이러저러한 양으로 분포되고……."

"일정한 시간에 가장 알맞은 출산율은……."

"예측하지 못한 소모는 즉시 보완됩니다."

"즉시 보완됩니다." 포스터 군이 반복했다. "최근에 일어난 일본의 지진 이후 내가 얼마나 초과근무를 해야 했는지 여러분이 아시면 좋겠습니다" 하고 포스터 군은 명랑하게 웃으며 머리를 내저었다.

"계급예정계가 그 숫자를 수정계에 전달합니다."

"수정계는 계급예정계가 요구하는 태아를 보내주는 것입니다."

"사회계급을 상세히 분류 혹은 배치하기 위해 병이 이리로 오는 것입니다."

"그것이 끝나면 태아실로 보내집니다."

"자, 그러면 태아저장실로 가봅시다."

그리하여 포스터 군은 문을 하나 열고 계단을 내려가 지하실로 안내했다.

온도는 아직 열대와 같았다. 그들은 짙어가는 황혼빛 속으로 내려갔다. 두 개의 문에다 구불구불한 복도 때문에 그곳은 햇빛이 침입할 염려는 없었다.

"태아는 마치 사진 필름과 같은 것입니다." 포스터 군은 두 번째의 문을 열며 으스대듯 말했다. "그들은 빨간색 조명만을 견뎌낼 수 있으니까요."

실로 견습생들이 그를 따라 들어간 곳의 후덥지근한 어둠은 여름날 오후에 눈을 감았을 때처럼 사물이 보이는 심홍색의 어둠이었다. 수없이 층층으로 겹쳐 쌓이고 열을 지어 늘어선 배가 불룩한 병들은 무수한 루비를 흩어 놓은 것처럼 빛났고 그 루비들 가운데에 충혈된 눈으로, 온갖 결핵성 부스럼 증상을 나타내고 있는 남녀가 불그레한 유령처럼 움직이고 있었다. 기계에서 나는 윙윙거리는 소리와 덜그럭거리는 소리가 공기를 흔들고 있었다.

"포스터 군, 이들에게 숫자를 좀 알려 주게."

이제 이야기에 지친 소장이 말했다.

포스터 군은 그들에게 숫자를 알려 줄 수 있어서 마냥 즐거웠다. 길이가 2백 20미터에 너비가 2백 미터, 높이가 10미터라 했다. 그는 천장을 가리켰다. 물을 마시는 병아리들처럼 견습생들은 까마득한 천장을 향해 눈을 들었다.

시렁은 3단이었는데 1층, 2층, 3층으로 되어 있었다.

거미줄 같은 철근이 층층으로 연결되며 사방으로 퍼져 가서 결국은 어둠 속으로 자취를 감추고 있었다. 그들 근처에서 붉은 유령 같은 세 명의 인간들이 에스컬레이터로부터 채롱에 든 병들을 부산하게 내리고 있었다.

계급예정실로부터 이곳으로 운행되는 에스컬레이터.

각각의 병은 15개의 선반 중 하나 위에 놓여질 수 있었다. 그런데 각 선반은 눈에는 보이지 않지만 한 시간에 33센티미터 3분의 1의 속도로 움직이는 컨베이어 시스템이었다. 하루 8미터의 속도로 2백 67일 동안 그러니까 모두

2천 1백 36미터가 된다. 1층의 방을 일주하고 2층을 일주하고 3층은 반바퀴만 돌아서 2백 67일째 아침, 출산실에서 햇빛을 본다. 독립적인 존재가 되는 거다──이를테면 그렇다는 말이다.

"그러나 이 동안에"하고 포스터 군은 설명을 마쳤다. "우리는 태아에게 여러 가지를 합니다. 정말 많은 것을 하는 것입니다."

그의 웃음은 무엇에 통달하고 있다는 웃음이며 의기양양한 웃음이었다.

"내가 좋아하는 것이 바로 그러한 정신이야"하고 소장이 다시 말했다. "자, 걸어서 돌아봅시다. 포스터 군 자네가 견습생들에게 모든 것을 일러주게." 포스터 군은 그들에게 적절히 설명했다.

복막이라는 침대 위에서 성장하는 태아에 대해서 이야기했다. 태아에게 공급되는 양분이 풍부한 혈액대용액을 맛보라고 했다. 왜 태아를 태반분비물과 갑상선 호르몬으로 자극할 필요가 있는가를 설명했다.

또한 난소황체의 추출물에 대해 이야기했다. 또한 그 추출물이 자동적으로 주사되는 분출구를 보여주었다. 원점으로부터 2천 40미터에 이르는 동안 12미터마다 설치된 분출구였다. 마지막 96미터에 걸친 과정에서 주어지는 점차 증가되는 뇌하수체 분비물에 대해 설명했다. 1백 12미터에 걸친 과정에서 각 병에 장치되는 인공적인 모체혈액의 순환에 대해 설명했다. 혈액대용액의 저장장치라든가 그 액체를 태반 위로 넘치게 해서 인공폐를 통과하고 노폐물 여과장치를 통과하도록 하는 원심력 펌프를 보여주었다. 또한 태아는 골치 아프게도 빈혈에 걸리는 경우가 많기 때문에 그 예방이 대단히 어렵다는 사실과 그러한 경우에 있어 태아에게 돼지의 위에서 뽑아 낸 엄청난 양의 추출물과 말의 태아의 간장을 공급하지 않으면 안 된다는 사실을 설명했다.

또한 8미터에서 마지막 2미터 사이에 설치한 간단한 기계장치로 태아가 운동에 숙련되도록 태아를 흔들어 주는 과정을 설명했다. 이른바 '병 속의 충격'이라고 부르는 것의 중요성을 설명하고 병에 든 태아를 적당히 단련시켜 그 위험한 충격을 최소한으로 줄이기 위해 취해야 할 여러 가지 주의사항을 설명했다. 또한 2백미터 근처에서 행해지는 성별검사에 대해 설명했다. 표지의 종류——남성에게는 T, 여성에게는 O, 그리고 불임녀로 결정된 것에는 백지에 검은 '?'를 기록한다고 설명했다.

"물론" 하고 포스터 군이 말했다.

"대부분의 경우 임신 능력이라는 것은 거추장스러운 것에 불과합니다. 일천이백 개 중에서 한 개의 난소가 임신 능력이 있으면 그것으로 충분합니다. 그러나 우리는 충분한 선택을 원하고 있습니다. 게다가 말할 필요도 없는 일로서 만일의 경우에 대비해서 안전을 기할 필요가 있는 것입니다. 그래서 우리는 여성 태아의 삼십퍼센트는 정상으로 발육시킵니다. 나머지에게는 남은 코스의 이십사 미터마다 남성 호르몬을 투입합니다. 그 결과 그들은 불임녀로 양육됩니다. 체격은 전혀 이상이 없으며 다만……" 하고 그는 인정하지 않을 수 없었다.

"다만 콧수염이 약간 나는 경향이 있을 뿐이며 그냥 임신만 하지 않는 여성입니다. 불임성을 보증받은 것입니다. 이 사실은……" 하고 포스터 군은 말을 이었다.

"자연을 노예적으로 모방하던 영역에서 인간적 발명성이라는 보다 흥미로운 세계로 발을 들여놓았다는 이야기가 되겠습니다." 포스터 군은 만족스런 표정으로 양손을 비볐다. 그러나 그들은 단순히 태아를 부화시키는 것에 만족하지 않았다. 그야 암소도 할 수 있는 일이기 때문이다.

"우리는 또한 계급을 미리 정하고 조건반사적 습성을 훈련시킵니다. 우리는 사회화된 아기를 내놓습니다. 알파 계급 또는 엡실론 계급을 내놓아 장차 하수구 청소부로서 아니면 미래의……" 그는 미래의 "세계총통"이라고 말할 예정이었지만 정정해서 미래의 "인공부화소장"이라고 말을 맺었다.

소장은 그 찬사를 미소로서 받아들였다.

그들은 제11호 선반의 3백 20미터 지점을 통과하고 있었다. 젊은 베타 마이너스의 기계공이 나사를 조이는 드라이버와 스패너를 가지고 그곳을 통과하는 병에 연결된 대용혈액 펌프를 분주하게 틀고 있었다. 전기 모터에서 나는 윙윙거리는 소리는 그가 나사를 돌리자 한층 고조되었다. 계속 돌리다가 마지막으로 다시 한번 돌리고 나서 그는 회전계를 힐끗 바라보더니 그제서야 손을 멈추었다. 그는 두 발자국 물러서서 이번에는 다음 병에 대하여 동일한 동작을 반복하기 시작했다.

"일분 동안 도는 회전수를 줄이고 있는 중입니다" 하고 포스터 군이 설명했다.

"대용혈액의 순환속도가 느려집니다. 따라서 폐를 통과하는 시간이 오래 걸리게 되는 것입니다. 그러니까 태아에게 주는 산소의 양이 감소되는 것입니다. 태아를 표준이하로 만들자면 산소 결핍이 무엇보다 중요합니다." 그는 다시 만족스러운 표정으로 손을 비볐다.

"하지만 왜 태아를 표준 이하로 만들 필요가 있나요?" 하고 어떤 순박한 견습생이 물었다.

"바보 같은 소리!" 하고 소장이 긴 침묵을 깨고 말했다.

"엡실론 계급의 태아는 엡실론적 유전뿐 아니라 엡실론적 환경을 부여받아야 한다는 것쯤 자네는 생각하지 못하나?" 그것은 확실히 그의 머리로서는 생각할 수 없었다.

학생은 혼란에 빠졌다.

"계급이 낮으면 낮을수록 산소를 조금 공급하는 것입니다" 하고 포스터 군이 말했다. 그렇게 되면 제일 먼저 침범당하는 기관은 두뇌였다. 다음에는 골격이다. 통상 산소공급량의 70퍼센트만 공급하면 난쟁이가 된다. 70퍼센트 이하로 하면 눈이 없는 괴물이 된다.

"그런 괴물은 소용이 없습니다." 포스터 군이 말을 맺었다.

그러나 (여기서 포스터 군의 음성은 자신과 열의를 띠었다) 혹시 성숙기간을 단축시키는 기술이 발견되면 이건 얼마나 빛나는 성공이며, 사회에 대한 얼마나 큰 공헌일까!

"말의 경우를 생각해 보십시오."

그들은 말에 대해 생각했다. 6세에 성숙한다. 코끼리는 10세에. 그러나 인간은 13세가 되어도 성적으로 성숙하지 않을 뿐더러 20세가 되어서야 완전해진다. 물론 이러한 완만한 발육을 하는 까닭에 인간의 지성은 훌륭하게 발달되었던 것이다.

"그러나 엡실론 계급에게는 인간적인 지성이 필요치 않습니다." 포스터 군이 매우 정의롭게 말했다.

필요가 없으니까 그것을 획득하지도 않는다. 그러나 엡실론 계급의 지능은 10세에 성숙되지만 그 육체는 18세까지 활동에 적합하지 않다. 그동안의 기간이란 것은 쓸데없는 낭비에 지나지 않는다. 만일 육체적 성장이, 이를 테면 암소의 성장처럼 속성화될 수 있다면 사회에 얼마나 막대한 절약이 될 것인가!

"막대하고말고!"

견습생들이 중얼거렸다. 포스터 군의 열의가 전염된 것이다.

그의 이야기는 다소 전문적으로 흐르기 시작했다. 인간의 발육을 지연시키는 여러 가지 내분비선의 비정상적인 협력관계를 설명했다. 그것을 설명하기 위해 태아기에 있어서의 어떤 변이현상을 가정했다. 그 태아기의 변이현상이 가져오는 영향을 말소시킬 수 있는 것일까? 엡실론 계급의 태아는 어떤 적절한 기교를 이용하면 개나 암소와 같은 정상상태로 돌아가게 할 수 있는 것이 아닐까? 이것이 문제다. 그러나 그 문제도 거의 해결된 상태라는 것이었다.

몸바사에서는 필킹튼이 4세에 성적으로 성숙하고 6세 반 만에 완전히 성숙되는 인간을 만들었다. 그야말로 과학적 승리였다. 그러나 사회적으로는 무익하다. 6세의 성인 남녀는 엡실론적 노동을 하기에도 너무나 저능했다. 또한 이 제작과정은 전부가 아니면 무(無)라는 속성을 지닌 것이었다. 전혀 변화시킬 수 없든가 아니면 모든 것을 변화시키든가 하는 극단이었다. 그리하여 20세의 성인과

6세의 성인 사이에 이상적인 타협점을 찾는 작업이 한창 진행 중이라는 것이었다. 아직은 성공하지 못했다는 것이다. 포스터 군은 신음하듯 호흡을 토하며 고개를 저었다.

그들은 이렇게 해서 심홍색 땅거미 속을 방황하여 이윽고 시렁 제9호의 1백 70미터 근방에 이르렀다. 거기서부터 시렁 제9호는 온통 밀폐된 상태였다. 그래서 병들은 남은 여정 동안 이를테면 터널 같은 곳을 통과하게 된다. 그런데 그 터널에는 2, 3미터의 폭을 가진 창이 여기저기 뚫려 있었다.

"열조건반사 습성단련이라는 겁니다." 포스터 군이 말했다.

더운 터널과 추운 터널이 교대로 설치되어 있었다. 강한 X레이의 형태로 차가운 온도가 불쾌감을 자아내고 있었다. 그래서 병으로부터 출산할 무렵에 가서는 태아가 추위에 대한 공포심을 갖게 된다. 이 태아들은 열대지방에 이주하여 광부나 인조견 직조공이나 철강공이 될 예정이었다. 태아는 육체의 판단을 저절로 받아들일 수 있도록 정신적 훈련이 되어 있었다.

"우리는 그들이 더위 속에서 원기왕성하게 일할 수 있도록 조건을 부여하는 것입니다" 하고 포스터 군은 말을 맺었다. "위층에 있는 우리의 동료들이 그들에게 더위를 사랑하도록 가르치는 것입니다." "바로 그것이……" 하고 소장이 격언을 말하듯 입을 열었다. "바로 그것이 행복과 미덕의 비결이야——자신이 해야 하는 일을 좋아한다는 것. 모든 조건반사적 단련이 목표하는 것은 바로 그것이야. 자신들의 피할 수 없는 사회적 숙명을 좋아하도록 만드는 일이 무엇보다 중요해." 두 개의 터널 사이에 있는 간격 속에서 한 간호원이 길쭉한 주사기로 지나가는 병 속의 젤라틴 상의 내용물에 주사를 놓고 있었다. 견습생들과 인솔자는 잠시 아무 말없이 그녀를 지켜보며 서 있었다.

"레니나." 포스터 군은 그녀가 주사기를 치켜들고 고개를 들었을 때 그녀를 불렀다.

그녀는 깜짝 놀라며 뒤돌아보았다. 마치 낭창에 걸린 것처럼 눈은 자주색이었지만 그녀는 드물게 보는 미인임을 잘 알 수 있었다.

"어머, 헨리!"

그녀의 미소가 그를 향해 빨간 섬광을 던졌다. 산호 같은 치열이 드러났다.

"정말 매력적이야!" 하고 소장이 중얼거리며 그녀의 어깨를 두세 번 가볍게 두드렸다. 그러자 그 대가로 그녀는 소장에게 경애하는 미소를 던졌다.

"지금 무엇을 주고 있는 거지?"

포스터 군은 직업적인 어조로 돌아가서 물었다.

"항상 하는 티푸스와 수면병이에요."

"열대지방의 노무자에게는 일백오십 미터부터 예방병균을 접종하기 시작합니다." 포스터 군은 견습생들에게 설명했다.

"태아들은 아직 아가미가 있는 상태입니다. 우리는 이 물고기에게 장차 인간이 되어 걸리게 될 질병에 대한 면역성을 길러 주는 것입니다." 이렇게 말하고 다시 레니나에게 몸을 돌렸다.

"오늘 오후, 전처럼 다섯시 십분 전에 옥상에서야" 하고 말했다.

"매력적이야." 소장은 다시 한번 그렇게 말하고 마지막으로 한 번 더 어깨를 두드려주고 다른 일행의 뒤를 따랐다.

시렁 제10호에서는 다음 세대의 화학공장에서 일할 노무자들이 줄지어 있었고, 납, 가성소다, 타르, 염소 등을 이겨낼 수 있게끔 단련되고 있었다. 로켓 조종사가 될 2백 50개의 태아 중 선두주자가 지금 막 시렁 제3호의 1천 1백 미터 지점을 통과하는 중이었다. 특별장치에 의해 이들 태아를 넣은 용기는 끊임없는 회전을 계속하고 있었다.

"그들의 평형감각을 발달시키기 위한 것입니다." 포스터 군이 설명했다. "공중에서 로켓 밖으로 나와 수선작업을 벌이는 것은 여간 어려운 일이 아닐 것입니다. 그들이 똑바로 서 있을 때에는 혈액의 순환을 늦춰 줍니다. 그러면 그들은 반(牛)아사상태에 빠집니다. 그러다가 그들을 거꾸로 매달린 상태로 만들어 혈액공급을 배로 늘려 줍니다. 그렇게 되면 태아는 거꾸로 선 자세에서 행복을 느끼게 되는 거죠. 실제로 그들은 머리를 땅에 대고 물구나무를 섰을 때만 진정한 행복을 느끼게 되는 것입니다." 포스터 군은 말을 계속했다. "이번에는 알파 플러스 계급의 지식인들에 대한 특별히 재미있는 조건반사 단련을 보여드리겠습니다. 시렁 제5호에는 그러한 태아의 큰 집단이 있습니다. 저, 이층이 되겠습니다."

포스터는 1층으로 내려가기 시작하는 두 학생을 다시 불렀다.

"구백 미터 부근입니다." 그는 설명했다. "태아의 꼬리가 빠지기 전까지는 능률적인 지적단련은 불가능합니다. 자, 나를 따라 오십시오." 그러나 소장은 시계를 들여다보았다.

"세 시 십 분 전이야." 그가 말을 시작했다. "지식계급의 태아를 볼 시간이 없겠는데……. 우린 아기들이 오후 낮잠을 끝마치기 전에 육아실로 올라가지 않으면 안 되니까." 포스터 군은 실망했다.

"그러면 '출산실'이나 잠깐 보여주고 싶습니다" 하고 그가 간청했다.

"그렇게 하게." 소장은 관대하게 미소 지었다.

"그냥 잠깐만 보는 거야."

2

포스터 군은 출산실에 남겨졌다. 소장과 견습생들은 가까이에 있던 엘리베이터를 타고 5층으로 올라갔다.

'유아보육실·신파블로프식 조건반사 양육실'이라는 현판이 붙어 있었다.

소장이 문을 하나 열었다. 그들은 아무 장식도 없는 큰 방으로 들어섰다. 그 방은 밝고 양지바른 곳이었다. 남쪽 벽이 한 장의 통유리이기 때문이었다. 하얀 인조 아마로 된 제복을 입고 머리엔 소독용 하얀 모자를 눌러 쓴 여섯 명의 보모들이 마루 위에다 장미꽃 화분을 가로로 일렬이 되게 배치하고 있었다. 장미꽃이 빽빽하게 들어선 큰 화분이었다. 흐드러지게 피어 비단처럼 매끈한 수천의 꽃잎은 수많은 아기천사의 뺨을 연상시켰다. 그러나 밝은 광선 속에는 단지 핑크색 백인종의 아기천사뿐 아니라 광택을 발하는 중국이나 멕시코계 아기천사, 천상의 나팔

을 너무나 열심히 분 나머지 졸도할 지경이 된 아기천사
라든가 주검처럼 창백하고 대리석처럼 하얀 아기천사도
있었다.

소장이 들어서자 보모들은 차려 자세로 굳어졌다.

"책을 내놓으시오." 소장은 무뚝뚝하게 말했다.

보모들은 묵묵히 지시에 따랐다. 장미화분 사이에 책이
알맞게 진열되었다. 4절판의 그림책들이었는데, 짐승이나
물고기나 새의 그림이 밝은 색도로 인쇄되어 읽고 싶은
호기심을 자극하며 펼쳐졌다.

"이제 아기들을 데려와요."

보모들은 급히 방으로부터 나가더니 2, 3분 후에 제각
기 키가 큰 식기운반차 같은 것을 밀고 들어왔는데, 거기
엔 철사로 만든 4개의 선반이 있었고 그 속에는 생후 8개
월 되는 아기들이 실려 있었다. 아기들은 모두 똑같이 생
겼다. (분명 동일한 보카노프스키 집단이었다.) 또한 그들은 모두 카
키색 복장을 하고 있었다. (이들은 델타 계급에 속했기 때문이다.)

"아기들을 마루 위에 내려놓으시오."

유아들을 내려놓았다.

"꽃과 책을 보도록 아기들을 돌려 놓으시오."

그쪽을 향하자 아기들은 갑자기 조용해졌다. 그러고는
곧 아름다운 색채를 발하는 꽃 무더기와 하얀 페이지에서
밝고 현란한 빛을 발하는 그림책 쪽으로 기어가기 시작했

다. 아기들이 그곳에 접근하고 있을 때 잠시 가려졌던 태양이 구름 뒤에서 나왔다. 장미꽃들은 갑자기 정열이 내부로부터 용솟음치듯 불타올랐다. 무언가 새롭고 깊은 의미가 책의 빛나는 페이지로 전달되어 확산되는 것 같았다. 기어가는 아기의 대열로부터 흥분된 탄성과 기쁨에 찬 옹알거림과 지저귐이 울려왔다.

소장은 양손을 만족스럽다는 듯이 비볐다.

"정말 훌륭해! 어떻게 일부러 조작한 것 같군!" 하고 그는 말했다.

아기들은 재빠르게 기어 이미 그들의 목적지에 와 닿았다. 아기들은 작은 손을 불안정하게 뻗어 장미꽃을 건드리다가 꽉 움켜잡아 이즈러뜨리고 삽화가 든 페이지를 마구 구겼다. 소장은 모든 아기들이 정신없이 행복해하는 상태가 되기까지 기다렸다. 그러자 "잘 관찰하십시오" 하고 말하더니 손을 들어 신호를 보냈다.

방 한쪽 구석에 설치된 스위치 판 곁에 서 있던 보모장이 작은 레버를 눌렀다.

갑자기 요란한 폭음이 울렸다. 사이렌이 금속성을 증가하며 계속 울렸다. 경보용 벨소리가 미친 듯이 울렸다.

아기들은 놀라서 비명을 질렀다. 얼굴은 공포로 일그러지고 있었다.

"자, 이제." (소음이 귀를 찢고 있었기 때문에) 소장은 고함쳤다.

"이제 약한 전류로 쇼크를 주어 교육을 주입하겠습니다."

소장은 다시 손을 흔들었다. 그러자 보모장은 두 번째 레버를 눌렀다. 아기들의 비명은 돌연 그 성격이 다른 비명으로 바뀌었다. 그들이 발하는 날카롭고 간헐적인 울부짖음 속에는 절망적이고 광적인 색조가 깃들어 있었다. 그들의 작은 몸통은 비틀리고 굳어졌다. 그들의 팔다리는 보이지 않는 전선으로 이끌리며 경련하듯 진동했다.

"우리는 마루 전체에다 전류를 방류할 수 있습니다." 소장은 고함치듯 설명했다. "하지만 이만하면 충분합니다."

그는 다시 보모장에게 신호했다.

폭발음이 멈추고 경보용 벨소리가 잠잠해졌다. 사이렌의 금속성은 차츰차츰 약화되더니 완전한 침묵을 지켰다. 굳어 있던 아기들의 몸은 풀어졌다. 동시에 미치광이 같던 아기들의 울음소리는 다시 정상적인 공포에 찬 신음으로 돌아갔다.

"아기들에게 다시 꽃과 책을 보여주시오."

보모들이 지시에 따랐다. 그러나 장미꽃과 새끼고양이와 수탉과 멤멤 우는 흑염소의 그림을 보자 아기들은 공포에 질려 움츠렸다. 그들의 울음소리가 갑자기 더 커지는 것이었다.

"잘 보십시오. 잘 보아두십시오" 하고 소장은 의기양양하게 말했다.

책과 요란한 소리, 꽃과 전류 쇼크——이미 유아의 의식 속에는 이 조합이 멋지게 연결되어 있었다. 그리하여 이와 동일하거나 유사한 훈련을 2백 번 반복하면 양자의 결합은 도저히 분리할 수 없이 견고한 개념이 될 것이다. 인간이 결합시킨 것은 아무리 자연이라 할지라도 분리시킬 수 없다.

"아기들은 심리학자들이 말하는 책과 꽃에 대한 '본능적' 증오심을 가지고 성장할 것입니다. 영구불변하게 심어 준 조건반사인 것입니다. 그들은 평생 책이나 식물로부터는 안전할 것입니다." 소장은 보모들을 향했다.

"아기들을 다시 데리고 나가시오."

아직도 울고 있는 카키색 아이들은 식기운반차에 실려 밖으로 운반되었다. 그들은 뒤에다 시금털털한 우유 냄새와 고마운 정적을 남기고 나갔다.

학생 하나가 손을 들었다. 하층계급의 인간이 독서로 인하여 세계국가의 시간을 낭비한다든가, 해로운 독서를 함으로써 그들의 조건반사 작용을 약화시키는 것을 용납할 수 없다는 것은 충분히 이해할 수 있었지만……. 꽃에 대한 훈련은 이해할 수 없었던 것이다. 델타 계급의 인간에게 꽃을 증오하게 하기 위한 심리학적인 수고를 무엇 때문에 해야 하는가라고 물었다.

인내심을 발휘하며 소장은 설명했다. 장미꽃을 보고 아

이들이 비명을 지르게 되는 상태로 이끄는 것은 경제적 고등정책에 바탕을 둔 것이다. 그렇게 오래된 이야기는 아닌데, (약 1세기 전에 있었던 일인데) 당시에는 감마 계급, 델타 계급, 엡실론 계급에게까지도 꽃을 사랑하도록 훈련했다는 것이다——특히 꽃과 전원을 좋아하게 훈련했다는 것이다. 그 목적은 기회가 있을 때마다 전원으로 나가고 싶도록 만들어 운송기관을 이용토록 하려는 것이었다.

"그들이 운송기관을 사용하지 않았나요?"

그 학생이 물었다.

"아니, 많이 사용했지" 하고 소장이 대답했다. "그러나 그저 그뿐이었어." 프리뮬러꽃과 전원 풍경은 한 가지 중대한 결점을 가지고 있다고 그는 지적했다. 그것들은 그냥 손에 들어온다는 점이다. 자연에 대한 애착은 공장을 분주하게 만들지 않는다. 그래서 하층계급의 경우는 자연에 대한 애착을 포기하도록 결정했던 것이다. 자연에 대한 애착은 포기시키지만 운송기관을 사용하는 경향은 그대로 보존시킨다. 다시 말해서 자연을 증오토록 하면서도 그들을 시골로 보내는 것이 필요했기 때문이다. 문제는 단지 프리뮬러꽃이나 전원 풍경에 대한 사랑보다 운송기관을 사용케 할 보다 건전한 경제적 이유를 찾는 것이었다. 물론 그것은 발견되었다는 것이었다.

"우리는 대중들이 전원을 증오하도록 훈련합니다" 하고

소장은 결론을 내렸다. "그러나 동시에 전원의 스포츠를 사랑하도록 훈련합니다. 그런데 전원의 스포츠에는 반드시 복잡한 장비를 사용하도록 마련해놓았습니다. 그래서 대중은 운송기관뿐 아니라 공업제품을 소비하게 됩니다. 그래서 그러한 전기 쇼크가 행해지는 것입니다."

"알겠습니다."

학생은 감탄한 나머지 입을 다물었다.

침묵이 흘렀다. 잠시 후 헛기침을 하고 나서 "옛날엔" 하고 소장이 말을 시작했다.

"포드 님이 아직 지상에 계셨을 때 루벤 라비노비치라는 어린 소년이 있었습니다. 루벤은 폴란드 말을 쓰는 부모의 자식이었습니다." 여기서 소장은 말을 끊었다.

"폴란드어가 무언지 알고 있을 줄 압니다."

"없어진 언어입니다."

"프랑스어나 독일어와 같은 과거의 언어입니다." 다른 학생이 자신의 지식을 뽐내듯 말했다.

"그러면 '부모'라는 말은 무슨 뜻이지?"

소장이 질문했다.

불안한 침묵이 흐를 뿐이었다. 몇몇 학생은 얼굴을 붉히고 있었다. 그들은 아직 상스러운 것과 순수과학 사이에 개재하는 의미심장하면서도 섬세한 구별을 할 정도는 아니었다. 그러나 마침내 한 학생이 용감하게 손을 들었다.

"인간은 과거에……."

그는 주저했다. 피가 양쪽 볼로 역류하고 있었다.

"인간들은 과거에 태아생식을 하였습니다."

"그렇지."

소장은 고개를 끄덕여 그 대답을 시인했다.

"그래서 아기가 배양되면……."

"태어난다고 표현하는 거야" 하고 곧 정정해 주었다.

"그럴 때 그들을 부모라고 부릅니다. 물론 아기 쪽이 아니고 낳은 쪽을 말합니다."

그 가엾은 소년은 완전히 당황하고 있었다.

"간단히 말해서 부모라는 것은 아버지와 어머니라는 뜻입니다." 소장이 요약했다. 사실은 과학에 해당되는 상스러운 말이 눈을 피하는 소년들의 침묵을 요란하게 교란시켰다.

"어머니라는 것은."

소장은 고요를 깨뜨리며 손을 비비며 큰 소리로 반복했다.

"이런 것은 불쾌한 사실입니다" 하고 소장은 심각하게 말했다.

"그러나 대부분의 역사적 사실들은 불쾌한 것입니다."

소장은 어린 루벤의 이야기로 되돌아갔다. 어느 날 밤 소년 루벤의 방 라디오를 부모(이 단어가 쾅쾅거리는 소리처럼 귀에 거슬렸다)가 부주의로 그냥 틀어 놓은 채로 두었다.

"그 상스러운 태아생식의 시대에는 아이는 언제나 양친에 의해 양육되었고 국가가 시행하는 조건반사 양육소 같은 것은 필요치 않았다는 것을 기억해야 합니다."

루벤이 잠들었을 때 런던 방송국의 방송프로가 갑자기 들려왔다. 다음 날 아침 그의 부모가 놀란 것은(이 말에 좀 대담한 학생들은 서로 얼굴을 모으고 빙긋이 웃었다) 루벤이 눈을 뜨자마자 어떤 특이하고 늙은 작가가 장시간에 걸쳐 지껄인 강연을 한마디 한마디씩 뇌까렸다는 것이다. 그 작가는(현재까지 맥을 이어 내려오는 작품을 쓴 몇 명 안 되는 작가였는데) 조지 버나드 쇼라는 사람이며, 그 방송에서 순수한 전통에 입각하여 자기 자신의 천재성에 관한 강연을 하고 있었다. 소년 루벤으로서는 그 강연을 전혀 이해할 수 없었다. 그래서 부모들은 어린 것이 갑자기 미친 것으로 상상하고 의사를 부르러 보냈다. 의사는 다행히 영어를 이해하고 있었기 때문에 그 강연은 지난 밤 쇼가 방송한 내용이라는 것을 확인하고 사태의 심각성을 깨닫게 되었다. 그리하여 이에 관한 보고서를 작성하여 의학신문에 기고했다.

"수면시 교육법, 다시 말해서 수면교육의 원리가 이리하여 발견된 것입니다." 소장은 잠시 침묵을 지켰다.

원리는 발견되었다. 그러나 이 원리가 응용되기까지는 긴 세월의 경과를 기다리지 않으면 안 되었다.

"루벤 소년의 사건은 우리의 포드 님이 최초의 T형 모델을 시장에 내놓은 지 23년이 경과한 시점이었습니다."

여기서 소장은 자신의 배 위에다 T자를 그렸다. 그러자 모든 견습생들은 그 거동을 경외하듯 따라했다.

"그러나……."

견습생들은 열심히 펜을 놀렸다.

"수면시 교육법은 포드 기원 214년에 처음으로 사용되었음. 왜 그 이전에는 사용되지 않았을까? 이유는 두 가지. 첫째……." 소장의 이야기는 계속되었다.

"초기의 실험자들은 그릇된 길로 접어들었던 것입니다. 그들은 수면시 교육법이 지적교육의 수단으로 사용될 수 있다고 생각했던 것입니다……."

오른쪽으로 돌아누워 자고 있는 어린아이의 경우를 생각하자. 오른팔을 뻗쳐서 오른손을 침대 가장자리에 늘어뜨리고 있다. 한 상자의 동그란 쇠살대 사이로부터 나지막한 소리가 속삭인다.

"나일 강은 아프리카에서 제일 긴 강이며 지구 위에서 두 번째로 긴 강이다. 길이는 미시시피·미주리 강에 미치지 못하지만 나일 강은 유역의 길이에 있어서는 어느 강보다 앞선다. 그것은 위도 35도에 뻗어가며……."

이튿날 아침 식사 때 누가 이렇게 말한다.

"토미, 아프리카에서 제일 긴 강이 무엇인지 아니?"

고개를 흔든다.

"하지만 나일강은…… 하고 시작되는 어떤 문장을 기억할 수 있니?"

"나일──강──아프리카──에서──제일──긴──강──입니다. 그리고──지구──위에서──두 번째로──긴──강입니다."

"자, 아프리카에서 제일 긴 강은 무엇이지?"

토미의 두 눈은 멍청하다.

"몰라."

"하지만, 토미야, 나일 강은……."

"나일 강은──아프리카──에서──제일──긴──강입니다──그리고── 두 번째는──"

"그러면 무슨 강이 제일 길지?"

토미는 그만 울음을 터뜨린다.

"난 몰라" 하고 그는 고함을 지른다.

이 고함이 초기의 실험자들을 실망시켰다는 것을 소장은 명확히 설명했다. 그리하여 그 실험은 포기되었다. 수면 중의 아이에게 나일 강의 길이를 가르치겠다는 계획은 추진되지 않았다. 그것은 당연한 것이었다. 과학이 무엇인지를 모르고는 과학을 가르칠 수 없는 것이다.

"그러나 만일 이것이 도덕 교육부터 시작되었더라면." 소장은 문 쪽으로 인솔하며 말했다. 견습생들은 소장의 뒤를 따랐다. 그들은 걸어서 엘리베이터로 가는 도중 계속 무엇을 필기했다.

"도덕 교육은 어느 경우에도 합리적인 것이어선 안 됩니다."

"조용하세요. 조용하세요." 그들이 14층에 들어서자 스피커에서 나직하게 울려왔다. "조용히 하십시오. 조용히 하십시오."

복도의 도처에서 피로한 빛도 잊은 나팔 모양의 스피커가 되풀이하고 있었다. 견습생들과 소장까지도 자동적으로 발바닥의 뒤축을 들었다. 그들은 말할 것도 없이 알파 계급이었다. 그러나 알파 계급들조차도 조건반사적 훈련을 받은 몸이었다.

"조용히 하십시오. 조용히 하십시오"라는 명령이 계속 들려왔다.

14층의 공기 전체가 이 지상명령으로 인해 쉬쉬하고 있었다.

조용조용히 50야드를 전진하자 문이 나타났다. 소장은 그 문을 조심스럽게 열었다. 그들은 문지방을 넘어, 셔터로 가려진 어스름한 공동 침실로 들어섰다. 80개의 침대가 일렬로 벽에 기대어 놓여 있었다. 규칙적인 가벼운 숨소리와 멀리서 희미하게 속삭이는 듯한 말소리가 연속적으로 들려왔다.

그들이 들어서자 한 보모가 자리에서 일어나 소장 앞에

차려 자세를 취한다.

"오늘 오후의 수업은 무엇입니까?" 소장이 물었다.

"전반 사십 분 동안은 초보적인 성교육입니다" 하고 보모가 대답했다. "지금 막 계급의식 교육의 초급과정으로 바뀌었습니다."

소장은 긴 침대의 대열을 따라 천천히 걸어갔다. 포근히 잠을 자고 났기 때문에 얼굴에 홍조를 띠고 휴식을 얻은 80명의 어린 소년 소녀들이 조용히 숨을 쉬고 있었다. 모든 베개의 밑에서 소곤거리는 소리가 들려왔다. 소장은 발을 멈추고 작은 침대 위로 몸을 굽히더니 주의깊게 귀를 기울였다.

"계급의식 교육의 초급이라고 했나요? 스피커의 소리를 좀 더 크게 하여 반복해봅시다."

방의 끝머리 부근에 한 개의 스피커가 벽으로 돌출되어 있었다. 소장은 그리로 걸어가서 스위치를 눌렀다.

"……모두가 초록색 옷을 입고" 하고 조용하지만 극히 명료한 목소리가 문장의 도중에서부터 이야기를 시작하고 있었다.

"그리고 델타 계급의 아이들은 카키색 옷을 입고 있다. 아, 싫어. 델타 계급의 아이들과는 놀기 싫어. 그런데 엡실론 계급의 아이들은 더 엉망이야. 그 애들은 너무나 바보여서 읽지도 못하고 쓰지도 못해. 게다가 그 애들은 검은 옷을 입어요. 정말 싫은 색깔이야. 난 베타 계급이라서 행복해."

잠깐 말이 중지되었다. 그러고는 그 목소리가 다시 시작되었다.

"알파 계급의 아이들은 회색 옷을 입고 있어요. 그 애들은 매우 똑똑해서 우리보다 더 열심히 공부해요. 나는 베타가 된 것을 진심으로 다행하게 여기고 있어요. 왜냐하면 나는 그렇게 열심히 공부하지 않으니까요. 그렇지만 우리는 감마나 델타보다는 훨씬 훌륭해요. 감마 계급의 아이들은 바보스러워요. 그들은 모두 초록색 옷을 입고 델타 계급은 카키색을 입어요. 정말 나는 델타 계급 애들과는 놀기 싫어요. 그런데 엡실론 계급은 더 엉터리예요. 그 애들은 너무 바보라서……."

소장은 스위치를 껐다. 소리가 중지되었다. 다만 가늘고 유령 같은 그 목소리는 80개의 베개 밑에서 계속 송알거리고 있었다.

"저 아이들이 눈을 뜨기 전까지 저 소리는 사오십 번 반복됩니다. 그리고 목요일에도 반복하고 토요일에도 반복합니다. 삼개월에 걸쳐 주 삼 회 일백삼십 번 반복합니다. 그후 보다 고급 과정으로 들어갑니다."

장미와 전기 쇼크, 델타 계급의 카키색과 아위˚ 냄새——이것들은 아이가 말을 할 수 있을 때까지 도저히 분리될 수 없는 개념으로 주입된다. 그러나 언어를 동반하지 않는 조건반사 훈련은 조잡하고 수준 이하로 취급되는 성격을 벗어나지 못한다. 보다 미묘한 개념을 구분할 수 없으며 보다 복잡한 행동을 수련시킬 수 없다. 그런 훈련에는 언어가 사용되어야 한다. 그러나 논리가 없는 언어여야 한다. 다시 말해서 수면시 교육법이어야 한다.

"이것이야말로 어떠한 시대에도 가장 위대한 윤리화 및 사회화 교육법입니다."

견습생들은 작은 노트에다 그 말을 필기했다. 최고 권위자의 말을 직접 받아쓴 것이다.

소장은 다시 스위치를 건드렸다.

"⋯⋯매우 똑똑하기 때문에" 하고 부드럽고 관능적이며 피로할 줄 모르는 목소리가 말하고 있었다.

"나는 베타 계급으로 태어나서 정말 행복합니다. 그 까닭은⋯⋯."

이를테면 물방울은 단단한 화강암에 구멍을 뚫지만 그것은 물방울이라기보다 오히려 액체의 형태를 띤 밀랍 방울들이다. 어떤 물건 위에 떨어지면 그것에 밀착하여 외피를 덮고 한 덩어리가 되어 마침내 진홍색 일체로 되어버리는 방울이다.

* 악취가 나는 미나리과의 약용식물

46

"마침내 아이들의 의식은 암시 자체가 되어 버리고, 그 암시의 총계는 아이들의 의식 자체로 되어 버리는 것입니다. 단순히 아이들의 의식뿐만이 아닙니다. 성인들의 의식도 마찬가지입니다——평생을 통해 그렇게 됩니다. 판단하고 욕망하고 결정하는 의식——바로 그것이 그러한 암시로 구성되는 것입니다. 그러나 이러한 모든 암시는 우리 자신이 부여하는 암시인 것입니다!" 소장은 승리감에 사로잡혀 거의 고함치다시피 했다.

"국가로부터 수여하는 암시인 것입니다" 하고 소장은 가까이 있는 탁자를 힘껏 두드렸다.

"그런 고로……."

그때 갑자기 시끄러운 소리가 났기 때문에 그는 몸을 돌렸다.

"이걸 어쩌지! 포드 님! 제가 지나쳐서 아이들을 깨워 놓았습니다!" 그는 어조를 바꾸어 말했다.

3

바깥 정원에서는 유희시간이 진행되고 있었다. 6월의 따뜻한 햇빛을 받으며 벌거벗은 6, 7백 명의 어린 소년 소녀들이 금속성의 소리를 지르며 잔디 위를 뛰어다니며 공놀이도 하고 두서넛씩 짝을 지어 꽃밭 속에 조용히 쪼그리고 앉아 있었다. 장미가 활짝 피어 있었고 숲에서는 두 마리의 나이팅게일이 서로 독백을 하듯 노래를 하고 있었고, 보리수나무 사이에서는 뻐꾸기 한 마리가 지금 막 불협화음을 발하고 있었다. 대기는 벌과 헬리콥터의 송알거리는 소리로 인해 졸음이 가득 차 있었다.

소장과 견습생들은 잠시 발걸음을 멈추고 원심식 범블-퍼피 게임을 구경했다. 20명의 아이들이 크롬-철제 탑 주위에 둥그렇게 모여 있었다. 탑 꼭대기로 던져진 공이 안으로 굴러들어가서 다음 순간 재빠르게 회전하는 원통 위로 떨어지고 그것은 다시 그 원통에 파인 많은 구멍

중의 하나를 통과하여 튀어나오면 잡아내는 것이었다.

"참으로 이상한 일입니다."

일동이 그곳을 떠날 때 소장이 명상조로 말했다.

"이상한 것은 오늘날 포드 님의 시대에서도 게임이라고 하면 대부분이 공 한 개와 두서너 개의 막대기와 그물을 조그맣게 쳐주면 충분할 뿐 그 이상의 기구를 사용하지 않고 있다는 사실입니다. 소비 증진에 하등의 역할도 못 하는 교묘한 게임을 사람들에게 허용하는 우둔성이란 상상할 수도 없을 정도입니다. 이건 미친 짓입니다. 요즘 와서 총통들은 현재 행해지고 있는 것보다 복잡한 게임은 물론, 적어도 같은 장비를 필요로 한다는 것이 증명되지 않는 한 새로운 게임은 일절 허가하지 않고 있습니다." 소장은 말을 끊었다.

"저것은 정말 귀여운 아이들이야!" 그는 손으로 가리키며 말했다.

무성한 지중해 연안산(産) 히스 덤불로 둘러싸인 작은 풀밭에서 일곱 살가량 되는 사내아이와 여덟 살가량 되는 계집아이가 둘이서 마치 어떤 발견을 위해서 정신 집중을 하고 있는 과학자들처럼 무척 열심히 초보적인 성희에 몰두하고 있었다.

"귀여워! 귀여워!" 소장은 감상적으로 되풀이했다.

"귀엽군요."

견습생들은 예의 바르게 동의를 표명했다. 그러나 그들의 미소에는 어딘가 아랫사람을 봐주는 듯한 느낌이 있었다. 견습생들 역시 이러한 어린이들의 유희를 졸업한 지가 얼마되지 않았으므로 다소의 경멸감 없이 그들을 바라보기란 불가능했다. 귀엽다고? 하지만 이것은 바보짓을 하고 있는 한 쌍의 아이들이 아닌가, 다만 그것에 불과한 것이다. 어린아이에 불과한 것이다.

"나는 늘 생각하는 것이 있는데……."

소장이 전과 다름없이 감상적인 어조로 말을 계속했을 때 요란한 울음 소리가 들려왔다. 그래서 소장은 말을 중단했다.

근처의 관목 숲에서 한 명의 보모가 나왔다. 그녀는 울고 있는 남자아이의 손을 잡아끌고 있었는데, 그 남자아이는 끌려오면서 계속 울고 있었다. 얼굴에 수심이 가득한 여자아이가 보모의 뒤를 따르고 있었다.

"무슨 일입니까?" 소장이 물었다.

보모는 어깨를 추슬렀다.

"별것 아닙니다." 보모가 대답했다. "이 아이는 늘 하는 성희의 상대가 되기를 싫어하는 것 같아요. 다만 그것뿐입니다. 전에도 한두 번 제가 목격했거든요. 그런데 오늘 또 이러는군요. 방금도 고함부터 질렀습니다……."

"정말이지……."

수심에 찬 표정의 어린 여자아이가 끼여들었다. "저는 저 애를 해칠 의도는 없었어요. 정말이에요."

"암, 그렇겠지. 넌 잘못한 건 없어." 보모는 재확인하듯 말했다. "그래서" 하고 소장 쪽을 바라보면서 "저 아이를 심리학과의 부과장님에게 데리고 가려 합니다. 변태적인 데가 있는지 확인할까 해서요." 하고 말했다.

"좋아요. 데리고 가보시오. 그리고 여자아이는 여기 있어요." 보모가 아직도 울부짖는 아이를 데리고 가버린 뒤에 소장은 말을 이었다.

"네 이름은 뭐지?"

"폴리 트로츠키예요."

"아주 좋은 이름이군. 지금 뛰어가서 같이 놀 다른 남자아이를 찾아보렴" 하고 소장이 말했다.

여자아이는 관목 숲으로 뛰어들어가 자취를 감췄다.

"아주 귀여운 아이야!"

소장은 소녀의 뒷모습을 바라보며 말했다. 다시 그는 견습생 쪽으로 고개를 돌렸다.

"지금부터 내가 여러분에게 말하는 내용은 믿기 어려운 이야기같이 들릴지도 모르겠습니다. 하지만 역사라는 것에 친숙하지 못하면 과거에 있었던 사실들도 그야말로 믿기 어려운 사실로 들리는 법입니다."

그는 놀라운 사실을 이야기하기 시작했다. 우리의 포드

님의 시대에 이르기 전 상당히 오랫동안, 심지어 그 후의 여러 세대 동안, 아이들 사이의 성희는 비정상적인 것으로 여겨졌다. (여기에서 폭소가 터져나왔다.) 아니, 비정상적인 것일 뿐 아니라 실로 부도덕한 것으로 여겨졌던 것이다. (이 말에 "설마!" 하는 외침이 터져나왔다.) 따라서 금지되었었다고 소장이 설명했다.

믿을 수 없이 놀랍다는 표정이 견습생들의 얼굴에 떠올랐다. 불쌍하게도 아이들이 즐겁게 노는 것을 허락하지 않았다니! 견습생들은 도저히 믿어지지 않았다.

"청년들까지도." 소장은 이야기하고 있었다. "여러분과 같은 청년들조차도 그랬던……."

"정말 그럴 수가!"

"몰래 하는 자기성애와 동성애 이외에는 모두 철저히 금지했던 것입니다."

"모든 것을?"

"대체로 스무 살이 지날 때까지는 그랬던 것입니다."

"스무 살이라고 하셨습니까?"

견습생들은 일제히 합창하듯 여전히 믿지 못하겠다는 의사를 표명했다.

"스무 살——여러분이 도저히 믿지 못하리라고 내가 미리 말했지 않습니까?" 하고 소장이 반복해서 말했다.

"그래서 어떻게 되었습니까? 그 결과는 어떠했습니까?"

견습생들이 질문했다.

"결과는 끔찍했었지" 하고 우렁우렁한 어떤 사람의 음성이 놀랍게도 이들의 대화를 방해하고 있었다.

일동은 돌아보았다. 그러자 작은 집단의 가장자리에 낯선 사람——중키에 검은 머리칼과 매부리코와 두텁고 새빨간 입술과 예리한 검은 눈동자를 가진 남자가 서 있었다.

"끔찍했었지!" 하고 그 목소리가 되풀이하고 있었다.

소장은 그때 정원의 여기저기에 흩어져 있는 강철과 고무로 편리하게 만들어진 벤치를 하나 골라 그 위에 앉아 있었던 터였다. 그러나 그 낯선 사람을 보자 벌떡 일어나 양손을 펼치고 이를 전부 드러내며 만면에 미소를 띠고 앞으로 달려갔다.

"총통각하! 정말 뜻밖의 영광입니다! 여러분! 무엇을 생각하고 있는 겁니까? 이분이 총통각하십니다. 이분이 우리의 주인이신 무스타파 몬드 어른이십니다."

구내의 4천 개에 달하는 방에서는 4천 개의 전자시계가 일제히 4시를 쳤다. 나팔 같은 확성기로부터 육체를 이탈한 목소리가 들려왔다.

"제1주간반 작업완료. 제2주간반 교대. 제1주간반 작업완료……."

탈의실로 올라가는 엘리베이터 속에서 헨리 포스터와

계급예정과의 부주임은 심리학과의 버나드 마르크스를 향해 일부러 등을 돌리고 섰다. 평판이 좋지 못한 이 사나이를 회피하고 있었다.

태아실에서는 기계의 희미한 회전음이 심홍색 공기를 진동하고 있었다. 작업원들이 교대하기 위해 오간다. 낭창에 걸린 듯한 얼굴이 비슷한 별개의 얼굴과 교대한다. 그러나 컨베이어는 미래의 남성과 여성을 싣고 천천히 그리고 끝없이 움직인다.

레니나 크라운 양이 경쾌하게 문 쪽으로 걸어갔다.

무스타파 몬드 각하! 경례하는 견습생들의 눈알이 그들의 머리로부터 튀어나올 지경이었다. 무스타파 몬드 각하! 서부 유럽주재 총통! 세계에 열 명밖에 없는 총통 중의 한 분! 바로 그러한 분이 소장과 함께 벤치에 앉으셨다. 그렇다면 얼마 동안 여기에 머물겠다는 것이 아닌가! 그리고 그들에게 실제로 이야기를 해준다는 뜻이 아닌가! 저 권위적인 입으로 직접 말씀하려는 것이다. 포드 님 자신의 입으로 직접 말씀하시려는 거다.

갈색의 작은 어린아이 두 명이 근처의 관목 숲에서 나타나 휘둥그렇게 놀란 눈으로 잠시 그들을 응시하다가 다시 나뭇잎 사이로 들어가 그들의 유희를 계속했다.

"제군은 모두 기억하고 있을 것이다." 총통은 힘차고 묵직한 목소리로 말했다.

"제군들은 모두 기억할 줄 안다. '역사는 엉터리다'라는 포드 님의 아름답고 영감어린 말씀을 기억할 것이다. 역사는…….' 그는 천천히 반복했다. "엉터리야."

총통은 손을 흔들었다. 마치 보이지 않는 깃털 총채로 작은 먼지를 털어내는 몸짓이었다. 그런데 그 먼지가 바로 하랍파[*]였고 카르데아의 우르[**]였다. 그의 총채질이 거미줄을 털어 버렸다. 그런데 그 거미줄은 테베였고 바빌론이었고 크노소스[***]였고 미케네[****]였다. 다시 총통의 손이 총채질을 하는 시늉을 했다. 획!──오디세우스는 어디 있는가? 욥은? 쥬피터는? 석가모니는? 예수는? 획! 다시 한번 총채질을 하니까 아테네와 로마, 예루살렘과 중세의 왕국이라고 불리던 낡아빠진 오점들이 깨끗이 사라졌다. 획! 이탈리아가 있었던 장소는 빈터가 된다. 획! 성당들이 사라진다. 획! 획! 리어왕과 파스칼의 사상이 자취를 감춘다. 획! 예수의 수난곡(열정 소나타)이 사라진다. 획! 진혼곡이 사라진다. 획! 교향곡이 사라진다. 획!…….

[*]   인도 인더스 강 유역의 유적지
[**]   바빌론의 지명으로 아브라함의 출생지
[***]   크레타 섬에 있는 폐허가 된 옛 도시. 미노아 문명의 중심지
[****]   그리스 동남부의 옛 도시

"헨리, 오늘 밤 촉감영화 보러 가겠나?" 하고 계급예정
과의 부주임이 물었다. "알함브라 극장에서 새로 상영하
는 것이 일류급이라고 들었어. 곰가죽 주단 위에서 러브
신을 벌인다는데, 정말 놀랍다는 거야. 곰털 하나하나까
지 재현되어 있다는군. 촉감효과가 놀랍기 그지없다고 들
었어."

"그래서 여러분에게 역사를 가르치지 않는 거야." 총통
이 말했다. "그러나 이제 때가 왔는데……."

소장은 불안한 표정으로 총통을 보았다. 총통의 서재 금
고에는 오래된 금서가 숨겨져 있다는 이상한 소문이 돌고
있었기 때문이다. 성경이니 시집이니 포드 님만이 아는
별의별 것들이 있다는 것이었다.

무스타파 몬드는 걱정스런 표정을 담은 소장의 눈길을
직감했다. 그러자 그의 붉은 입술 언저리가 비꼬듯 일그
러졌다.

"소장, 염려 마." 그는 약간 조롱하는 어조로 말했다. "난
학생들을 타락시키지 않을 테니까."

소장은 몹시 난처한 입장에 빠졌다.

경멸당했다고 느끼는 사람이 오히려 남을 경멸하는 듯
한 표정을 짓는 것이 좋다. 버나드 마르크스의 얼굴에 떠

오른 미소는 남을 경멸하는 미소였다. 곰털 하나하나라고 그랬겠다!

"꼭 가겠어." 헨리 포스터가 말했다.

무스타파 몬드는 앞으로 몸을 굽히며 견습생들을 향하여 손가락을 흔들었다.

"다만 상상해 보라." 그가 말했다.

그러자 그의 음성은 견습생들의 횡경막에 이상한 전율을 일으켰다.

"태생적인 모친을 갖는다는 것이 어떠한 것인가를 상상해 보아라."

다시 그놈의 상스러운 어휘가 나온 것이다. 그러나 이번에는 아무도 미소를 지을 꿈도 꾸지 못하고 있었다.

"가족과 더불어 산다는 것이 어떠한 것인가를 상상해 봐."

견습생들은 노력했다. 그러나 그 노력은 허사였다.

"제군들은 '가정'이란 것이 무엇이었는지 알고 있는가?"

그들은 고개를 저었다.

레니나 크라운은 심홍색의 지하층으로부터 17층을 단숨에 상승하여, 엘리베이터에서 나와 오른쪽으로 돌아, 긴 복도를 통과하고 나서 '여자 탈의실'이라는 팻말이 붙은 문을 열고, 팔과 가슴과 속옷들이 엉켜서 혼잡을 이루고 있는 와중으로 들어갔다. 격류 같은 온수 줄기가 1백 개의 욕탕으로 밀려들어오고 콸콸 소리를 내며 넘쳐나가고 있었다. 80개의 진동진공 마사지 장치가 햇빛에 그을은 80명의 여성의 단단하고 아름다운 육체를 문지르고 빨아당기느라 소음을 내고 있었다. 너나 할 것 없이 목청껏 소리 지르며 이야기하고 있었다. 합성 음악기구가 솔로 초코넷을 연주하고 있었다.

"패니, 안녕" 하고 레니나는 바로 곁에 옷걸이와 탈의장을 가지고 있는 젊은 여자에게 말했다.

패니는 저장실에서 일하는 여자였다. 그녀의 성 역시 크라운이었다. 그러나 지구상에 있는 20억 인구 사이에 성은 1만 개밖에 없었기 때문에 이러한 우연의 일치는 별로 놀라운 것이 아니었다.

레니나는 지퍼를 잡아당겼다──우선 재킷의 지퍼를 밑으로──그러고 나서 양손을 사용하여 바지를 채우고 있는 2개의 지퍼를 밑으로 내리고 이번에는 속옷의 지퍼를 밑으로 당겨 벗었다. 구두와 스타킹은 그대로 둔 채 욕실 쪽으로 걸어갔다.

가정, 가정──한 남자와 주기적으로 잉태하는 한 명의 여자와 여러 가지 연령층의 소란한 아이들로 인해 시끄럽고 질식할 것같이 비좁은 몇 개의 방. 공기도 공간도 없다. 소독도 제대로 하지 않은 감옥이다. 어둠과 질병과 악취……. (총통의 묘사가 너무나 생생해서 다른 학생들보다 민감한 한 학생은 그 묘사를 듣기만 했는데도 창백해지더니 구토를 일으키려 했다.)

레니나는 욕조에서 나와 타월로 몸을 닦고, 벽에 장치된 길고 유연한 튜브를 잡더니 그 튜브의 주둥이를 마치 자살이라도 하려는 듯 자기 가슴에 갖다 대고 방아쇠를 당겼다. 그러자 훈훈한 공기와 더불어 미세한 탤컴 파우더가 뿜어나왔다. 세면대 위에는 작은 수도꼭지 모양의 시설이 되어 있었고 거기서 여덟 종류의 향수와 오 데 코롱이 나오게 되어 있었다. 레니나는 왼쪽으로부터 세 번째 꼭지를 틀어 몸에 향수를 뿌리고 나서 구두와 스타킹을 손에 들고 진동 진공마사지 기계 중 빈 것이 있나 확인하러 갔다.

그런데 가정은 물질적으로 누추할 뿐만 아니라 정신적으로도 누추했다. 물질적인 관점으로 보면 그것은 토끼집과 같았다. 지독히 협소하고 밀집생활의 마찰로 열기가 가득 차고 감정이 새어나왔다. 가족집단의 성원들 사이에는 질식시킬 것 같은 친밀감이 있었고 위험하기 짝이 없고 광적이고 추잡한 관계가 있었다. 어머니는 자식들을 광적으로 애지중지했다. (물론 자신이 낳은 자식을 말한다.) 마치 어미 고양이가 새끼 고양이를 품고 있는 거나 마찬가지다. 그러나 이 어미 고양이는 이야기를 할 줄 알았다.

"우리 아기, 우리 아기"하고 한없이 반복하여 말할 줄 알았다.

"우리 아기, 오, 내 젖가슴에 와 있는 작은 손! 배고프지? 그리고 말할 수 없이 괴로운 쾌감! 마침내 우리 아기는 잠들었어요, 입 언저리에 하얀 젖거품을 묻힌 채 잠들었어요. 우리 아기 잘도 자네……"하고 말하는 고양이…….

"제군들이 몸서리치는 것도 당연하지"하고 무스타파 몬드는 머리를 끄덕이며 말했다.

"오늘은 누구하고 같이 나가기로 했지?"

내부로부터 빛나는 진주처럼 분홍색 광채를 발산하며 진동진공 마사지로부터 돌아온 레니나가 물었다.

"아무와도 같이 나가지 않겠어."

레니나는 놀라서 눈썹을 치켜떴다.

"나 요즘 기분이 좋지 않아. 웰즈 박사께서 임신대용약을 복용해 보라고 충고하시더군." 패니가 설명했다.

"하지만 너는 아직 겨우 열아홉 살 아냐? 최초의 임신대용약 복용은 스물한 살까지는 강제가 아닐 텐데."

"알고 있어. 하지만 빨리 복용하는 것이 좋은 사람도 있대. 나처럼 골반이 크고 살결이 검은 여자는 열일곱 살에 그 약을 복용하는 것이 좋다고 웰즈 박사가 말씀하셨어. 그러니까 나는 이 년 빠른 게 아니고 이 년 늦은 셈이야."

그녀는 옷장의 서랍을 열고 선반에 나란히 서 있는 상자들과 약명이 인쇄된 약병을 가리켰다.

"난소황체 시럽."

레니나는 레이블에 인쇄된 내용을 큰 소리로 읽었다.

"오바린*, 신선도 보증, 포드 기원 632년 이후 사용 불가. 포유류 내분비선 추출물, 1일 3회 소량의 물과 함께 복용. 프라센틴**, 3일마다 5cc 정맥주사……. 우억!" 레니나는 몸을 떨었다.

"정맥주사는 정말 싫어! 너는?" 레니나가 물었다.

"나도 그래. 하지만 그것이 몸에 좋다면……."

패니는 각별히 분별 있는 여자였다.

우리의 포드 님은 —— 아니 우리의 프로이트 님은 (무슨 이유인지 알 수는 없지만 심리학적인 일을 논할 때에는 포드가 프로이트로 둔갑되어 명명되었는데) 가족생활의 무서운 위험을 명확히 폭로한 최초의 인간이었다.

세계는 아버지들로 가득 차 있었다. 그래서 비참으로 가

---

* 난소제제 — 원주
** 태반제제 — 원주

득 차 있었다. 그리고 어머니로 가득 차 있었다. 그리하여 가학성 색광에서부터 동정(童貞)에 이르기까지 별의별 도착증으로 충만해 있었다. 세상은 형제, 자매, 삼촌, 숙모 등으로 충만했다. 그리하여 광증과 자살로 충만했다.

"그러나 뉴기니아 연안에 있는 어느 섬에 거주하던 사모아 인들 사이에서는……."

히비스커스꽃이 만발한 가운데서 난잡하게 뒹굴고 있는 아이들의 벌거벗은 알몸 위로 열대의 태양은 훈훈한 꿀처럼 빛을 쏟고 있다. 20채의 종려나무 잎으로 엮은 집, 그 어느 것 속에도 가정이 있다. 트로브리안드 군도에서는 임신이란 선조의 망령이 가져오는 일로 여겨졌다. 아버지라는 말을 들어 본 사람은 아무도 없었다.

"극과 극은 일치하는 법이야. 당연한 이유로 해서 극과 극은 일치되도록 돼 있는 거야." 총통이 말했다.

"임신대용약을 삼 개월 동안 먹으면 앞으로 삼사 년 동안에 내 건강이 몰라볼 만큼 좋아질 거라고 웰즈 박사가 말하셨어."

"그랬으면 좋겠군" 하고 레니나가 말했다. "하지만, 패니, 앞으로 이삼 개월 동안 누구와도……."

"아냐, 그렇지 않아. 일이 주일뿐이야. 그 정도면 돼. 난 저녁 시간을 클럽에 가서 음악 브리지를 하면서 보낼 셈이야. 너는 나갈 테지?"

레니나가 고개를 끄덕였다.

"누구하고?"

"헨리 포스터."

"또?"

패니의 친절하고 달덩이 같은 얼굴에 고통스럽고 못마땅한 나머지 놀란 듯한 엉뚱한 표정이 떠올랐다.

"아직도 헨리 포스터와 함께 나간다고 말하는 거야?"

모친과 부친, 형제자매, 게다가 남편, 아내, 애인들도 있었다. 일부일처제가 있었고 모험적인 연애도 있었다.

"제군들은 이러한 것들이 어떠한 것인지 아마 모를 것이다." 무스타파 몬드가 말했다.

견습생들은 고개를 저었다.

가족, 일부일처제, 로맨스. 어느 곳이나 배타주의가 지배한 것이다. 충동과 정력의 좁은 수로만이 있었다.

"그러나 만인(萬人)은 만인의 공유물이야." 그는 수면시 교육법의 격언을 인용하며 말을 맺었다.

견습생들은 고개를 끄덕였다. 어둠 속에서 6만 2천 번이나 반복했으니만큼 진리일 뿐 아니라 공리적이고 자명하며 도저히 반박할 수 없는 것으로 받아들여져 왔던 이 말에 힘찬 동의를 표명했다.

"하지만 내가 헨리와 결합한 지 사 개월밖에 되지 않았어." 레니나가 항변했다.

"겨우라니? 사 개월이 어떻게 겨우니? 그 대답이 마음에 드는구나. 더구나." 패니는 비난하듯 손가락질을 하며 말을 계속했다. "그동안 헨리 이외엔 아무도 없었지?"

레니나는 얼굴을 새빨갛게 붉혔다. 그러나 그녀의 눈과 목소리는 호전적이었다.

"아무도 없었어." 레니나는 거칠게 대답했다.

"그이 이외에 또 다른 남자가 있어야 되는 이유를 난 모르겠어."

"어머! 이 여자 봐! 그이 이외에 다른 남자가 있어야 하는 이유를 모른다고 하네……."

패니는 레니나의 왼쪽 어깨 뒤에 다른 경청자, 아니 보이지 않는 경청자가 있어서 그에게 고자질이라도 하듯 그녀의 말을 반복했다. 그러다가 곧 말투를 바꾸더니 "이건 진정으로 말하는 거야. 너 조심해야 해" 하고 말을 이었다.

"한 남자와 이처럼 계속 노는 것은 아주 나쁜 버릇이야. 마흔 살이라든가 서른다섯 살이라면 그것도 그리 나쁘진 않을 거야. 하지만 레니나, 네 나이엔 그건 정말 안 되는 일이야. 무엇이든 몰두하고 오래 끄는 것은 소장이 극구 반대하는 것이라는 것쯤 너도 알지 않니? 다른 남자와는 전혀 접촉하지 않고 헨리 포스터하고만 사 개월 동안──

소장이 알면 노발대발할 거야…….."

"파이프 속에서 압력을 받는 물을 상상해 보라."
견습생들은 그것을 상상했다.
"내가 그것에 구멍을 한번 낸다고 생각해 보라." 총통이
말했다.
"얼마나 강력한 힘으로 분출하겠는가?"
총통은 파이프에 20개의 구멍을 냈다. 그러자 20개의
힘없는 물줄기가 시원찮게 흘렀다.
"우리 아기, 우리 아기!……."
"엄마!"
광증은 전염하는 법이다.
"오, 내 사랑! 나의 유일하고 단 하나밖에 없는……. 귀
중하고 소중한……."
어머니, 일부일처제, 낭만. 분수는 높이 솟구친다. 힘차
게 흩어지는 물은 거품까지 일으킨다. 충동의 출구는 단
하나밖에 없는 것이다. 나의 사랑, 나의 아기뿐이다. 이 전
근대적인 인간들이 미치고 사악하고 비참했던 것은 당연
한 귀결이다. 그들의 세계는 유유자적한 태도를 허용하지
않았으며 건전하고 덕망이 있고 행복해지도록 허용하지
않았다. 어머니라든가 연인으로 인해서, 조건반사적으로
따를 줄 모르는 여러 가지 금기로 인해서, 유혹이라든가

고독한 회한으로 인해서, 여러 가지 질병과 끝없이 고립화되는 고통에다 불확실성과 빈곤으로 인해서——그들은 모진 감정을 체험하지 않으면 안 되었다. 또한 강한 무엇을 느끼지 않으면 안 되었던 그들이 더구나 고독 속에서, 희망도 없는 개인적인 고립 속에서 모진 감정을 반추하면서 어떻게 안정을 유지할 수 있었을까.

"물론 그 남자를 포기할 필요는 없어. 이따금 다른 남자하고도 상대하면 되는 거야. 포스터는 다른 여자들하고도 놀지?"

레니나는 그 점을 시인했다.

"물론 그럴 거야. 그 남자는 완벽한 신사야. 빈틈이 없어. 하지만 소장도 생각해야 되지 않아? 그분이 얼마나 까다로운 사람인지……."

"오늘 오후에 소장님이 내 어깨를 쓰다듬어 주더군" 하고 레니나는 패니의 말에 수긍했다.

"그것 봐!" 패니는 의기양양했다. "소장이 무슨 생각을 하는지 그것만 보고도 알 수 있지 않니? 관례를 철저히 따지는 사람이야."

"안정이라는 것." 총통이 주장했다. "안정. 사회 안정이 없이는 문명은 있을 수 없다. 개인적인 안정이 없이는 사회의 안정도 없다."

그의 음성은 트럼펫 같았다. 그것을 듣고 있을 때 견습생들은 자신들의 몸뚱이가 확대되며 열이 오르는 것 같았다.

기계는 회전하고 회전한다. 기계는 영원히 회전을 계속해야 한다. 회전을 정지하면 그것은 죽음이다. 10억의 인구가 지구의 표피를 샅샅이 뒤지며 무엇을 찾고 있었다. 바퀴가 달린 차들이 회전하기 시작했던 것이다. 1백 50년 만에 인구는 20억으로 불었다. 모든 차바퀴를 정지시켜라. 그러면 1백 50주 후에는 다시 10억이 될 것이다. 1백만을 1천으로 곱한 인구가 굶어 죽고 만다.

차바퀴는 꾸준히 돌아야 한다. 그러나 반드시 그 회전에는 감시가 있어야 한다. 그들의 회전을 감시할 인간들이 있어야 한다. 축이 있는 바퀴처럼 견실한 인간, 건전한 인간, 순종하고 꾸준히 만족하는 인간이 있어야 한다.

울부짖는 소리──우리 아기, 우리 엄마, 나의 유일하고 유일한 사랑 따위. 신음하는 소리──내 죄, 나의 하나님, 고통의 비명, 열병에 걸려 내뱉는 중얼거림, 노령과 빈곤에 대한 한탄──그런 와중에서 어떻게 그들이 차바퀴를 회전시킬 수 있는가? 바퀴의 회전을 관리하지 못한다면…… 1백만의 1천 배가 되는 남녀의 시체는 매장할 수도 화장할 수도 없을 것이다.

"결국"하고 패니의 음성은 달래는 음성으로 변했다. "헨리말고도 한두 명의 남자와 상대하는 것은 고통스럽거나 불쾌한 일은 아닐 거야. 그러니까 너는 좀 더 바람기가 있어야 한단 말이야……."

　"안정이야." 총통은 강조했다. "안정이야. 이것이야말로 원초적인 필요조건이며 궁극적인 필요조건이야. 안정! 여기에서 현재의 모든 것이 탄생한 것이다."
　손을 흔들어 총통은 정원과 거대한 조건반사 양육소의 건물을 가리키고나서 다시 덤불 밑에서 몰래 놀아난 뒤 잔디밭을 뛰어다니는 벌거벗은 아이들을 가리켰다.

　레니나는 고개를 저었다.
　"어쩐지"하고 그녀는 생각에 잠기듯 말했다. "요즈음에 와서 나는 그렇게 바람둥이 노릇이 싫어졌어. 그렇게 느껴지는 때가 있는 것은 사실이야. 패니는 그렇게 느껴본 적이 없어?"
　패니는 고개를 끄덕여 공감과 이해를 표명했다.
　"하지만 우리는 노력해야 돼"하고 격언조로 말했다. "우리는 모두 유희의 규칙을 지켜야 해. 결국 만인은 만인의 소유물이니까."
　"옳아. 만인은 만인의 소유물이야"하고 레니나는 그 말을 천천히 반복하더니 한숨을 쉬며 잠시 침묵을 지켰다. 다시 패니의 손을 잡더니 그 손을 힘껏 쥐었다.

"패니 말이 옳아. 나도 전처럼 노력해 보겠어."

억제된 충동은 넘쳐흐른다. 범람하는 것은 감정이며 격정이다. 심지어 그것은 광증이다. 그 물살의 힘과 제방의 높이와 견고성에 좌우된다. 가로막지 않은 강물은 지정된 수로를 평온하게 흘러가서 평온한 행복에 당도한다. (태아가 배고파 한다. 매일 혈액대용액 펌프는 쉴 사이 없이 1분에 8백 번 회전한다. 병에서 잉태된 아기는 울기 시작한다. 그러면 즉시 보모가 외분비물이 든 병을 가지고 달려온다. 감정이란 욕망과 그것의 충족 사이에 게재된 시간 속에서 고개를 드는 법이다. 그 시간 간격을 단축하면 과거의 필요 없는 장애는 모두 제거된다.)

"제군들은 행복한 거야." 총통이 말했다. "제군들의 생활을 감정적으로 안락하게 하기 위해서 여하한 수고도 아낀 적이 없었다──될 수 있는 한 어떤 감정을 갖지 못하게 하기 위해서였다."

"포드 님의 은혜로 세상은 태평천하로소이다." 소장이 중얼거렸다.

"레니나 크라운?" 하고 바지의 지퍼를 올리면서 헨리 포스터는 계급예정과 부주임의 질문을 그대로 반복했다.

"오, 그녀는 멋진 여자야. 공기를 넣은 쿠션처럼 탄력적인 여자야. 아직도 자네가 그녀를 소유해 보지 못했다니 놀랄 일인걸."

"여태껏 내가 왜 그녀를 상대하지 않았는지 나도 모르겠어." 부주임이 대답했다. "틀림없이 상대하게 되겠지. 기회가 오면 누구보다도 먼저."

맞은편 탈의실에서 버나드 마르크스가 두 사람의 얘기를 엿듣고 창백해졌다.

"솔직히 말해서." 레니나가 말했다. "매일 헨리하고만 상대하니까. 좀 싫증이 나기 시작했어."

그녀는 왼쪽 스타킹을 당겨 올렸다.

"너 버나드 마르크스라는 사람 알아?"

그녀는 무심한 어조로 말했지만 너무 지나쳐서 일부러 그런다는 것이 명백했다.

패니는 놀란 표정을 지었다.

"너 진정으로 하는 말이 아니겠지?"

"진정이야. 버나드는 알파 플러스 급이야, 그것 말고도 그 사람은 나더러 야만인 보호구역을 함께 구경가자고 신청했어. 나도 그 구역을 늘 보고 싶었던 터야."

"하지만 그 남자의 평판을 고려해야지."

"평판 같은 것 난 상관 안 해."

"그 남자는 장애물 골프를 좋아하지 않는다고들 그러던데."

"남들이야 그렇게 말하겠지." 레니나는 조소하듯 말했다.

"그 남자는 늘 혼자서 시간을 보낸다는 거야. 외톨이로 말야."

패니의 음성은 겁을 집어먹은 것 같았다.

"그러니까 나와 함께 있게 되면 그도 외톨이는 면할 거야. 그런데 왜들 그 사람을 나쁘게 말하는지 난 모르겠어. 난 그를 좋은 사람이라고 생각하고 있는데……."

그녀는 혼자서 미소지었다. 버나드라는 남자, 어쩌면 그리도 수줍을 수 있을까! 거의 겁에 질린 것 같아! 내가 세계 총통이고 자기는 감마 마이너스 급의 기계운전 담당인이나 된 것처럼.

"제군들 자신의 생활을 생각해 봐." 무스타파 몬드가 말했다. "제군은 여태까지 극복할 수 없는 장애물에 부딪쳐 본 적이 있나?"

그 질문은 부정적 침묵으로 응답되었다.

"욕망의 자각과 욕망의 충족 사이에 긴 시간적 간격을 체험하지 않으면 안 되었던 적이 있었던 사람이 있는가?"

"네, 저……."

한 청년이 이야기를 시작하다가 주저했다.

71

"주저 없이 이야기해요. 총통각하를 기다리게 하지 말아요." 소장이 말했다.

"제가 원하는 소녀가 제 것이 되기까지 거의 사 주일을 기다린 적이 있습니다."

"그래서 그 결과 강한 감정을 느꼈겠지?"

"끔찍했었습니다!"

"끔찍했다는 말이 맞아" 하고 총통이 말했다. "우리의 조상들은 너무 우둔하고 근시안적이어서 최초의 개혁자들이 와서 그러한 끔찍한 감정으로부터 구해주겠다고 했을 때 조상들은 그들과 상종하려들지도 않았었지."

"그녀가 고깃덩어리나 되는 것처럼 이야기하고 있군!" 버나드는 이를 갈았다.

"여기서 한입, 저기서 한입. 마치 양고기처럼. 그녀를 양고기로 하락시키고 있군! 그녀는 깊이 생각해 보겠다고 말했지. 이번 주에 답해 주겠다고 약속했지…… 오, 포드 님, 포드 님, 포드 님!" 그는 그들에게 다가가서 면상을 때려 주고 싶었다. 몇 번이고 힘껏 두들겨 주고 싶었다.

"내가 자네에게 진정으로 충고하는데, 그녀와 한번 해 보라구." 헨리 포스터가 부주임에게 말했다.

"체외생식이란 문제를 생각해 봐. 피츠너와 가와구치가 그 기술을 개발했지. 허나 정부나 그것을 거들떠보려고

했을까? 어렴도 없었지. 기독교라는 것이 있었지. 여자는 언제까지나 태아생식을 강요받았던 거야."

"그 남자는 정말 못났어!" 패니가 말했다.

"하지만 난 그런 얼굴을 차라리 좋아하는걸."

"그리고 너무 작아."

패니는 우거지상을 지었다. 작다는 것은 보기 싫었고 전형적인 하층계급의 특성이었다.

"그것이 오히려 더 좋지 않니?" 레니나가 말했다. "귀여워해주고 싶은 생각이 들거든. 저 말야, 고양이처럼 말야."

패니는 충격을 받은 표정이었다.

"그 남자가 병 속에 있을 때 누가 실수를 저질렀다는 이야기가 있어. 감마급인 줄 잘못 알고 보조혈액에 알코올을 주입했다는 거야. 그래서 키가 크지 않았대."

"말도 안 되는 소리 마!" 레니나는 분개했다.

"수면시 교육은 사실상 영국에서는 금지되었던 적이 있었지. 자유주의라는 것이 있었던 것이다. 여러분도 그게 무언지 알고 있을지 모르지만 의회라는 것이 있어서 그것을 법으로 금지했었지. 아직도 그 기록은 남아 있다. 국민의 자유에 관한 연설이 있었지. 무능하고 비참해질 자유가 있었던 것이야. 네모진 구멍에 끼워졌던 둥근 나무처

73

럼 짝이 맞지 않는 자유였지."

"이 사람아, 그녀와 시도해 봐. 정말이야. 해보라니까."
헨리 포스터는 부주임의 어깨를 가볍게 두드렸다. "결국
만인은 만인의 소유물이니까."

4년간, 매주 3일 밤, 1백 번씩 반복한 말이다, 하고 버나
드 마르크스는 생각했다. 그는 수면시 교육의 전문가였다.
6만 2천 4백 회의 반복이 한 개의 진리를 만든다. 바보 같
은 것들!

"신분제도도 마찬가지였다. 끊임없이 상정되었지만 계
속 부결되었던 거야. 민주주의라는 것이 있었기 때문이
야. 인간이 마치 물리적 화학적 평등 이상의 것이라도 되
는 것처럼 말야."

"내가 말할 수 있는 건 그 남자의 초대를 받아들이겠다
는 것뿐이야."

버나드는 그들을 증오했다. 정말 증오했다. 그러나 그들
은 두 명이고 덩치도 컸으며 기운도 있었다.

"포드 기원 141년에 9년전쟁이 일어났었지."

"그 혈액대용액 속에 알코올을 주입했다는 것이 사실이라도 결단코……."

"포스겐, 클로로피크린, 옥화초산, 청산화비소, 3염화메틸, 유화클로로에틸, 청산*은 말할 것도 없었지."

"난 그런 말 전혀 믿지 않아." 레니나가 말을 맺었다.

"산개대형(散開隊形)으로 전진하는 1만 4천 대의 비행기의 폭음. 그러나 쿠르퓌르스텐덤과 제8구역 같은 곳에서는 폭발성비탈저탄의 폭발음이 종이봉지가 터지는 소리보다 크지도 않았다."

"난 정말 야만인보호구역을 보고 싶기 때문이야."

"$Ch_3C_6H_2(NO_2)_3+Hg(CNO)_2=$…… 글쎄, 결과는 무엇이 되지? 지면에 거대한 구멍, 산적된 콘크리트의 파편, 살덩이의 파편과 점액, 신을 신은 채 허공을 날아서 철썩하고 제라늄 꽃밭 한가운데에 떨어지는 발──주홍색 제

---

* 화학전에 극한 독극물들

라늄이었다. 그해 여름에는 무척 볼 만한 장관이 많았지!"

"레니나, 넌 가망이 없군. 나도 이제 너를 포기하겠어. 손들어 버렸어."

"상수도 오염시킨 러시아인들의 세균전술은 기묘했었지."
서로 등을 돌린 채 패니와 레니나는 입을 다물고 옷을 갈아입고 있었다.

"9년전쟁. 엄청난 경제붕괴. 세계를 통제할 것인가 파멸할 것인가, 이 어느 한쪽을 선택하지 않으면 안 되었다. 안정이냐 아니면⋯⋯."

"패니 크라운도 멋있는 여자야" 하고 부주임이 말했다.

유아실에서는 기초 계급의식 교육이 끝났다. 이제 미래의 수요를 미래의 공급에 적응시키기 위한 말이 들려오고 있었다.
"나는 하늘을 날고 싶어요." 확성기의 목소리가 속삭이고 있었다. "나는 하늘을 나는 것을 좋아합니다. 나는 새 옷을 대단히 좋아합니다. 나는 새 옷을 대단히⋯⋯."

"물론 자유주의도 폭발성비탈저탄으로 인해 사멸해버렸다. 그러나 여전히 일을 강제로 할 수는 없었다."

"레니나같이 탄력은 없지. 물론 그녀 정도는 되지 못해."

"낡은 옷은 나쁜 것이야." 지칠 줄 모르는 속삭임이 계속되었다. "우리는 늘 낡은 옷은 던져 버린다. 수선하는 것보다 버리는 편이 좋다. 수선하는 것보다 버리는 편이 좋다. 수선하는 것보다……."

"통치는 서로 마주 앉는 일이지 서로 때리는 것이 아니다. 주먹으로 다스리는 것이 아니라 두뇌와 엉덩이로 다스리는 것이다. 예컨대 전에는 강제소비제도라는 것이 있었지."

"난 이제 준비가 끝났어." 레니나가 말했다. 그러나 패니는 입을 다물고 외면하고 있었다. "패니, 우리 화해하기로 해."

"모든 남자와 여자와 어린이는 1년에 어느 정도의 소비를 하라고 강요받았었지. 산업의 이익을 위해서. 그 유일한 결과는……."

"수선보다는 버리는 것이 좋다. 바늘땀을 많이 뜰수록 부는 감소한다. 바늘땀을 뜰수록……."

"언제고 너는 난처한 입장에 빠질 거야." 패니는 우울한 어조로 강조했다.

"양심적인 반항이 대규모로 일어났었지. 소비하지 말자는 것이었어. 자연으로 돌아가자는 반항이었지."

"나는 하늘을 나는 것이 좋아요. 나는 하늘을 나는 것이 좋아요."

"문화로 돌아가라. 사실은 문화로 돌아가라는 뜻이었지. 가만히 앉아서 책이나 읽고 있으면 어떻게 소비를 증가시킬 수 있는가?"

"이만하면 괜찮니?" 레니나가 물었다.
그녀의 재킷은 짙은 초록색 인조견으로 만든 것이었고 커프스와 칼라에는 초록색 인조 모피가 달려 있었다.

"팔백 명의 간소화생활 주창자들이 골더즈 그린'에서 기관총을 맞고 쓰러졌지."

"수선보다는 버리는 것이 좋다. 수선보다는 버리는 것이 좋다."

초록색 코르덴바지에다 인조물로 짠 스타킹을 무릎 아래에 머물도록 접었다.

"이윽고 그 유명한 대영박물관 대학살이 자행되었지. 이천 명의 문화애호가들이 유화 다이크로레틸 독가스로 처형되었던 거야."

초록색과 흰색이 엇갈린 기수용 모자가 레니나의 눈 위에 그림자를 던졌다. 그녀의 신발은 밝은 초록색이었고 닦아서 반짝이고 있었다.

"결국" 하고 무스타파 몬드는 말했다. "총통들은 강제라는 것도 아무 소용이 없다는 것을 깨달았지. 외부생식과 신파블로프식 조건반사 훈련과 수면시 교육법이 시간은 걸리지만 가장 확실한 방법이며……."

또한 허리에는 은세공이 붙은 초록색 모로코 가죽으로 만든 피임약통을 달고 있었는데, 그녀는 불임녀가 아니었

* 런던 북부 문화지구

기 때문에 배급된 피임약으로 그 피임약통을 가득 채우고 있었다.

"피츠너와 가와구치의 발견이 결국 이용되기에 이르렀던 것이야. 태아생식을 반대하는 맹렬한 선전이……."

"완벽해!" 패니는 흥분하여 외쳤다. 그녀도 레니나의 매력을 오래도록 저항할 수 없었다. "그건 정말 멋진 맬서스 허리띠로군."

"그것에 뒤이어 과거 말살 운동이 진행되었으며 박물관은 폐쇄되고 역사적 기념물(다행히 9년전쟁 동안에 대부분 파괴되었지만)이 파괴되었고, 포드 기원 150년 이전에 발행된 모든 책들은 탄압당했던 거야."

"나도 그것과 같은 걸로 꼭 사야겠어." 패니가 말했다.

"예컨대 피라미드라고 불리던 것들이 있었는데……."

"내 낡아빠진 검은 에나멜 피임약통은……."

"그리고 셰익스피어라는 사람이 있었는데, 여러분은 물

론 들어본 적이 없을 것이다."

"내 피임약통은 말야. 정말 창피할 정도야."

"진정한 과학교육의 이득은 이런 것들이야."

"바늘땀을 많이 뜰수록 부가 줄어든다. 바늘땀을 많이……."

"우리 포드 님의 T형 모델 자동차가 최초로 나타난 것은……."

"난 이걸 벌써 삼 개월째 사용하고 있는 거라니까."

"신시대의 창시일로 선정되어……."

"수선보다 버리는 것이 좋다. 버리는 것이 더……."

"전에도 말했듯이 기독교라는 것이 있었지."

"수선보다 버리는 것이 좋다."

"과소 소비의 윤리와 철학은⋯⋯."

"나는 새 옷이 좋아요. 나는 새 옷이 좋아요. 나는 새 옷이⋯⋯."

"생산이 과소했을 때는 매우 중요한 것이었지만 기계와 질소고정화의 시대에 있어서는 그것은 분명한 범죄가 되었지."

"그건 헨리 포스터가 준 거야."

"모든 십자가는 위에 나온 부분을 잘라내어 T자가 되었지. 또한 신이라고 불리는 것이 있었거든."

"이건 진짜 모로코 가죽이야."

"이제 우리는 세계국가를 이룩했어. 또한 포드 님의 날을 기념하는 축제가 있고 공동체 찬가가 있고 단결 예배가 생기게 되었지."

"오, 포드 님, 저놈들은 정말 미운 놈들입니다" 하고 버나드 마르크스는 생각하고 있었다.

"천국이라는 것도 있었지. 그러나 사람들은 여전히 많은 양의 술을 퍼마셨던 거야."

"마치 고깃덩어리처럼……."

"영혼이란 것이 있었고 영혼불멸이란 것도 있었다."

"그걸 어디서 샀는지 헨리에게 물어봐 줘."

"그러나 인간들은 모르핀과 코카인을 애용했었거든."

"설상가상으로 그녀도 자신이 고깃덩어리라고 생각한단 말야."

"포드 기원 178년에 와서 이천 명의 약사와 생화학자들에게 보조금을 지급했던 거야."

"저 친구 침울한 표정을 짓고 있군그래." 부주임이 버나드 마르크스를 가리키며 말했다.

"육 년 후 그것은 생산되어 상품화되기 시작했던 것이야. 완전무결한 약이었어."

"그를 놀려 줄까?"

"행복감을 주고 마취시키며 유쾌한 환각증세를 일으키거든."

"마르크스, 자네 울적한 얼굴을 하고 있군."
어깨를 탁 치자 그는 깜짝 놀라서 올려다보았다. 그것은 빌어먹을 헨리 포스터 녀석이었다.
"자네에겐 일 그램의 소마가 필요하겠는걸."

"기독교와 술의 장점이란 장점은 모두 포함한 것이었지. 그것들의 결점은 모두 배제한 것이었어."

'포드 님, 전 저놈을 죽이고 싶습니다' 하고 생각했지만 막상 그가 한 말은 "아, 괜찮아"에 불과했고 자기 앞에 내민 소마정제가 든 튜브를 거절하는 것이 고작이었다.

"마음이 내킬 때는 언제나 현실로부터 도피할 수 있으며 돌아올 때에도 골치 아프거나 신화에 사로잡히지도 않는 약이지."

"자, 들어, 먹으라니까." 헨리 포스터가 고집했다.

"안전이 사실상 보장된 것이었지."

"일 세제곱센티미터는 열 가지 우울증을 치료해 주거든." 수면시 교육 지식을 인용하면서 부주임이 말했다.

"나머지 문제는 노령을 극복하는 문제였지."

"빌어먹을! 빌어먹을!" 버나드 마르크스가 고함을 질렀다.

"이야, 이건 놀랐는걸."

"생식선 호르몬, 젊은 피의 수혈, 마그네슘 염류……."

"일 그램의 소마가 빌어먹는 것보다 낫지" 하고 그들은 폭소를 터뜨리며 그곳에서 나갔다.

"노령의 생리학적 특성은 이제 모두 근절되었지. 물론 그와 동시에……."

"잊지 말고 포스터에게 맬서스 허리띠에 대해 문의해 줘." 패니가 말했다.

"그와 동시에 노인의 정신적 특성도 없어지고 말았던 것이야. 성격은 전 생애를 통해 한결같이 유지되었던 거지."

"……어둡기 전까지 장애물 골프의 2라운드를 돌아야 겠어. 난 서둘러 가봐야겠어."

"일과 유희——예순이 되어도 우리의 능력과 기호는 열일곱 살 때와 전혀 다를 바 없게 되었지. 불행한 과거의 노인들은 일을 포기하여 은퇴하곤 종교에 발을 들여놓고 독서와 명상으로 시간을 보냈던 것이야——명상에 시간을 보냈다니까!"

'백치 같은 자식들! 돼지 같은 잡놈들!'
버나드 마르크스는 복도를 걸어내려가 엘리베이터로 가면서 속으로 되뇌고 있었다.

"자, 이것이 바로 진보라는 것이야. 노인도 일하며 노인도 이성과 교합하며 노인에게도 시간이 없게 되었지. 쾌락으로부터 벗어날 여가가 없으며 잠시도 앉아서 생각할 시간이 없어졌지. 또한 불행히도 그들을 혼란에 빠뜨리는 무의미한 시간의 터널이 입을 벌린다면 항상 소마가 대기하고 있는 거야. 유쾌한 소마가 있지. 주말에는 반 그램,

휴일에는 일 그램, 호사스런 동방으로 여행하기 위해서는 이 그램, 달나라의 영원한 암흑 속에서 잠자고 싶으면 삼 그램. 그곳에서 돌아오면 시간의 터널을 빠져 저쪽편에 와 있게 되는 거야. 매일매일의 노동과 기분전환이라는 견실한 대지에 안착되는 것이지. 촉감영화로부터 다른 촉감영화로, 이 여자로부터 탄력 있는 여자로, 전자 골프 코스로부터 다른……."

"아이들은 저리 가거라." 소장은 화난 목소리로 외쳤다. "아이들은 저리 가! 총통 각하께서 지금 바쁘신 것도 못 보았니? 어디 다른 데 가서 성유희를 하고 놀아라!"

"용서하게. 아이들이니까." 총통이 말했다.

윙윙 소리를 희미하게 내며 기계는 서서히, 그리고 장엄하게 돌아가고, 컨베이어 벨트는 시속 33센티미터씩 전진하고 있었다. 심홍색 어둠 속에서는 수많은 루비들이 빛나고 있었다.

4

엘리베이터는 알파계급 탈의실로부터 나오는 사람들로 붐볐다. 레니나가 들어서자 많은 사람들이 고개를 끄덕이며 미소를 지어 반기는 표정을 보냈다. 레니나는 인기 있는 여자였고 이들 대부분과 언젠가 하룻밤을 보낸 경험이 있었다.

'이들은 모두 귀여운 남자들이었어' 레니나는 그들의 인사에 답례하며 생각했다. '매력 있는 남자들! 그런데 저 조지 에젤의 귀는 저렇게 크지 않았으면 좋았는데(3백 28미터 지점에서 부갑상선 호르몬을 한 방울 더 주입시켰기 때문인지도 모르지……)' 또한 베니토 후버를 바라보면서, 옷을 벗었을 때 저 남자는 정말 털이 너무 많았다는 기억을 지울 수 없었다.

베니토의 곱슬거리던 검은 털을 상기하고 약간 울적해진 눈으로 레니나가 몸을 돌리자 한쪽 구석에서 작달막하고 여윈 체구에 우울한 표정을 짓고 있는 버나드 마르크스가 보였다.

"버나드!"하고 그녀는 그에게로 다가갔다. "당신을 찾고 있었어요."

그녀의 목소리는 올라가는 엘리베이터의 소리를 압도하고 낭랑하게 울렸다. 다른 사람들이 호기심에 찬 눈으로 돌아보았다.

"그 뉴멕시코 행 계획에 대해 당신과 이야기하고 싶었어요." 베니토 후버가 놀라서 멍청히 바라보는 모습이 곁눈으로 보였다. 그 멍청한 표정이 그녀를 괴롭혔다.

'내가 다시 한번 같이 나가자고 부탁하지 않으니까 놀란 모양이야!' 하고 그녀는 속으로 생각했다. 다시 그녀는 소리를 높여서 여느 때보다 더욱 다정한 말투로 "칠월달엔 일주일가량 당신하고 함께 가고 싶어요" 하고 말했다. (좌우간 이렇게 해서 헨리에 대해 충실하지 않다는 것을 모든 사람에게 증명하고 있었다. 상대가 이제 버나드이긴 했지만 패니도 기뻐할 것이다.)

"다시 말해서 당신이 아직도 나를 원하신다면 그렇다는 말이에요" 하고 레니나는 더할 수 없이 감미롭고 의미심장한 미소를 띠며 말했다.

버나드의 창백한 얼굴은 순식간에 붉어졌다. 레니나는 놀라서 '도대체 이 사람이 왜 이럴까' 하는 의아심이 들었지만 동시에 그녀 자신의 위력 앞에서 이렇게 이상한 반응을 보이는 데는 그만 감격하지 않을 수 없었다.

"어디 다른 데 가서 이야기하는 것이 좋지 않을까요?" 버나드는 몹시 난처한 표정을 지으며 더듬거리듯 말했다.

'내가 무슨 충격적인 말이라도 한 것 같군' 하고 레니나는 속으로 생각했다. '내가 상스러운 농담을 했다 해도 이처럼 당황한 표정은 짓지 못할 테지……. 당신의 어머니가 누구였죠 라든가 그와 비슷한 농담을 했어도…….'

"이렇게 여러 사람이 있어서……." 그는 당황한 나머지 숨이 막힐 지경이었다.

레니나의 웃음은 솔직했고 전적으로 악의적인 것은 아니었다. "당신은 이상한 사람이군요!" 레니나가 말했다. 사실 그녀는 진심으로 버나드를 이상한 남자라고 생각했다.

"적어도 일주일 전에 알려 주세요. 그러시겠죠?" 그러고는 말투를 바꾸어 "우리는 블루 퍼시픽 로켓을 타게 되는 거죠? 그게 차링 T탑에서 떠나던가요 아니면 햄스테드에서 떠나던가요?" 하고 물었다.

버나드가 그녀의 질문에 미처 대답하기도 전에 엘리베이터가 멈추었다.

"옥상입니다!" 끽끽거리는 목소리가 외쳤다.

엘리베이터 운전사는 엡실론 마이너스 세미 모론* 계급의, 검은 제복을 입고 원숭이를 연상시키는 작은 사나이

---

* 정신박약아라는 뜻 — 원주

였다.

"옥상!"

운전사는 문을 열었다. 오후의 태양이 발하는 훈훈한 광선이 그를 놀라게 했는지 눈을 껌벅였다.

"옥상!" 하고 운전사는 환희에 찬 목소리로 반복했다. 그는 어둡고 무서운 혼수상태로부터 갑자기 깨어나 기뻐하는 사람처럼 "옥상!" 하고 외치고 있었다.

마치 무언가를 기대하며 주인을 흠모하듯 바라보는 개처럼 승객들의 얼굴을 올려다보며 미소지었다. 승객들은 서로 이야기를 하기도 하고 담소를 나누며 엘리베이터로부터 나왔다. 운전사는 승객들의 뒷모습을 전송했다.

"옥상이었던가?"

운전사는 의아한 듯 다시 한번 그 단어를 외어 보았다.

그때 벨이 울렸다. 그러고는 엘리베이터 천장에 부착된 스피커에서 매우 부드러운 음성으로, 그러면서도 매우 위압적으로 명령을 하달하는 것이었다.

"아래로! 아래로! 십팔 층. 아래로, 아래로. 십팔 층. 아래로 가라!……." 그 음성이 명령했다.

운전사는 문을 쾅 하고 닫고 버튼을 눌렀다. 그러고는 즉시 둔탁한 소리를 내는 깊은 우물의 황혼 속으로, 자신의 상습적인 혼미상태 속으로 하강해 갔다.

옥상은 따뜻하고 밝았다. 지나가는 헬리콥터의 윙윙거리

는 소리로 여름날의 오후는 졸음을 재촉했다. 또한 5, 6마일 상공을 빠르게 나는 눈에 보이지 않는 로켓의 깊은 음향은 부드러운 공기를 애무하는 것 같았다. 버나드 마르크스는 깊은 숨을 들이마셨다. 그는 하늘을 올려다보았다가 푸른 지평선을 둘러보더니 마침내 레니나의 얼굴을 바라보았다.

"아름답지 않습니까?" 그의 음성은 약간 떨렸다.

그녀는 전적으로 동감이라는 표정으로 그에게 미소를 던졌다.

"장애물 골프하기에 안성맞춤이군요" 하고 그녀는 황홀한 듯이 말했다. "버나드, 난 이제 가봐야겠어요. 너무 기다리게 하면 헨리가 화낼 거예요. 날짜를 미리미리 알려주세요."

손을 흔들고 나서 그녀는 넓은 옥상을 가로질러 격납고 쪽으로 달려갔다. 버나드는 햇빛에 그을려 건강해 보이는 무릎을 구부렸다 폈다 하는 동작을 되풀이하고 하얀 스타킹이 번쩍거리며 멀어져 가는 그녀의 짙은 초록색 재킷 아래 몸에 잘맞는 코르덴 바지가 유연하게 춤추는 모습을 멍청히 바라보고 있었다. 그의 얼굴에 고통스런 표정이 떠올랐다.

"정말 예쁜 여자야" 하고 바로 등뒤에서 우렁차고 쾌활한 목소리가 말하고 있었다.

버나드는 놀라서 돌아보았다. 베니토 후버의 피둥피둥
하고 불그레한 얼굴이 그를 내려다보고 있었다. 분명히 호
감을 가진 미소를 띠고 있었다. 베니토는 마음이 좋은 것
으로 명성이 높았다. 그는 소마를 한 번도 손대지 않고도
평생을 지닐 수 있는 인간이라는 것이 사람들의 평이었다.
다른 사람들은 악의라든가 분노로부터 도피해야 할 필요
가 있었지만 이 남자는 그런 것 때문에 괴로워하는 적이
없었다. 베니토에게 현실은 항상 쾌청한 나날이었다.

"게다가 포근하고 탄력이 있지. 지독히!" 이렇게 말하던
베니토는 억양을 바꾸며 "그런데" 하고 말을 이었다.

"자네는 울적해 보이는군! 자네는 일 그램의 소마가 필
요해." 베니토는 오른쪽 바지주머니를 뒤져 병을 꺼냈다.

"일 세제곱센티미터는 열 가지 우울을 치료해……. 자!"

버나드는 갑자기 몸을 돌려 그곳을 급히 떠나고 있었다.

베니토는 그의 뒷모습을 응시했다.

"저 친구 왜 저럴까"

그는 의아했다. 다시 머리를 흔들며 저 녀석의 혈액대용
액 속에 알코올을 주입시켰다는 이야기가 사실이라고 결
론지었다.

"두뇌에 무슨 손상이 있었군……."

그는 소마 병을 집어넣고 성호르몬 껌이 든 작은 갑을
꺼내더니 볼 속에 집어넣고 씹으면서 격납고 쪽으로 천천

히 걸어갔다.

헨리 포스터는 자신의 헬리콥터를 격납고로부터 끌어내어, 레니나가 도착했을 때는 벌써 조종석에 앉아 기다리고 있었다.

"사 분 지각이야."

레니나가 그의 옆자리에 탔을 때 그는 이 말밖에 하지 않았다. 그는 엔진을 작동시켜 헬리콥터를 운전하기 시작했다. 기체는 허공 속으로 수직 상승했다. 헨리는 속도를 가했다. 프로펠러는 윙윙거리는 왕벌 소리에서 말벌 소리로, 다시 말벌 소리에서 모기 소리로 변했다. 속도계는 1분에 2킬로미터라는 전속력을 내며 상승하고 있음을 보여주었다. 런던은 그들 밑에서 작아지고 있었다. 탁자형의 옥상을 가진 거대한 빌딩은 몇 분을 지나자 초록색 공원이나 정원에서 솟아난 기하학적 형상을 띤 버섯에 지나지 않았다. 그 한가운데는 줄기가 가는 버섯처럼 생긴 차링 T탑이 하늘을 향해 반짝이는 콘크리트 원반을 치켜올리고 있었다.

그들의 머리 위 푸른 하늘에는 희한하게도 운동선수의 흉상을 연상케 하는 거대하게 뭉게뭉게 부풀어오른 구름이 흘러가고 있었다. 그 구름 속에서 느닷없이 작은 진홍빛 곤충이 나타나 아래로 떨어지며 윙윙 소리를 냈다.

"레드 로켓이야. 방금 뉴욕에서 오는 것이야." 헨리가 말하며 시계를 들여다보았다.

"칠분 연착이군"라고 말하며 헨리는 고개를 저었다. "대서양 항공로는 시간 안 지키는 것으로 유명해. 정말 창피할 줄도 모르는 것들이야."

그는 액셀러레이터에서 발을 떼었다. 머리 위의 스크루음향이 한 옥타브 반 떨어지더니 말벌과 왕벌 소리를 거쳐 땅벌과 풍뎅이 소리로 되더니 다시 집게벌레 소리로 되돌아갔다. 기체의 상승 속도는 완만해졌다. 잠시 후 그들은 허공에 꼼짝하지 않고 머물러 있었다. 헨리는 레버를 밀었다. 삐걱하는 소리가 들렸다. 그들의 앞에 위치한 프로펠러가 회전을 시작하더니 처음에는 천천히, 그러다간 점점 빨라지면서 마침내 그것은 회오리치는 안개처럼 보였다. 수평추진력을 일으키는 바람이 점점 날카로운 소리를 내었다. 헨리는 회전계기를 지켜보고 있었다. 그러다가 바늘이 1천 2백으로 기록된 눈금에 닿자 스크루의 기어를 뽑았다. 기체는 이제 그 날개로 날 수 있을 정도의 충분한 추진력을 얻은 것이다.

레니나는 자신의 다리 사이의 바닥에 나 있는 창을 통해 아래를 내려다보았다. 두 사람은 지금 런던 중심지와 그 위성 교외도시를 경계 짓는 공원지대 위를 날고 있었다. 그 경계지대는 6킬로미터의 폭을 가지고 있었다. 녹지대 위를 걷고 있는 축소된 인간들은 마치 구더기 같았다.

원심식 범블 – 퍼피 경기탑들이 나무 사이에서 빛났다. 셰퍼즈 버시 근처에서는 2천 명의 베타 마이너스 계급이 혼합복식으로 리만 평면식 테니스를 치고 있었다. 에스컬레이터식 5인조 코트가 2열로 노팅 힐에서 윌리즈던까지 국도를 따라 뻗어 있었다. 일링 스타디움에서는 델타 계급의 체조경기와 공동체 찬가 합창이 진행되고 있었다.

"카키색은 정말 싫은 색이야"하고 레니나는 자신의 계급을 위한 수면시 교육에서 익힌 편견을 토로했다.

하운슬로 촉감 스튜디오 빌딩은 7백 5십 헥타르나 되는 면적을 차지하고 있었다. 그 빌딩 근처에서는 검은색과 카키색을 입은 노동자 집단이 그레이트 웨스트 로드의 노면을 유리처럼 포장하느라 분주했다. 그들이 그 위를 날아가고 있을 때 거대한 이동식 용광로의 뚜껑을 여는 중이었다. 길 위로 뭉게뭉게 백열을 발하면서 용해된 돌이 흘러내렸다. 석면 롤러가 그 위로 왔다갔다 했다. 절연 살수차의 후미에서 하얀 증기 구름이 일었다.

브렌포드에는 텔레비전 회사의 공장이 마치 작은 도시를 이루고 있는 것 같았다.

"지금이 교대시간인가 봐요." 레니나가 말했다.

진딧물과 개미들처럼 초록색 옷을 입은 감마 계급 여자들과 검은색의 세미 모론들이 입구에서 북적거리고 있거나 모노레일의 자리를 차지하려고 줄을 지어 서 있었다.

짙은 자주색 베타 마이너스들이 와서 그 군중 속에 섞였다. 본관의 옥상은 이착륙하는 헬리콥터로 인해 부산했다.

"정말 감마 계급이 아닌 게 다행이야." 레니나가 말했다.

10분 후 두 사람은 스토크 포지스에 도착하여 장애물 골프의 제1라운드를 치기 시작했다.

*

버나드 마르크스는 눈을 밑으로 내리뜨고 어쩌다가 동료의 눈과 마주치면 즉시 피하거나 슬그머니 다른 데로 돌리면서 서둘러 옥상을 가로질러 갔다. 그는 마치 쫓기고 있는 사람 같았다. 얼굴이 마주치면 이쪽에서 상상하는 것보다 그들의 적의가 더욱 맹렬하게 느껴지는 것이 싫었고 자신에게도 죄가 있는 것 같아서 더욱더 절망적인 고독감에 휩싸여 마치 만나고 싶지 않은 적에게 추격당하고 있는 것처럼 느꼈다.

"저 지겨운 베니토 후버 자식!"

그러나 그놈에겐 악의가 있었던 것은 아니다. 악의가 없다는 것이 어느 면에서 더욱 나쁜 것이다. 악의가 없는 사람들도 악의 있는 사람들과 똑같이 행동한다. 저 레니나마저 자신을 이처럼 괴롭게 만들고 있는 것이 아닌가.

그는 레니나에게 말을 건네보려고 벼르고 별렀지만 도

저히 그럴 용기가 나지 않아 우유부단하게 몇 주일을 보냈던 일을 상기했다. 경멸적인 거절을 당하고 창피를 당할 위험이 있었지만 그것에 과감하게 직면해 볼 것인가? 하지만 그녀가 응낙한다면 이 얼마나 황홀한 일일까! 그런데 그녀는 이미 응낙해 준 것이다. 그러나 그는 여전히 비참했다——그녀는 장애물 골프를 하기에 안성맞춤인 오후라고 엉뚱한 이야기를 했으며, 급기야는 헨리 포스터와 함께 나란히 헬리콥터를 타고 날아가 버렸으며, 두 사람만이 은밀하게 이야기하기 위해 많은 사람들 앞에서는 말을 하지 않았던 그를 두고 오히려 이상하다고 여겼기 때문에 여전히 비참했다. 간단히 말해서 레니나는 어디까지나 건전하고 도덕적인 영국 여자로서 마땅히 취해야 할 행동을 했을 뿐, 조금도 유별나고 이상한 행동을 하려 들지 않았기 때문에 그는 비참했다.

버나드는 자신의 격납고를 열고 거기에서 빈둥거리고 있는 두 명의 델타 마이너스 조수를 불러 자신의 기체를 옥상으로 밀어내 오라고 명령했다. 격납고는 모두 보카노프스키 집단들이 지키고 있었다. 그들은 모두 하나같이 키가 작은 쌍둥이들이며 검고 흉칙했다. 버나드는 자신의 우월성에 자신감을 갖지 못하는 인간들에게 흔히 있는 날카로우면서도 좀 오만하며 심지어 모멸적인 말투로 명령했다.

하층 계급과 맞서는 것은 버나드로서는 정말 우울한 노릇이었다. (대용혈액에 알코올이 주입되었다는 소문은, 실제로 우연한 불상사가 결코 적지 않았기 때문에 사실이었는지도 모른다) 여하튼 이유야 어쨌건 버나드의 체격은 감마급의 평균 체격보다 별로 크지 않았다. 알파 계급의 표준치보다 그의 신장은 무려 8센티미터나 작았으며 그것에 비례하여 몸집도 마른 편이었다. 하층계급의 인간들과의 접촉은 항상 그의 육체적 결함을 고통스럽게 상기시켰다.

'나는 나다. 그런데 이런 모습의 내가 아니었으면 좋았을걸' 하는 열등의식은 모질게도 그를 괴롭혔다.

델타 계급의 얼굴을 마주볼 때 내려다보는 것이 아니라 수평의 위치에서 볼 때마다 그는 굴욕을 느꼈다. '이 녀석이 그의 계급에 합당한 존경심을 가지고 그를 대우할 것인가?' 하는 의문이 그를 시달리게 했다.

그것도 무리가 아니었다. 그것은 감마 계급이든 델타 계급이든 엡실론 계급이든 사회적 우월성을 체구와 결부시켜 생각하는 습성이 어느 정도 체득되어 있었기 때문이었다. 사실 큰 체구를 존중하는 수면시 교육의 편견이 널리 보편화되어 있었다. 그가 프로포즈하는 여자가 웃음보를 터뜨린다든가 동료들에게서 놀림을 당하게 되는 것은 모두 여기서 연유했다. 이러한 조소는 그로 하여금 이방인라는 느낌을 안겨 주었고 그를 이방인처럼 행동하게 했다. 그러자 그의 그러한 행동은 그에 대한 편견을 고조시켰고, 신체적 결함이 유발시킨 굴욕과 적개심을 더욱 부채질했다. 그것은 다시 자신은 이질적이며 고독하다는 의식을 갖게 했다. 경멸당하고 있다는 만성적인 두려움은 그로 하여금 친구를 피하게 했으며 아랫사람들 앞에서는 오히려 열등의식에서 오는 위엄을 부리게 만들었다.

버나드는 헨리 포스터와 베니토 후버와 같은 남자를 얼마나 부러워했는지 모른다. 명령에 복종시키기 위해 엡실론 계급에게 고함칠 필요가 없는 사람들, 자신들의 사회적 우월성을 당연한 것으로 받아들이는 사람들, 물고기가 물속을 헤엄치듯 계급제도의 숲 속을 자연스럽게 거니는 사람들——자신에 대한 자아의식도 없으며 자신들이 생존하는 고맙고 안락한 요소에 대해 별도의 의식을 필요로 하지 않을 정도로 안주할 수 있는 사람들! 버나드는 부러웠다.

천천히 (그에게는 그렇게 느껴졌다) 그리고 마지못해 쌍둥이 조수들은 그의 헬리콥터를 끌어내고 있었다.

"빨리해!"

버나드는 발끈해서 외쳤다. 그중 하나가 그를 힐끗 보았다. 저 멍청한 회색 눈 속에 감지되는 것은 일종의 동물적인 조소가 아닐까? "빨리해!" 그는 전보다 더 큰 소리로 고함쳤다. 그의 목소리 속에는 추악한 불협화음이 섞여 있었다.

그는 기체에 오른 지 1분 후 남쪽 강을 향해 날고 있었다.

플리트 가의 60층 빌딩 속에는 각종 선전사무국과 감정공학대학이 들어서 있었다. 지하 1층과 그 아래층에는 런던의 3대 신문, 즉 상류계급용의 〈라디오 시보〉와 연초록색 〈감마 가제트〉와 카키색 용지에다 특별히 단음절 어휘로만 집필하는 〈델타 미러〉의 인쇄소와 사무실이 있었다. 그 위층으로는 텔레비전 방송국, 촉감영화국, 인조음악의 선전사무국이 들어 있었는데 22개 층이 그것들로 점령되어 있었다. 그 위로는 연구실험소와 방음실이 있었고 그 안에서는 음반작가와 인조합성음악 작곡가들이 섬세한 작업을 수행하고 있었다. 위로 18층은 감정공학대학이 사용하고 있었다.

버나드는 선전국 옥상에 착륙하고 기체에서 걸어 나왔다.

"헬름홀츠 왓슨 씨에게 전화해서 버나드 마르크스 씨가 옥상에서 기다리고 있다고 알려라."

버나드는 감마 플러스 계급 짐꾼에게 명령했다.

그는 앉아서 담배에 불을 붙였다.

헬름홀츠 왓슨은 전갈이 전해졌을 때 무언가 쓰고 있었다.

"즉시 가겠다고 알려." 그는 말하고 수화기를 놓았다. 그러고는 비서를 향해 "여기 정리를 부탁해요" 하고 여전히 사무적인 냉정한 어조로 말했다. 그러고는 비서의 밝은 미소도 무시하고 자리에서 일어나 경쾌하게 문으로 걸어갔다.

그는 건장한 체구를 가진 사나이였다. 두툼한 가슴에다 넓고 우람한 어깨를 지니고 있었지만 동작은 민첩하고 탄력적이며 날렵했다. 둥글고 튼튼한 기둥 같은 그의 목은 아름답게 생긴 머리를 떠받치고 있었다. 그의 머리칼은 검고 곱슬거렸다. 그의 얼굴의 윤곽은 뚜렷했다. 어느 모로 보나 그는 미남이었고 여비서가 싫증을 모르고 입버릇처럼 말했듯이, 머리끝에서 발끝까지 알파 플러스였다. 그의 직업은 감정공학대학(창작과)의 강사였으며 교육활동의 여가를 타서 틈틈이 실제 감정기사로 일했다. 그는 고정적으로 〈라디오 시보〉에 기고했으며 촉감영화의 시나리오도 썼으며 표어라든가 수면시 교육용 시구절을 쓰는 다양한 재주도 가지고 있었다.

"유능해" 상사들의 정평이었다. "어쩌면……. (여기서 그들은 머리를 저으면서 의미심장하게 목소리를 낮췄다.) 좀 지나치게 유능한지도 모르지."

정말 좀 지나치게 유능했다. 그들의 말이 맞았다. 지나친 지적 능력은 버나드 마르크스의 경우 육체적 결함의 결과로서 일어나는 것과 비슷한 효과를 헬름홀츠 왓슨에게 가져다 주었다. 빈약한 골격과 근육이 버나드를 동료들로부터 고립시키고 있었고, 이 고립감은 세상에 통용되는 일반적 표준치로 볼 때 정신적 과잉을 말하는 것으로서 다시 보다 깊은 고립의 원인이 되고 있었다. 그런데 헬름홀츠를 불편하도록 자아의식으로 몰아넣고 고립감을 주는 것은 지나친 지력이었다. 이 두 사람에게 공통된 것은 자신들이 단독의 개인이라는 자각이었다. 그러나 육체적인 결함을 지니고 있는 버나드의 고독은 여태까지의 생활을 통하여 사뭇 지속적으로 그를 괴롭혀 온 것이지만, 헬름홀츠 왓슨이 자신과 자기 주위를 에워싼 사람들과의 차이를 의식하기 시작한 것은 극히 최근의 일이었다.

이 에스컬레이터 스쿼시 선수권자이며 지칠 줄 모르는 엽색가. (그는 4년도 채 안 되는 기간 동안에 무려 6백 40명의 다른 여자와 관계했다는 이야기가 돌고 있었다.) 게다가 찬양할 만한 위원회의 회원이며 대인관계가 원만했던 이 남자가 갑자기 운동과 여자와 공동체 활동은 적어도 자신에게 있어서 차선에 불과하다는 것을 깨달았던 것이다. 사실 아니 본질적으로 그는 다른 것에 관심이 있었다. 그러나 그것이 무엇일까? 도대체 무엇일까? 이것이 바로 버나드가 그와 토론하기 위해——아니 항상 이야기하는 쪽은 헬름홀츠 왓슨이니까 그의 친구가 토론하는 것을 한번 더 경청하러 달려온 것이 문제의 초점이었다.

헬름홀츠가 엘리베이터에서 내리자 합성음성 선전국에

근무하는 아리따운 여자 세 명이 그를 기다리고 있었다.

"오, 헬름홀츠 씨. 우리와 함께 엑스무어의 정찬 피크닉에 가요."

여자들은 애원하듯 그의 주위에 매달렸다.

그는 고개를 흔들면서 그들 사이를 밀치며 나갔다.

"안 돼. 안 돼!"

"우린 다른 남자들은 초대하지 않을 작정이에요."

그러나 헬름홀츠는 이러한 유쾌한 약속에도 요지부동이었다.

"안 돼. 나는 바빠요" 하고 그는 반복했다. 그는 단호히 가던 길을 가고 있었다. 여자들은 그의 뒤를 따라왔다. 그가 버나드의 비행기에 올라 문을 '쾅' 하고 닫았을 때야 비로소 여자들은 쫓는 것을 포기했다. 원망의 소리가 전혀 없지도 않았다.

"저 계집애들!" 헬리콥터가 상승하자 그가 말했다. "저 계집애들!" 그는 고개를 저으며 우거지상을 지었다.

"정말 지겹군!" 하고 버나드는 위선적으로 동의했지만 사실은 자신도 헬름홀츠처럼 많은 여자들을 별로 애쓰지도 않고 손아귀에 넣을 수 있었으면 좋겠다고 생각하고 있었다. 그러다가 그는 갑자기 자랑하고 싶은 충동에 사로잡혔다.

"난 레니나 크라운을 데리고 뉴멕시코로 갈 셈이야." 그는 되도록 아무렇지도 않다는 어조로 말했다.

"그래?" 헬름홀츠는 전혀 관심이 없는 어조로 응답했다. 잠시 있다가 "나는 최근 일이주일 동안 위원회 활동을 끊고 계집애들과의 교제도 끊었어. 그래서 대학에서 얼마나 큰 소동이 일어났는지 상상도 못 할 거야. 하지만 그렇게 하는 것만큼의 가치는 있는 거지. 그 효과는……." 여기에서 그는 주저했다. "그건 정말 이상해! 정말 이상하단 말이야."

육체적 결함은 일종의 의식의 과잉을 낳을 수 있었다. 그런데 그뿐만 아니라 역(逆)도 가능하다고 볼 수 있다. 의식의 과잉은 그 자체의 목적을 위해 자발적으로 고독을 택하고 스스로 눈과 귀를 멀게 하여 인위적인 금욕주의적 불능자로 만든다.

짧은 비행의 후반은 침묵으로 일관되었다. 목적지에 도착하여 버나드의 방 안의 푹신한 의자에 편안한 자세로 몸을 뻗고 누웠을 때 헬름홀츠가 다시 말을 꺼냈다.

"자네는 지금까지" 하고 그가 천천히 말을 꺼냈다. "자네의 내부에 무엇인가 숨어 있어서 자네가 그것을 끄집어낼 때까지 기다리고 있는 것 같은 그런 느낌을 느껴 본 적 없나? 자네가 사용하지 않고 있는 여분의 힘과 같은 것 말일세. 그러니까 터빈 속을 통과하지 않고 폭포로 그냥 떨어지는 물과 같은 것 말야."

그는 버나드를 무엇인가 질문하는 표정으로 바라보았다.

"혹시 사정이 다르다면 우리가 느낄지도 모르는 여러 가지 감정 말인가?"

헬름홀츠는 고개를 저었다.

"반드시 그렇지도 않아. 무언가 내가 이따금 느끼는 야릇한 감정을 생각하고 있는 거야. 무언가 내가 이야기할 중대한 것이 있고 그것을 표현할 능력도 있다는 기분이야——단지 그 말하고 싶은 것이 무엇인지 모르는 데다가 그 능력을 도무지 사용할 수가 없다는 감정이야. 혹시 지금 우리가 사용하는 글 이외의 표현방법이 있다면…….또는 지금과 다른 것에 대해 쓸 수 있다면……."

여기에서 그는 입을 다물었다가 다시 말을 이었다.

"자네도 알다시피 나는 어떤 문장을 창작하는 재주가 있어. 자네들이 마치 바늘 위에 앉았을 때처럼 펄쩍 튀어오르게 할 수 있는 그런 문장을 지을 수 있네. 그것이 비록 수면시 교육에서 명백히 밝혀진 것이라 해도 참신하고 자극적으로 다시 표현할 수 있단 말일세. 하지만 그런 것으로는 충분치 않아. 문장이 잘되었다는 것만으로는 충분하지 않아. 그런 문장을 사용하여 만들어내는 내용 역시 훌륭해야 된다는 느낌이 들어."

"자네가 쓰는 것은 훌륭하던데."

"어떤 면에 한해서 그렇게 말할 수 있겠지." 헬름홀츠는 어깨를 추썩였다.

"하지만 그런 것은 아무것도 아니야. 그런 것은 어쩐지 충분한 중요성을 결여하고 있는 것 같아. 무언가 훨씬 중요한 어떤 일을 할 수 있을 것 같아. 그래, 보다 강렬하고 보다 격렬한 것 말야. 그런데 그것이 무엇일까? 무엇이 말해야 할 더 중요한 것일까? 또한 우리가 써야 할 대상에 대해 어떻게 하면 더욱 치열해질 수 있을까? 어휘라는 것은 적절히 사용하면 X레이와 같아질 수 있어——어떤 것도 관통할 수 있는 것이야. 읽는 사람들을 관통하는 거야. 그것이 내가 학생들에게 가르치려는 것 중의 하나야. 어떻게 인간의 정신을 찌르듯 강렬하게 쓸 것인가 하는 문제 말이지. 그러나 공동체 찬가라든가 방향(芳香) 오르간의 최신식 개량에 대한 논설 같은 것으로 가슴이 관통된다는 것, 도대체 그런 것이 무슨 소용이 있겠나? 더군다나 이러한 것에 관하여 글을 쓸 경우 어휘로 하여금 강력한 X광선처럼 사물을 관통하도록 할 수 있을까? 아무 내용도 없는 것에 관해 무엇을 쓸 수 있단 말인가? 결국 이 점이 궁극적인 문제야. 나는 노력하고……."

"쉬!" 버나드는 갑자기 경고하듯 손가락을 입술에 갖다 대며 말했다. "문에 누군가 있는 것 같군." 그가 속삭였다.

헬름홀츠는 일어나서 방을 가로질러 살금살금 걸어가

서 재빠른 동작으로 문을 활짝 열었다. 물론 그곳에는 아무도 없었다.

"미안해." 불안할 정도로 바보스런 느낌과 표정으로 버나드가 말했다. "좀 신경과민인가 봐. 사람들에게 의심을 받으면 나도 사람들을 의심하게 되거든."

버나드는 손으로 눈을 비비며 한숨을 내쉬었다. 그의 목소리는 처량해졌다. 그는 자신을 정당화하고 있었다.

"요즘처럼 내가 참고 견뎌야 했던 것을 자네는 모를 거야." 그는 거의 울음을 터뜨릴 것처럼 말했다. 자기 연민이 갑자기 분수처럼 폭발했다. "자네는 모를 거야!"

헬름홀츠 왓슨은 좀 불편한 감정을 느끼며 듣고 있었다. "불쌍한 버나드!"

그는 속으로 중얼거렸다. 그러나 동시에 친구 때문에 창피하다는 느낌이 들었다. 버나드가 자존심을 좀 가져 주었으면 싶었다.

5

8시경이 되자 해가 저물었다. 스토크 포지스 클럽의 탑 위에 걸린 스피커가 인간의 테너 음성보다 더 큰 음성으로 코스의 폐쇄를 알리기 시작했다. 레니나와 헨리는 게임을 포기하고 클럽 쪽으로 걸어갔다. 내외분비물 합동회사의 마당에서 수천 필의 가축들이 우는 소리가 들려왔다. 이들 가축들의 호르몬과 우유는 판햄 로열에 있는 거대한 공장의 원료로 공급되고 있었다.

끝없이 붕붕거리는 헬리콥터의 잡음이 황혼 녘의 시간을 채우고 있었다. 2분 30초마다 벨이나 요란한 기적소리가 울려, 하층계급의 골퍼들을 각자의 골프 코스로부터 수도로 운반해 줄 모노레일 열차의 출발을 알리고 있었다.

레니나와 헨리는 자신들의 헬리콥터에 타고 출발했다. 8천 피트 상공에서 헨리는 헬리콥터 스크루를 늦췄다. 그들은 저물어가는 풍경의 상공에 1, 2분 동안 정지한 상태로 머물러 있었다. 번햄 비치즈의 숲이 거대한 어둠의 호수처럼 서녘 하늘의 밝은 변두리까지 뻗어 있었다. 지평선 근처는 심홍색을 띤 최후의 석양이 상공으로 올라갈수록 오렌지빛과 누런 빛을 띠다가 다시 엷은 초록색으로 변해 가고 있었다. 북쪽으로는 수목이 울창했고 그 건너편에 20층의 내외분비물 제조공장이 자리 잡고 있었는데, 창마다 맹렬하게 빛나는 전등이 있었다. 그 아래쪽으로 골프클럽 건물들이 있었다. 하층계급용의 거대한 숙사가 있었고 격리된 벽 반대쪽에는 알파 및 베타 계급 전용의 작은 빌딩들이 있었다. 모노레일 정거장으로 가는 통로는 하층계급들이 개미처럼 우글거렸다. 유리로 된 둥근 천장 밑에서 불을 밝힌 기차가 옥외로 쏜살같이 튀어나갔다. 컴컴한 평원을 남동쪽으로 달리고 있는 그 기차의 진로를 따라가던 중, 그들의 시선은 장엄한 시체 소각장 건물에 쏠렸다. 안전한 야간비행을 위해 4개의 높은 굴뚝에는 투광조명이 설치되어 있었고 심홍색 위험신호가 그 위에 붙어 있었다. 이것은 하나의 경계표지였다.

"왜 저 굴뚝은 둘레에다 발코니 같은 것을 만들어 놓았을까요?" 레니나가 물었다.

"인회수(燐回收)." 헨리는 마치 전보문처럼 설명했다.

"연통을 통해서 분출할 때까지 가스는 네 종류로 분류

됨. 전에는 화장이 있을 때마다 P_2O_5가 공기 중으로 달아나 버렸어. 이제는 구십 팔 퍼센트가 다시 회수되고 있어. 성인의 시체 1구에서 1.5킬로그램 이상의 인(燐)이 회수돼. 영국에서만도 매년 산출되는 사백 톤의 인은 대부분 이렇게 해서 얻어지는 인이지."

헨리는 이런 업적이 마치 자신의 업적인 것처럼 대견해하며 자부심을 가지고 말했다.

"우리가 죽고 나서도 계속 사회적으로 유용하게 쓰일 수 있다는 생각은 유쾌한 것이야. 식물의 성장을 도와주니까."

레니나는 이때 시선을 돌려서 수직으로 아래에 보이는 모노레일 정거장을 내려다보았다.

"그건 그래요" 하고 그녀도 동의했다. "그런데 알파와 베타 계급이 저 아래에 보이는 지저분한 감마, 델타, 엡실론 계급보다 식물의 성장에 월등하게 많이 기여하지 않는다는 것은 좀 이상해요."

"인간은 물리화학적으로 볼 땐 균등한 거야." 헨리가 격언조로 말했다. "그것말고도 심지어 엡실론 계급도 없어서는 안 되는 봉사를 하고 있는 거야."

"엡실론 계급도……."

* 인산 — 원주

레니나는 갑자기 옛날 일을 하나 회상했다. 어린 여학생 시절의 일이 생각났던 것이다. 어느 날 한밤중에 그녀는 우연히 눈을 뜬 일이 있었다. 그때 비로소 수면 중에도 그녀에게 출몰하는 속삭임을 깨달았던 것이다. 달빛과 작고 흰 침대의 대열이 지금 다시 그녀의 눈에 어른거렸다. 조용하고 부드러운 소리가 그녀의 귓전에 다시금 울려왔다. (이건 수많은 밤을 거쳐 반복된 것이어서 잊혀지지 않고 잊을 수도 없는 말이었다.)

"만인은 다른 만인을 위해 일합니다. 그 누구라도 없어진다면 잘 살아갈 수 없습니다. 엡실론 계급조차도 유용한 것입니다. 엡실론 계급이 없이는 살아갈 수 없습니다. 만인은 다른 인간들을 위해 일합니다. 그 누구라도 없어지면 살아갈 수 없습니다……."

최초로 느꼈던 충격적인 공포와 놀라움을 레니나는 상기해 보았다. 반쯤 깨어 있는 시간 동안 여러 가지를 깊이 생각하던 일, 그러다가 끝없이 반복되는 속삭임의 영향으로 차츰 정신이 위로받아 진정되고 고요해지다가 은밀히 잠 속으로 다시 빠져들던 일이 생각났다.

"엡실론들은 자신들이 엡실론이라는 것을 전혀 꺼리지 않는 모양이죠?" 그녀가 큰 소리로 말했다.

"물론이지. 어떻게 꺼릴 수가 있겠어. 다른 계급이 된다는 것이 어떤 것인지조차 그들은 모르고 있는 거야. 그렇지만 물론 우리는 그런 생각을 할 수 있어. 우리는 습성이 다르게 길러졌기 때문이야. 또한 우리는 처음부터 유전인자가 달라."

"엡실론 계급이 되지 않은 것이 행복해요." 레니나는 신념을 가지고 말했다.

"만일 레니나가 엡실론 계급이었다면" 하고 헨리가 말했다. "레니나가 받은 조건반사적 습성 훈련은 베타나 알파가 아닌 계급으로 태어난 것을 고맙게 생각하도록 되어 있을 거야."

헨리는 전진 프로펠러에 기어를 넣고 런던으로 기수를 돌렸다. 그들 뒤의 서쪽 하늘에는 심홍색과 오렌지색 노을이 거의 사라진 시각이었다. 어두운 구름층이 하늘의 정점으로 몰려들고 있었다. 화장터 상공을 날 때 굴뚝에서 올라오는 뜨거운 공기로 인해 기체는 위로 날려 올라갔지만 그곳을 지나자 차가운 공기 속으로 휘말리며 급강하했다.

"정말 멋지게 올라갔다 내려오는군요." 레니나가 즐겁다는 듯이 웃었다.

그러나 헨리의 어조는 잠시 우울하기까지 했다.

"지금 올라갔다 내려간 것이 무엇인지나 알고 있어?" 하고 그는 말했다. "그건 어떤 인간이 마지막으로 사라져 갔다는 뜻이야. 뜨거운 가스가 되어 올라간 거야. 그게 누구였는지 궁금하군. 남자? 여자? 알파 계급 아니면 엡실론?……." 그는 한숨을 쉬었다.

그러다가 갑자기 원기를 내겠다고 결심하듯 명랑한 음성으로 "여하튼" 하고 결론지었다.

"확실한 것은 한 가지 있어. 지금 사라진 것이 누구였든 그 사람은 살아 있는 동안은 행복했던 거야. 지금 모든 인간은 행복하니까."

"그래요. 모든 인간은 지금 행복해요." 레니나가 맞장구쳤다. 그들은 그 말을 12년 동안 매일 밤 1백 50번씩 반복해서 들었던 것이다.

웨스트민스터에 있는 헨리의 40층짜리 아파트 옥상에 내려 그들은 곧장 식당으로 내려갔다. 거기서 그들은 즐겁게 떠들어대는 사람들 사이에 섞여 최고급의 식사를 했다. 커피와 함께 소마가 나왔다. 레니나는 반 그램짜리 두 알을 먹고 헨리는 세 알을 먹었다. 9시 20분에 그들은 거리로 나가 새로 연 웨스트민스터 사원 카바레로 걸어갔다. 거의 구름 한 점 없는 밤이었다. 달도 없이 별들만 총총한 밤이었다. 그러나 대개의 인간들을 침울하게 만드는 이 사실을 레니나와 헨리는 다행히도 의식하지 못하고 있었다. 전광 공중광고가 밤의 어둠을 효과적으로 몰아내고 있었다. '칼빈 스토페스와 그의 16명의 색소폰 연주자들'이라는 광고판이 빛나고 있었다. 새로 연 웨스트민스터 사원의 정면에선 거대한 문자가 유혹하듯 번뜩이고 있었다.——'런던 최고의 후각 혹은 색채 오르간. 최신식 인조 음악 총망라'

그들은 안으로 들어갔다. 공기는 무더웠고 용연향과 백단향 때문에 숨이 막힐 지경이었다. 홀의 둥근 천장 위에는 색채 오르간이 순간적으로 열대의 낙조를 그려내고 있었다. 16명의 색소폰 연주자들이 그리운 옛 노래를 연주하고 있었다.

"이 세상 어디에도 나의 작고 귀여운 병 같은 병은 없어요."

4백 쌍가량이 윤이 나는 플로어 위에서 춤을 추고 있었다. 레니나와 헨리는 곧 4백 1번째의 쌍이 되었다. 색소폰들은 달밤에 묘하게 우는 고양이 소리를 읊어대고 있었다. 마치 그들에게 죽음이 곧 닥쳐오는 것처럼 알토와 테너로 통곡했다. 풍부한 화음이 점차 첨가되면서 떨리는 색소폰의 합주는 점점 요란하게 절정에 달했다. 그 소리는 점점 커지더니 마침내 지휘자가 팔을 한 번 휘두르자 요란하게 흩어지는 에텔 음악 소리가 나오면서 16명의 연주자를 세찬 바람으로 날려 버리는가 했더니 그들의 자취가 완전히 사라지고 말았다. A플랫 장조의 천둥소리. 다음 순간 정적과 암흑. 그 속에서 점차 축소음이 계속되었고, 차츰 약하게 가라앉는 음이 4분의 1박자가량 서서히 내려가자 결국에 가서는 미묘하게 속삭이는 화현(和絃)으로 변

하여 잠시 이어지다가(5-4의 리듬이 끊임없이 낮게 울리고 있었다)
암흑의 분위기로 변하여 긴장이 감도는 기대감으로 가득
넘쳐 흐르게 했다. 갑자기, 폭발적인 아침 해가 솟아올랐
다. 그와 동시에 16명의 연주자가 노래를 터뜨렸다.

나의 병이여, 내가 항상 원하는 건 너야!
나의 병이여, 왜 내가 병에서 태어났느냐고?
너의 안에서는 하늘은 푸르고
날씨는 항상 화창한 곳이지.
그러니까
이 세상 어디에서도
내 병 같은 병은 없다니까.

레니나와 헨리는 다른 4백 쌍과 더불어 춤을 추며 웨스
트민스터 사원 카바레를 회전하며 다른 세계로 들어가고
있었다. 소마 휴일이라는 훈훈하고 풍요로운 색채로 가득
차고 무한히 친근한 세계로 모든 사람은 친절하고 잘생겼
으며 영원한 행복을 즐기고 있었다.

"나의 병이여, 나는 항상 너를……."

그러나 레니나와 헨리는 그들이 원하는 것을 얻은
것이다……. 그들은 지금 여기에서 그 안에 있는 것이
다──안전하게 그 안에 들어가서 쾌청한 날씨와 영원

히 푸르른 하늘을 즐기고 있는 것이다. 그리하여 지쳐빠진 16명이 색소폰을 내려놓으면 인조음악장치가 완만한 맬서스 블루스풍의 최신 곡을 만들어 연주하자 그들은 병 속의 대용혈액의 바다에 떠서 대양의 파도를 타고 부드럽게 출렁이는 쌍둥이가 된 기분이 되었다.

"여러분, 안녕! 여러분, 안녕. 편히 쉬십시오." 스피커가 상냥하고 음악적이며 예의 바른 어조로 명령을 전한다. "여러분, 편히 쉬십시오……."

다른 사람들과 똑같이 레니나와 헨리는 그 명령에 순종하여 건물을 떠났다. 침울한 별들이 하늘을 가로질러 그들의 위치를 상당히 옮겨간 시각이었다. 하늘을 격리시키는 공중광고도 대부분 꺼져 있었지만 두 사람은 아직 다행스럽게도 밤을 전혀 의식하지 못했다.

카바레가 문을 닫기 30분 전에 다시 소마를 삼켰기 때문에 현실의 세계와 혼미한 정신 사이에 전혀 횡단할 수 없는 벽이 솟아 있었다. 병 속에 밀봉된 상태에서 그들은 거리를 건넜다. 병 속에 밀봉된 채 그들은 엘리베이터를 타고 헨리의 28층 아파트 방으로 올라갔다. 소마를 두 번이나 복용하여 병 속에 밀봉된 상태였지만 레니나는 규칙에 정해진 피임 조치를 잊지 않았다. 여러 해에 걸친 수면시 교육과 12세부터 17세에 이르기까지 주 3회의 맬서스식 훈련을 받은 덕택으로, 이러한 조심을 하는 것쯤은 눈을 껌벅이는 행위처럼 자동적이고 불가피한 것으로 여겨졌다.

"아, 지금 생각이 났어요." 그녀는 욕실에서 나오자 말했다. "당신이 주신 그 멋진 초록색 모로코 가죽 허리띠 말이에요. 그것 어디서 구했는지 패니 크라운이 알고 싶다고 하던데……."

*

한 주 걸러 목요일마다 버나드의 단결 예배일이 돌아왔다. 아프로디태움에서 일찌감치 저녁을 먹고 (회칙 제2조에 의하여 헬름홀츠는 최근 그 회원으로 선임되었다) 버나드는 친구와 작별하고 옥상에서 택시 헬리콥터를 불러 포드슨 공동체 찬가 성당까지 가라고 명령했다. 기체가 2백 미터 상승하여 동쪽으로 향하여 가다가 방향을 바꾸자 눈 아래로 성당의 거대하고 아름다운 모습이 보였다. 러드게이트 힐 위에는 3백 20미터의 하얀 모조대리석이 눈처럼 하얗게 빛나고 있었다. 그 헬리콥터 정류장의 네모퉁이에는 무수한 T자가 심홍색으로 찬란하게 빛나고 있었으며 24개의 거대한 황금나팔 구멍으로부터 장엄한 인조음악이 울려 나오고 있었다.

"젠장! 지각이군."

버나드는 찬가 성당의 시계인 빅 헨리를 보는 순간 혼잣말로 뇌까렸다. 아니나 다를까 그가 택시비를 지불하는 동안 빅 헨리 시계는 시간을 알리며 울렸다. 모든 황금 나팔에서 "포드 님" 하고 육중한 저음의 찬가가 울려 나왔다. "포드, 포드, 포드……." 아홉 번씩이나 반복되었다. 버나드는 엘리베이터로 달려갔다.

포드 탄신일의 축전과 공동체 찬가를 위한 대강당은 건물의 아래층에 있었다. 그 위에는 각 층마다 1백 개씩 전부 7천 개의 방이 있었으며 거기에서 연대클럽들이 2주간의 예배를 보게 되어 있었다. 버나드는 33층에서 내려 복도를 황급히 달려, 3210호실 밖에서 잠시 머뭇거리고 섰다가 자세를 가다듬고는 문을 열고 들어섰다.

다행히도 그가 꼴찌는 아니었다. 원탁 둘레에 놓인 12개의 의자 중 3개가 아직 비어 있었다. 그는 가까운 곳에 있는 의자에 될수록 남의 눈을 끌지 않도록 살며시 앉아서, 자신보다 늦는 사람들이 들어올 때마다 상을 찌푸려 주겠다고 잔뜩 벼르고 있었다.

"오늘 오후 무슨 게임을 하셨나요?"

그의 왼쪽에 앉은 여자가 그에게 고개를 돌리며 물었다.

"장애물 골프? 아니면 전자 골프?"

버나드는 그녀를 보았다. (오오, 포드 님! 이건 모가나 로스차일드 양이 아닌가!) 버나드는 얼굴을 붉히면서 그 어느 것도 하지 않았음을 고백하지 않을 수 없었다. 모가나는 놀라며 그를 응시했다. 어색한 침묵이 흘렀다.

그러자 그녀는 몸을 홱 돌리며 그녀의 왼쪽에 있는 보다 스포츠맨다운 사나이에게 이야기를 걸었다.

"단결 예배치고는 출발이 좋군."

버나드는 비참하다는 듯이 한숨을 내쉬고 융합을 이루지 못하고 또 한번 실패하게 될 것을 예감했다. 차라리 가장 가까이에 있는 의자로 성급히 기어들지 말고 전체를 돌아보는 시간적 여유를 가졌더라면 좋았을 텐데……. 피피 브래들로와 조안나 디젤 사이에 끼어 앉을 수도 있었을 텐데. 그런데 그만 엉겁결에 모가나 옆에 앉고 말다니! 모가나! 포드 님! 저 까만 그녀의 두 눈썹——아니 차라리 한 개의 눈썹이다——두 개의 눈썹이 코 위에서 하나로 겹쳐 있으니까——포드 님! 그의 오른쪽에는 클라라 디터딩이 있었다. 그래, 클라라의 눈썹은 서로 붙지 않지만 그녀는 정말 너무 탄력적이야. 반면 피피와 조안나는 참으로 적당한 여자들이지. 포동포동하고 금발에다 몸매가 지나치게 크지도 않고……. 그런데 그들 사이의 자리를 차지하고 있는 것은 저 덩치 큰 촌놈 같은 톰 가와구치가 아닌가!

제일 늦게 도착한 것은 사르지니 엥겔스였다.

"당신은 지각입니다." 그룹의 조장이 엄격한 어조로 말했다. "다시는 이런 일이 없도록 하시오."

사르지니는 사과하고 짐 보카노프스키와 허버트 바쿠닌 사이의 자리로 가서 앉았다. 이제 그룹은 전부 출석했고 단결 서클은 완벽했으며 흠이 없었다. 남, 녀, 남의 순으로 탁자를 가운데로 하고 빙 둘러 앉았다. 열두 명이 한덩어리가 되고 일치 단결하여 다시 큰 원 속에서 12명은 개인의 정체성을 포기할 순간을 기다리고 있었다.

조장이 일어나 T자를 그려서 신호하며 인조음악의 스위치를 넣자 고요한 북소리의 연속적인 반향과 기악의 합주가 시작되었다. 관악기와 초현악기의 합주였는데, 그것은 간결하면서도 가슴속에 스며들어 떨어지지 않는 느낌을 주는 제1단결주의 찬가로서 물결이 밀려오듯 힘차게 반복되었다. 그러나 약동하는 리듬을 듣는 것은 귀가 아니고 횡경막이었다. 끊임없이 스며드는 화성(和聲)의 흐느끼는 소리와 반향은 가슴에만 스며드는 것이 아니라 연민을 호소하듯 내장에까지 스며들고 있었다.

조장은 다시 한번 T자를 긋고 앉았다. 예배가 시작된 것이다. 식탁의 중앙에는 헌납된 소마 정제가 놓여 있었다. 딸기 아이스크림 소마의 성배(聖杯)가 손에서 손으로 옮겨지며 "자기멸각(自己滅却)을 위해 건배"라는 공식 문구를 읊으며 열두 번 마시는 의식이 있었다. 그러고 나서 인조음악 오케스트라의 반주로 제1단결주의 찬가를 합창했다.

　　포드 님, 우리는 열두 명이로소이다.
　　우리를 하나로 만들어 주옵소서.
　　사회의 강에 흐르는 물방울처럼
　　오오, 이제 우리를 함께 흐르게 하소서.
　　당신의 빛나는 플리버 자동차처럼 재빨리 흐르게 하소서.

　염원에 찬 열두 소절. 다음에는 성배가 다시 돌아갔다. 이번에는 "보다 위대한 존재를 위해 건배"라는 말이 공식 구호였다. 모두가 마셨다. 음악은 지칠 줄 모르고 연주되었다. 북이 울렸다. 울부짖고 부서지는 화음은 녹아내린 내장에 붙어 떨어지지 않았다. 제2단결주의 찬가가 합창되었다.

　　보다 위대한 자여, 사회의 친구여, 오라.
　　하나가 되는 열둘을 멸각시키소서.
　　우리는 죽기를 희구하나이다.
　　죽음에 이르면 보다 큰 삶이 시작될 것이니까.

　다시 열두 소절. 이때에는 소마가 작용하기 시작했다. 눈에선 빛이 나고 양 볼엔 홍조가 감돌았다. 내부에서부터 솟아난 보편적 자비의 빛이 행복하고 다정한 미소가 되어 모든 얼굴에 떠올랐다. 심지어 버나드도 약간 나른한 기분을 느낄 수 있었다. 모가나 로스차일드가 고개를 돌려 그에게 미소지었을 때 그도 미소로 응답하기 위해 최선을 다했다. 그러나 그 눈썹——두 개가 겹쳐 하나가 된 눈썹이 유감스럽게 아직도 거기에 있었다. 그는 그것을 무시할 수 없었다. 아무리 애를 써도 허사였다. 아직 충분한 취기가 돌지 않았던 모양이다. 만일 그가 피피와 조안나 사이에 앉았더라면……. 성배가 세 번째 돌았다.

"가까이 온 그분의 강림을 위해."

마침 잔돌리기의 선창이 된 모가나 로스차일드가 말했다. 그녀의 어조는 우렁찼고 환희에 들떠 있었다. 그녀는 성배를 마시고 버나드에게 돌렸다.

"가까이 온 그분의 강림을 위해."

그가 반복했다. 그분의 강림이 임박한 것을 진지하게 느끼기 위해서였다. 그러나 그 눈썹은 계속 그의 의식을 혼란시켰으며 그에 관한 한 강림은 지독히 먼 이야기 같았다. 그는 성배를 마시고 그것을 클라라 디터딩에게 건넸다.

"나는 다시 실패할 거야. 실패할 것을 뻔히 아는걸."

버나드는 중얼거렸다. 그러나 그는 밝은 미소를 짓기 위해 최선을 다했다.

성배는 한바퀴를 돌았다. 조장이 손을 들어 신호했다.
일동은 합창으로 제3단결주의 찬가를 부르기 시작했다.

　보다 위대한 자의 강림을 느껴라!
　환호하라. 환호하다 죽어라!
　북소리의 리듬 속에 녹아 버려라!
　나는 너이고 너는 나이려니!

　일절이 다음 절로 연결됨에 따라 목소리는 차츰차츰 흥분을 더하여 용솟음쳤다. 주님의 강림이 임박했다는 의식은 허공 속의 전류와도 같았다. 조장은 음악의 스위치를 껐다. 마지막 소절의 마지막 음이 끝나자 완전한 정적이 시작되었다——건전지와 같은 생명력을 지니고 떨며 기어다니는 것 같은 연장된 기대감이 충만한 정적이었다. 조장이 손을 뻗었다. 그러자 갑자기 하나의 음성, 단순한 인간적인 음성보다 음악적인 깊고 강한 음성, 보다 풍부하고 보다 훈훈하고 사랑과 열망과 연민으로 가득 찬 떨리는 음성, 경이롭고 신비한 초자연적 음성이 그들의 머리 위에서 말하고 있었다.
　"오오, 포드 님, 포드 님, 포드 님."
　매우 서서히 그 음성은 점점 약화되며 점점 옥타브를 내리며 말했다. 그것을 듣는 자들의 경우, 따뜻한 감각이 태양신경총으로부터 사지의 구석구석까지 방사되는 것을 느끼고 있었다. 그들의 눈에 눈물이 고였다. 그들의 심장과 내장이 독립된 생명처럼 내부에서 꿈틀거리는 것 같았다.

"포드 님!"

그들은 녹아 내리고 있었다.

"포드 님!" 하는 소리도 모두 함께 용해되었다. 다음 순간 다른 목소리가 갑자기 터져나왔다.

"들으라!"

그 목소리가 나팔처럼 울렸다.

"들으라!"

그리하여 그들은 귀를 기울였다. 잠시 후 그 목소리는 속삭임으로 낮아졌다. 그러나 그 속삭임은 어딘지 드높은 외침보다 더욱 가슴을 꿰뚫는 것이었다.

"위대한 분의 발이."

속삭임은 거의 꺼져 버릴 지경이었다.

"위대한 분의 발이 계단을 밟았습니다."

다시 한번 침묵이 시작되었다. 잠시 풀렸던 기대감이 팽팽하게 긴장되어 거의 끊어질 정도까지 늘어났다. 위대한 분의 발──오, 그들의 귀에 들려왔다. 계단을 사뿐히 내려오는 소리가 들렸다. 보이지 않는 계단을 내려와 가까이 다가오는 것이 들렸다. 위대한 분의 발. 갑자기 절정의 순간에 도달했다. 눈이 휘둥그래지고 입술을 벌린 채 모가나 로스차일드는 벌떡 일어났다.

"들려요! 들려요!" 그녀가 외쳤다.

"강림하고 계십니다." 사르지니 엥겔스가 고함쳤다.

"그래! 강림하신다! 나에게도 들린다." 피피 브래들로와 톰 가와구치가 동시에 자리에서 일어났다.

"오오! 오오! 오오!" 조안나가 말문을 잊지 못하고 증언했다.

"강림하신다!" 짐 보카노프스키가 외쳤다.

조장이 몸을 앞으로 굽히고 무언가를 건드리자 심벌즈와 관악기가 현기증나는 음악을 터뜨렸고 동시에 미친 듯한 징 소리가 울렸다.

"오오, 그분이 오신다! 아니!"

클라라 디터딩이 귀청이 찢어지게 외쳤다. 그녀의 목청이 파열한 것 같았다.

자기도 무언가 해야 될 때가 되었다고 느낀 버나드도 역시 벌떡 일어나 외쳤다.

"들린다! 그분이 오신다."

그러나 그것은 진심이 아니었다. 그의 귀에는 아무것도 들리지 않았고 아무도 오고 있지 않았다. 음악에도 불구하고——고조되는 흥분에도 불구하고 아무도 오고 있지 않았다. 그러나 버나드는 팔을 흔들며 있는 힘껏 외쳤다.

모두 요란을 떨며 빙빙 돌아가면서 발을 구르고 있을 때 그도 빙빙 돌며 발을 굴렸다.

그들은 둥근 원을 이루며 빙빙 돌았다. 각자 두 손을 앞 사람의 엉덩이에 걸치고 빙빙 돌아가며 합창으로 일제히 외치며 음악에 맞추어 발을 구르고 앞 사람의 엉덩이를 때리며 박자를 맞췄다. 열두 명의 손은 한 명의 손처럼 박자를 쳤다. 열두 개의 엉덩이는 하나처럼 소리를 냈다. 열둘이 하나와 같이…… 열둘이 하나와 같이…….

"나는 그분이, 그분이 오시는 소리를 듣는다."

음악이 빨라졌다. 발구름이 빨라질수록 율동적인 손동작도 빨라졌다. 그러자 돌연 인조음악의 우렁찬 베이스 음이 단결 예배의 극치인 융합의 순간이 왔음을 알렸다. 열둘이 곧 하나가 되는 순간, 즉 보다 위대한 분의 군림을 알렸다. 큰 북들이 열광적인 음을 튕기고 있는 동안 "지가 쟈가 퉁퉁" 하고 그 저음은 노래하기 시작했다.

지가쟈가 퉁퉁, 포드 님과 즐거움이여,
여자들에게 키스하여 모두를 하나로.
남자와 여자는 평화롭게 하나가 되고
지가쟈가 퉁퉁은 구원을 준다.

"지가쟈가 퉁퉁" 하고 춤추는 자들은 기도문의 후렴을

이어받아 "지가쟈가 퉁퉁, 포드 님과 즐거움이여, 여자들에게 키스하여⋯⋯" 하고 노래했다. 이렇게 노래하는 동안 조명은 점점 어두워졌다──빛이 흐려지자 동시에 그것은 더욱 훈훈하고 풍요로운 붉은빛을 띠더니 마침내 태아저장실과 같은 심홍색 황혼 속으로 그들을 몰아넣었다. "지가쟈가 퉁퉁⋯⋯." 태아적 핏빛 어둠속에서 그들은 잠시 동안 춤추며 그 끈질긴 음악의 박자를 맞추고 있었다. "지가쟈가 퉁퉁⋯⋯." 이윽고 춤추는 원은 흔들리며 흩어져, 원탁과 의자를 에워싼 침대식 의자로 가서 쓰러져 버렸다. "지가쟈가 퉁퉁⋯⋯." 깊은 음성은 나지막한 소리로 줄어들었다. 마치 비둘기 소리 같았다. 붉은 황혼 속에서 어떤 거대한 흑비둘기가 지금 엎드렸거나 쓰러진, 춤추던 자들 위로 자비롭게 맴도는 기분이었다.

그들은 옥상에 서 있었다. 빅 헨리가 방금 11시를 알렸다. 밤은 고요하고 훈훈했다.

"멋있지 않았나요?" 피피 브래들로가 말했다. "정말 멋지지 않았나요?" 그녀는 황홀한 표정으로 버나드를 바라보았다. 그러나 그 황홀한 표정에는 전율이나 흥분의 흔적이 없었다. 사실 흥분한다는 것은 아직도 만족하지 않았다는 표시인 것이다. 그녀의 황홀 상태는 극치를 맛본 자의 조용한 황홀경이었고 공허한 포만이나 허무의 정밀이 아니라, 균형을 얻은 생명의 정밀이며 동시에 휴식과 균형을 이룩한 에너지의 정밀이었다. 풍요롭고 생명 있는 평화였다. 이 단결 예배는 탈취와 동시에 수여하고 보충을 위해서만 빼앗아가는 것이었기 때문이다. 그녀는 충만하고 완전하게 되어 있었고 그녀 자신 이상의 존재가 되어 있었다.

"멋있었다고 생각하지 않으세요?" 초자연적으로 빛나는 눈으로 버나드의 얼굴을 바라보며 그녀가 끈질기게 묻고 있었다.

"멋있었다고 생각합니다." 그는 거짓말하고 외면했다. 그녀의 거듭난 듯한 얼굴과 마주치자 그는 마치 자신의 고립을 비난하는 것처럼 느꼈으며 동시에 야유한다는 느낌마저 들었다. 그는 예배를 시작할 때나 다름없이 지금도 비참한 고독을 느꼈다. 아니 그 충족되지 않은 공허감, 생기를 잃은 포만감으로 인해서 더더욱 고립감을 느꼈다. 다른 사람들은 보다 위대한 존재와 융합되었지만 그는 고립되었을 뿐 융합되지 못했다. 모가나에게 포옹당하고 있을 때조차도 고독했다. 진실로 평생 경험했던 것보다 더욱 가망없이 고립되어 있었다. 그는 심홍색 황혼빛으로부터 평범한 전등빛으로 나왔지만 자신의 자아의식은 번민에 버금갈 정도까지 고조되어 있었다. 그는 극도로 비참했다. (그녀의 빛나는 눈은 그를 비난하고 있었다.) 어쩌면 모든 것이 그 자신의 잘못일는지도 모른다.

　"정말 멋있는 예배였습니다." 그는 반복했다. 그러나 그가 생각할 수 있는 것은 오로지 모가나의 눈썹뿐이었다.

6

'이상해, 정말 이상해!' 버나드 마르크스에 대한 레니나의 결론이었다. 그야말로 너무나 이상하다고 느꼈기에 그 후 몇 주일간 휴가를 뉴멕시코로 가서 보내겠다던 생각을 고쳐먹고 베니토 후버와 북극에나 가볼까 하는 생각을 되풀이했다. 그러나 문제는 그녀는 북극을 알고 있었고 조지 에젤과 그곳에 간 것이 겨우 지난 여름이었다. 더욱이 북극은 을씨년스러운 곳이었다. 할 일이 없었고 호텔은 형편없이 구식이었다. 침실에는 텔레비전도 설치되지 않았고 후각 오르간도 없었으며 있는 것이라곤 다만 식상한 인조음악뿐이었다. 2백 명 이상의 투숙객이 있었지만 에스컬레이터식 스쿼시 코트가 25개밖에 없었다. 절대로 다시 북극에 갈 생각은 없었다.

그녀는 전에 단 한 번 아메리카에 가본 적이 있었다. 그러나 그때는 모든 것이 불충분했다. 뉴욕에서 싸구려 주

말을 보내지 않았던가! 그게 장자크 하비불라와였던가? 아니면 보카노프스키 존스였던가? 그녀는 도무지 기억할 수 없었다. 여하튼 그런 것은 전혀 중요하지 않았다. 다시 서부로 일주일 동안 비행해 간다는 사실은 매우 유혹적인 것이었다. 더욱이 그중에서 적어도 사흘은 야만인 보호구역을 답사할 수 있었다. 인공부화소를 통틀어서 야만인보호구역 안을 구경한 사람은 대여섯 명밖에 없었다. 그녀가 알고 있는 한에 있어서 버나드는 알파 플러스의 심리학자로서 입역허가를 얻을 수 있는 몇 사람 중의 하나였다. 레니나에게는 이번이 절호의 기회였다. 그러나 버나드의 변태성 역시 유별나기 그지없는 것이었기 때문에 그녀는 선뜻 결단을 내릴 수 없었고 차라리 재미있는 베니토와 다시 북극에나 가볼까 하는 생각을 금할 수 없었다. 적어도 베니토는 정상적이었다. 그러나 버나드는……

"대용혈액 속에 알코올이 섞였다"는 것으로 모든 기벽의 원인을 해석하는 패니의 설명이었다. 그러나 어느 날 밤 헨리와 함께 잠자리에 들었을 때, 레니나가 새로 생긴 애인에 대해 걱정스럽게 이야기를 꺼냈더니 헨리는 버나드를 가엾은 물소에 비유하는 것이었다.

"물소에겐 기교를 가르칠 수가 없는 법이야." 헨리는 간결하고 힘찬 어조로 설명했다. "어떤 인간들은 거의 물소와 다를 게 없어. 그런 인간들은 조건반사 교육에 적절한 반응을 보이지 않지. 불쌍한 것들이지. 버나드가 바로 그런 부류에 속해. 그로서 다행한 것은 제법 자기의 맡은 일을 잘해내고 있다는 점이야. 일마저 못했으면 소장은 그를 데리고 있지 않았을 거야. 하지만."

여기서 그는 달래듯 말을 끊었다가 "버나드는 남에게 해를 끼치는 위험 인물은 아니야"라고 말을 이었다.

아마 해를 끼치지는 않을 것이다. 그러나 역시 꽤 불편한 인간이었다. 우선 무슨 일이든 남이 보지 않는 데서 비밀리에 하려는 편집증이 있었다. 그것은 사실상 아무것도 하지 않는 것과 다를 바 없다는 뜻이다. 도대체 비밀리에 할 수 있는 것이 어디 있단 말인가? (물론 같은 베개를 베고 잠을 잔다는 것은 예외지만 그것은 줄곧 할 수 있는 일이 아니지 않는가?) 글쎄, 그런 일이 있을 수 있을까? 있을 턱이 없다. 맨 처음 둘이서 외출한 오후는 유난히 화창했다. 레니나는 토키 컨트리 클럽에서 수영을 하고 나서 옥스퍼드 유니온에 가서 저녁식사를 하자고 제의했었다. 그러나 그곳에는 사람이 너무 많을 것이라고 버나드가 말했었다. 그렇다면 세인트 앤드류에 가서 전자 골프를 치면 어떨까요? 그러나 그것도 싫다는 것이었다. 전자 골프 같은 것은 시간낭비라고 버나드는 생각하고 있었지…….

"그럼 시간이 무엇 때문에 있는 거죠?" 레니나는 놀라서 물었다.

레이크 디스트릭^{*}을 산책하기 위해 있는 것이라고 말하고 싶은 모양이었다. 사실 그는 그것을 제의했던 것이다. 스키도 산 정상에 착륙하여 두 시간 정도 히스가 무성한 황야를 산책하자는 것이었다.

"레니나, 당신하고 단둘이서 말입니다."

"하지만 버나드, 밤새도록 단둘이 있게 될 텐데."

버나드는 얼굴을 붉히며 눈을 피했다.

"난 우리 단둘이서 이야기를 하고 싶은 겁니다." 그는 어물어물 말했다.

"이야기? 무슨 이야기를 하죠?"

산보와 이야기 ──오후를 그것으로 보낸다는 것은 괴상망측한 일인 것 같았다.

결국 그녀는 마음내켜하지 않는 버나드를 설득시켜 암스테르담으로 날아가서 여자 중량급 레슬링 선수권 준준결승전을 구경하기로 했다.

"이 혼잡한 군중 속에서" 하고 그는 투덜거렸다. "늘 그게 그건데……."

그는 오후 내내 고집스러울 정도로 우울한 표정이었다. 레슬링 시합이 벌어지는 간간이 아이스크림 소마를 파는 매점에서 레니나의 친구를 몇십 명이나 만났지만 그는 그

---

* 영국의 서북방으로 시인 워즈워스가 산책하던 곳

누구와도 이야기하려 들지 않았다. 그렇게 비참한 기분에 사로잡혀 있으면서도 레니나가 반 그램의 산딸기 선디를 먹으라고 억지로 권하자 버나드는 단호히 거절하는 것이었다.

"나는 그냥 나대로 있고 싶습니다. 울적한 나대로가 좋습니다. 아무리 즐거울지라도 타인이 되고 싶진 않습니다" 하고 그가 말했다.

"적절한 시간에 일 그램 마시는 것은 구 그램을 절약하는 거예요."

레니나는 수면시 교육에서 얻어들은 귀한 지혜를 한 토막 끄집어냈다.

버나드는 내민 유리잔을 신경질적으로 밀어내었다.

"화내진 마세요. 일 세제곱센티미터가 열 가지 우울증을 치료한다는 사실을 기억하시라구요." 그녀가 말했다.

"오오, 제발 조용히 하십시오." 버나드가 외쳤다.

레니나는 어깨를 추스렀다.

"일 그램은 항상 따분한 기분보다 나은 법이에요" 하고 그녀는 위엄 있게 결론을 짓고 자신이 그 선디를 마셨다.

해협을 건너서 돌아오는 길에 버나드는 프로펠러를 정지시키고 스크루만으로 바다 위 1백 미터 상공을 배회하자고 주장하는 것이었다. 날씨는 점점 나빠지고 있었다. 남서풍이 일면서 하늘에는 먹구름이 모여들고 있었다.

"자, 봐요!"그는 명령하듯 말했다.

"무서워요."레니나는 창문으로부터 몸을 움츠리며 말했다. 다가오는 허허로운 밤이 무서웠고 아래에서 고개를 치켜드는 검은 파도와 그 파도에 박힌 흰 거품 얼룩이 무서웠고 서둘러 지나가는 구름 사이에서 핼쑥해지고 정신을 잃은 달의 창백한 얼굴이 무서웠다.

"우리 라디오를 틀어요. 빨리!"

그녀는 조종석 앞에 있는 다이얼로 손을 뻗더니 아무렇게나 틀었다.

"……너의 내부에는 푸른 하늘."16명의 떨리는 목소리가 노래하고 있었다.

"날씨는 언제나……."

다음 순간 딸꾹질 소리가 들리더니 잠잠해졌다. 버나드가 스위치를 꺼버린 것이다.

"나는 조용히 바다를 보고 싶습니다. 그런 추악한 잡음이 시끄럽게 울리면 바다를 바라볼 수가 없습니다."

"하지만 멋진 음악 아녜요? 그리고 난 바다가 보고 싶지 않아요."

"난 바다를 보고 싶습니다. 그것을 보고 있으면 마치……."그는 머뭇거리며 자신의 의사를 표현할 어휘를 찾고 있었다.

"마치 나 자신 이상이 된 것 같습니다. 무슨 뜻인지 아실지 모르겠습니다만…… 훨씬 더 나다워진 것 같다는 말입니다. 다른 어떤 완전한 것의 일부가 아니라 자신이 독립된 존재가 된 것 같다는 이야깁니다. 사회라는 조직체 속의 한 세포에 불과한 것이 아니라는 기분 말입니다. 레니나, 당신도 그런 기분이 들지 않습니까?"

그러나 레니나는 비명을 지르는 것이었다.

"무서워요. 무서워요" 하고 그녀는 말을 되풀이했다. "사회의 일부가 되기 싫다는 말을 어떻게 하실 수 있지요? 결국 모든 사람은 모든 타인을 위해 일하고 있는 거예요. 어느 한 사람도 없이는 살 수 없는 거예요. 엡실론 계급조차도……."

"그건 그래요." 버나드는 조소하듯 말했다. "엡실론 계급조차도 유용한 존재들입니다. 나도 그렇고요. 그런데 나는 그렇지 않기를 간절히 바라고 있는 겁니다!"

레니나는 그의 신성 모독적인 말에 충격을 받았다.

"버나드!" 그녀는 놀란 나머지 당황한 음성으로 항의했다. "어떻게 그런 말을 할 수가 있지요?"

버나드는 레니나의 어조와는 다른 어조로 '어떻게 그런 말을?' 하고 생각에 잠기면서 반복했다.

"아니, 진정한 문제는 내가 그렇게 될 수 없는 것이 어떤 이유에서인가 하는 것입니다. 아니 그보다──내가 그렇게 될 수 없는 이유는 너무나 잘 알고 있기 때문에──내가 혹시 그럴 수 있다면, 즉 내가 자유롭다면, 조건반사적 교육으로 노예화되지 않았다면 도대체 어떤 것이 되었을까 하는 의문입니다."

"버나드, 당신은 지금 가장 끔찍한 이야기를 하고 있는 거예요."

"레니나, 당신은 자유로워지고 싶지 않으세요?"

"무슨 말을 하고 계신지 난 모르겠군요. 전 자유로워요. 자유롭게 가장 멋진 시간을 즐기고 있어요. 오늘날에는 모든 사람이 행복해요."

버나드는 웃었다.

"그렇습니다. '오늘날에는 모든 사람이 행복합니다' 우리는 다섯 살 때 그 문장을 아이들에게 가르칩니다. 하지만 레니나, 다른 방법으로 행복할 수 있는 자유를 원하지 않습니까? 예컨대 당신 자신만의 방법으로 말입니다. 타인들과 같은 방법이 아닌 방법으로 말입니다."

"난 무슨 뜻인지 모르겠어요." 그녀는 반복해서 그 말을 하고 나서 그에게로 고개를 돌리며 "버나드, 돌아가요. 난 이곳이 싫어요" 하고 간곡히 부탁했다.

"나와 함께 있는 것이 싫습니까?"

"알고 계시잖아요. 이 무서운 장소가 싫은 거예요."

"난 이곳이 ── 바다와 달밖에 없는 이곳이면 우리가 더 친밀해질 줄 알았습니다. 군중 속이나 심지어 내 방 안에서보다도 말입니다. 내 말 이해하시겠습니까?"

"전혀, 이해하지 못하겠어요." 그녀는 단호하게 말했다. 자신의 몰이해를 원상 그대로 보존하겠다고 결심한 것 같았다.

"전혀 티끌만치도 이해할 수 없어요" 하고 그녀는 어조를 바꾸어 계속했다. "그렇게 끔찍한 생각이 드는 순간에 왜 당신은 소마를 먹지 않나 모르겠어요. 먹으면 그런 생각을 말끔히 잊어버릴 텐데. 비참한 생각은 가시고 흥겨워질 것 아네요? 아주 흥겨울 텐데."

그녀는 말을 반복하고 나서 눈에는 여전히 근심스러운 표정을 지우지 못하면서도 육감적으로 유혹하려는 듯이 요염하게 미소 지었다.

그는 말없이 그녀를 응시했다. 전혀 반응이 없는 심각한 얼굴로 그녀를 뚫어지게 바라보고 있었다. 레니나는 재빨리 시선을 피했다. 그녀는 불안한 듯한 웃음을 터뜨리며 무언가 화제를 찾으려고 애썼다. 그러나 그것은 불가능했다. 침묵은 지속되었다.

마침내 버나드가 입을 열었다. 피로한 듯한 낮은 음성이었다.

"좋습니다. 그러면 돌아갑시다."

버나드는 액셀러레이터를 힘껏 밟아 헬리콥터를 하늘로 치솟게 했다. 4천 피트 상공에서 그는 프로펠러를 작동시켰다. 그들은 아무 말없이 1, 2분간 비행했다. 갑자기 버나드가 웃기 시작했다. 참 이상한 사람이라고 레니나는 생각했다. 그러나 웃음은 그치지 않고 있었다.

"기분이 좋아지셨군요?" 그녀가 용기를 내어 물었다.

대답 대신에 그는 한쪽 손을 조종대로부터 떼어 그 팔로 그녀를 감싸 안더니 그녀의 유방을 주무르기 시작했다.

"포드 님, 감사합니다⋯⋯." 그녀는 생각했다. "이제야 이 남자가 제 정신으로 돌아왔습니다."

30분 후 그들은 버나드의 방으로 돌아왔다. 버나드는 네 알의 소마를 한꺼번에 꿀꺽 삼키고 라디오와 텔레비전을 켜놓고 옷을 벗기 시작했다.

"저⋯⋯."

다음 날 오후 그들이 옥상에서 만났을 때 레니나는 의미심장한 장난기를 발휘하며 물었다.

"어제 재미있었나요?"

버나드는 고개를 끄덕였다. 그들은 헬리콥터에 올랐다. 약간 동요가 있는가 싶더니 그들은 이륙하고 있었다.

"날더러 무척 탄력이 있다고 모두들 말하고 있어요."

레니나는 자신의 다리를 가볍게 두드리며 명상조로 말했다.

"무척!"

그러나 버나드의 눈에는 고통스런 표정이 담겨 있었다. '고깃덩어리처럼' 하고 그는 속으로 생각했다.

레니나는 약간 초조한 빛을 띠며 버나드를 바라보았다.

"좀 지나치게 포동포동하다고 생각하지 않으세요?"

그는 고개를 저었다. '점점 고깃덩어리같이 되어 가는구나.'

"괜찮다고 생각하세요? 모든 면에서?"

그는 다시 고개를 끄덕였다.

"완벽합니다." 그는 큰 소리로 말했다. 그러나 속으로는 '레니나는 자기 자신을 그런 식으로 생각하는군. 고깃덩어리가 되는 것을 개의치 않고 있으니, 원!' 하고 생각했다.

레니나는 의기양양한 미소를 지었다. 그러나 그녀의 만족은 너무 일렀다.

"어쨌건." 잠시 후 그는 말을 이었다. "오히려 모든 것이 다른 식으로 끝났으면 좋겠습니다."

"다른 식으로?"

다른 식으로 끝나는 법도 있나?

"나는 함께 침대로 들어가는 것으로 끝내고 싶지 않았습니다." 그는 구체적으로 말했다.

레니나는 깜짝 놀랐다.

"처음 만난 날 바로 끝장내지는 않는 식 말입니다."

"하지만 그러면 도대체 무엇……."

버나드는 이해할 수 없고 위험하기 짝이 없는 헛소리를 잔뜩 늘어놓았다. 레니나는 마음의 귀를 막기 위해 갖은 애를 썼다. 그러나 이따금 귀에 들어 오는 어떤 구절들은 어쩔 도리가 없었다.

"……나의 충동을 억제하는 효과를 실험하기 위하여……."

그가 말하는 것이 그녀에게 들렸다. 그 말은 그녀 속에 자리 잡은 용수철을 건드리는 것 같았다.

"그대가 오늘 가질 수 있는 즐거움을 내일까지 미루지 말라." 레니나는 심각하게 말했다.

"열네 살부터 열여섯 살 6개월이 될 때까지 매주 2회씩 이백 번 반복한 것이군요." 이것이 그가 던진 주석이었다. 미치광이 같은 괴상한 말이 시끄럽게 계속되고 있었다.

"나는 정열이 어떤 것인지 알고 싶습니다."

그가 이야기하는 것이 들렸다.

"나는 무언가를 강렬히 느끼고 싶습니다."

"개인이 감정을 가지면 사회는 동요하는 법이에요." 레니나가 확신에 차 말했다.

"사회가 좀 동요하면 어떻습니까? 그러지 말아야 할 이유라도 있습니까?"

"버나드!"

그러나 버나드는 거들떠보지도 않았다.

"지적으로, 그리고 작업시간에는 어른이지만 감정이나 욕망에 이르러서는 갓난아기들이 되고 맙니다." 버나드가 계속해서 말했다.

"포드 님께서는 아기들을 사랑하셨어요."

레니나의 말참견을 무시하며 버나드가 말했다.

"요전날 나는 갑자기 항상 어른이 될 수 있다는 생각을 해보았습니다."

"난 이해할 수 없군요." 레니나의 어조는 확고했다.

"이해하지 못할 줄 알고 있습니다. 그렇기 때문에 우리는 어제 아기들처럼 곧장 침대로 들어간 것입니다. 어른들처럼 기다리지 못하고 말입니다."

"그렇지만 재미있지 않았어요?" 레니나가 물었다.

"오오, 굉장히 재미있었습니다."

그가 대답은 했지만 매우 비참한 표정에다 매우 서글픈 목소리였기 때문에 그녀의 모든 승리가 일순 증발하는 것을 느꼈다. '아마도 나를 너무 뚱뚱하다고 느꼈나?' 하는 생각이 그녀의 뇌리를 스쳤다.

"내가 너더러 뭐라고 했니?"

레니나가 돌아와 비밀을 털어놓았을 때 패니는 그렇게 대꾸할 뿐이었다.

"그의 대용혈액 속에다 알코올을 넣었다니까."

"어쨌든." 레니나가 주장했다. "난 그 남자가 좋아. 그는 정말 멋있는 손을 가지고 있어. 그리고 어깨를 움직이는 모습…… 그건 정말 매력적이야."

그녀는 한숨을 쉬었다. "그런데 그렇게 괴짜 노릇만은 하지 말았으면 좋겠어."

*

소장실 문 밖에서 잠시 멈춰서서 버나드는 심호흡을 하고 어깨를 펴고는, 틀림없이 방 안에서 당하게 될 혐오와 못마땅해 할 태도에 대비하기 위해 마음을 가다듬었다. 그는 노크를 한 다음 안으로 들어갔다.

"허가증에 서명을 부탁하러 왔습니다." 그는 될수록 경쾌한 음성으로 말하고 집필용 탁자 위에 서류를 놓았다.

소장은 그를 못마땅한 표정으로 힐끗 바라보았다. 그러나 서류의 상단에는 세계 총통사무국의 직인이 찍혀 있었고 무스타파 몬드의 서명이 대담하고 뚜렷하게 하단을 장식하고 있었다. 모든 것이 완벽한 서류였다. 소장도 별 도리가 없었다. 그는 연필로 자기 이름의 이니셜을 기입했다. 무스타파 몬드라는 글자 밑에 두 개의 작고 창백한 글자가 엎드리고 있는 꼴이었다. 그가 아무런 언급도 없이, 그렇다고 다정하게 잘 다녀오라는 인사도 없이 서류를 돌려주려는 순간이었다. 그 허가증의 본문에 적힌 무언가가 그의 시선을 끌었다.

"뉴멕시코의 야만인보호구역에 가는 건가?" 하고 그가 말했다.

버나드를 향해 치켜올린 그의 음성과 그의 얼굴은 경악으로 흥분된 표정을 짓고 있었다.

소장의 놀란 표정을 보고 놀란 버나드는 고개를 끄덕였다. 침묵이 흘렀다.

소장은 얼굴을 찡그리면서 의자에 몸을 뒤로 기댔다.

"몇 년 전이더라?"

소장은 버나드에게라기보다 자신에게 말하고 있었다.

"아마 이십 년 전일 거야. 아니 이십오 년쯤 전일 게야. 내가 자네 나이였음에 틀림없지……." 그는 한숨을 몰아쉬며 고개를 저었다.

버나드는 마음이 상당히 불편했다. 그렇게 인습적이고 빈틈없는 사람이 그처럼 엉뚱한 짓을 했다니! 그는 얼굴을 가리고 방 밖으로 도망치고 싶었다. 먼 과거의 이야기를 하는 인간들에게 어떤 본질적인 반감을 느꼈다는 뜻은 아니다. 그의 상상에 불과한 것인지는 몰라도 그런 감정은 그가 이미 탈피한 수면시 교육의 편견에 불과했다. 그를 부끄럽게 만드는 것은 소장 같은 사람이 못마땅하게 여기면서도 그 금지된 장난에 빠져든 적이 있었구나 하는 깨달음이었다. 어떤 내적 동요가 그렇게 하게 했을까? 불편한 감정을 지닌 채 버나드는 소장의 말을 열심히 경청했다.

"나도 자네와 같은 기분이었어." 소장은 이야기하고 있었다.

"야만인들을 보고 싶었던 거야. 뉴멕시코 여행을 위한 허가를 받아 여름 휴가를 떠났던 게지. 그 당시 내 것이었던 소녀를 데리고 갔었지. 그녀는 베타 마이너스였어. 내 기억으로는." 소장은 눈을 감는다.

"노란 머리칼을 가진 여자였네. 여하튼 탄력이 있는 여자였어. 특별할 정도로 탄력이 있었지. 그것만은 기억하고 있네. 그래서 우리는 그곳에 가서 야만인들을 구경하고 말을 타고 이곳저곳 돌아다니는 등 여러 가지를 했어. 그러다가 휴가의 마지막 날이라고 기억되는데……. 그녀가 그만 없어져 버린 거야. 우리는 기분 나쁜 어떤 산을 말을 타고서 올라갔었지. 무척 덥고 답답한 날이었어. 우리는 점심을 먹고 낮잠을 잔 거야. 아니 적어도 나는 틀림없이 낮잠을 잤던 거야. 그동안에 여자는 혼자서 산보하러 갔음에 확실해. 여하튼 내가 눈을 떠 보니 그녀가 없더군. 바로 그 순간 내가 평생 겪어 보지 못한 무서운 폭우가 쏟아지기 시작했어. 폭우가 쏟아지며 천둥소리가 요란했고 번개가 하늘을 가르고 있었지. 말들은 밧줄을 끊고 도망쳤어. 도망치는 말을 잡으려다 나는 쓰러졌지. 그 바람에 무릎을 다쳐 거의 걸을 수가 없더군. 나는 그래도 그녀를 찾으려고 고함을 치며 다시 찾아나섰지 뭔가. 그러나 그녀의 모습은 어디에도 보이지 않았어. 그러다가 혼자서 휴식처로 돌아갔다는 생각이 들었어. 그래서 우리가 올라온 길을 따라 계곡을 기어 내려갔지. 무릎은 쑤시고 통증은 심했어. 게다가 나는 소마까지 잃어버렸던 거야. 내려오는 데 많은 시간이 걸렸어. 자정이 넘어서야 휴식처로 돌아왔던 거야. 그런데 그녀는 휴식처에도 없었어. 그곳에 없더군." 소장은 그 말을 반복했다. 침묵이 흘렀다.

"그런데 말이야" 하고 마침내 소장은 말을 이었다. "다음 날 수색을 개시했지. 그러나 우린 그녀를 찾지 못했어. 어떤 협곡에 떨어졌던가 아니면 산에 사는 사자에게 잡아먹혔음에 틀림없을 거야. 그건 아무도 모르는 일이야. 여하튼 끔찍한 일이었어. 그때 나는 몹시 당황했었지. 사실 그럴 필요가 없었는지도 모르지. 따지고 보면 그것은 누구에게나 일어날 수 있는 사고였으니까. 물론 사회라는 육신은 그것을 구성하는 세포가 변해도 존속하는 것이야."

그러나 이러한 수면시 교육으로 얻어진 위로는 그다지 효과를 발휘하지 않는 것 같았다.

"사실 나는 때로 그 사건을 꿈속에서 보는 적이 있어." 소장은 머리를 흔들며 낮은 목소리로 이야기를 계속했다.

"천둥소리에 깨어났을 때 그녀가 없어진 것을 발견하고 나무 사이를 헤매며 그녀를 찾는 꿈을 꿀 때가 있어." 그는 입을 다물고 회상에 잠기기 시작했다.

"큰 충격을 받으셨겠군요." 버나드는 거의 부럽다는 듯이 말했다.

그의 목소리를 듣고 소장은 죄를 지은 것처럼 제정신으로 되돌아와서 버나드를 힐끔 보더니 시선을 피하고 얼굴을 붉혔다. 그러고는 갑자기 다시 의심스럽다는 표정으로 버나드를 바라보고 위엄을 되찾더니 "함부로 오해하지 말게" 하고 소장이 말했다.

"그녀와 불미스런 관계에 있지는 않았다네. 감정이 개입되었거나 오랜 기간 연장된 관계는 아니었지. 완전히 건전하고 정상적인 관계였어."

그는 버나드에게 허가증을 건네주었다.

"내가 왜 이런 쓸데없는 이야기로 자네를 지루하게 했는지 모르겠군."

불명예스러운 비밀을 털어놓은 자신에 대해 분노를 느낀 소장은 그 분노의 방향을 버나드에게 돌렸다. 그의 눈빛은 확실히 악의에 차 있었다.

"마르크스 군, 이 기회에 말할 것이 있네" 하고 그는 말을 이었다. "근무 시간 이외의 자네 행동에 관해 요즘 별로 반갑지 않은 보고를 받고 있어. 이런 일은 내가 간섭할 일이 아니라고 자네는 말하겠지. 그러나 역시 간섭할 일이야. 우리 연구소의 평판을 고려해야 하거든. 우리 직원들은 어떤 혐의를 받아서는 안 돼. 특히 상층계급일수록 더욱 그렇지. 알파 계급은 감정적인 행위에서만은 어린아이처럼 유치하도록 조건반사 교육을 받고 있는 거야. 따라서 순응하기 위해 특별한 노력을 기울여야 할 이유가 있는 거야. 아무리 싫어도 유치해져야 할 의무가 알파에겐 있는 걸세. 마르크스 군, 그래서 내가 자네에게 경고하는 바일세."

소장의 음성은 바야흐로 정의로웠고, 사적인 것을 초월한 의분으로 떨리기 시작했다──그 음성은 사회 자체의 비난을 표현하고 있었다.

"만약 차후에라도 행동양식에 표준을 벗어나는 일이 있다면 자네는 지부(支部) 쪽으로──될 수 있으면 아이슬란드 쪽으로 전임시키지 않을 수 없어. 그럼 나가 보게." 이렇게 말하고 난 소장은 의자를 빙글 돌려 다른 곳을 향했다. 그러고는 펜을 들어 무언가 쓰기 시작했다.

'그 정도 이야기했으니까 알아차리겠지' 하고 소장은 속으로 중얼거렸다. 그러나 그것은 오해였다. 사실 버나드는 문을 쾅 하고 닫고는 나는 나 홀로 서 있으며, 체제에 대항해서 당당히 싸웠다는 생각을 하면서 으스대는 듯한 태도와 희열에 찬 거동으로 그 방을 떠났기 때문이다. 자

기 개인의 의의와 중요성을 짜릿하게 의식한 나머지 의기
양양한 기분이 되어 있었던 것이다. 박해를 받는다는 의
식조차도 그를 절망으로 몰아넣지 못했으며 우울증은커
녕 원기를 더해주는 것이었다. 어떠한 재앙에 맞부딪쳐도
극복할 수 있을 정도로 강한 힘이 용솟음치는 것을 느꼈
다. 아이슬란드도 얼마든지 참아낼 수 있을 것 같았다. 사
실 당장은 아무 일도 일어나지 않을 것이라고 믿었기 때
문에 이러한 확신은 더욱 굳건한 믿음으로 변했다. 그런
정도의 일로 전임된 사람은 이제껏 없었다. 아이슬란드를
들먹이는 것은 협박에 불과했다. 매우 자극적이고 효과
있는 협박인 것은 사실이다. 복도를 걸으면서 버나드는
휘파람까지 불었다.

그날 오후에 가졌던 소장과의 면담에 대해 이야기한 내
용은 영웅적이었다.

"그래서 말야" 하고 결론을 내렸다.

"나는 그 녀석더러 끝없는 과거로 돌아가라고 말하고
그 방을 나와 버렸던 거야. 그것이 끝이었어."

그는 공감과 격려와 찬사 등 당연한 보상을 기대하면서
가슴이 부풀어 헬름홀츠를 바라보았다. 그러나 아무 응답
이 없었다. 헬름홀츠는 바닥을 응시하며 잠자코 있었다.

그는 버나드를 좋아했다. 그는 자신이 중요하게 느끼고
있는 주제에 대해 이야기를 나눌 수 있는 유일한 친구가

버나드라는 이유로 버나드에게 감사한 마음을 품고 있었다. 그러나 버나드에게는 그가 싫어하는 점이 있었다. 예컨대 뽐내려는 태도가 그런 것에 속했다. 게다가 그것과 교대로 나타나는 비참한 자기 연민이었다. 또한 일이 끝나고 난 다음에야 대담해지는 슬픈 습성과 사건의 현장을 벗어난 곳에 와서 비범한 침착성을 발휘하는 습성이 싫었다. 그는 버나드를 좋아했기 때문에 이러한 습성이 싫었다. 몇 초가 지났다. 그러나 헬름홀츠는 계속 바닥만 응시했다. 그러나 버나드는 갑자기 얼굴을 붉히며 고개를 돌렸다.

*

여행은 별다른 사고 없이 평온했다. 블루 퍼시픽 로켓은 뉴올리언스에 도착했을 때는 2분 30초 빨랐으나 텍사스 상공에서 토네이도를 만나 4분이 늦었다. 그러나 서경 95도부터 순조로운 기류를 만났기 때문에 산타페에 착륙했을 땐 예정 시간보다 40초밖에 늦지 않았다.

"여섯 시간 반의 여행에서 사십 초의 연착은 아무것도 아니에요" 하고 레니나가 말했다.

그들은 그날 밤 산타페에서 잤다. 호텔은 특급이었다──예컨대 지난 여름 고생한 형편없는 오로라 보라 팰

리스 호텔과는 비교할 수 없이 좋았다. 액체공기, 텔레비전, 진공진동식 마사지, 라디오, 끓는 카페인 용액, 뜨거운 피임제, 여덟 가지 향수 등이 각 침실마다 비치되어 있었다. 홀에 들어갔을 때 인조음악 장치가 작동하고 있었고 뭐 한가지 나무랄 데가 없었다. 승강기 안의 게시판을 읽어 보니까 호텔 안에는 에스컬레이터식 옥내 테니스 코트가 60개나 있었고 장애물 골프와 전자 골프는 정원에서 모두 가능하다는 것이었다.

"정말 너무 멋지군요." 레니나가 환성을 질렀다. "줄곧 이곳에서 머무를 수 있었으면 참 좋겠네요. 에스컬레이터식 테니스 코트가……."

"야만인보호구역에는 그런 것이 없을 겁니다." 버나드가 그녀에게 경고했다. "향수도 없을 것이고 텔레비전이나 열탕도 없을 겁니다. 그런 것을 참을 수 없다고 느낀다면 내가 돌아올 때까지 여기에 머무르십시오."

레니나는 기분이 상한 것이다.

"물론 나도 참을 수 있어요. 그저 여기가 좋다고 말했을 뿐이에요. 진보는 멋있는 것이니까요. 그렇지 않아요?"

"열세 살부터 열일곱 살까지 매주 오백 번씩이나 반복한 내용이군." 버나드는 혼잣말을 하듯 피로한 음성으로 말했다.

"지금 뭐라고 하셨죠?"

"진보는 멋있는 거라고 말했습니다. 정말 보고 싶지 않으면 이 보호구역에 와서는 안 된다고 말했던 겁니다."

"전 보고 싶은걸요."

"그렇다면 좋습니다." 버나드가 말했다. 거의 위협하는 듯한 말투였다.

그들의 허가증에는 보호구역 감독관의 서명이 필요했기 때문에 다음 날 아침 그의 사무실을 당연히 찾아야 했다. 엡실론 플러스 계급의 짐꾼이 버나드의 카드를 접수했다. 그리하여 그들은 즉시 안으로 안내되었다.

감독관은 짧은 금발 머리의 알파 마이너스였다. 키가 작고 붉고 둥근 얼굴에 어깨는 넓었고 목소리는 크고 우렁찼으며 수면시 교육에서 받은 지혜를 발표하는 데 잘 적응된 사나이였다. 그는 엉뚱한 정보와 이쪽에서 구하지도 않은 좋은 충고를 하는 데는 고갈될 줄 모르는 광맥이었다. 한번 시작하면 요란한 음성으로 그칠 줄 모르고 계속했다.

"……오십 육만 제곱킬로미터의 토지를 네 개의 소보호 지구로 분할하여 각각 고압전선의 철책으로 둘러쳤습니다."

바로 이때 별 다른 이유없이 버나드는 돌연 자신의 목욕탕에 오 데 코롱의 마개를 그냥 뽑아 둔 채로 와버린 것이 머리에 떠올랐다.

"……그랜드캐니언 수력발전소로부터 전기를 공급받습니다."

"돌아갈 때까지 한 재산 톡톡히 손해보겠구나."

버나드는 상상의 눈으로 향수계기의 바늘이 개미처럼 지칠 줄 모르고 빙빙 돌아가는 것을 보고 있었다.

"헬름홀츠 왓슨에게 빨리 전화해야겠다."

"……철책에서 오천 킬로미터 이상이 육만 볼트……."

"정말 그래요?" 감독관의 말이 무슨 뜻인지 알 수 없었지만 레니나는 그의 말이 극적으로 끝나는 순간을 포착해서 정중하게 말했다. 감독관이 다시 떠들기 시작하자 레니나는 살짝 반 그램의 소마를 삼켰다. 그 결과 그녀는 듣지도 않고 아무 생각도 하지 않는 상태로 편안히 앉아, 감독관의 얼굴에 시선을 고정시킨 채 골똘히 경청하는 인상을 줄 수 있었다.

"철책은 건드리는 순간 즉사합니다." 감독관은 엄숙하게 선언했다. "야만인보호구역으로 탈출한다는 것은 불가능합니다."

'탈출'이란 단어는 암시적이었다.

"그럼 이제." 버나드가 반쯤 몸을 일으키면서 말했다.

"슬슬 가봐야겠습니다."

작고 검은 바늘이 벌레처럼 시간을 갉아먹으면서 그의 돈을 먹어 치우고 있었다.

"탈출은 불가능합니다." 감독관은 손을 저어 다시 의자에 앉도록 권하면서 그 말을 반복했다. 허가증에는 아직 서명을 받지 않았기 때문에 버나드로서는 어쩔 수 없이 의자에 다시 앉아야 했다.

"보호구역에서 태어난 것들은——젊은 숙녀께서도 기억해주십시오." 레니나를 음탕한 눈으로 힐끗 보면서 걸맞지 않게 속삭이는 소리로 말을 이었다. "보호구역에서는 징그러운 이야기지만 아직 사람이 아기를 낳습니다. 이건 정말입니다……." (이 창피한 화제를 꺼내면 레니나가 얼굴을 붉힐 것이라고 감독관은 예상했던 모양이다. 그러나 레니나는 모든 것을 알고 있다는 표정으로 단지 미소만 지을 뿐, "정말 그래요?" 하고 말했다. 실망한 감독관은 다시 말을 이었다.)

"다시 반복하겠습니다만 여기에서 태어난 것들은 여기서 죽을 운명을 벗어나지 못합니다."

죽을 운명을……. 매분마다 일 데시리터의 오 데 코롱이……. 한 시간에 육 리터.

"이제 그만." 버나드가 다시 시도했다.

"우린 이제……."

감독관은 몸을 앞으로 기울이며 손가락으로 탁자를 가볍게 두드렸다.

"보호구역 내에 몇 명의 인간이 거주하느냐고 묻는다면 나는 대답하겠습니다."——자못 의기양양했다——"우리는 모른다고 대답할 수밖에 없습니다. 짐작만은 가능합니다."

"설마."

"젊은 숙녀님. 내 말은 정말입니다."

24시간의 6배——아니, 거의 36시간의 6배에 가까워졌을 거다. 버나드는 창백하고 초조해진 나머지 몸을 떨고 있었다. 그러나 그 시끄러운 음성은 용서 없이 계속되었다.

"……약 육만의 인디언과 혼혈아들……. 전적인 야만인……. 우리의 검사관들이 이따금 방문합니다……. 그것 말고는 문명사회와 전혀 접촉이 없습니다……. 아직도 구역지라는 습성과 풍습을 지니고……. 젊은 숙녀께서 아시는지 모르겠습니다만 결혼과 가족들……. 조건반사적 습성훈련은 없고……. 망측한 미신들……. 기독교와 토템신앙과 조상숭배……. 주니어와 스페인어와 아사파스칸어와 같은 죽은 언어들……. 퓨마, 바늘다람쥐, 그리고 그 밖에도 사나운 맹수들……. 전염병……. 승려……. 독이빨을 가진 도마뱀들……."

"설마."

그들은 겨우 그곳을 빠져나왔다. 버나드는 전화통으로 달려갔다. 급히 서둘렀지만 헬름홀츠 왓슨에게 통화하는 데 거의 3분이 걸렸다.

"이제야 야만인들 사이에 들어온 모양이야." 그는 불평조로 말했다.

"여긴 말할 수 없는 비능률이 판치고 있다니까!"

"일 그램 마셔 봐요." 레니나가 제의했다.

버나드는 오히려 화가 난 상태가 좋았기 때문에 그녀의 제의를 거절했다. 마침내 다행히도 통화가 되어 헬름홀츠가 나왔다. 그는 헬름홀츠에게 사건을 설명했다. 그러자 그는 즉시 가서 오 데 코롱 마개를 잠가 주겠다고 약속하는 것이었다. 그런데 마침 이렇게 통화하게 된 기회를 이용하여 소장이 어제 저녁 공식적으로 발표한 내용을 버나드에게 전달하겠다는 것이었다.

"뭐라구? 나 대신 딴 사람을 물색 중이라구?" 버나드의 음성에는 괴로워하는 음색이 섞이고 있었다. "그래 확정된 거야? 아이슬란드라는 말을 했어? 정말 그가 그렇게 말했어? 포드 님, 맙소사! 아이슬란드라……."

버나드는 수화기를 내려놓고 레니나를 돌아보았다. 그의 얼굴은 창백해졌고 완전히 낙심한 표정이었다.

"무슨 일이 일어났나요?" 그녀가 물었다.

"무슨 일?" 그는 의자 속으로 털썩 주저앉았다. "난 아이슬란드로 전출되는 모양입니다."

소마의 힘을 빌리지 않고 오로지 자신의 내적인 힘에 의존한 채 어떤 크나큰 시련이나 고통이나 어떤 박해에 직면한다면 도대체 어떤 기분일까 하고 버나드는 전에 여러 번 상상해본 적이 있었다. 그는 심지어 고통을 동경한 적이 있었다. 일주일 전만 해도 소장실에서 자신이 용감하게 반항하고, 한마디 하지 않고 초연하게 고통을 감수하는 장면을 상상했었다. 소장의 협박은 사실상 그의 의지를 고취시켰으며 자신이 실제보다 커졌다는 느낌을 주었었다. 그러나 이제야 깨달은 것은 모든 게 소장의 협박을 진지하게 받아들이지 않은 데서 비롯된 것이었다. 막상 닥치면 소장도 그 어떤 조치에 대한 결단을 내리지 못할 것이라고 그는 믿었던 것이다. 그러나 이제 그러한 협박이 현실로 탈바꿈할 가능성이 많아지자 버나드는 겁이 났다. 단지 상상적 금욕주의라든가 이론적 용기는 이제 흔적도 없어졌다.

그는 자신에게 분개했다. 얼마나 바보스러운가! 소장에게도 분개했다. 자신에게 다시 한번의 기회도 주지 않다니 너무나 불공평하다. 이제는 의심할 여지도 없이 다시 기회를 주면 기꺼이 받아들일 텐데……. 그 기회를 주지 않다니……. 게다가 아이슬란드라니, 아이슬란드라니…….

레니나는 고개를 저었다.

"과거와 미래의 골치를 앓지 말고." 그녀는 격언을 인용하고 있었다. "소마 일 그램 마시면 현재만이 있을 뿐."

결국 그녀는 버나드를 설득하여 네 알의 소마를 삼키게

했다. 5분이 지나자 뿌리도 결실의 열매도 소멸되고 단지 현재라는 꽃만이 장밋빛으로 피어났다. 짐꾼이 가져온 전갈에는 감독관의 명령으로 보호구역의 경비원이 헬리콥터를 가지고 와서 호텔 옥상에서 대기하고 있다는 것이었다. 그들은 즉시 올라갔다. 감마 계급용 초록색 제복을 입은 혼혈아가 경례를 붙이더니 그날 오전의 계획표를 암송하기 시작했다.

10개 내지 12개의 토인부락을 하늘에서 조감하고 그다음에 맬파이스 계곡에 착륙하여 점심 식사를 한다. 그곳의 휴게소는 쾌적하다. 또한 토인부락에서는 야만인들이 어쩌면 여름축제를 벌이고 있을 것이다. 하룻밤을 지내기엔 가장 적절한 장소라는 것이었다.

두 사람이 기내에 자리를 잡자 이내 출발했다. 10분 후 그들은 문명과 야만을 구분하는 경계선을 건너고 있었다. 산을 오르내리며, 암염과 모래의 사막을 횡단하고 숲을 통과하여 자줏빛으로 보이는 깊은 협곡으로 들어가고 험준한 바위산과 봉우리와 평평한 산정을 넘어, 한결같은 일직선을 고수하며 승리한 인간의 의도를 상징하는 기하학적 모형처럼 끝없이 뻗은 철책을 지나갔다. 그 철책 밑에는 여기저기에 모자이크 모양의 하얀 뼈 조각과 아직 썩지 않은 시체가 황갈색의 지면 위에 어두운 형상으로 널려져 있었고, 사슴과 수송아지와 퓨마와 바늘다람쥐와 코요테와, 바람에 실려오는 썩은 고기냄새에 이끌려왔다가 시적인 인과응보처럼 감전사하고 만 탐욕스러운 독수리들이 이 파괴적인 전선에 너무 가까이 접근했다간 다음 순간 어떻게 돼버리는가를 여실히 보여주고 있었다.

"저놈들은 깨달을 줄을 모릅니다." 아래 지면의 해골을 지적하면서 초록색 제복을 입은 조종사가 말했다. "앞으로도 영원히 깨닫지 못할 겁니다."

조종사는 말을 이으면서 마치 자신이 감전사한 동물에게 승리한 것처럼 웃었다.

버나드도 웃었다. 2그램의 소마를 삼키고 난 지금 그 농담은 어쩐지 재미있게 느껴졌다. 웃었다고 생각한 다음 순간 그는 즉시 잠 속에 곯아 떨어졌다. 잠이 든 동안 그들은 타오스와 테스크를 지나고 남베와 피쿠리스와 포조아크를 지나, 시아와 코치티를 지나, 라구나와 아코마*와 마법의 메사를 지나 주니와 시볼라와 오조 칼리엔테를 지났다. 그가 잠에서 깨었을 때 헬리콥터는 땅에 착륙했고 레니나는 가방을 네모난 작은 집으로 옮기고 있었으며 초록색의 혼혈아는 한 젊은 토인과 알아들을 수 없는 말로 이야기하고 있었다.

"맬파이스입니다."

* 뉴멕시코 주의 프에블로 족 토인

버나드가 기체로부터 밖으로 나오자 조종사가 설명했다.

"이곳이 휴게소입니다. 오늘 오후엔 토인부락에서 춤이 벌어진답니다. 저 사나이가 안내할 겁니다."

그는 시무룩한 표정의 젊은 야만인을 가리켰다.

"재미있을 겁니다."

그는 밝게 웃었다.

"놈들이 하는 것은 모두가 재미있으니까요."

그 말을 하고는 그는 비행기를 타고 엔진에 시동을 걸었다.

"내일 다시 오겠습니다." 그는 레니나에게 재차 다짐했다.

"놈들은 아주 순하니까 염려 마십시오. 야만인들이 당신들을 해치는 일은 절대로 없을 겁니다. 그들은 가스탄으로 단단히 혼이 난 경험이 있으니까 나쁜 짓을 해서는 안 된다는 것을 알고 있습니다."

여전히 웃으면서 그는 헬리콥터의 스크루에 기어를 넣고 액셀러레이터를 밟았다. 그러고는 떠나가 버렸다.

7

고원은 사자 빛깔의 모래 해협 속에서 움직이지 못하도록 정박된 배와 같았다. 그 해협은 깎아지른 제방 사이를 굽이치고 있었고, 한쪽 벽으로부터 다른쪽 벽까지 계곡을 가로질러 초록색 줄이 달리고 있었는데, 그게 바로 강과 들판이었다.

해협의 중앙에 위치한 그 바위로 된 선박의 뱃머리 위에, 그러니까 그것의 일부처럼 보이는 부분인 나암(裸岩)이 기하학적 노층(露層)을 형성하고 있는 곳에 맬파이스의 토인부락이 자리하고 있었다. 층 위에 층이 연속되어 있는데, 한 층 한 층 올라감에 따라 위가 작아지는 높은 집들이 절단된 피라미드처럼 푸른 하늘 속으로 높게 솟아오르고 있었다. 그 밑에는 낮은 건물들이 산재해 있었고 벽들이 십자형으로 교차되고 있었다. 절벽의 삼면은 모두 평원을 향해 수직으로 곤두박질하고 있었다. 몇 줄기 연기가 바람 없는 허공을 향해 수직으로 올라갔다가 자취를 감추었다.

"이상해요." 레니나가 말했다.

"아주 이상해요."

이것은 그녀가 늘 사용하는 비난 투의 말이었다.

"난 이곳이 싫어요. 저 남자도 싫구요."

그녀는 자신들을 토인부락으로 안내하기 위해 파견된 인디언 안내원을 손으로 가리켰다. 그녀의 그러한 감정은 분명히 상대방에게도 반영되고 있었다. 그들보다 앞장 서서 걷고 있는 그 사나이의 등은 적개심을 드러내고 있었고 침울한 경멸을 나타내고 있었다.

"게다가 냄새까지 나요." 그녀는 목소리를 낮췄다.

버나드는 그녀의 말을 부정하려 들지 않았다. 그들은 계속 걸었다.

갑자기 일대의 공기가 신선해지고, 지칠 줄 모르는 혈액의 흐름으로 인해 맥박이 더욱 강해지는 느낌이 들었다. 저 위쪽 맬파이스에서 북소리가 울리고 있었다. 그들의 발은 그 신비스러운 심장의 박동 소리에 맞추고 있었다. 그들은 발걸음을 빨리 옮겼다. 길은 그들을 절벽의 기슭으로 데려왔다. 거대한 고원이라는 선박의 동체가 그들의 머리 위에 우뚝 솟아 있었는데, 그 뱃전까지는 3백 피트가량 되어 보였다.

"헬리콥터를 가져올 수 있었으면 좋았을 텐데." 레니나가 장식도 없이 덩그러니 깎아지른 바위 표면을 원망스럽게 바라보며 말했다. "난 걷기가 싫어요. 사실 산기슭에 서 있으면 자신이 작아진 것을 느끼거든요."

그들은 고원의 그늘 속을 얼마 동안 걸어 돌출부 주위를 돌았다. 그러자 홍수로 황폐해진 계곡 가운데 사다리식 계단처럼 올라가는 길이 나타났다. 그들은 그 길을 올랐다. 협곡의 한쪽에서 다른 한쪽으로 갈짓자 모양으로 난 몹시 가파른 길이었다. 때로 맥박 치는 북소리가 거의 들리지 않았다. 그러다 보면 어느새 그 소리는 바로 모퉁이를 돌아 지척에서 울려오는 것처럼 들렸다.

그들이 반쯤 올라갔을 때 한 마리의 독수리가 그들의 바로 위를 스치고 날아갔기 때문에 그 날갯짓에서 나오는 바람이 그들의 얼굴에 냉랭한 바람을 선사했다. 바위 사이의 틈에는 뼈가 수북이 쌓여 있는 곳도 있었다. 모두가 그들을 위협하는 기이함이었다. 또한 인디언의 냄새는 점점 더 심해졌다. 그들은 마침내 협곡을 벗어나 환한 햇빛 속으로 나왔다. 고원의 꼭대기는 넓은 갑판 같은 돌바닥이었다.

"차링 T탑 같군요." 레니나가 말했다.

그러나 그녀는 이러한 유사성을 발견하고 언제까지나 즐거워할 수 없었다. 낮은 발자국 소리를 듣고 그들은 돌아보았다. 목에서부터 배꼽까지 웃통을 벗은 채, 흑갈색의 몸뚱이는 흰 선으로 채색을 하고 있었으며 ("아스팔트 위의 테니스 코트" 같다고 레니나는 후에 이야기할 예정이었다) 주홍색, 검은색, 황토색을 마구 칠해서 전혀 인간의 얼굴 같지 않은 두 명의 인디언들이 길을 따라 달려오고 있었다. 그들의 검은 머리는 여우털과 붉은 플란넬로 묶어 땋아져 있었다. 어깨 위에는 칠면조의 깃털 외투가 걸려 바람에 나부끼고 있었다. 그들의 머리에는 큼직한 새털로 엮은 관이 찬란하게 빛나고 있었다. 발걸음을 떼어 놓을 때마다 은으로 된 팔찌라든가 뼈나 터키 구슬로 엮은 무거운 목걸이에서 짤랑짤랑 하는 소리가 들려왔다. 그들은 한마디도 하지 않고 사슴 가죽으로 만든 신을 신고 조용히 달려왔다. 그들 중 하나는 깃털로 엮은 총채를 들고 있었다. 또한 사람은 멀리서 보아하니 양손에 서너 개에서 네댓 개의 굵은 밧줄을 들고 있었다. 그 밧줄 하나가 기분 나쁘게 꿈틀거리고 있었다. 돌연 레니나는 그것들이 뱀이라는 것을 알 수 있었다.

인디언들은 점점 가까워졌다. 그들의 검은 눈이 레니나를 보았다. 그러나 아는 체하는 표시도 없었고 그녀를 보았다든가 그녀의 존재를 인식한다든가 하는 표시를 전혀 하지 않았다. 꿈틀거리던 뱀도 다른 뱀들처럼 기운 없이 아래로 늘어졌다. 인디언들이 곁을 지나쳤다.

"이건 기분 나쁘군요." 레니나가 말했다.

"이건 기분 나쁘군요." 토인부락의 입구에서 그녀를 기다리고 있는 것은 더욱 기분 나쁜 것이었다. 안내원이 안으로 들어가 지시를 받는 동안 그들은 입구에 서 있어야 했다. 무엇보다도 더러운 먼지, 쓰레기더미, 개, 파리가 보였다. 레니나의 얼굴은 불쾌한 나머지 우거지상을 짓고 있었다. 그녀는 손수건으로 코를 막았다.

"어떻게 이런 생활을 하고 있을까요?" 역겨운 나머지 믿을 수 없다는 음성으로 그녀가 말했다. (도저히 있을 수 없는 일이다.) 버나드는 초연하게 어깨를 추썩였다.

"여하튼 저들은 지난 오륙천 년 동안 저렇게 살아온 겁니다. 이제 습관화되어 있는 것입니다" 하고 그가 말했다.

"하지만 청결은 포드 님 다음으로 중요한 일예요." 그녀가 주장했다.

"그렇죠. 문명은 살균이니까요."

버나드는 비꼬는 어조로 초급위생학의 제2주에 해당하는 수면시 교육의 내용을 결론지었다.

"그러나 이들은 우리의 주님이신 포드 님에 대해 들어본 적도 없습니다. 개화되지 않은 상태입니다. 그래서 그런 문제는……."

"오!" 그녀는 갑자기 버나드의 팔을 꽉 잡았다.

"저 봐요."

거의 벌거벗은 한 명의 인디언이 근처의 집 2층 테라스에 걸쳐놓은 사다리를 타고 내려오고 있었다. 한 계단 한 계단을 조심스럽게 내려오는 늙은이였다. 그의 얼굴은 흑요석으로 만든 가면처럼 검고 깊은 주름이 깔려 있었다. 이가 없는 입은 움푹 들어가 있었다. 입술 언저리와 턱 양편에 난 몇 가닥의 긴 수염은 검은 피부 위에서 거의 희게 빛났다. 땋지 않은 긴 머리칼이 얼굴 주위에 회색 다발을 이루며 늘어져 있었다. 그의 몸통은 굽어 있었고 살이 전혀 붙지 않은 뼈다귀처럼 말라 있었다. 그는 서서히 내려오고 있었다. 한 계단을 밟을 때마다 다리를 떼놓기 전에 잠시 동작을 정지하는 것이었다.

"저 사람은 왜 저래요?" 레니나가 속삭였다. 레니나의 눈은 공포와 경악으로 말미암아 휘둥그래져 있었다.

"늙은 노인입니다. 그것뿐입니다." 버나드는 될수록 초연한 음성으로 말했다. 사실 그도 놀랐던 것이다. 그러나 아무렇지도 않은 체하느라 무진 애쓰고 있었다.

"늙은이라구요?" 그녀가 반복했다.

"하지만 소장도 늙었고 많은 사람들이 늙은이들인데, 그들은 저렇지 않아요."

"그건 노인들이 저렇게 되는 것을 허용하지 않기 때문입니다. 우리는 노인들을 병으로부터 보호합니다. 그들의 내분비물이 인위적으로 청춘기의 균형을 유지하도록 대비하기 때문입니다. 그들의 마그네슘과 칼슘의 비율을 서른 살 때의 수준 이하로 떨어지지 않도록 조절하고 있는 것입니다. 게다가 젊은 피를 그들에게 수혈시키고 있습니다. 또한 그들의 신진대사를 항상 자극하고 있는 것입니다. 그러니까 우리의 노인들은 저렇게 보이지 않을 수밖에 없습니다. 또한……." 그는 다시 부연해서 말했다. "우리의 노인들은 대부분 이 노인의 나이에 도달하기 훨씬 전에 죽기 때문이기도 합니다. 예순 살까지는 젊음이 원상 그대로 보존됩니다. 그러다가 꽝 하고 무너지듯 종말이 다가오는 겁니다."

그러나 레니나는 듣고 있지 않았다. 그녀는 그 노인을 지켜보고 있었다. 노인은 아주 천천히 사다리를 내려왔다. 발이 땅바닥에 닿았다. 노인은 돌아섰다. 노인의 눈은 움푹 패인 눈자위 속에서 아직도 특이할 정도로 밝은 빛을 발하고 있었다. 노인의 눈은 한참 동안 레니나를 바라보았다. 그녀가 거기에 있지 않은 것처럼 표정도 놀람도 없는 눈초리였다. 그러고는 굽은 등을 한 채, 노인은 그들 옆을 엉금엉금 지나쳐서 사라져 버렸다.

"무서워요." 레니나가 속삭였다. "끔찍해요. 이런 곳엔 오지 말았어야 되는 건데."

그녀는 소마를 찾기 위해 주머니를 더듬었다. 그러나 약병을 휴게소에 놓고 왔음을 깨달았다. 전에 없던 실수였다. 버나드의 주머니도 비어 있었다.

레니나는 소마의 도움 없이 맬파이스의 공포에 직면하게 된 것이었다. 공포의 대상들이 떼를 지어 그녀를 엄습하고 있었다. 아기들에게 젖을 먹이는 두 젊은 여자들을 보았을 때 레니나는 얼굴을 붉히면서 고개를 돌렸다. 그녀는 이제껏 그렇게 상스러운 장면에 접해 본 적이 없었다. 설상가상으로 버나드는 재치 있게 모르는 체하는 것이 아니라 오히려 그 징그러운 태아생식 장면에 대해 공공연한 논평을 가하는 것이었다. 소마의 효력이 가신 후였으므로 버나드는 오늘 아침 호텔에서 연출한 자신의 담약함을 수치로 생각한 나머지 일부러 대담하게 이단적인 행동을 하였던 것이다.

"그야말로 친근한 관계인걸!" 그는 고의로 난폭한 폭언을 시작했다. "강렬한 감정이 저기에서 나오는 것이 틀림없을 겁니다. 어머니라는 것을 갖지 않았다는 점에서 무엇인가를 상실했을 것이라고 나는 자주 생각해 봅니다. 레니나, 당신도 어머니가 되지 않았다는 점에서 무언가 상실한 것이 있을지도 모릅니다. 레니나도 자신이 낳은 어린 아기와 저곳에 앉아 있다고 상상해 보십시오……."

"버나드! 당신은 어떻게 그런 말을 감히……."

그때 안질에다 피부병을 앓는 노파가 지나갔기 때문에 레니나의 분노는 분산되고 말았다.

"여기를 떠나요. 난 여기가 싫어요" 하고 레니나가 애원했다.

그러나 바로 그때 안내원이 들어와서, 그들에게 따라오라고 손짓하더니 집들 사이에 난 좁은 길로 안내하는 것이었다. 그들은 모퉁이를 돌았다. 죽은 개 한 마리가 쓰레기더미 위에 놓여 있었다. 갑상선종을 앓는 여자가 어린 소녀의 머리를 헤치며 이를 잡고 있었다. 안내원은 한 사다리 밑에서 걸음을 멈추고 손을 수직으로 올리더니 다시 그 손을 수평으로 내렸다. 그들은 안내원이 말없이 지시하는 대로 따랐다──사다리를 올라가서 그것에 이어진 문지방을 넘어 길고 좁은 방으로 들어갔다. 방 안은 좀 어두컴컴했고 연기 냄새에다 요리에 사용한 기름 냄새와 오랫동안 입었으면서도 세탁하지 않은 의복에서 나는 때절은 냄새가 가득했다. 방의 다른 쪽 끝에 또 하나의 출입구가 있었고 그곳을 통해 햇살이 들어왔고 북소리가 크고 가깝게 들려오고 있었다.

그들이 문지방을 지나자 바로 그곳은 넓은 테라스였다. 바로 아래에 높은 집들로 둘러싸인 부락의 광장이 있었고 그곳에는 인디언들이 모여 있었다. 밝은 색을 띤 담요와 검은 머리에 꽂힌 깃털과 터키 구슬과 더위 속에서 반짝이는 검은 피부가 모여 있었다. 레니나는 다시 손수건으로 코를 막았다. 광장 한복판에 기와와 진흙을 반죽하여 만든 두 개의 둥근 단이 있었다——지하실의 지붕인 것이 분명했다. 즉 단의 한복판에는 지하로 연결된 입구가 뚫려 있었고 밑의 컴컴한 곳으로부터 올라오는 사다리가 그곳으로 머리를 내밀고 있었다. 지하로부터 피리 소리가 들려왔으나 지칠 줄 모르고 울리는 북소리에 완전히 흡수되고 있었다.

레니나는 북소리가 좋았다. 눈을 감은 그녀는 부드럽게 반복되는 북소리에 홀려 있었다. 그 소리가 그녀의 의식 속으로 완전히 침투되도록 자신을 가만히 내버려 두고 있었다. 마침내 이 세상의 모든 것은 사라지고 그 깊은 음의 고동밖에 남지 않은 것을 느꼈다. 그것은 단결 예배나 포드 탄신 기념일 축제 때에 연주되는 인조음악의 요란한 소리를 끈질기게 상기시키는 것이었다. "지가쟈가장" 하고 그녀는 속으로 속삭였다. 이 북들은 똑같은 리듬을 때리고 있었다.

갑자기 요란한 합창이 터져 나왔다——수백 명의 남자들이 요란한 금속성을 일제히 발하며 격렬한 합창을 시작했다. 몇 개의 긴 선율과 침묵, 그에 이어 천둥 같은 북소리의 침묵. 이어서 말 울음소리 같은 높은 소리로 여자들이 응답했다. 다시 북이 울렸다. 그러자 다시 한번 남자들의 남성다움을 강조하는 깊고 야성적인 합창이 울려 퍼졌다.

기괴했다. 정말 기괴했다. 이 장소도 기괴하고 음악도

기괴했다. 옷이며 갑상선종이며 피부병이며 노인이며 할 것 없이 모두 기괴했다. 그러나 음악연주 그 자체——이 것에는 특별히 기괴한 데가 전혀 없는 것 같았다.

"이건 하층계급의 공동체 찬가를 연상시키는군요." 그녀가 버나드에게 말했다.

그러나 잠시 후 그것은 그러한 무해(無害)한 기능을 연상시키는 것이 아니었다. 갑자기 지하의 둥근 방으로부터 유령 같은 괴물의 무리가 몰려 나왔기 때문이다. 인간의 형상과는 판이하게 다른 무시무시하게 색칠한 가면을 쓴 무리들이 야릇하게 절름거리는 춤을 추며 광장을 돌기 시작했다. 노래를 부르며 계속해서 돌고 있었다——돌 때마다 점점 가속이 붙고 있었다. 북소리의 장단도 변해 리듬이 빨라지는가 싶더니 마치 열병에 걸렸을 때 귀에서 쿵쿵 하는 소리를 내는 것 같았다. 그러자 군중들도 춤추는 무리와 함께 점점 더 큰 소리로 노래하기 시작했다. 처음에 한 여자가 비명을 질렀다. 그러자 다음 여자가 비명을 지르고 다시 다른 여자가 그것을 받아 비명을 질렀다. 마치 살해당할 때의 비명 같았다.

그러자 갑자기 앞장 서서 춤을 리드하던 사람이 대열을 이탈하여 광장의 구석에 서 있는 거대한 나무 궤짝 앞으로 달려가는 것이었다. 그는 그 궤짝의 뚜껑을 열고 두 마리의 검은 뱀을 꺼냈다. 군중들 사이에서 요란한 함성이 일어났다. 춤추던 패들이 손을 벌리고 뱀을 가진 사람 쪽으로 달려갔다. 그는 뱀들을 제일 앞에 뛰어 온 사람에게 던지고 나서 뱀을 더 꺼내기 위해 궤짝에다 손을 다시 넣었다. 검은 뱀, 갈색 뱀, 점박이 뱀을 계속해서 꺼내어 마구 던졌다. 그러고 나자 춤은 다른 리듬에 맞춰 다시 시작되었다. 그들은 뱀을 들고 뱀처럼 무릎과 엉덩이를 부드럽게 율동하며 빙빙 돌았다. 돌고 다시 돌았다. 그러자 앞장 선 사람이 손으로 신호를 보냈다. 그러자 한 마리씩 연달아 뱀을 광장에 팽개치는 것이었다. 그러자 지하에서 한 노인이 나타나서 뱀들에게 옥수수 먹이를 뿌려 주었다. 다음에는 다른 사다리 구멍에서 한 여자가 나타나서 검은 항아리에 떠온 물을 뱀에게 뿌렸다.

그러자 노인이 손을 들었다. 놀랍고도 무시무시하며 절대적인 침묵이 흘렀다. 북소리는 그치고 생명이 끝난 것 같았다. 노인이 지하로 통하는 두 개의 통로를 손으로 가리켰다. 그러자 천천히 아래로부터 보이지 않는 손에 의해 무언가가 들어올려지는 것이 있었다. 한 구멍에서는 한 마리의 독수리의 형상이 나타났고 다른 구멍에서는 벌거벗고 십자가에 못 박힌 남자의 형상이 나타났다. 그것은 둘 다 그림으로 된 형상이었다. 그 형상은 언뜻 보기에 스스로 서 있는 것 같았는데 마치 사방을 살피는 것처럼 그 위치에 걸려 있었다.

노인이 손뼉을 쳤다. 무명천으로 허리 밑을 가렸을 뿐 벌거벗은 18세가량의 청년이 군중으로부터 걸어나와 양 손을 가슴에 합장하고 머리를 숙인 채 노인 앞에 섰다. 노인은 청년이 머리 위에다 십자가를 긋고 물러섰다. 천천히 그 청년은 꿈틀거리는 뱀더미 주변을 걷기 시작했다. 그가 뱀의 주변을 한 바퀴 돌고 다시 반 바퀴가량 돌았을 때 춤추는 무리 사이에서 코요테의 가면을 쓰고 손에는 가죽 채찍을 든 거대한 사나이가 그 청년에게 가까이 왔다. 청년은 다른 사람의 존재를 의식하지 못하는 것처럼 계속 움직이고 있었다.

코요테 가면을 쓴 사나이가 채찍을 들었다. 무언가를 예상하게 하는 숨막히는 순간이 흘렀다. 다음 순간 재빠른 동작이 있었고 채찍이 공기를 가르는 소리에 이어 인간의 살점을 떼어 내는 듯한 요란한 소리가 들렸다. 청년의 몸이 떨렸다. 그러나 청년은 소리를 내지 않고 여전히 느리고 확고한 발걸음을 떼어 놓고 있었다. 코요테는 다시 때리고 또 때렸다. 내려칠 때마다 처음에는 헐떡이는 한숨이 군중으로부터 터져 나왔으나 후에는 깊은 신음소리가 들려 왔다. 청년은 걸었다. 그는 두 바퀴 세 바퀴, 네 바퀴를 돌았다. 피가 흐르고 있었다. 다섯 바퀴, 그리고 여섯 바퀴. 갑자기 레니나는 손으로 얼굴을 가리고 흐느끼기 시작했다.

"아, 저걸 중단시키세요! 중단시키세요!"그녀가 애원했다.

그러나 채찍은 사정없이 내려치고 있었다. 일곱 바퀴. 그리고 돌연히 청년은 비틀거렸다. 그러나 여전히 소리는 내지 않고 얼굴이 땅에 닿으며 쓰러졌다. 그러자 노인은 청년 위로 몸을 굽히더니 길고 흰 깃털로 등을 건드렸다. 그러고는 사람들이 모두 볼 수 있도록 진홍빛으로 물든 깃털을 잠시 치켜들었다가 뱀들 위에 세 번 피를 털었다. 몇 방울의 피가 떨어지자 갑자기 북소리가 울려나와 빠른 리듬으로 공포감을 자아내었다. 큰 함성이 있었다. 춤추던 무리들은 앞으로 달려나와 뱀들을 집어올리더니 광장으로부터 뛰어나갔다. 남자, 여자, 어린아이 할 것 없이 모든 군중이 그 뒤를 따랐다. 잠시 후 광장은 텅 비었고 젊은 청년만이 쓰러진 채로 꼼짝도 하지 않고 있었다. 어떤 집에서 세 명의 노파들이 나타나 그 청년의 몸을 겨우 일으켜서 데리고 갔다. 독수리 가면과 십자가에 매달린 인간만이 잠시 동안 텅 빈 광장을 지키고 있었다. 그러다가 이젠 충분히 보았다는 듯이 구멍 속으로 천천히 내려가 지하의 세계로 모습을 감추는 것이었다.

레니나는 여전히 흐느끼고 있었다.

"너무나 끔찍해요."그녀는 그 말을 되풀이했다. 버나드가 아무리 달래도 소용이 없었다.

"너무나 끔찍해요. 저 피를 보세요." 그녀는 소름이 끼치는 듯 몸을 떨었다. "소마가 있었으면 좋았을 텐데." 안쪽 방에서 발자국 소리가 들렸다.

레니나는 움직이지 않고 손으로 눈을 가린 채, 아무것도 보지 않으려는 자세로 떨어져 앉아 있었다. 버나드만이 뒤돌아보았다.

그때 테라스에 나타난 젊은이는 인디언의 복장이었다. 그러나 그의 땋은 머리는 밀짚처럼 노랗고 눈은 연푸른 색이었고 피부는 햇빛에 그을렸으나 백색이었다.

"안녕하십니까."

그 낯선 청년의 영어는 완벽했지만 좀 야릇했다.

"당신들은 문명인이군요? 당신들은 보호구역 밖의 별세계로부터 오셨군요?"

"도대체 당신은……." 버나드는 놀라서 말했다.

젊은이는 한숨을 내쉬며 고개를 저었다.

"아주 불행한 사람입니다."

그는 광장 한복판의 핏자국을 가리켰다.

"저 저주받을 장소를 보셨습니까?"

그는 상기되어 떨리는 음성으로 물었다.

"저주라는 말보다 일 그램이 더 좋아요." 레니나는 얼굴을 가린 채 기계적으로 읊었다. "소마를 가져왔더라면 좋았을걸!"

"내가 저 장소에 나갔어야 되는 겁니다." 젊은이가 말을 계속했다. "나 같으면 열 바퀴——아니 열두 바퀴, 아니 열다섯 바퀴를 돌았을 겁니다. 팔로티와는 겨우 일곱 바퀴밖에 견디지 못했습니다. 놈들은 왜 나를 희생물로 택하지 않는지 모르겠습니다. 나를 썼더라면 두 배의 피를 얻을 수 있었을 겁니다. 저 끝없는 바다를 진홍빛으로 물들이고……."

그는 과장된 몸짓으로 두 팔을 휘둘렀다. 그러고는 다시 절망적으로 팔을 내렸다.

"그러나 놈들은 내게 기회를 허락하지 않습니다. 놈들은 나의 얼굴 색깔을 싫어하고 있습니다. 항상 그랬습니다. 항상……."

젊은이의 눈에 눈물이 고여 있었다. 그는 부끄러운 표정으로 얼굴을 돌렸다.

놀란 레니나는 소마가 없다는 사실조차 망각하고 있었다. 그녀는 얼굴에서 손을 떼고 처음으로 그 낯선 젊은이를 보았다.

"당신은, 그 채찍으로 얻어맞고 싶단 말예요?"

여전히 그녀로부터 고개를 돌린 채 젊은이는 그렇다고 고개를 끄덕였다.

* 《맥베드》2막 2장 중에서

"이 부락을 위하여……. 비를 오게 해서 옥수수가 잘 자라도록 하기 위해서입니다. 푸콩 신과 예수를 기쁘게 하기 위해서입니다. 내가 비명을 지르지 않고서도 고통을 참을 수 있다는 것을 보여주기 위해서 입니다. 아……."

그의 목소리는 갑자기 생기를 띠며 우렁차게 울렸다. 그는 자랑스럽게 고개를 들며 양어깨를 펴면서 고개를 돌렸다.

"내가 남자라는 것을 보여주기 위해섭니다. 오……!"

그는 헐떡이는 숨을 몰아 쉬고 나서 입을 다물었다. 그 청년은 평생 처음으로 이런 여자를 보았던 것이다. 얼굴 빛이 초콜릿 색이나 개가죽 빛깔이 아닌 소녀의 얼굴을 처음으로 보았던 것이다. 머리칼이 황금빛으로 웨이브를 이루고 있는 여자……. 신기하게도 그를 향해 자애로운 관심을 나타내고 있는 여자의 저 표정! 레니나는 그 청년에게 미소를 짓고 있었다. '참 잘생긴 남자로군' 하고 그녀는 생각했다. 참으로 아름다운 육체를 소유한 청년이라고 그녀는 생각했다. 젊은이의 얼굴은 빨갛게 달아올라 눈을 내리깔았다가 다시 눈을 잠시 치켜올렸다. 거기에는 여전히 레니나가 미소 짓고 있었다. 젊은이는 그녀에게 완전히 압도되어 고개를 돌리고 광장 저편에 있는 어떤 것을 뚫어지게 바라보는 척했다.

이때 버나드가 여러 가지 질문을 던졌기 때문에 젊은이

의 주의가 분산되었다. 당신은 누구이며 어떻게 이런 곳에 왔느냐, 언제 왔느냐, 어디로부터 왔느냐 하고 버나드가 그 젊은이에게 물었다. 젊은이는 레니나의 미소를 보고 싶어 조바심이 났지만 감히 그녀를 똑바로 바라볼 수 없어서 그냥 버나드의 얼굴에 시선을 집중시킨 채 모든 것을 설명하려고 애썼다. 자신의 어머니는 린다라는 여자인데, 그녀와 그는 이 보호구역 출신이 아닌 타지 출신이라는 것이었다. (이 말에 레니나는 좀 불안했다.) 린다는 이 젊은이가 태어나기 전에 다른 지역에서 왔다는 것이었다. 이 젊은이의 아버지가 되는 어떤 남자와 함께 이곳에 왔다는 것이었다. (버나드는 귀를 곤두세웠다.) 그녀는 북쪽을 향해 산중을 산책하다가 가파른 절벽에서 밑으로 추락하여 머리를 다쳤다는 것이다. ("그래서? 말을 계속해 봐!" 버나드는 흥분해서 재촉했다.) 맬파이스의 사냥꾼 몇 명이 그녀를 발견하여 이 마을로 데려왔으며 그 이후 젊은이의 아버지인 그 남자를 린다는 영원히 만나보지 못하고 만 것이었다. 그의 아버지 되는 남자의 이름은 토마킨이었다. (그렇다! '토마스'는 소장의 이름이었다.) 그는 비행기를 타고 다른 세계로 돌아갔음에 틀림없었다. 그녀를 이 지역에 그대로 내팽개치고 가버린 것이다. 무정하고 나쁜 사람……. 양심적이지 못한 사람…….

"그래서 저는 맬파이스에서 태어났습니다. 맬파이스에서 말입니다." 젊은이는 말을 맺고 고개를 저었다.

마을의 변두리에 위치한 그 작은 집은 누추하기 그지없었다.

먼지와 쓰레기를 모아 놓는 공간이 그 집과 마을을 분리시키고 있었다. 허기진 두 마리의 개가 문가의 쓰레기 더미 속을 추잡스럽게 코로 뒤지고 있었다. 안으로 들어서자 방 안은 어두컴컴하고 파리떼가 요란하게 윙윙거리고 있었다.

"린다!" 젊은이가 큰 소리로 외쳤다.

"나간다" 하고 안으로부터 좀 쉰 듯한 여자의 음성이 응답했다.

그들은 기다렸다. 바닥에 놓인 그릇 속에는 먹다 남은 음식이 담겨 있었다. 아마 몇 끼니의 식사가 합쳐진 것이리라.

문이 열렸다. 매우 뚱뚱한 금발의 토인여자가 문지방을 넘어와 낯선 사람들은 입을 벌린 채 반신반의하는 눈초리로 응시하고 있었다. 앞니 두개가 빠진 것을 발견하고 레니나는 기분이 언짢았다. 남은 이의 색깔도 그야말로……. 온몸에 소름이 끼쳤다. 조금 전에 본 노인보다 더 지저분했다. 지독히 뚱뚱했다. 얼굴에 거미줄처럼 깔린 선, 늘어진 피부, 깊은 주름살, 자주빛 반점이 박히고 축 늘어진 볼, 붉은 혈관이 비치는 코, 충혈된 눈, 그리고 무엇보다 저 목——저 목. 머리 위에 뒤집어 쓴 그 털가죽——낡을 대로 낡고 남루하기 그지없다. 갈색 부대 같은 윗저고리 밑에 불룩하게 드러난 육중한 유방, 불룩한 배 그리고 엉덩이.

아! 그 노인보다 더 지독하다! 훨씬 더 지독하다! 그러자 갑자기 이 여자는 격류와 같은 말을 터뜨리며 양팔을 벌리고 레니나 쪽으로 달려왔다——오, 포드 님! 포드 님! 이건 너무나 구역질이 나는 일이었다. 좀 더 있다가는 토할 것 같았다——그녀는 레니나를 가슴과 불룩한 배로 껴안고 키스하기 시작했다. 맙소사! 침을 질질 흘리며 키스하다니! 게다가 냄새가 고약했다. 분명히 목욕이라는 것과는 담을 쌓은 여자였다. 델타나 엡실론 계급의 병 속에 주입시키는 그 잔인한 물질의 냄새, (아니, 버나드에 대한 풍문은 사실이 아닐 거다) 바로 알코올 냄새가 그녀로부터 발산되고 있었다. 레니나는 될수록 재빨리 그녀로부터 몸을 뗐다.

오열로 일그러진 얼굴이 레니나의 얼굴 바로 앞에 있었다.

"아, 그리운 사람!" 흐느끼면서 격류처럼 말이 흘러나왔다. "내가 얼마나 기쁜지 당신은 모를 겁니다. 이 긴 세월이 지나고서야! 문명인의 얼굴. 그리고 문명인의 의복을 다시 보다니! 나는 두 번 다시 문명인의 인조견을 보지 못하리라고 생각했습니다." 그녀는 레니나의 옷소매를 만졌다. 손톱은 새카맸다.

"이 멋있는 인조 벨벳 바지! 내가 여기 올 때 입고 있던 옛날 옷을 아직도 가지고 있답니다. 상자에 넣어 치워두었거든요. 내가 후에 보여드리겠어요. 온통 구멍투성이가 되었지만 말예요. 물론 당신의 모로코 가죽 허리띠가 더 아름답지만——하얀색 허리띠는 정말 아름다운 것이었지요. 그 피임대가 나에게 효과가 있었다는 말은 아닙니다."

그녀의 눈에서는 다시 눈물이 흐르기 시작했다.

"존이 이야기했을 줄 압니다만……. 내가 얼마나 고생했겠어요……. 여기에서는 일 그램의 소마도 얻을 길이 없어요. 포페가 이따금 갖다 주는 메스칼주를 마시는 길밖에 별 도리가 없었어요. 포페는 내가 전부터 아는 남자의 이름입니다. 하지만 그것은 먹고 나면 뒤끝이 좋지 않아요. 메스칼주 말예요. 또 페요틀주가 있는데, 그걸 마시면 구역질이 나요. 게다가 이 술은 다음 날 일어나면 공연히 수치감을 느끼게 만드는 술이에요. 난 정말 수치감을 털어 버릴 수 없었어요. 생각해 보세요. 베타 계급으로 태어난 내가 임신했다는 것……. 제 입장이 되어 보세요."

그 단순한 암시에 레니나는 몸서리가 쳐졌다.

"그건 물론 나의 과실은 아니었어요. 나도 맬서스식 훈련을 받았는데 어째서 그런 일에 나에게 일어났는지, 아직도 모르겠어요. 몇 번이고 그 훈련을 받았던 기억이 나는군요. 하나, 둘, 셋, 넷 하고 항상 수를 세면서 받았어요.

하지만 임신이 된 것은 사실이에요. 여기에는 유산국 같은 것이 없어요. 저, 아직도 첼시아에 유산국이 있나요?" 그녀가 물었다.

레니나는 고개를 끄덕였다.

"지금도 화요일과 금요일에는 조명이 환하게 그곳을 밝히고 있나요?"

레니나가 다시 고개를 끄덕였다.

"그 아름답던 핑크빛 유리탑!"

가엾은 린다는 얼굴을 들고 눈을 감은 채, 황홀한 기억에 도취되어 옛날의 형상을 그리고 있었다.

"그리고 밤의 그 강물……." 그녀는 속삭였다. 그녀의 굳게 감은 눈에서 큼직한 눈물 방울이 서서히 흘러내렸다.

"저녁이 되면 스토크 포지스로부터 헬리콥터로 돌아왔지……. 뜨거운 열탕 목욕을 하고 나서 진공 마시지를 하고……. 아, 안 돼."

그녀는 호흡을 몰아 쉬고 고개를 흔들더니 다시 눈을 떴다. 한두 번 훌쩍거리다가 손가락으로 코를 풀고서는 그 손가락을 치맛자락에 문질렀다.

"아, 미안해요" 하고 그녀는 부지불식간에 얼굴을 찡그리고 레니나의 표정을 읽으며 말했다. "이래서는 안 되는 줄 알아요. 하지만 손수건이란 것이 없으니 어찌하겠어요? 나도 기억하고 있어요. 모든 것이 더러웠고 살균된 것이라곤 하나도 없는 것을 접했을 때 늘 구역질이 났던 생각이 납니다. 그들이 나를 여기에 맨 처음 데려왔을 때 나는 머리에 심한 부상을 당한 상태였어요. 그 다친 상처에다 그네들이 무엇을 발랐는지 상상도 하지 못할 거예요. 더러운 오물을 바르는 것이었어요. '문명은 살균'이라고 내가 그네들에게 말해 주곤 했지요. '깨끗한 욕실과 화장실을 보러 스트렙토코크-지로부터 밴버리-T까지 가봅시다' 하고 그들을 어린애들인 양 달래 보기도 했어요. 그러나 그들은 이해하지 못했지요. 어떻게 이해할 수 있겠어요? 결국 내 쪽에서 불결한 환경에 길들어 버렸어요. 뜨거운 물이 없는데 어떻게 모든 것을 깨끗이 할 수 있지요? 그리고 이 옷을 보세요. 이 누추한 옷은 인조견과는 달라요. 아무리 입어도 끄떡없어요. 찢어지면 꿰매야 해요. 하지만 나는 베타 계급 출신이에요. 그래서 수정실에서 작업했어요. 누구도 나에게 옷을 꿰매는 법을 가르쳐주지 않았어요. 그건 내 소관이 아니었어요. 또한 수선하는 행위는 옳지 못한 것이었잖아요. '옷이 헤지면 버리고 새것을 사라, 한 바늘 꿰매면 그만큼 돈이 축난다'라는 교육을 받았지 않습니까? 제가 올바로 기억하고 있는 건가요? 수선은 반사회적이었잖아요. 그러나 여기서는 모든 것이 그와 반대예요. 미치광이들과 사는 기분이 들어요. 그들이 하는 일은 모두 미친 행위입니다."

그녀는 주위를 둘러보았다. 존과 버나드는 여자들 곁을 떠나서 집 밖의 먼지와 쓰레기더미 속을 이리저리 거닐고 있었다. 그러나 린다는 여전히 비밀을 이야기하듯 목소리를 낮추고 레니나 쪽으로 몸을 굽혔다. 어찌나 가까이 굽히는지 그녀에게서 태아용 독약과 같은 악취가 풍겨서 레니나의 볼에 늘어진 머리칼을 흐트리고 있는 것 같아 레니나는 몸이 굳어지며 더욱 움츠렸다.

"예컨대" 하고 그녀는 쉰 목소리로 속삭였다. "이곳의 사람들이 서로를 대하는 방법을 예로 들면 그들은 미치광이입니다. 철두철미하게 미쳤습니다. 만인은 만인을 위해 존재하잖아요. 안 그래요?" 그녀는 레니나의 소매를 잡아당기며 주장했다.

레니나는 고개를 돌린 채 끄떡였다. 그러고는 이제까지 참고 있던 숨을 내뱉고 비교적 오염이 덜 된 공기를 한 모금 들이마셨다.

"여기서는 말입니다." 뚱뚱한 여인이 말을 이었다. "사람은 누구나 한 사람의 것에 불과합니다. 우리가 보통 하던 식으로 여러 남자와 관계하면 사악한 여자가 되고 반사회적인 여자로 낙인찍힙니다. 사람들은 그런 여자를 증오하고 멸시합니다. 한번은 많은 여자들이 나한테 몰려와서 난리 법석을 떤 적이 있었어요. 그들의 남편들이 나를 보러 왔기 때문이었어요. 그게 뭐가 잘못이냐고 내가 말

185

했더니 여자들이 막무가내로 덤벼들었어요……. 그건 너무 처참했어요. 도저히 말로 표현할 수 없을 정도였어요."

린다는 양손으로 얼굴을 가리고 몸을 떨었다.

"이곳 여자들, 정말 지겨워요. 철저히 미쳤고 잔인해요. 물론 그녀들은 맬서스식 훈련이 무엇인지, 병이 무엇이고 병에서 부화되는 것이 무엇이고 간에 그 밖의 것도 전혀 모르고 있어요. 그러니까 그녀들은 늘 아이를 낳고 있는 거예요——개나 마찬가지예요. 너무 징그러워요. 그런데 내가……. 아, 포드 님! 우리 주 포드 님! 하지만 우리 아들 존은 나에게 큰 위안이 되고 있어요. 그 애가 없었다면 난 무슨 짓을 저질렀을지 몰라요. 비록 그 애는 내게 남자가 생길 때마다 화를 내긴 했지만……. 아주 어릴 때부터 그랬다니까요. 한번은 (아니 그 애가 좀 컸을 때 일이군요) 그 애가 가엾은 와이후시와를 죽이려 했어요——아니 포페였던가? 단순히 내가 그들과 이따금씩 상대한다는 이유에서였어. 문명인들은 그렇게 한다는 것을 도무지 납득시킬 수가 없었기 때문이에요. 미친 증세는 전염되는 모양입니다. 여하튼 존도 인디언들로부터 전염된 것입니다. 물론 그 애가 인디언들과 많이 어울리기 때문이에요. 그녀들은 존에게 야비하게 대하고 다른 소년들은 다하는 일을 그가 하고자 하면 허락하지 않는데도 그 애는 인디언들과 어울리곤 했어요. 그건 한편으로 존에게는 잘된 일이었어요.

덕택으로 그 애의 조건반사적 습성 훈련이 좀 수월했었으니까요. 그것이 얼마나 어려운 일이었는지 당신은 전혀 모르실 겁니다. 정말 이해할 수 없는 것투성이입니다. 사실 별로 알 필요가 없었지 않습니까? 가령 아이가 헬리콥터는 어떻게 작동하느냐, 세상은 누가 만들었느냐고 묻는다면 어떻게 대답해야 하죠? 당신도 베타로 태어나 수정실에서 일했다면 어떻게 그 질문에 대답하겠어요?"

8

바깥에서는 먼지와 쓰레기더미 사이를 (이제 개가 네 마리로 불
어났는데) 버나드와 존이 천천히 왔다갔다 하고 있었다.

"나로서는 이해하기 곤란하군." 버나드가 말하고 있었다.

"상상할 수도 없어. 마치 다른 혹성에서 다른 시대에 살
고 있는 기분이군. 모친이라든가 이 지저분한 오물이라든
가 신(神)이니 노년이니 질병 따위……."

그는 고개를 저었다.

"거의 상상할 수도 없는 것이야. 자네가 설명해 주지 않
으면 절대로 이해하지 못하겠는걸."

"무엇을 설명하지요?"

"이것." 버나드는 원주민 부락을 가리켰다.

"저것도." 이번에 그가 가리킨 것은 마을 외곽에 있는
작은 집이었다.

"모든 것을 알고 싶네. 자네의 생활도."

"하지만 무엇을 말해야 되나요?"

"처음부터. 자네가 기억할 수 있는 과거로부터 말야."

"내가 기억하고 있는 가장 오래된 것이라⋯⋯." 존은 얼굴을 찡그렸다. 긴 침묵이 흘렀다.

날씨는 매우 더웠다. 그들은 옥수수빵과 단옥수수를 많이 먹었다.

"아가, 이리 와서 누워라." 린다가 말했다. 그들은 넓은 침대에 같이 누웠다.

존이 "노래를 불러 줘" 하면 린다가 노래했다. '스트렙 토코크-지로부터 밴버리-T까지'라든가 '잘 가거라, 밴팅 아가야. 너도 곧 병에서 나가게 될 거야'와 같은 노래를 불렀다. 그녀의 음성이 점점 가늘게 들렸다⋯⋯.

갑자기 요란한 소리가 들려서 존은 깜짝 놀라 눈을 떴다. 어떤 남자가 린다에게 무엇인가 이야기하고 있었고 린다는 웃고 있었다. 그녀는 담요를 그녀의 목까지 끌어당겼다. 그러나 그 남자가 그것을 끌어내렸다. 남자의 머리칼은 두 개의 검은 밧줄 같았다. 또한 남자는 팔에 파란 돌이 박힌 아름다운 은팔찌를 끼고 있었다. 어린 존은 그 팔찌가 무척 마음에 들었지만 그가 무서웠다. 존은 린다의 품에 얼굴을 파묻고 있었다. 린다가 존의 몸에 손을 얹자 존은 마음이 든든해졌다. 존이 아직 알아들을 수 없는 말로 린다가 그 사나이에게 말했다.

"존이 있기 때문에 여기서는 안 돼."

그러자 그 사나이는 존과 린다를 번갈아 바라보더니 부드러운 목소리로 린다에게 몇 마디 하는 것이었다. 린다가 "안 돼" 하고 다시 말했다. 그러자 그 사나이는 침대 위의 존에게로 몸을 굽혔다. 그의 얼굴은 거대했고 험상궂었다. 검은 밧줄과 같은 그의 머리가 담요에 닿았다.

"안 돼" 하고 린다가 다시 외쳤다. 존은 린다가 자기를 더욱 힘껏 껴안는 것을 느꼈다.

"안 돼! 안 돼!"

그러나 그 사나이는 존의 한쪽 팔을 잡았다. 팔이 아팠다. 존은 비명을 질렀다. 그 사나이는 나머지 손을 잡더니 존을 들어올렸다. 린다는 여전히 존의 손을 잡고 "안 돼! 안 돼!" 하고 고함치고 있었다. 그 사나이는 화가 난 목소리로 무엇인가 짧게 지껄였다. 그러자 린다의 손이 존에게서 떨어져 나갔다.

"린다, 린다." 존은 몸부림을 치며 버둥거렸다. 그러나 그 사나이는 그를 안고 방을 가로질러 문 쪽으로 갔다. 그리고 그 문을 열고 다른 방 한가운데에다가 그를 내려놓더니 다시 그 문을 닫고 나가 버렸다. 존은 일어나서 문으로 달려갔다. 까치발로 서자 존은 큼직한 나무 빗장에 겨우 닿을 수 있었다. 그는 그것을 들어올리려고 밀었다. 그러나 문은 열리지 않았다.

"린다!" 그는 소리 질렀다. 그녀는 대답이 없었다.

존은 어두컴컴한 큰 방을 기억해냈다. 나무로 만든 물
건들이 있었는데, 거기엔 줄이 매어져 있었고 많은 여자
들이 그 주변에 서서 담요를 짜고 있었다. 린다는 존에게
자신이 저 여자들을 도와주는 동안 다른 아이들과 구석에
앉아 있으라고 말했다. 존은 아이들과 한참 동안 놀았다.
갑자기 사람들의 언성이 높아지기 시작하더니 여자들이
린다를 밀어내고 있었다. 린다는 울고 있었다. 린다가 문
쪽으로 가자 존은 그녀의 뒤를 따랐다. 왜 저들이 화냈느
냐고 그가 물었다.

"내가 물건을 부러뜨렸기 때문이야." 린다가 말했다. 그
러더니 린다도 화를 냈다. "저들의 짐승 같은 천짜기를 내
가 어떻게 알 수 있겠니? 천한 야만인들!"

그는 야만인이 뭐냐고 물었다. 그들이 집에 돌아왔을 때
포페가 문 밖에서 기다리고 있었다. 그도 그들과 함께 안
으로 들어왔다. 포페는 물과 같은 것이 가득 들어 있는 큼
직한 호리병을 들고 있었다. 그런데 그것은 물이 아니라
냄새가 고약하고 입에 대면 혀를 태우며 기침이 나는 것
이었다. 린다는 그것을 약간 마셨다. 또한 포페도 약간 마
시는 것이었다. 다음 순간부터 린다는 큰 소리로 웃으며

수다를 떨었다. 그러고 나서 린다와 포페는 다른 방으로 들어갔다. 포페가 가고 난 다음 존은 그 방으로 들어갔다. 린다는 침대에서 깊은 잠에 빠져 있었기 때문에 존은 그녀를 깨울 수 없었다.

포페는 자주 왔다. 그 호리병 속에 든 액체는 메스칼이라는 것이었다. 그러나 린다는 그것을 소마라고 불러야 한다고 우겼다. 다만 마시고 나서 뒤끝이 좋지 않은 것이 소마와 달랐다. 존은 포페를 증오했다. 그는 린다를 보러 오는 모든 남자들을 증오했다. 어느 날 오후, 그가 아이들과 놀다가——산에는 눈이 덮여 있었고 추운 날씨였다고 기억된다——집에 돌아왔을 때 침실 쪽에서 화가 나서 마구 떠들어 대는 소리가 들렸다. 여자들의 음성이었고 그가 알아들을 수 없는 말을 외치고 있었다. 그러나 그것이 끔찍한 말이라는 것은 직감할 수 있었다. 다음 순간 탁 하는 소리가 들렸다. 뭔가 뒤집혀지고 있었다. 사람들이 재빠르게 움직이고 있는 소리가 들렸다. 다시 요란한 소리가 들렸다. 그러고는 노새를 때리는 것 같은 소리가 들렸다. 다만 뼈만 남은 노새가 아니라 살이 찐 노새를 때리는 소리 같았다. 그러자 린다가 비명을 질렀다.

"오! 제발 그만, 그만하세요!"

존이 그 안으로 뛰어들었다. 검은 담요를 두른 세 여자들이 있었다. 린다는 침대 위에 있었다. 한 여자가 린다의 팔목을 잡고 있고 또 다른 여자는 린다의 다리를 깔고 앉아 발버둥치지 못하게 하고 있었다. 세 번째 여자는 회초리로 린다를 때리고 있었다. 한 대, 두 대, 세 대……. 회초리가 몸을 후려칠 때마다 린다는 비명을 지르고 있었다. 존은 울면서 때리는 여자의 담요 가장자리를 잡아당겼다.

"제발, 제발!"

그러나 그 여자는 자유로운 손으로 존을 밀쳤다. 다시 매질이 시작되었다. 린다는 다시 비명을 질렀다. 존은 매질하는 여자의 커다란 갈색 손을 작은 손으로 붙잡고 있는 힘을 다해서 깨물었다. 그 여자는 고함을 지르더니 자신의 손을 비틀어 뽑아 존을 거세게 밀었다. 존은 뒤로 넘어지고 말았다. 그가 바닥에 넘어졌을 때 그녀는 회초리로 그의 몸에 세 차례나 매질을 했다. 그것은 존이 이제껏 경험했던 어떤 것보다도 더 아팠다. 마치 불이 와 닿는 것 같았다. 회초리는 다시 휘파람 소리를 내며 떨어졌다. 그러나 이번에 비명을 지른 것은 린다였다.

"왜 저들은 린다를 못 살게 구는 거죠?"

존이 그날 밤 린다에게 물었다. 그는 채찍으로 얻어맞은 등줄기의 핏자국이 아직도 쑤셨기 때문에 울고 있었다. 그러나 그가 운 것은 인간들이 너무나 잔인하고 불공평했기 때문이며, 아직 어린애여서 그들에게 대항할 길이 없었기 때문이었다. 린다도 울고 있었다. 그녀는 성인이었지만 세 명의 여자들을 상대로 싸울 수 있을 만큼 몸집이 우람하질 못했다. 린다에게 그 여자들은 비겁한 행동을 한 것이다.

"왜 저들은 린다를 못 살게 구는 거지?"

"난 모르겠어. 내가 어떻게 알 수 있겠니?"

그녀는 얼굴을 베개에 파묻고 엎드려 있었기 때문에 그녀의 말을 알아듣기 힘들었다.

"그 남자들이 자기들 것이라는 거야." 린다는 말을 계속했다. 그러나 그것은 존을 향해 이야기하는 것 같지 않았다. 그녀 자신 속에 있는 어느 인간과 대화하고 있는 것 같았다. 존으로서는 이해할 수 없는 장황한 이야기였다. 마침내 그녀는 전보다 더 목놓아 울기 시작했다.

"린다, 울지 마! 울지 마."

존은 힘껏 린다에게 안겼다. 그는 린다의 목을 팔로 안았다. 린다가 신음했다.

"조심해라. 내 어깨가! 아! 쑤시는구나."

그러고는 그를 힘껏 밀어내었다. 존의 머리가 벽에 쾅 부딪쳤다.

"바보 같으니!" 린다가 외쳤다. 그러고는 갑자기 그녀는 존을 때리기 시작했다.

"린다, 때리지 마! 엄마! 때리지 마!"

"난 네 어미가 아니야, 네 어미가 되기 싫어!"

"하지만 린다…… 오!"

그녀는 사정없이 존의 따귀를 때렸다.

"야만인이 되다니." 그녀가 외쳤다. "짐승처럼 아이를 낳고……. 너만 없었다면 나는 감독관을 찾아갔을 거다. 이곳을 탈출할 수 있었을 거다. 하지만 아기를 데리고는 그게 불가능한 일이었단 말이다! 그건 너무나 부끄러운 일이었지."

존은 린다가 다시 때리려는 동작을 직감하고 얼굴을 보호하기 위해 팔을 들었다.

"오, 린다, 때리지 마. 제발, 때리지 마."

"이 작은 짐승아!" 그녀는 그의 팔을 끌어내렸다. 그의 얼굴이 노출되었다.

"린다, 때리지 마."

그는 눈을 감고 그녀가 때릴 것을 예상했다.

그러나 그녀는 그를 더 이상 때리지 않았다. 잠시 후 존은 다시 눈을 떴다. 그녀가 바라보고 있었다. 그는 그녀에게 미소를 지어 보이려고 노력했다. 돌연 그녀는 양팔로 그를 껴안고 수없는 키스를 퍼부었다.

이후로 여러 날 동안 린다는 숫제 일어나지도 않았다. 그녀는 상심한 나머지 침대에 누워만 있었다. 아니면 포페가 가져오는 마실 것을 마시고 키득키득 웃다가 잠들어 버렸다. 때로 그녀는 앓아 누웠다. 존을 씻겨 주는 일

도 번번이 잊었으며 먹을 것도 차가운 옥수수빵 이외에
는 아무것도 없었다. 그의 머리칼 속에 작은 벌레가 들끓
는 것을 처음 발견했을 때 그녀가 얼마나 비명을 질렀는
지 모른다.

린다가 가장 행복한 시간은 존에게 '다른 세계'에 대해
이야기해 주던 때였다.
"원하면 언제라도 그리고 비행기로 날아갈 수 있어?"
"원하면 언제라도 갈 수 있단다."
린다는 대답하고 상자에서 나오는 아름다운 음악이라
든가 재미있는 게임과 맛있는 음식과 음료수, 그리고 벽
에 달린 작은 것을 누르기만 해도 들어오는 밝은 전등, 듣
고 감촉하고 냄새 맡고 시각으로 감상할 수 있는 영화, 산
처럼 높은 핑크색, 초록색, 하늘색, 은색 빌딩 등에 대해
이야기했다. 모든 사람은 행복하며 슬프거나 분노를 느끼
는 사람은 아무도 없으며 만인은 만인의 것이라는 이야기
도 했다. 세상의 먼 곳에서 일어나는 일을 보고 들을 수 있
는 상자와 사랑스런 깨끗한 병 속에 든 아기들――더러운
냄새나 오물은 전혀 찾아볼 수 없는 분위기에 대해 이야
기했다. 사람들은 결코 외롭지 않고 이곳 맬파이스의 여
름 축제 때처럼 늘 함께 살며 마냥 유쾌하고 행복하다고
했다. 그곳에서는 행복이 매일 계속된다고 설명했다…….

존은 그 말을 시간 가는 줄 모르고 귀담아들었다.

때로 그가 다른 아이들과 놀다가 지치면 그 마을의 노인 한 분이 린다가 쓰는 언어와는 전혀 다른 언어로 다른 이야기를 해주는 적이 있었다. 세계의 위대한 개혁자에 관한 이야기. 오른손과 왼손 사이의 전쟁. 비와 가뭄 사이의 싸움. 밤중에 생각하여 짙은 안개를 만들어 내고 나서 그 안개로 전 세계를 만든 "아와나윌로나"의 이야기. 어머니 되시는 대지와 아버지 되시는 하늘에 관한 이야기. 전쟁과 운명의 쌍둥이인 "아하이유타와 마세일레마"의 이야기. 예수와 푸콩에 관한 이야기. 마리와 자신을 다시금 젊게 만든 여자였던 에트사나트레히의 이야기. 라구나의 검은 바위와 거대한 독수리와 아코마의 성녀에 대한 이야기. 모두가 신기한 이야기였다. 다른 언어로 이야기했기 때문에 완전히 이해할 수 없어 더욱 경이롭게 느껴지는 이야기였다. 존은 침대에 누워 천당, 런던, 아코마의 성녀, 깨끗한 병 속에 들어가 줄을 지어 서 있는 아기들, 날아올라가는 예수, 날아올라가는 린다, 인공부화소의 위대한 소장, 아와나윌로나 등에 대해 곰곰이 생각하곤 했다.

많은 남자들이 린다를 보러 왔다. 아이들이 그에게 손가락질하기 시작했다. 알아들을 수 없는 야릇한 말로 아이들은 린다더러 나쁜 여자라는 것이었다. 그들은 존이 이해할 수 없는 별명으로 린다를 불렀다. 그러나 그것이 나쁜 욕이라는 것만은 존도 알 수 있었다. 어느 날 아이들이 린다에 대한 욕을 노래로 만들어 반복해서 부르고 있었다. 존은 그들에게 돌을 던졌다. 그들도 그에게 돌을 던졌다. 날카로운 돌이 날아와 그의 볼을 찢었다. 피가 멈추지 않았다. 그는 완전히 피범벅이 되었다.

린다는 그에게 글을 가르쳤다. 린다는 숯덩이로 벽에다 그림을 그렸다. 앉아 있는 동물과 병 속의 아기를 그렸다. 그러고는 글자를 썼다.

'고양이가 돗자리 위에 앉아 있습니다. 젖먹이가 병 속에 있습니다.'

존은 쉽게 빨리 배웠다. 그녀가 벽에 쓰는 모든 글자를 읽을 수 있게 되자 린다는 큼직한 나무상자를 열고 그녀가 한 번도 입지 않은 작고 붉은 바지 밑에서 얄팍한 작은 책을 꺼내었다. 그 책은 존이 자주 보던 것이었다.

"더 크면 너도 읽을 수 있을 거다" 하고 린다가 말했던 책이었다.

이제 세월이 지나 그도 성장했고 린다는 그가 대견했다.

"너에게는 이 책이 별로 재미가 없을지 모르겠다" 하고 린다가 말했다. "하지만 나에겐 그것밖에 없단다." 그녀는 다시 한숨을 쉬었다. "우리가 런던에서 사용하던 예쁜 독서기계를 너한테 보여줄 수 있으면 오죽이나 좋겠니!"

존은 《태아의 화학적 세균학적 조건반사교육》과 《태아 저장실 베타 근무자를 위한 실습지도서》라는 것을 읽기 시작했다. 그 제목을 읽는 데만도 15분이 걸렸다. "아주 지겨운 책이야!" 그는 그 책을 바닥에 던지고 고함을 치며 울기 시작했다.

아이들은 여전히 린다를 놀리는 지저분한 노래를 불렀다. 때로 그들은 존의 옷이 너무나 남루했기 때문에 존을 놀렸다. 그의 옷이 찢어져도 린다는 그것을 고쳐 주는 방법을 몰랐다. 다른 세계에서는 옷에 구멍이 나면 사람들은 그 옷을 버리고 새 옷을 산다고 린다는 존에게 말해 주었다.

"누더기! 누더기!" 소년들은 그를 향해 고함질렀다.

'나는 글을 읽을 줄 알아. 저놈들은 읽을 수도 없고 읽는 것이 무엇인지도 모르지…….' 존은 속으로 생각했다. 독서에 대하여 깊이 몰입하게 되면 그들이 자기를 놀릴지라도 태연한 척하기란 퍽 쉬운 일이었다. 그는 린다에게 그 책을 다시 달라고 부탁했다.

아이들이 손가락질하고 야유의 노래를 부르면 부를수록 존은 더욱 열심히 독서했다. 이윽고 그는 모든 단어를 읽을 수 있게 되었다. 아무리 긴 단어도 읽을 수 있었다.

하지만 그 단어들의 의미가 무엇일까? 그는 린다에게 물었다. 그러나 그녀가 설사 대답을 할 수 있다 해도 그 뜻은 명확하지 않았다. 또한 대체적으로 그녀는 대답을 할 수 없었다.

"화학약품이 뭔가요?" 그는 질문하곤 했다.

"그건 염화마그네슘이라든가, 델타 계급이나 엡실론 계급이 성장하지 못하고 지능 발달이 되지 않도록 하는 데 사용하는 알코올이나, 뼈를 만드는 탄산칼슘이나 그와 비슷한 것들을 말한단다."

"하지만 린다, 화학약품은 어떻게 만들지? 그것들은 어디서 오는 거지?"

"글쎄. 그건 모르겠구나. 그건 병에서 꺼내는 물건이야. 병이 비면 화학약품 저장소로 보내서 더 채워 달라고 하면 되는 거야. 그러니까 그것들을 만드는 것은 화학약품 저장소에 있는 사람들일 거야. 아니면 그들도 빈 병을 채워 달라고 공장에 보내겠지. 나도 잘 모르겠어. 나는 화학 같은 것은 해본 적이 없단다. 내 직책은 항상 태아들과 함께 있는 것이었으니까."

그가 묻는 다른 질문의 경우도 항상 같은 답변으로 끝났다. 린다는 아무것도 모르는 것 같았다. 이 부락의 노인들 편이 훨씬 더 명확한 대답을 해주었다.

"모든 인간과 생물의 씨앗과 태양의 씨앗, 땅의 씨앗, 그리고 하늘의 씨앗——이 모든 것은 아와나윌로나가 피어오르는 안개로부터 만들어졌단다. 세계에는 네 개의 자궁(子宮)에 있느니라. 그 자궁 중에서 제일 낮은 곳에 위치한 자궁에다 그는 그 씨앗을 놓아 두었느니라. 그리하여 차츰차츰 씨앗이 자라기 시작했는데…….”

어느 날(후에 계산해 보니 그가 열두 살이 되고 얼마 지나지 않은 어느 날이었음에 틀림없다) 그가 집에 돌아왔을 때 전에 본 적이 없는 책 한 권이 침실 바닥에 놓여 있는 것을 발견했다. 그것은 두터운 책이었고 매우 오래된 책처럼 보였다. 장정한 부분은 쥐가 갉아먹어 없어졌고 몇몇 페이지는 없어지거나 구겨져 있었다. 그는 그것을 집어들고 제목을 보았다. 《윌리엄 셰익스피어 전집》이란 표제가 붙어 있었다.

린다는 침대에 누워 독한 냄새가 물씬 나는 메스칼주를 컵에 따라 짤끔짤끔 마시고 있었다.

“포페가 가져온 거란다.” 린다가 말했다. 그녀의 음성은 굵고 쉰 소리로 마치 다른 사람의 음성 같았다.

“그 책은 예배소의 상자 속에 있었단다. 그곳에 몇백 년 이상 들어 있었던 모양이야. 그건 사실인지 모르지만 내가 잠깐 읽어 보니까 얼토당토 않은 말만 가득 들어 있더구나. 미개한 땅의 이야기인 것 같더라. 하지만 너의 읽기 연습에는 아주 좋을 것이다.”

린다는 최후의 한 방울까지 훌쩍 마시고 컵을 침대 곁

의 바닥에 내려놓고 돌아누워 한두 번 딸꾹질을 하더니
이내 잠들어 버렸다.

그는 그 책의 아무 곳이나 열었다.

아니, 기름때 묻은 침대의 땀 냄새 진동하는 속에서
폭싹 썩은 오물에 잠겨
더러운 돼지와 달콤한 이야기와
욕정을 나누다니…….
──《햄릿》3막 4장 중에서

야릇한 언어가 그의 의식 속을 휘감았다. 천둥소리가 이
야기하는 것처럼 그 언어들은 진동했다. 북이 말할 수 있
다면 여름날 춤출 때의 북소리와도 같았다. 수확의 노래
를 부르는 남자들의 음성처럼 눈물이 나도록 아름다웠
다. 정말 아름다웠다. 미치마 노인이 깃털과 조각된 단장
과 뼈조각과 돌조각에게 부르는 마법의 주문과도 같았
다──키아스라 칠루 실로크웨 실로크웨, 키아이 실루 실
루, 치슬──하지만 미치마 노인의 주문보다 더 훌륭했
다. 그것은 그에게 얘기하는 바가 있었기 때문에 더욱 의
미가 깊었다. 겨우 반밖에 이해할 수 없었지만 그것은 린
다에 대해서도 소름 끼치도록 아름다운 주문을 말하고 있
었다. 침대 곁 마룻바닥에 빈 잔을 놓아둔 채 코를 골며 잠

자고 있는 린다에 관하여, 그리고 린다와 포페에 관하여, 그 포페와 린다에 관하여 이야기하고 있었다.

그는 포페를 점점 더 증오했다. 인간이란 계속 미소 지으면서도 악인이 될 수 있다*. 잔인, 간계, 음란, 유례를 찾을 수 없는 악당** ──이러한 언어들은 정확히 무엇을 의미하는 것일까? 그는 반밖에 알 수 없었다. 그러나 그 어휘의 마력은 강렬한 것이어서 그의 머릿속에서 계속 울리고 있었다. 그런데 이제까지 그는 포페를 진실한 의미에서 증오하지 않았던 것처럼 느껴졌다. 그가 얼마나 그를 증오하는지 표현할 수 없었기 때문에 진정으로 그를 증오하고 있는 것 같지 않았다. 그러나 이제 그에게는 어휘가 있었다. 북소리와 같고 노래와 마법과도 같은 이러한 어휘가 있었다. 이러한 어휘들과 이 어휘가 들어 있는 기이한 이야기 ──사실 그는 이야기가 어떻게 돌아가는지 밑도 끝도 잘 모르고 있었지만 여전히 그 이야기는 멋있는 것이었는데 ──그에게 포페를 증오할 이유를 제공했다. 또한 그 어휘가 그의 증오를 보다 현실적인 실체로 만들었고 심지어 포페를 보다 현실적인 인물로 형상화시켰다.

* 《햄릿》 1막 5장 중에서
** 《햄릿》 1막 3장 중에서

어느 날이었다. 존이 놀다가 돌아왔을 때 안쪽 방문이 열려 있었다. 거기에는 침대 위에 누워 잠이 든 두 사람이 있었다. 하얀 린다와 그 곁에 칠흑 같은 포페가 보였다. 포페의 한쪽 팔은 린다의 양어깨 밑에 있었고 새까만 한쪽 손은 린다의 유방 위에 얹혀 있었고 그의 길게 땋은 머리 다발 중 한 다발이 린다의 목 위에 늘어져 있어, 마치 검은 구렁이가 그녀의 목을 조르려는 장면 같았다. 포페의 호리병과 잔이 침대 곁 바닥에 놓여 있었다. 린다까지 코를 골며 자고 있었다.

그의 심장이 자취를 감추고 그 자리에는 덩그런 구멍만이 남은 느낌이었다. 그는 공허했다. 공허하고 춥고 좀 메스껍고 현기증이 났다. 그는 몸을 고정시키기 위해 벽에 기댔다. 잔인, 간계, 음란…… 북소리처럼, 수확의 노래를 부르는 남자들의 음성처럼, 마법의 주문처럼 이 어휘들은 그의 머릿속에서 되풀이되며 메아리쳤다. 추워서 떨리던 몸이 갑자기 뜨거워졌다. 그의 양볼은 불꽃처럼 타오르고 있었고 방은 흔들리고 그의 눈앞에서 캄캄해졌다. 그는 이를 갈았다.

"저놈을 죽여야지. 저놈을 죽여야지. 저놈을 죽여야지!"

그는 계속 말하고 있었다. 그때 갑자기 더 많은 어휘가 떠올랐다.

술에 취해 잠들었을 때로 할 것인가

아니면 분노하는 순간으로 할 것인가

아니면 침대에서 불륜의 쾌락을 즐기고 있을 때로 할 것

인가…….

——《햄릿》2막 3장 중에서

마법은 존의 편이었다. 마법의 주문은 설명하면서 명령을 내렸다. 그는 건넛방으로 되돌아왔다.

"그가 술에 취해 잠들었을 때…….” 식칼이 난로 곁의 마룻바닥에 있었다. 그는 식칼을 집어들고 살금살금 그 문으로 다시 갔다.

"술에 취해 잠들었을 때, 술에 취해 잠들었을 때…….” 그는 방 안으로 달려가서 찔렀다——오, 저 피!——다시 찔렀다. 포페가 잠에서 깨어날 때 다시 찌르기 위해 손을 들었다. 그러나 그의 팔목은 잡혀 있었다. 잡혔는가 했더니——오! 오!——비틀리고 있었다. 그는 꼼짝할 수도 없었다. 그는 덫에 걸려 있었고 포페의 작고 까만 눈이 매우 가까이에서 그의 눈 속을 응시하고 있었다. 그는 눈을 피해 고개를 돌렸다. 포페의 어깨 위에 두 개의 상처가 있었다.

"저 피를 봐! 저 피를!” 린다가 비명을 지르고 있었다. 그녀는 피를 흘리는 광경은 차마 볼 수 없는 모양이었다.

포페가 다른 손을 들었다.

나를 때리려는 동작이구나 하고 존은 생각했다. 그는 언어 맞기 위해 몸을 긴장시켰다. 그러나 포페의 손은 그의 턱 밑을 잡더니 그의 고개를 돌려 포페 자신의 눈을 똑바로 보도록 만드는 것이었다. 오랜 시간 동안 그의 눈을 바라보지 않을 수 없었다. 몇 시간이 흐르는 기분이었다. 그러자 갑자기 그는 도저히 참을 수 없어 울음을 터뜨리고 말았다.

포페는 너털웃음을 터뜨리더니 "가거라" 인디언 말로 말했다. "가거라, 용감한 나의 아하이유타여!"

존은 눈물을 감추기 위해 건넛방으로 달려갔다.

"너는 이제 열다섯 살이야." 미치마 노인이 인디언 말로 말했다.

"이제 내가 너에게 토기를 만드는 법을 가르쳐 주마." 강가에 쪼그리고 앉아 그들은 함께 일했다.

"우선" 미치마 노인은 젖은 진흙 덩어리를 양손으로 집어들었다. "작은 달님을 만들어 보자." 노인은 진흙을 접시 모양으로 눌러 빚더니 가장자리를 위로 굽혔다. 달님은 얕은 사발이 되었다.

그는 천천히 서투른 솜씨로 노인의 섬세한 손놀림을 흉내냈다.

"달님, 잔, 이제 뱀이다."

미치마 노인은 또 한 덩어리의 진흙으로 길고 유연한 가락을 빚더니 그것을 동그란 바퀴테로 이어 붙이고 잔의 가장자리에 부착시켰다.

"또 한 마리 만든단다. 그리고 다시 한 마리. 그리고 또 한 마리." 노인은 그릇의 옆구리를 쌓아올리는 것이었다. 그것은 좁았다가 불룩한 모양이 되었다가 다시 목이 있는 곳에서 좁아졌다. 미치마 노인은 누르고 때리고 어루만지고 긁어내는 작업을 보여주었다. 드디어 맬파이스에서 흔히 보는 물항아리 모양이 되어 서 있었다. 그러나 아직 검은색이 아니라 뿌옇고 희끄무레한 것이 만지면 말랑말랑했다. 미치마 노인의 항아리를 모방한 어설픈 모조품이 존의 손으로 만들어져 그 진품 곁에 서 있었다. 두 개의 항아리를 보는 순간 그는 웃지 않을 수 없었다.

"다음 것은 훨씬 나아질 겁니다." 그는 다시 진흙 덩어리를 물에 적시기 시작했다.

원형을 본따서 형체를 만들고 손가락에 기술과 힘을 터득한다는 것은 그에게 비상한 쾌감을 안겨 주었다.

"A, B, C, 비타민 D" 하고 그는 일하면서 노래 불렀다. "지방(脂肪)은 간장에, 문어는 바다에……."

이렇게 존이 노래 부를 때 미치마 노인도 곰을 잡는 노래를 불렀다. 그들은 온종일 일했다. 강렬하고 짜릿한 행복감이 온종일 그의 온몸을 휘감았다.

"다음 겨울에는 활을 만드는 법을 가르쳐 주겠다." 미치마 노인이 말했다.

그는 집 밖에서 오랫동안 서 있었다. 마침내 집 안에서의 의식이 끝났다. 문이 열렸다. 그러자 사람들이 몰려나왔다. 코들루가 선두였는데, 오른손을 앞으로 뻗고 무슨 귀중한 보석을 손에 쥔 듯 힘껏 주먹을 움켜쥐고 있었다. 그 뒤를 키아키메가 따랐는데, 역시 움켜쥔 손을 앞으로 뻗고 있었다. 그들은 말없이 걷고 있었다. 그들 뒤에는 역시 말없이 형제자매들과 사촌들과 모든 노인네들이 따라갔다.

그들은 부락을 나와 고원을 가로질러 걸었다. 절벽의 끝에 이르자 그들은 이른 아침 해를 정면으로 바라보며 걸음을 멈췄다. 코들루가 손을 폈다. 한줌의 옥수수 가루가 손바닥 위에 하얗게 얹혀 있었다. 그는 그것을 입김으로 불고 몇 마디를 중얼거리더니 그 하얀 가루를 태양을 향해 던졌다. 키아키메도 같은 동작을 반복했다. 그러자 키아키메의 아버지가 앞으로 나서더니 깃털이 달린 기도용 단장을 들고 긴 기도를 올렸다. 기도가 끝나자 그는 옥수수 가루 뒤로 지팡이를 던졌다.

"의식은 끝났다. 두 사람의 결혼은 성립되었다." 미치마 노인이 큰 목소리로 말했다.

"흐음——"하고 린다는 사람들이 귀로에 올랐을 때 입을 열었다. "내 말은 이 하찮은 일에 너무나 요란을 피운다는 거야. 문명국에서는 남자가 여자를 원하면 그냥 간단히……. 근데, 존, 너 어디 가는 거냐?"

존은 그녀가 부르는 소리에 아랑곳하지 않고 계속 달려가고 있었다. 혼자 있을 수 있는 어느 곳을 찾기 위해서였다.

식은 끝났다는 미치마 노인의 말이 그의 귀 안에서 메아리치고 있었다. 끝났다. 끝났다……. 묵묵히 멀리서, 그러나 격렬하고 필사적으로 그리고 절망적으로 그는 키아키메를 사랑하고 있었던 것이다. 그런데 이제 끝난 것이다. 그는 열여섯이었다.

보름달이 휘영청한 밤 예배소에서는 비밀이 밝혀지고, 비밀스러운 의식이 행해지곤 했다. 소년들은 예배소에 들어갔다 나오는 순간 어른이 되는 것이었다. 소년들은 모두 겁에 질려 있었고 동시에 조바심치고 있었다. 그리하여 마침내 그날이 왔다. 해가 지고 달이 떴다. 존도 다른 소년들과 함께 갔다. 어른들은 컴컴한 예배소 입구에 서 있었다. 붉은 불이 켜져 있는 지하실 속으로 사다리가 연결되어 있었다. 벌써 선두에 선 소년들은 내려가기 시작하고 있었다. 갑자기 한 남자가 앞으로 걸어나와 존의 팔을 잡더니 대열로부터 끌어내는 것이었다. 그는 잡힌 팔을 뿌리치고 다른 소년들 사이의 자기 자리로 돌아갔다. 이번에는 그 남자가 그를 때리며 그의 머리칼을 잡아당겼다.

"이 흰 머리털 같으니! 넌 들어갈 곳이 못 돼."

"암캐의 아들은 들어갈 곳이 아냐" 다른 어른이 말했다.

소년들이 한바탕 웃음보를 터뜨렸다.

"가!" 그가 아직도 소년들 무리의 가장자리에서 머뭇거리고 있을 때 "가, 인마!" 하고 성인들이 외쳤다.

그중 한 사람이 몸을 굽혀 돌을 집어들더니 그에게 던졌다. "가! 가! 가!"

돌이 소나기처럼 날아왔다. 피를 흘리며 그는 어둠의 그림자 속으로 달려들어 갔다. 붉은 불을 켜놓은 지하실에서 시끄러운 노래 소리가 나오고 있었다. 마지막 소년이 사다리를 내려갔다. 그는 완전히 외돌토리였다.

부락의 외곽, 헐벗은 고원의 평지 위에서 그는 외돌토리였다. 바위는 달빛을 받아 바랜 뼈다귀 같았다. 계곡 아래편에서 코요테가 달을 향해 울부짖고 있었다. 멍든 곳은 쑤셔왔고 터진 상처에서는 아직도 피가 흐르고 있었다. 그러나 그가 흐느껴 운 것은 아픔 때문이 아니었다. 그는 완전히 외돌토리였고 저 혼자만이 이 바위와 달빛밖에 없는 앙상한 해골의 세계 속으로 추방되었기 때문이었다. 그는 벼랑 끝에 앉았다. 달은 그의 등뒤에 있었다. 그는 고원의 검은 그림자 속, 그러니까 죽음의 검은 그림자 속을 들여다보았다. 한 발자국만 떼면 된다……. 조금만 점프하면……. 그는 달빛 속에 자신의 손을 내밀었다. 팔목에 난 상처에서 피가 아직도 꾸역꾸역 흘러나오고 있었다. 2, 3초마다 핏방울이 떨어졌다. 죽은 빛을 받아 색채를 잃은 검은 방울이었다. 뚝, 뚝, 뚝……. 내일, 내일, 그리고 내일……*. 그는 시간과 죽음과 신을 발견한 것이었다.

"항상 외톨이였습니다." 존은 이야기하고 있었다.

그 어휘는 버나드의 의식 속에서 슬픈 메아리를 일으켰다. 외돌토리, 외돌토리……. '나도 그래' 버나드는 심정을 털어놓고 싶은 마음이 솟구쳐올랐던 것이다. "지독히 고독한 입장이야."

"당신도 그렇습니까?" 존은 놀란 표정이었다.

"다른 세계에서는…… 저…… 린다가 말하더군요. 그곳에서는 아무도 고독하지 않다고 말입니다."

버나드는 불쾌한 듯이 얼굴을 붉혔다.

"저, 내 말은……" 그는 중얼거리듯 시선을 피한 채 말했다. "나는 대부분의 인간과 다른 인간인 모양이야. 다른 사람과 다르게 병에서 나오게 되면……."

"바로 그래요." 젊은이는 고개를 끄덕였다. "남들과 다

* 《맥베스》5막 5장 중에서

르면 누구든지 외톨이가 되지 않을 수 없어요. 사람들은 그에게 잔인하게 대하게 되지요. 나는 거의 모든 것으로부터 격리된 상태입니다. 다른 아이들은 산 위에서 하룻밤을 지내면서 어떤 동물이 자신을 수호하는 신성한 동물인가를 꿈 속에서 보기 위해 나갈 적에도 나는 그들과 함께 나가는 것이 허용되지 않았습니다. 나에게는 어떤 비밀도 이야기하지 않았습니다. 하지만 나는 나 혼자서 그것을 감행했던 것입니다."

그는 말을 이었다. "닷새 동안 아무것도 먹지 않고 어느 날 밤 혼자서 산으로 나갔습니다." 그는 산 쪽을 가리켰다.

선심을 쓰듯 버나드는 미소를 지었다.

"그래서 무슨 꿈을 꾸었나?" 그가 묻자 존은 고개를 끄덕였다.

"그것이 무엇인지 말하면 안 됩니다." 그는 잠시 동안 묵묵히 침묵을 지켰다. 그러고 나서 낮은 목소리로 계속했다.

"한번은 다른 아이들이 하지 않는 어떤 일을 했었습니다. 여름 한낮이었습니다. 나는 바위에 몸을 기대고 팔을 십자가의 예수처럼 벌리고 서 있었습니다."

"도대체 왜 그랬지?"

"십자가에 처형되는 것이 어떤 것인가를 알고 싶었습니다. 햇빛 속에 걸려 있으면……."

"그건 왜?"

"왜냐구요? 그건……."

그는 머뭇거렸다.

"그래야만 되겠다는 생각이 들었기 때문입니다. 예수가 그것을 참을 수 있었다면……. 그리고 사람이 어떤 나쁜 짓을 저질렀다면……. 게다가 나는 불행했습니다. 그것이 또 한 가지 이유였습니다."

"불행을 치료하는 방법치고는 재미있는 방법인 것 같군." 버나드가 말했다. 그러나 다음 순간 그런 행동이 일리가 있다는 생각이 들었다. 소마를 먹는 것보다는 낫다고 생각되었다…….

"얼마 후 나는 기절했습니다." 존이 말했다. "앞으로 고꾸라지고 말았습니다. 여기에 난 상처의 흉터가 보이죠?" 그는 이마를 덮었던 숱이 많은 노랑 머리를 뒤로 걷어올렸다. 그의 오른쪽 관자놀이 위에 창백하고 주름잡힌 흉터가 보였다.

버나드는 그것을 바라보다가 소름이 끼치는 것을 잠시 느끼며 재빨리 눈을 피했다. 그가 받은 조건반사 훈련은 그에게 연민을 느끼게 하는 것보다 징그럽다는 감정을 느끼게 했다. 질병이나 상처를 암시만 해도 그것은 공포심뿐 아니라 심지어 반감과 혐오감을 일으켰다. 오물이나 기형이나 노쇠와도 같았다. 재빨리 그는 화제를 바꿨다.

"우리와 함께 런던에 가고 싶은 생각은 없나?" 버나드가 물었다. 이것은 이 젊은 야만인의 '아버지'가 누구인지를 이 작은 집에서 깨닫고 난 다음 은밀히 다져온 전략에 따른 싸움의 개시였다.

"가고 싶은가?"

존의 얼굴에 환한 빛이 감돌았다.

"정말입니까?"

"물론이지. 허가만 얻을 수 있다면 가능하지."

"린다도 함께?"

"글쎄……." 버나드는 다시 주저했다. 그 구역질나는 여자를! 그건 불가능했다. 만일, 만일…… 그때 갑자기 그녀의 추한 몰골 자체가 굉장한 성과를 가져올 것이라는 생각이 들었다.

"물론 같이 갈 수 있지!" 버나드는 외쳤다. 이렇게 요란하게 친절한 말투는 애당초 자신의 머뭇거리던 태도를 보상하고도 남았다.

존이 깊은 한숨을 쉬었다.

"그게 실현된다고 생각하니…… 이건 내가 평생 동안 꿈에 그리던 것입니다. 미란다*가 한 말을 기억하십니까?"

"미란다가 누구지?"

* 《템페스트》의 여주인공

그러나 존은 버나드의 질문을 분명히 듣지 않은 것 같았다.

"오오, 이 얼마나 경이로운가!" 존이 말했다. 그의 눈에서는 광채가 났고 얼굴은 빨갛게 상기되어 있었다.

"얼마나 많은 훌륭한 피조물이 여기에 있는가! 인간이란 얼마나 아름다운 피조물인가!" 그의 홍조는 갑자기 더욱 깊어졌다. 그는 레니나를 생각하고 있었다. 진한 초록색 인조견 옷을 입고 피부는 젊음과 영양크림으로 윤기 있고, 포동포동하고 자애롭게 미소 짓는 천사를 생각하고 있었다. 그의 음성이 더듬거리고 있었다.

"오오, 멋진 신세계*여!"

그는 시작하다가 갑자기 멈추었다. 그의 볼에서 핏기가 가셨다. 그는 종잇장처럼 창백했다.

"당신은 그 여자와 결혼한 사이입니까?" 존이 물었다.

"내가 뭘 했다고?"

"결혼 말입니다. 영원히 말입니다. 인디언 말로 '영원히'라고 말합니다. 그것은 결코 깨뜨릴 수 없는 것입니다."

"맙소사! 천만에!" 버나드는 웃지 않을 수 없었다.

존 역시 웃었다. 그러나 이유는 달랐다. 순수한 기쁨에서 웃었던 것이다.

* 《템페스트》 5막 1장 중에서

"오오, 멋진 신세계여! 그러한 인간들을 담고 있는 멋진 신세계여! 즉시 떠납시다!" 하고 존이 거듭 말했다.

"자네는 때로 매우 이상한 표현법을 사용하는군." 버나드는 혼란과 놀라움에 사로잡힌 그 젊은이를 응시하며 말했다. "여하튼 신세계를 실제로 눈으로 볼 때까지 기다리는 것이 좋지 않을까?"

9

레니나는 기이하고 공포스러운 하루가 지나자 완전하고 절대적인 휴식을 취하는 것이 당연하다고 생각했다. 휴게소로 돌아오자마자 레니나는 반 그램짜리 소마를 여섯 알이나 삼키고 침대에 누웠다. 10분이 채 지나기 전에 그녀는 영원한 달세계로의 여정에 올랐다. 적어도 18시간 후에야 다시 현실의 세계로 돌아올 것이다.

한편 버나드는 어둠 속에서 눈을 뜬 채 명상에 잠겨 있었다. 자정이 지나고 한참 후에야 잠들었다. 자정이 지난 지 오래되었지만 그의 불면증은 결코 무의미한 것은 아니었다. 그에게는 계획이 있었다.

다음 날 아침 10시 정각, 초록색 제복을 입은 혼혈아가 헬리콥터에서 내렸다. 버나드는 용설란이 우거진 숲에서 그를 기다리고 있었다.

"크라운 양은 소마 휴식을 취하고 있다네." 버나드가 말했다.

"다섯 시 이전에 깨어나기는 힘들 걸세. 그러니까 우리에게 일곱 시간의 여유가 있는 거야."

그는 산타페로 비행하여 모든 필요한 용무를 보고 그녀가 깨기 전에 맬파이스로 돌아올 수 있을 것이다.

"그녀를 여기에 혼자 두어도 안전할까?"

"안전합니다. 헬리콥터만큼 안전합니다" 하고 혼혈아가 보증했다.

그들은 헬리콥터에 올라 즉시 출발했다. 10시 34분에 버나드는 산타페 우체국 옥상에 착륙했다. 10시 37분에 화이트홀에 있는 세계총통 사무국과 전화가 통했다. 10시 39분에는 총통의 제4개인비서와 통화를 했다. 10시 44분, 그 비서는 제1비서에게 이야기를 하고 있었다. 10시 47분 30초, 버나드의 귀에 울려온 것은 다름아닌 무스타파 몬드의 깊고 우렁찬 음성이었다.

"각하께서는 이 문제에 대해 충분히 과학적 흥미를 가지실 것이라고 저는 감히 생각했습니다만……" 버나드는 더듬거리며 말했다.

"음, 충분히 과학적 흥미가 있는 문제로군. 두 사람을 런던으로 함께 데려오게." 그 깊은 음성이 말했다.

"각하께서도 아시겠습니다만 저에겐 특별 허가증이 필요할 것입니다."

"필요한 명령이 즉시 보호구역 감독관에게 전달될 걸세. 즉시 감독관 사무실로 가보게, 마르크스 군." 무스타파 몬드가 말했다.

전화가 끊겼다. 버나드는 수화기를 놓고 옥상으로 급히 올라갔다.

"감독관 사무실로 가자." 그는 초록색 제복의 감마 계급 혼혈아에게 말했다.

10시 54분에 버나드는 감독관과 악수하고 있었다.

"어서 오시오, 마르크스 군. 어서 오시오." 그의 요란한 음성에는 존경이 깃들어 있었다.

"방금 특별 명령을 받았소."

"알고 있습니다." 버나드가 그의 말을 가로챘다.

"조금 전에 각하와 통화했습니다." 그의 귀찮다는 듯한 말투는 각하와 매일 통화하는 습관이 있다는 것을 암시하고 있었다. 그는 의자에 앉았다.

"될수록 빨리 모든 필요한 조치를 취해 주시면 감사하겠습니다. 될수록 빨리……." 그는 힘주어 반복했다. 그는 혼자서 즐거움에 들떠 있었다.

11시 3분에 그는 필요한 모든 서류를 주머니에 받아 넣었다.

"안녕히 계십시오." 그는 엘리베이터 입구까지 전송 나온 감독관에게 너그러운 친절을 베풀듯 말했다.

"안녕히 계십시오." 그는 호텔에 돌아와 목욕을 하고 진동 진공마사지를 하고 전기면도를 한 다음 오전 뉴스를 듣고 30분간 텔레비전을 본 후 유유히 점심을 먹고서 2시 반에 혼혈아와 더불어 맬파이스로 돌아왔다.

존이 휴게소 밖에 서 있었다.

"버나드, 버나드!" 그는 소리 질러 불렀다. 안에서는 아무 대답이 없었다.

사슴가죽으로 된 신발을 신고 있었기 때문에 발자국 소리를 내지 않고 계단을 오를 수 있었다. 계단을 올라와서 문을 밀어 보았다. 문은 잠겨 있었다.

모두 가버렸구나! 가버렸어! 이제까지 그에게 일어난 일 중에서 가장 비참한 일이었다. 자기들을 보러 오라고 그녀가 제의했었다. 그러고는 가버리다니! 그는 계단에 주저앉아 울었다.

반 시간이 지난 후에야 비로소 창문 속을 들여다봐야겠다는 생각이 떠올랐다. 제일 먼저 눈에 띈 것은 뚜껑 위에 L. C. 라는 이니셜이 들어 있는 초록색 여행용 가방이었다. 기쁨이 불꽃처럼 그의 내부에서 피어올랐다. 그는 돌을 집어들었다. 깨어진 유리조각이 바닥에서 금속성을 발했다. 잠시 후 그는 안으로 들어갔다. 그는 초록색 여행용 가방을 열었다. 그러자 삽시간에 퍼져나온 레니나의 향수를 맡아 그의 폐부는 그녀의 본질로 가득 채워졌다. 그의 심장은 요란하게 뛰었다.

그 순간 그는 거의 기절할 것만 같았다. 다시 그는 이 귀중한 가방 위로 몸을 굽혀서 손으로 만져 보고 밝은 쪽을 향해 그것을 들어올리면서 자세히 살폈다. 레니나가 여분으로 가져온 처음으로 본 인조 벨벳 반바지의 지퍼는 수수께끼 같았다. 그러나 그 수수께끼가 풀리자 이건 희열이었다. 지익! 지익! 지익! 지퍼를 올리고 내리는 장난은 황홀했다.

그녀의 초록색 슬리퍼는 그가 이제껏 본 것 중에서 가장 아름다운 것이었다. 그는 또 지퍼 달린 콤비네이션 속옷을 펼쳤다. 얼굴을 붉히면서 급히 그것을 치웠다. 그러나 향수를 뿌린 인조견 손수건을 보고서 거기에다 키스하고 자신의 목에다 스카프처럼 둘러보았다.

한 상자를 열자 향기로운 가루가 연기처럼 날리며 엎질러졌다. 그의 손은 분가루투성이가 되었다. 그는 분가루를 자신의 가슴과 어깨에다 문지르고 피부 위에다 문질렀다. 좋은 냄새였다. 그는 눈을 감았다. 그는 분가루가 묻은 팔로 볼을 문질렀다. 보드라운 피부가 그의 볼을 건드리는 감촉, 콧구멍을 자극하는 향기로운 분 냄새——그녀가 바로 곁에 있는 것 같았다.

"레니나." 그는 속삭였다.

"레니나!"

어떤 소리를 들을 것 같아서 그는 깜짝 놀랐다. 무슨 죄책감 같은 것을 느끼고 몸을 돌렸다. 그는 훔쳤던 것을 가방 속에 구겨넣고 뚜껑을 닫았다. 그러고는 귀를 곤두세우며 살폈다. 인간의 모습도 보이지 않았고 아무런 소리도 들리지 않았다. 그러나 분명히 그는 인기척을 느꼈던 것이다. 신음과 같은 소리——아니면 판자가 삐걱삐걱거리는 소리를 들은 것 같았다. 그는 살금살금 문으로 가서 조심스럽게 열었다. 그러자 텅빈 계단이 시야에 들어왔다. 그 계단의 반대쪽에 또 다른 문이 하나 있었는데, 빠끔히 열려 있었다. 그는 그리로 접근하여 문을 밀고 슬쩍 엿보았다.

그곳의 낮은 침대 위에는 이불을 걷어젖힌 채 지퍼가 달린 핑크빛 파자마를 입은 레니나가 깊이 잠들어 있었다. 곱슬곱슬한 머리칼에 휘감긴 아름다운 얼굴, 깜짝 놀랄 정도로 앳된 그녀의 연분홍빛 발가락, 자고 있는 진지한 얼굴, 힘없이 늘어진 손과 녹아내릴 것 같은 다리를 안심하고 내맡기듯 내어던진 모습——이것을 보는 순간 그의 눈에는 눈물이 괴었다.

필요 없는 일이었지만 무척 조심하면서——권총을 쏘지 않는 한, 레니나는 예정시간까지 소마 휴식이라는 도취로부터 깨어날 수 없었는데——그는 그 방으로 들어가

침대 옆바닥에 무릎을 꿇었다. 그는 뚫어지게 응시하며
양손을 모았다. 그의 입술이 움직였다. "그녀의 눈" 하고
그는 중얼거렸다.

> 그녀의 눈, 저 머리칼, 저 볼, 저 음성.
> 네가 입을 열기만 하면, 아, 그녀의 손,
> 그것에 비하면 어떤 흰 것도 자신을 꾸짖는 검은 먹물,
> 저 손에 부드럽게 잡히면
> 백조의 가슴털도 거칠게 느껴질 것을…….
> ──《트로일러스와 크레시다》 1막 1장 중에서

파리 한 마리가 그녀의 주위를 맴돌며 붕붕거렸다. 그는
손을 저어 그것을 쫓았다. "파리들" 하고 그는 기억을 더
듬었다.

> 사랑스런 줄리엣의 경이로운 흰 손에 앉아
> 청아하고 순수한 처녀의 정숙으로 인해
> 위아래 입술이 부딪히기만 해도 죄로 여기듯
> 얼굴을 붉히며 수줍어하는 그 입술로부터
> 영원한 축복을 움켜잡고 도주할 수 있는 파리여.
> ──《로미오와 줄리엣》 3막 3장 중에서

아주 서서히, 수줍으면서 어쩌면 위험할 수도 있는 새를 어루 만지기 위해 손을 내미는 인간의 주저하는 몸짓으로 그는 손을 내밀었다. 그 손은 보드라운 그녀의 손가락과 닿을락말락한 위치에서 바르르 떨며 허공에 걸려 있었다. 그가 감히? 그 흉한 손으로 감히 모독할 수 있을까⋯⋯. 천만에. 그는 신성모독을 감행할 수 없었다. 그 새는 너무나 위험한 존재였다. 그의 손은 다시 내려왔다. 아, 그녀는 아름답구나! 이 얼마나 아름다운가! 그의 목 밑에 있는 지퍼를 잡아서 힘껏 밑으로 주욱 잡아당기기만 하면 되는데 하고 그는 갑자기 생각하고 있었다⋯⋯. 그는 눈을 감았다. 그는 물에서 방금 나와 귀를 터는 개의 몸짓처럼 고개를 흔들었다. 추잡한 생각이다! 그는 자신이 부끄러웠다. 순수하고 청아한 처녀의 단정함이여⋯⋯.

붕붕거리는 소리가 공기를 진동시키고 있었다. 불멸의 축복을 훔치려는 또 한 마리의 파리일까? 말벌일까? 그는 돌아보았지만 아무것도 보이지 않았다. 붕붕 소리가 점점 요란해지자 잠긴 창문 밖에서 울려오는 소리임이 확인되었다. 헬리콥터였다. 깜짝 놀라 허둥지둥 일어나 다른 방으로 뛰어갔다. 창문을 통해 뛰어나와 키가 큰 용설란 숲 사이로 난 통로를 급히 달렸다. 버나드 마르크스가 헬리콥터에서 내릴 때쯤 겨우 그를 맞이할 수 있었다.

10

블룸즈베리 본부 4천 개에 달하는 방에 걸린 4천 개의 전자시계의 바늘은 하나같이 2시 27분을 가리키고 있었다. 소장이 즐겨 부르는 식으로 표현하자면 '이 생산의 벌집'은 작업하는 기계 소리로 꽉 차 있었다. 모든 사람들은 분주하게 움직였고 모든 것이 질서정연했다. 현미경 밑에서는 수많은 정충들이 긴 꼬리를 맹렬히 움직이면서 난자속으로 머리를 들이밀며 돌진하고 있었다. 수정이 이루어진 난자들은 팽창되고 분열하거나 또는 보카노프스키 법이 이미 실시된 것은 싹이 트고 분열하여 수많은 태아로 증식되었다. 사회계급예정실에서는 에스컬레이터가 윙윙거리며 지하층으로 내려가고 붉은 노을빛으로 어두컴컴한 지하실에서는 복막으로 된 쿠션 위에 얹힌 태아가 찌는 듯한 열을 받고 혈액대용액이나 호르몬을 배불리 먹으면서 점점 성장하고 있었다. 어떤 경우는 독극물을 먹고 힘없이 쇠약해져 엡실론 계급으로 되어가고 있었다. 희미하게 윙윙거리는 소리와 덜그럭거리는 소리를 내며 움직이는 선반은 몇 주간 동안이고 발달단계의 유구한 시간 속을 살며시 기어가서 최후에는 배양실에 도달하고 거기서는 새로운 병으로부터 출생하는 영아들이 공포와 경이의 첫 울음을 터뜨리고 있었다.

지하 2층에서는 발전기가 윙윙하는 소리를 내고 있었고 엘리베이터가 급히 오르내리고 있었다. 지금은 육아실로 사용되는 11층 전체가 우유를 주는 시간이었다. 조심스럽게 분류표가 붙은 1천 8백 개의 병 안의 1천 8백명의 영아들이 파스퇴르식 살균법을 거친 외분비액을 동시에 빨고 있었다.

그 위로는 기숙사가 10층으로 차례차례 연결되어 있었는데, 아직도 오후의 수면시간이 필요한 어린 소년 소녀들이 자신들은 의식하지 못하지만 다른 사람들 못지 않게 분주했다. 다시 말해서 그들은 위생이나 사교성, 계급의식이나 초보적인 어린이의 연애생활에 대해 수면시 교육을 무의식적으로 받고 있었다. 그 위층에는 다시 유희실이 있었는데, 그곳에서는 비가 왔기 때문에 9백 명에 달하는 좀 나이가 든 아이들이 벽돌이나 진흙으로 모형을 만들기도 하고 지퍼 찾기라든가 성적인 유희를 하면서 놀고 있었다.

붕붕, 윙윙. 이 벌집은 분주하고 즐겁게 돌아가고 있었다. 시험관을 들여다보며 일하는 젊은 여성들이 부르는 노래는 경쾌했다. 계급예정계원들은 일하면서 휘파람을 불고 있었고 부화실에서는 빈 병 위에서 멋진 농담이 교환되고 있었다. 그러나 헨리 포스터와 더불어 수정실로 들어오고 있는 소장의 얼굴은 침울하고 장작토막처럼 굳어 있었다.

"공공의 본보기야." 그가 말하고 있었다. "이 방에 들어오면 그것을 직감하거든. 다른 어느 부서보다 상층계급에 속한 근로자가 많기 때문이지. 나는 그 사람더러 두 시 반에 이곳에서 만나자고 일러두었네."

"그 사람은 자기가 맡은 일은 잘하고 있지 않습니까?" 헨리는 위선적인 관용을 가장하며 한마디 던졌다.

"알고 있어. 그렇기 때문에 더 엄하게 다룰 필요가 있는 거야. 그의 지적 탁월성은 그것에 합당한 도덕적 책임을 수반해야 되는 거야. 사람의 재능이 뛰어나면 뛰어날수록 곁길로 이탈할 가능성도 커지는 법이야. 많은 사람이 타락하는 것보다는 한 사람이 희생하는 것이 더 나은 법이야. 포스터 군, 이 일을 냉정하게 생각해 보면 그 어떤 행위도 이단적인 행위보다 더 가증스럽지는 못하다는 것을 깨닫게 될 걸세. 살인행위는 다만 개인을 말살시킬 뿐이야——하지만 따지고 보면 개인이란 무엇이지?"

그는 의기양양한 몸짓으로 현미경, 실험관, 부화기의 대열을 가리켰다.

"우리는 식은 죽 먹듯 새로운 개인을 만들어 낼 수 있단 말일세. 우리가 원하면 얼마든지 만들 수 있는 거야. 이단적 행위는 단순한 한 개인의 생명 이상의 것을 위협하거든. 다시 말해서 그것은 사회 자체에 타격을 주는 것이지. 바로 사회 자체에게" 하고 그는 반복했다.

"아, 그가 저기 오고 있군."

버나드는 그 방으로 들어와 수정계원의 대열 사이로 해서 그들에게로 다가왔다. 의기양양한 자신감을 나타내고 있었지만 내심의 불안을 감추지 못하고 있었다.

"소장님, 안녕하십니까?" 하고 말하는 그의 목소리는 터무니없을 정도로 컸다. 그러나 이래서는 안 되지 하고 자신을 타일러서 "이야기하실 것이 있으니까 이곳으로 오라고 하셔서 왔습니다" 하고 말할 때의 그의 목소리는 우스꽝스럽도록 부드러웠다. 생쥐가 찍찍하는 소리였다.

"바로 맞았네." 소장은 불길하게 말을 꺼냈다.

"자네에게 이리오라고 말해 두었네. 자네가 휴가에서 돌아온 것은 어젯밤이었겠지?"

"네, 그렇습니다." 버나드가 대답했다.

"그렇습니다?" 소장은 "다"자를 뱀처럼 길게 끌면서 그의 대답을 흉내냈다. 그러고는 갑자기 큰 소리로 "신사 숙녀 여러분" 하고 소리쳤다.

"신사 숙녀 여러분!"

시험관 위에서 부르는 젊은 여성들의 노래와 현미경을 들여다보며 도취되어 불던 휘파람 소리도 갑자기 중단됐다. 쥐 죽은 듯한 침묵이 흘렀다. 모든 사람이 둘러보았다.

"신사 숙녀 여러분!" 소장은 다시 반복했다.

"여러분들의 작업을 방해하게 된 것을 용서하십시오. 고통스런 의무가 있어서 불가피하게 되었습니다. 사회의 안전과 안정이 위태롭게 되었습니다. 그렇습니다, 여러분, 위기에 놓여 있습니다. 바로 이 사람은."

그는 버나드를 질책하듯 가리켰다.

"여러분 앞에 서 있는 이 사람에게는 많은 혜택이 주어졌고 그 때문에 당연히 많은 것이 기대되는 알파 플러스인 제군들의 이 동료는——아니, 장차 이곳을 떠나면 옛 동료가 되겠지만——자신에게 부여된 신뢰를 배반했던 것입니다. 그의 오락이나 소마에 관한 이단적 견해라든가 그의 성생활의 치욕적인 이단성이라든가 포드 님의 가르침에 따라 근무시간 외에는 '병 속의 유아처럼'(여기에서 소장은 T자를 그렸다) 행동하기를 거부함으로써, 그는 사회의 적이 되었고 모든 질서와 안정의 전복자가 되고 문명 자체의 모반자가 된 것입니다. 이런 이유로 해서 본인은 그를 축출할 것을 제의하는 것입니다. 불명예스럽게 이 본부에서 그가 차지하고 있던 지위로부터 축출할 것을 제의합니다. 여기에서 그를 최하급의 지부에 전출시키고 그의 처벌이 사회의 최선의 이익에 보탬이 되도록 하기 위해 주민이 밀집한 중요한 도시로부터 될수록 멀리 떨어진 곳으로 전출되기를 요청하려는 중입니다. 아이슬란드에 보내면 그는 치욕적인 본보기로 다른 사람들을 오도할 기회가 줄어들 것입니다." 소장은 여기에서 말을 중지하고 다시 팔짱을 끼더니 인상적인 몸짓으로 버나드 쪽을 돌아보았다.

"마르크스, 자네에게 내린 판결을 지금 당장 집행해서는 안 될 어떤 이유를 제시할 수 있나?" 하고 그가 물었다.

"네, 있습니다." 버나드는 매우 큰 목소리로 대답했다.

소장은 약간 당황하여 움찔했지만 여전히 당당하게 말했다.

"그러면 제시해보게."

"알았습니다. 하지만 그것은 복도에 있습니다. 잠깐 기다리십시오."

버나드는 급히 문 쪽으로 가서 문을 활짝 열었다.

"들어와요" 하고 그가 명령했다. 그러자 그 이유가 들어와서 실체를 나타내었다.

모두 악! 하고 숨을 죽이고 놀람과 공포의 중얼거림을 발했다. 한 소녀가 비명을 질렀다. 좀 더 잘 보려고 의자

위에 섰던 어떤 직원은 정충이 가득 든 2개의 시험관을 쓰러뜨렸다. 탄탄한 젊은 육체와 일그러지지 않은 얼굴들 가운데로, 칠칠맞지 못하게 뚱뚱하고 낯설고 무서운 괴물처럼 생긴 중년의 린다가 빛바랜 듯한 미소를 교태스럽게 지어 보이면서 방으로 들어왔다. 걸음을 떼어 놓을 때마다 엉덩이를 돌리듯 흔들고 있었는데, 그녀 딴에는 섹시함을 과시하는 것이었다. 버나드가 그녀 곁으로 걸어갔다.

"그가 바로 저기에 있소." 버나드가 소장을 가리켰다.

"내가 그를 알아보지 못할 것 같아요?" 린다는 화난 목소리로 말했다. 그러고 나서 소장을 향했다.

"물론 나는 당신을 알고 있었어요. 토마킨, 어디에서건 수많은 사람들 사이에 끼어 있었어도 나는 당신을 알아봤을 거예요. 당신은 어쩌면 나를 잊었을지도 모르죠. 기억나지 않으세요? 토마킨, 기억나지 않나요? 당신의 린다예요."

그녀는 그를 응시했다. 고개를 한쪽으로 약간 기울이고 아직도 미소 짓고 있었다. 그러나 그 미소는 혐오감으로 말미암아 돌처럼 굳어진 소장의 표정을 대하자 점점 자신감을 잃고 흔들리더니 마침내 그녀의 얼굴에서 사라져 버렸다.

"토마킨, 기억나지 않으세요?"

그녀는 떨리는 음성으로 다시 반복했다. 그녀의 눈에 초

231

조함과 고통의 빛이 감돌았다. 얼룩투성이에다 살이 늘어진 그녀의 비탄에 찬 얼굴은 흉칙하게 일그러지고 말았다.

"토마킨!" 그녀는 팔을 뻗쳤다. 누군가가 키득키득 웃음보를 터뜨렸다.

"도대체 어떻게 된 거야⋯⋯. 이 망측한⋯⋯." 소장이 말하기 시작했다.

"토마킨!" 그녀는 담요를 질질 끌면서 앞으로 달려와 양팔로 소장의 목을 감아 안더니 얼굴을 그의 가슴에 기댔다.

참고 있던 웃음이 우뢰처럼 폭발했다.

"⋯⋯이 망측스러운 장난이 어떻게⋯⋯." 소장이 외쳤다.

얼굴이 홍당무가 된 소장이 그녀의 포옹에서 벗어나려 애썼다. 그녀는 필사적으로 매달렸다.

"제가 린다예요. 제가 린다예요." 폭소로 인해 그녀의 목소리가 들리지 않았다.

"당신이 나에게 아이를 임신시켰어요."

그녀는 폭소를 압도하는 큰 목소리로 외쳤다. 갑자기 방 안은 무섭게 조용해졌다. 모두들 눈 둘 곳을 몰라 불안하게 두리번거리고 있었다. 소장은 갑자기 창백해지더니 뿌리치려는 동작을 중단하고 그대로 서서 그녀의 팔목을 움켜쥔 채 공포에 질린 표정으로 내려다보고 있었다.

"아기를 낳았다니까요. 내가 그 아기의 어머니예요."

그녀는 굴욕을 느끼는 고요한 침묵 속으로 마치 도전장을 던지듯 이러한 음탕한 말을 했다. 그러고는 갑자기 소장으로부터 몸을 떼면서 부끄러운 듯 양손으로 얼굴을 가리고 흐느끼기 시작했다.

"토마킨, 그건 내 잘못이 아니예요. 나는 항상 훈련을 받았으니까요. 안 그래요? 안 그래요? 항상 규칙적으로……. 나도 모르겠어요. 어떻게 그런 일이……. 토마킨, 그게 얼마나 끔찍한 일이었는지 당신도 안다면……. 하지만 그 애는 나의 위안이었어요."

여기까지 말하던 린다는 문을 향하여 "존!"하고 외쳤다.

"존!"

존은 즉시 들어왔다. 문 안에서 잠시 멈춰서서 주위를 돌아보더니 사슴가죽으로 된 모카신을 신은 발로 가만가만 소리는 내지 않았지만 빠른 속도로 방을 가로질러 와서 소장 앞에서 무릎을 꿇었다. 그러고는 맑은 목소리로 "아버지" 하고 말했다.

이 어휘('아버지'라는 말은 어린애를 낳는다는 행위의 징그러움이나 불륜스러운 어떤 것을 연상시킬 뿐 음탕하지는 않으며 단순히 천하고 춘화적이라기보다 오히려 똥 냄새가 나는 더러운 것이었는데), 이 우습고 속된 어휘는 참을 수 없는 긴장감으로 팽팽해진 분위기를 부드럽게 풀어 주었다. 우뢰 같고 히스테릭한 웃음이 터져나와 그칠 줄을 몰랐다. 아버지——그게 바로 소장이었다.

아버지! 오, 포드 님, 포드 님! 이건 정말 못 참겠습니다.
왁왁 하는 함성과 포효하는 웃음은 새롭게 용솟음쳐 나왔
다. 모두의 얼굴은 분열되기 일보직전이었고 눈에서는 눈
물이 흐르고 있었다. 정충이 든 시험관 여섯 개가 쓰러졌
다. 아버지!

　창백하고 눈이 휘둥그래진 소장은 황당하고 치욕스런
고통 속에서 주위를 노려보았다.

　아버지! 이제 가라앉으려나 싶던 웃음이 전보다 더 요
란하게 터져나왔다. 소장은 손으로 귀를 틀어막고 방에서
뛰쳐나갔다.

11

수정실에서 이러한 사건이 있고 나자 런던의 상류계급은 온통 이 젊은 친구, 소장 앞에 무릎을 꿇고 아버지라고 부른 이 재미있는 친구를 보고 싶어 야단법석이었다. '인공부화·조건반사 양육소' 소장이라고 했는데, 실은 그 일이 있은 직후 그는 사임하고 다시는 그 빌딩에 발을 들여놓지 않았으니까 전임 소장이라고 말하는 것이 타당할 것이다. 너부죽이 엎드려 '아버지' 하고 불렀다는 이야기는 진실이라고 믿기에는 너무나 지나친 농담이기도 했다. 반대로 린다는 별로 인기를 끌지 못했다. 린다를 보고 싶어 하는 사람은 하나도 없었다. 사람을 보고 어머니라고 부르는 것은 농담치곤 지나친 말이었다. 그것은 음담패설이었다. 더욱이 그녀는 진정한 의미의 야만인은 아니었다. 병으로부터 부화되었고 다른 사람들처럼 조건반사 훈련을 받은 여자였기 때문에 아주 기괴한 생각을 가졌을 리 만무했다. 마지막으로——사실 이것이 바로 불쌍한 린다를 사람들이 보기를 원하지 않는 가장 강력한 이유였는데——그녀의 용모가 말이 아니었기 때문이다. 살이 찌고 젊음은 상실되고 치아는 엉망이고 부스럼투성이의 얼굴에다가 그녀의 전체적인 용모에 이르면(하느님 맙소사!)——그녀를 보기만 해도 구토증을 느끼지 않을 수 없었다. 정말 구역질이 저절로 나는 판이었다. 그리하여 상류계급들은 린다를 보지 않기로 결심하고 있었다. 린다로서도 상류계급들을 보고 싶지 않다. 문명으로 복귀한다는 것은 그녀에게는 소마로 복귀한다는 것이었다. 그것은 두통이나 구토 같은 발작으로 돌아갈 필요가 없으며, 페요틀주를 마시고 난 후처럼 어떤 반사회적인 수치스런 행위를 저질러서 두 번 다시 고개를 들 수 없는 수치감을 느낄 필요도 없이 침대에 누워 즐거운 휴식을 계속하여 즐길 수 있는 상태로의 복귀였다.

소마는 그러한 불쾌한 부작용 같은 것이 전혀 없었다. 그것이 주는 휴식은 완벽한 것이었다. 혹시 다음 날 아침에 불쾌감이 있다면 그것은 소마 자체 때문이 아니라 그것이 준 휴일의 쾌감과 비교가 되기 때문이었다. 그것에 대한 처방은 소마 휴일을 계속 지키는 것이었다. 그리하여 린다는 계속 더 많은 양의 소마를 갈구했고 게걸들린 것처럼 더 자주 그것을 요구했다. 쇼 박사는 처음에는 반대했지만 나중에는 그녀가 원하는 대로 복용하도록 허용했다. 그녀는 하루에 20그램이나 먹었다.

"저런 식이면 일이 개월 후에 그녀는 끝장이 날 겁니다." 의사가 버나드에게 털어놓았다.

"언젠가 그녀의 호흡중추가 마비될 것입니다. 더 이상 호흡이 불가능해집니다. 끝장입니다. 아니 그게 오히려 잘된 일일지 모르겠습니다. 혹시 그녀의 젊음을 돌이킬 수 있다면야 문제는 다릅니다. 하지만 젊게 만든다는 것은 불가능합니다."

그런데 모든 사람들이 놀랍게 생각한 것은(사실 소마 휴일에는 편리하게도 린다가 남을 방해하지 않았으니까) 존이 반대의견을 제기한 것이었다.

"그렇게 많은 양을 복용시키면 그녀의 생명을 단축시키는 게 아닙니까?"

"어느 의미에서는 그렇소." 쇼 박사가 시인했다. "그러나 다른 의미에서 우리는 실상 연장시키고 있는 겁니다."

젊은이는 이해할 수 없다는 듯이 응시하고 있었다.

"소마는 시간적으로 몇 년의 수명을 단축시킬지도 모릅니다." 의사는 말을 이었다. "그러나 초시간적으로 소마가 줄 수 있는 엄청나고 측량할 수 없는 긴 기간을 생각해 봐요. 소마 휴일의 하루하루는 우리의 조상들이 영원이라고 부르던 것의 조각에 해당되는 것입니다."

존은 이해하기 시작했다.

"영원은 우리의 입술과 눈에 깃들여 있나니……." 하고 그는 중얼거렸다.

"뭐라고요?"

"아무것도 아닙니다."

"물론" 하고 박사는 말을 계속했다.

"어떤 중요한 임무를 맡은 사람은 영원 속으로 몰입되어서는 안 될 겁니다. 하지만 그 여자에게는 중대한 임무가 없으니까……."

"아무리 그러해도 이것은 정당하다고 생각되지 않습니다." 존이 주장했다.

의사는 어깨를 추썩였다. "그녀가 항상 비명을 지르고 있는 편이 더 낫다고 생각한다면 물론……."

결국 존은 의사의 처방에 따르지 않을 수 없었다. 그리하여 린다에게 소마가 주어졌다. 그 이후부터 린다는 버나드의 아파트 37층에 있는 작은 방 침실에 처박혀, 항상 라디오와 텔레비전을 켜놓고 패출리 향수병에서 향수가 똑똑 떨어지게 만들어놓고 소마를 항상 손 닿는 곳에 놓아둔 채 시간을 보냈다. 그곳에 있다고는 하지만 그곳에 있는 것이 아니었다. 항상 무한히 먼 휴가의 여로에 오른

* 《안토니우스와 클레오파트라》 1막 3장 중에서

상태였다. 어딘가 별세계로의 여행을 떠나고 있었다. 그곳은 라디오 음악이 울려오는 색채의 미궁(迷宮)이었다. 그것은 미끄러우면서 맥박치는 미궁이었는데, 아름답게 반기는 구불구불한 길목을 통과하여 절대적 믿음을 갖게 하는 밝은 중심부로 통하는 길이었다. 그곳에서는 촉감 영화의 배우들이 말할 수 없이 감미로운 음악과 함께 텔레비전 화면에 춤추는 모습으로 등장하고 있었다. 그곳에서는 한 방울씩 떨어지는 패출리 향료가 향기 이상의 그무엇이었다——그것은 태양이었고 1백만 개의 색소폰이었고 섹스로 인해 사랑하는 포페였다. 아니 그것보다 비교도 할 수 없이 끝도 없이 지속되는 그 무엇이었다.

"아니, 젊게 만들 수는 없습니다. 하지만……."

쇼 박사가 결론적으로 말했다.

"인간의 노쇠의 실례를 볼 수 있는 기회가 생긴 것을 기쁘게 생각합니다. 나를 초대해 주신 것을 감사하게 생각합니다." 의사는 버나드와 다정한 악수를 나눴다.

그래서 사람들은 존만을 추구했다. 그리하여 존과 만나려면 그의 공인된 보호자인 버나드의 중재를 거치지 않을 수 없기 때문에, 버나드는 태어나서 처음으로 정상적인 대접을 받았을 뿐 아니라 중요한 인물로 취급받게 되었다. 그에게 주입한 대용혈액에는 알코올이 들어 있었다느니 하는 이야기는 이제 없어졌으며 그의 외모에 대한 조롱도 자취를 감췄다. 헨리 포스터는 일부러 그에게 다정하려고 애썼고 베니토 후버는 그에게 성호르몬 껌을 여섯 갑이나 선사했다. 계급예정과 부주임은 일부러 찾아와서 버나드가 베푸는 저녁 파티에 한번 초대해 주었으면 하고 비굴할 정도로 부탁하는 것이었다. 여자들의 경우는 어떤가 하면 초대의 가능성을 암시하기만 해도 그가 좋아하는 어느 여자건 차지할 수 있었다.

"버나드가 다음 수요일 야만인을 만나러 오라고 그랬어." 패니는 의기양양하게 말했다.

"잘됐구나." 레니나가 말했다. "버나드에 대해 오해하고 있었다는 것을 너는 시인해야 해. 그 사람 훌륭한 분이지?"

패니는 고개를 끄덕였다.

"난 정말 놀랐는데, 기분이 유쾌한 걸 어쩌지?" 하고 패니가 말했다.

입병부장, 계급예정과 주임, 세 명의 수정부 총장대리, 감정과학대학 촉감영화 교수, 웨스트민스터 공동체 찬가 원장, 보카노프스키국 총무——버나드의 초대자 명부에 기입된 저명인사는 끝이 없었다.

"난 지난주에 여자를 여섯 명이나 손에 넣었지 뭔가." 그가 헬름홀츠 왓슨에게 실토했다. "월요일에 하나, 화요일에 둘, 금요일에도 둘, 그리고 토요일에 하나……. 시간과 마음만 있었다면 날 원해 안달하는 여자들을 적어도 열두 명은 가졌을 거야."

헬름홀츠는 아무 말없이 버나드의 자랑을 들으면서 매우 침울하고 못마땅한 표정을 지었기 때문에 그는 기분이 상했다.

"자네는 부러워하고 있군." 버나드가 말했다.

헬름홀츠는 고개를 저으며 대답했다.

"좀 슬프군. 그게 전부야."

버나드는 훌쩍 그 자리를 떴다. 다시는 헬름홀츠와 이야기하지 않겠다고 그는 속으로 다짐했다.

시간이 지나갔다. 성공했다는 생각이 버나드의 뇌리를 스쳤다. 또한 그러한 과정에서 (좋은 술이 늘 그렇듯) 그는 이제까지 불만스러웠던 세계와 완전히 타협하게 되었다. 세계가 그를 중요한 존재로 인정하는 한 세계의 질서는 훌륭했다. 그러나 그의 성공으로 인해 세계와 화해는 되었지만 버나드로서는 이 질서에 대해 비판을 가할 특권을 포기하지는 않았다. 다시 말해서 비판하는 행위는 자신이 중요한 인물이라는 의식을 고조시켰고 자신이 대단한 인물이라는 감정을 증폭시켰기 때문이다. 더욱이 자신이 비판해야 할 대상이 있다는 것이 그의 순수한 신념이었다. (동시에 성공으로 인해 그가 원하는 모든 여자를 손에 넣기를 진심으로 원하고 있었다.) 심지어 야만인 때문에 그에게 정중한 사람들 앞에서 그는 심한 이단적 발언을 서슴지 않았다. 그들은 그의 말을 예의 바르게 경청했다. 그러나 그들은 돌아서는 순간 고개를 살래살래 흔들었다.

"저 사람은 결국 큰코 다치고 말 거야" 하고 그들은 말했다.

결국 끝이 좋지 않도록 하는 일에 자신들도 몸소 기여할 것이므로 더더욱 자신 있게 그의 불행한 종말을 예언했다.

"그를 두 번 성공시킬 야만인 또 하나를 발견하진 못하겠지" 하고 그들은 말했다.

그러나 현재로는 제1의 야만인밖에 없었다. 그래서 그들은 예의를 지켰다. 그런데 그들이 예의 바르게 나올수록 버나드는 확실히 거물이 된 기분이었다――거대해진 것과 동시에 우쭐한 기분에 점점 공기처럼 가벼워지는 것 같았다.

"공기보다 더 가벼운 것이야" 하고 버나드는 위쪽을 가리키며 말했다.

그들 머리 위로는 까마득히 높은 하늘에 진주처럼 기상대의 계류기구(繫留氣球)가 떠서 햇빛을 받아 장밋빛으로 빛나고 있었다.

"……이상에서 언급한 야만인에게." 버나드의 지시는

계속되었다. "문명생활의 모든 면을 보여줄 것……."

야만인은 지금 그것의 조감도, 다시 말해서 차링 T탑의 옥상으로부터 보이는 조감도를 내려다보고 있었다. 역장과 주재 기상관(駐在氣象官)이 안내역을 맡고 있었다. 그러나 이야기를 독점하고 있는 것은 버나드였다. 도취된 버나드는 적어도 순시 중인 세계총통처럼 행동하고 있었다. 공기보다 더 가벼운 기분이었다.

봄베이 선(線) 그린 로켓이 하늘로부터 급강하하고 있었다. 승객들이 내렸다. 카키색 옷을 입은 8명의 같은 얼굴의 드라비다 족의 쌍둥이들이 캐빈에 뚫린 여덟 개의 창으로 밖을 내다보고 있었다──모두가 승무원들이었다.

"시속 천 이백 오십 킬로미터입니다." 역장이 역설하듯 말했다. "야만인 씨, 어떻게 생각하십니까?"

존은 모두가 멋지다고 생각했다. '하지만 공기의 요정은 사십분 안에 지구 둘레에다 띠를 두를 수 있었는걸요.'*

"야만인은" 하고 버나드는 무스타파 몬드 총통에게 보내는 보고서에 썼다. "놀랍게도 문명의 여러 가지 발명품에 대해 경악이나 외경의 감정을 표명하지 않습니다. 아마 이것은 린다라는 여자의 입을 통해 이미 들은 적이 있

* 《한여름밤의 꿈》 2막 1장 중에서

243

었기 때문인 모양입니다. 린다란 그의……."

(무스타파 몬드는 얼굴을 찌푸렸다. "바보같이! 내가 '어머니'라는 단어를 확실히 써놓았다 해서 야단법석을 떠는 위인인 줄 아는 모양이군.")

"또한 그가 이른바 '영혼'이라는 것에 그의 관심이 집중되어 있기 때문인 모양입니다. 그는 영혼이란 것이 물질 환경과는 독립된 것이라고 집요하게 주장하고 있습니다. 그러나 본인은 될수록 교육시켜……."

총통은 다음 문장을 뛰어넘기고 어떤 흥미 있고 구체적인 대목이 없나 해서 다음 페이지를 막 펼치려는 찰나였다. 그러자 전혀 뜻밖의 구절에 눈이 갔다.

"……다만 제가 인정해야 하는 것은……." 그는 계속 읽어내려갔다. "야만인이 문명화가 지니고 있는 유치성을 너무나 안이한 것, 아니 그의 표현을 빌자면 너무 값싼 것으로 여기는 태도에 본인도 수긍이 간다는 사실입니다. 또한 이 기회를 빌려 각하의 주의를 환기시키고자 하는 것은……."

무스타파 몬드는 분노가 치밀었으나 거의 동시에 너털웃음으로 변했다. 이 사나이가 그에게 사회질서에 관해——감히 그에게 엄숙히 설교하겠다는 생각을 가지고 있다니 그것은 정말 너무나 황당무개한 일이었다. 이 사나이는 제정신이 아님에 틀림없다.

'정신 좀 차리게 야단을 쳐야지!' 하고 총통은 속으로 다

244

짐했다. 그러고는 다시 고개를 뒤로 젖히고 큰 소리로 웃었다. 여하튼 현재로서는 야단치지 않을 것이다.

그곳은 헬리콥터의 조명기구를 만드는 작은 공장이었다. 전기장치 제조회사의 한 지점이었다. (총통의 추천서는 그 효력이 거의 마력적이어서) 그곳의 주임기사와 인사부장이 직접 옥상으로 나와서 그들을 마중했다. 그들은 아래층의 공장 안으로 내려갔다.

"각 공정은 될수록 단일 보카노프스키 집단에 의해 진행되고 있습니다." 인사부장이 설명했다.

사실 거의 코가 없다시피 뭉그러진 83명의 새카만 단두(短頭)의 델타 계급의 노동자들이 냉각 압연을 하고 있었다. 네 개의 추가 달리고 철커덕철커덕 하는 소리를 내며 돌아가는 기계 56대가 매부리코의 붉은색 감마 계급에 속한 56명의 노동자에 의해 조작되고 있었다. 주조소에서는 더위에 잘 견딜 수 있도록 조건반사 교육을 받은 1백 7명의 세네갈 출신의 엡실론 노동자들이 일하고 있었다. 머리통이 길고 모랫빛 머리칼에 골반이 좁고 모두 1미터 69센티에서 20밀리 안팎의 신장을 가진 33명의 델타 계급에 속한 여자들이 나사를 깎고 있었다. 조립실에서는 2개 조로 나뉘어진 감마 플러스의 난쟁이들이 발전기를 조립하고 있었다. 두 줄의 낮은 작업대가 마주보고 있었고 그 가운데 부품이 실린 운반 벨트가 움직이고 있었다. 47명의 금발 머리가 47명의 갈색 머리와 마주보고 있었다. 47개의 들창코가 47개의 매부리코와 마주보고 있었고 47개의 주걱턱과 47개의 움푹 들어간 턱이 마주보고 있었다. 조립이 끝나자 18명의 똑같이 생긴 갈색 곱슬머리 여자들이 초록색 옷을 입고 검사를 하고 다리가 짧고 왼손잡이인 34명의 델타 마이너스 남자들이 그것을 상자에 넣었고 새파란 눈과 주근깨 투성이의 63명의 엡실론 저능아들이 대기중인 트럭과 전차에 그것을 적재했다.

"오, 멋진 신세계……." 야만인은 어떤 악의 찬 장난으로 미란다의 말을 기억해내어 반복하고 있었다. "이러한 인간들이 사는 멋진 신세계여."

그들이 공장을 떠날 때 인사부장이 결론적으로 말했다. "확실히 말씀드리지만 이곳에서 노동자들 사이에서 어떤 문제가 일어난 적은 거의 없습니다."

그러나 야만인은 그들로부터 갑자기 이탈하여 월계수 나무 뒤로 달려가며 격렬하게 구역질을 시작했다. 굳건한 이 대지에 마치 에어 포켓에 들어간 헬리콥터라도 탄 것처럼 멀미 증세를 느꼈다.

"야만인은" 하고 버나드가 기록했다.

"소마를 먹기를 거부합니다. 또한 그의 m - 인 린다라는 여인이 계속 휴일을 즐기고 있기 때문에 몹시 실의에 빠져 있는 것 같습니다. 그의 m - 이 노쇠하고 용모가 극히 징그러운데도 불구하고 그는 그녀를 자주 보러 가고 그녀에게 큰 애착을 느끼고 있는 것 같다는 사실은 특기할 가치가 있겠습니다――이 사실은 유년기의 조건반사 훈련 여하에 따라서는 인간은 자연적 충동(이 경우에 있어서는 불쾌한 대상을 피하려는 충동을 말합니다만)과는 반대되는 방향으로 이끌 수 있다는 흥미 있는 실례가 될 것입니다."

이튿에서 그들은 상급학교의 옥상에 내렸다. 교정의 반대편에는 52층의 룹튼 탑이 햇빛을 받아 하얗게 빛나고 있었다. 그들의 왼쪽에 위치한 대학과 오른쪽에 위치한 공동체 성가당은 철근 콘크리트와 자외선 투과유리로 된 장엄한 고층 빌딩을 치켜올리고 있었다. 정원의 안뜰 한가운데에는 고풍이 감도는 포드 님의 강철 크롬 상이 서 있었다.

학장을 맡고 있는 개프니 박사와 여학생감인 키트 양이 헬리콥터에서 내리는 그들을 맞았다.

"여기에도 쌍둥이들이 많습니까?"

그들이 시찰길에 오르자 야만인은 약간 겁을 집어먹은 어조로 물었다.

"없습니다." 학장이 대답했다. "이곳 이튼은 상층계급의 소년 소녀들만을 위한 학교입니다. 난자 한 개에서 한 명의 성인이 된 대상만을 수용합니다. 따라서 교육시키기가 그만큼 어려운 것은 사실입니다. 하지만 그들은 여러 가지 책임을 맡아야 하고 예상치 않았던 비상 사태에 대처할 수 있어야 하기 때문에 어쩔 수 없습니다" 하고 학장은 한숨을 내쉬었다.

한편 버나드는 키트 양에게 강한 매력을 느끼고 있었다. "월요일, 수요일, 금요일 중에서 어느 날이건 오후에 시간이 있으십니까?" 버나드는 말을 걸면서 야만인 쪽을 가리켰다. "저 남자는 기묘하지요. 아주 이상스러운 점이 있습니다" 하고 말을 이었다.

키트 양은 미소 지었다. (미소 짓는 모습은 더욱 매력있다고 버나드는 생각했다.) 그녀는 그에게 감사하다고 말하고 그가 베푸는 파티에 기꺼이 가고 싶다고 말했다. 학장이 문을 하나 열었다.

그 알파 더블 플러스들이 공부하는 방을 5분간 시찰하는 동안 존은 약간 당황했다.

"초급 상대성 이론이란 것이 무엇입니까?" 그가 버나드에게 속삭였다. 버나드는 설명하려고 노력하다가 차라리 다른 교실로 가는 것이 더 좋다는 생각이 들어 그렇게 하자고 제의했다.

베타 마이너스 계급을 가르치는 지리 교실로 가는 복도가 있었는데, 어떤 문 뒤로부터 낭랑한 소프라노 소리가 들려오고 있었다.

"하나, 둘, 셋, 넷." 그러다가 곧 이어서 "그대로 계속" 하고 그 목소리는 피곤한 듯이 말하고 있었다.

"맬서스식 훈련입니다." 여학생감이 설명했다. "우리 여학생들의 대부분은 물론 임신하지 않습니다. 저도 임신하지 않아요." 그녀는 버나드에게 미소를 보냈다. "그렇지만 약 팔백 명의 소녀는 아직 꾸준한 훈련을 필요로 하고 있습니다."

베타 마이너스의 지리 교실에서 존이 배운 것은 "야만인보호구역이라는 것은 불리한 기후조건이나 지리적 조건 혹은 천연자원의 결핍 때문에 문명화시킬 비용을 투입할 가치가 없는 지방을 말한다"는 사실이었다. 찰칵! 하는 소리가 들리더니 교실은 캄캄해졌다. 다음 순간 갑자기 선생의 머리 위에 위치한 스크린에 성모 마리아 앞에 엎드린 아코마의 속죄자들의 모습이 나타났다. 그들은 십자가의 예수 앞에서 그들의 죄를 고백하며 통곡하고 있었다. 그것은 존이 옛날에 들은 적이 있는 통곡이었다. 바로 푸콩의 독수리 상 앞에서 통곡하는 것을 들었던 것과 똑같았다. 어린 이튼의 학생들은 큰 소리를 내며 웃음보를 터뜨렸다. 속죄자들은 여전히 통곡하며 몸을 일으키더니 웃옷을 벗었다. 그러고는 매듭이 박힌 회초리를 집어들고 자신들의 몸을 때리기 시작했다. 학생들의 웃음소리가 두 배로 커지면서, 스피커에서 나오는 토인들의 신음소리를 압도했다.

"왜 학생들이 웃고 있습니까?" 야만인은 고통스러운 당혹에 빠져 질문했다.

"왜라니?" 학장은 아직도 웃음을 멈추지 못한 자신의 얼굴을 존에게 돌렸다.

"왜냐구요? 이건 너무 우스꽝스런 장면이기 때문입니다."

버나드는 영화를 상영하는 동안 어둠 속에서 전 같으면 아주 캄캄해도 감히 엄두도 못 냈을 동작을 감행했다. 최근에 와서 자신이 중요한 인물이 되었다는 자신감을 얻어, 그는 팔로 여학생감의 허리를 감아 안았다. 그 허리는 버들가지처럼 시키는 대로 감겨들었다. 그는 한두 번 키스를 해주거나 살며시 꼬집어 줄까 했는데, 바로 그때 교실의 커튼이 다시 활짝 열리고 있었다.

"아무래도 돌아가는 것이 좋겠네요." 키트 양은 그렇게 말하고 문 쪽으로 갔다.

"여기가" 학장이 잠시 후 말했다. "바로 수면시 교육 통제실입니다."

수백 개의 인조음악 연주기가 각 침실 당 한 개씩의 비율로 그 방의 삼면에 설치된 선반 위에 비치되어 있었다. 또한 네 번째 벽 위에는 여러 가지 수면시 교육을 위한 교과과정이 복사된 종이 녹음테이프가 비둘기 집 같은 구멍에 가지런히 꽂혀 있었다.

"이 테이프를 여기에 넣어서." 버나드는 개프니 박사의 의도를 가로채며 설명했다. "이 스위치를 누르는 법이야……."

"아닙니다. 저것입니다." 당황한 학장이 정정했다.

"그럼 그것을 누릅시다. 그러면 테이프가 풀리거든. 셀레늄 전지가 빛의 충격을 음파로 바꾸면 그때부터……."

"그때부터 소리가 들려옵니다" 하고 개프니 박사가 말을 맺었다.

"셰익스피어도 읽고 있습니까?"

그들이 도서관을 지나 생화학실험실로 가고 있는 도중 야만인이 물었다.

"전혀 읽지 않습니다." 여학생감이 얼굴을 붉히며 말했다.

"우리의 도서관에는." 개프니 박사가 말했다.

"오직 참고서류밖에 없습니다. 학생들은 기분전환이 필요하면 촉감영화에 가면 됩니다. 학생들에게 고립적인 오락을 권장하지 않습니다."

다섯 대의 버스에 탄 소년 소녀들이 노래를 부르기도 하고 서로 말없이 포옹하면서 그들 앞을 지나 유리처럼 포장된 도로를 달려 들어왔다.

"시체 소각장에서 방금 돌아온 것입니다."

버나드가 소곤거리는 목소리로 바로 그날 저녁 여학생감과 만날 약속을 하고 있는 동안 개프니 박사가 설명했다.

"죽음에 대한 조건반사 훈련은 생후 십팔 개월에서 시작됩니다. 모든 유아들은 위독환자 병원에서 매주 이틀간 오전을 보내기로 되어 있습니다. 별의별 장난감이 다 그곳에 비치되어 있으며 사망자가 생기는 날에는 초콜릿 크림을 아이들에게 나눠주기로 되어 있습니다. 아이들은 죽음을 당연한 것으로 받아들이게 됩니다."

"죽음을 모든 생리작용과 똑같이 자연스럽게 받아들일 거예요." 여학생감이 전문적인 말투로 끼어들었다.

사보이 호텔에서 8시에. 약속은 정해졌다.

런던으로 돌아가는 도중, 그들은 브렌포드에 있는 텔레비전 회사의 공장을 방문했다.

"내가 전화를 걸고 올 동안 기다려 주겠지?" 버나드가 말했다.

야만인은 기다리며 주위를 바라보았다. 주간작업반의 근무완료 시간이었다. 하층계급의 노동자 집단이 모노레일 정거장 앞에서 줄지어 서 있었다──7, 8백 명의 감마, 델타, 엡실론 남녀 노동자들이 늘어 서 있었지만 얼굴과 키는 12가지 종류밖에 없었다. 각기 차표를 들고 있는 이

들 노동자들에게 출찰계원은 조그만 마분지 상자를 건네
주고 있었다. 길게 늘어선 남녀의 대열은 벌레처럼 서서
히 앞으로 움직이고 있었다.

"저 속에 무엇이 들어 있습니까?"(《베니스의 상인》이 생각나
서) "저 상자 속에 말입니다" 하고 야만인은 방금 돌아온
버나드에게 물었다.

"오늘 먹을 소마를 배급하는 거야." 버나드는 약간 불명
확하게 말했다. 사실 그는 지금 베니토 후버가 준 껌을 씹
고 있었기 때문이었다.

"하루의 일과가 지나면 반 그램짜리 네 알을 먹기로 되
어 있어. 토요일에는 여섯 알을 배급해."

그는 존의 팔을 다정스레 잡고 헬리콥터로 함께 돌아
왔다.

레니나가 노래하며 탈의실로 들어왔다.

"아주 기분이 좋은 모양이구나." 패니가 말했다.

"응, 기분이 좋고말고." 그녀가 대답했다. 지익! (지퍼를 내
리는 소리)

"반 시간 전에 버나드가 전화했어." 지익, 지익! 그녀는
팬티를 벗었다.

"예기치 않았던 일이 생겼다는군." 지익!

"오늘 저녁 야만인을 데리고 촉감영화에 가주지 않겠느

냐는 부탁이야. 그래서 나는 지금 서둘러야 해." 그녀는 급히 욕탕으로 들어갔다.

"저 앤 팔자도 좋군." 레니나의 뒷모습을 보면서 패니는 속으로 중얼거렸다.

그렇다고 그녀의 이러한 말 속에 질투가 섞인 것은 아니었다. 선량한 패니는 단순히 사실을 토로했을 뿐이다. 레니나는 운이 좋았다. 버나드와 함께 야만인으로 하여금 얻은 명성의 많은 부분을 공유해서 운이 좋았고, 이전에는 보잘것없는 몸이었지만 인기절정이라는 빛나는 순간을 누릴 수 있었으므로 행운이었다. YWFA*의 간사도 그녀에게 체험한 경험담을 들려달라고 부탁하지 않았던가! 아프로디태움 클럽 연례 만찬회에도 초대되지 않았던가! 그녀는 이미 필리톤 뉴스에 출연하여——지구상의 수많은 관객 앞에 시각적 내지 촉각적으로 등장하지 않았던가?

저명인사들이 그녀에게 보내는 존경 역시 이것에 뒤지지 않는 것이어서 그녀를 우쭐하게 하는 것이었다. 세계 총통의 제2비서관은 그녀를 만찬과 조찬에 초대했다. 어느 주말을 포드최고재판소장과 함께 지냈고 어떤 주말은 캔터베리 공동체 성가당 대주교와 함께 보냈다. 내외분비물회사 총재로부터는 계속 전화가 걸려왔고 유럽은행 부

---

* 여성 포드 청년회 — 원주

총재와는 드빌*에 갔다온 적이 있었다.

"물론 신나는 일이야. 하지만 어떻게 보면" 그녀는 패니에게 고백했었다.

"거짓된 책략을 써서 무엇인가를 거저 얻고 있는 기분이 들어. 그들 모두가 알고 싶어 하는 첫 번째 사실은 야만인과의 육체관계가 어떠한 것이냐 하는 것이야. 그래서 나는 모른다고 말할 수밖에 없었어." 그녀는 고개를 내저었다.

"모두들 내 말을 믿지 않더군. 하지만 그게 사실인 걸 어떡해. 사실이 아니었으면 차라리 좋겠어." 그녀는 슬프다는 듯이 말하며 한숨을 쉬었다.

"그 남자 정말 잘생겼다고 생각되지 않아?"

"하지만 그 사람은 너를 좋아하고 있는걸. 그렇지?" 패니가 물었다.

"그가 나를 좋아하는구나 하는 생각이 들 때도 있지만 때로는 그렇지 않다는 생각이 들어. 그 사람은 나를 피하기 위해 항상 최선을 다한다니까. 내가 들어가면 그는 그냥 방을 나가 버리거든. 나를 건드려 보려고도 하지 않아. 심지어 쳐다보지도 않으려고 해. 그러다가 내가 갑자기 뒤돌아서면 그가 나를 응시하는 모습을 보게 된다니까.

* 프랑스 북서부 피서지

저, 남자들이 너를 좋아하고 있을 때 어떤 표정을 짓고 있는지 너도 알지?"

사실 그 정도는 패니도 느끼고 있었다.

"난 그걸 모르겠어." 레니나가 말했다.

그녀는 그것을 알 수 없었다. 그녀는 당황하고 있을 뿐 아니라 약간 화도 났다.

"패니, 이러는 것도 내가 그 남자를 좋아하기 때문이야."

갈수록 그가 더 좋아졌다. 이제 좋은 기회가 왔다고 레니나는 생각했다. 목욕을 하고 나서 그녀는 몸에 향수를 뿌렸다. 톡 톡 톡 하는 소리를 내며. 이건 절호의 기회였다. 그녀의 들뜬 기분은 노래로 넘쳐나왔다.

진저리나도록 포옹하세요.

기절할 때까지 키스해 줘요.

그대여, 토끼털처럼 부드럽게 포옹하세요.

사랑은 소마처럼 좋은 것.

방향 오르간이 참신하고 유쾌한 식물성 카프리치오를 연주하고 있었다── 백리향과 라벤더, 로즈메리, 바질, 도금양, 더위지기 등의 잔물결치는 급속연주 화음. 방향건(芳香鍵)에 의한 대담한 조바꿈이 연속되고 곧 용연향으로 변주된다. 또한 백단, 장뇌, 삼나무, 새로 만든 건초(이따

256

금 섬세한 불협화음이 끼어드는데, 다시 말해서 신장, 푸딩의 냄새가 풍기는
가 하며 돼지똥 냄새가 건건하게 스며들고 있다) 등등의 냄새를 거쳐
가면서 다시 서서히 처음의 단순한 방향으로 되돌아간다.
백리향이 향기를 뿜어내는 마지막 소절이 끝났다. 그러자
일제히 박수를 보냈다.

조명이 밝아졌다. 인조음악장치 속에서 녹음테이프가
돌기 시작했다. 이제 공기를 유쾌한 나른함으로 충만시키
는 것은 초음파 바이올린과 초음파 첼로와 대용 오보에가
이루는 삼중주였다. 30 혹은 40소절이 지속되다가 이윽고
이 악기들의 배경에서 인간의 음성 이상의 것으로 여겨
질 수밖에 없는 소리가 노래하기 시작했다. 그 소리는 사
람의 목에서 나오는가 했더니 머리로부터 나오고 플루트
처럼 공허한 소리가 되기도 하고 때로는 동경을 자아내는
화음으로 가득 차면서, 좀 전의 그 육성보다도 훨씬 높은
육성은 가스파드 포스터스가 낸 기록적인 최저음성에서
루크레치아 아주가리가 이제까지 가수 중에서는 단 한 번
(1770년 파르마 국립 오페라에서 모차르트를 놀라게 한 것인데) 발성한
적이 있는 최고의 C음보다 더 높은 음까지 올라갔다.

레니나와 야만인은 푹신한 의자에 깊숙이 앉아 향기를
맡으며 음악에 흠뻑 빠졌다. 이제 시각과 촉각을 만족시
킬 차례였다.

장내의 조명이 어두워졌다. 마치 불덩이 같은 문자가 입

체적으로 암흑 속에 떠올랐다.

"'헬리콥터 속에서의 3주일'. 초육성음악. 합성대화. 총천연색 입체화면 촉감영화, 방향 오르간 동시 반주."

"의자의 손걸이에 달린 금속제 손잡이를 잡으세요."레니나가 속삭였다. "그렇게 하지 않으면 촉감효과를 느끼지 못해요."

야만인은 지시하는 대로 했다.

그러는 동안에 불덩이 같은 문자들은 사라졌다. 10초 동안 완전한 칠흑이 감돌았다. 그러자 갑자기 살아 있는 실재 인간보다 훨씬 입체적이고 실물보다 더욱더 실물 같은 거대한 흑인과 금발의 젊고 머리통이 짤막한 베타 플러스의 여자가 서로 포옹하고 있는 입체 영상이 눈부시게 나타났다.

야만인은 놀랐다. 그의 입술에 느껴지는 그 감촉! 그는 손으로 입술을 막았다. 그러자 간지러운 감촉이 멎었다. 그는 다시 입술로부터 손을 금속 손잡이로 가져갔다. 그러자 그 감촉이 다시 느껴지는 것이었다. 그러는 동안 방향 오르간이 순수한 사향 냄새를 뿜어냈다. 녹음된 슈퍼 비둘기의 울음소리가 잦아지는 듯이 "구구"하는 소리로 울어댔다. 그러자 1초마다 겨우 32번 진동하는 저음이 아프리카인의 저음보다 더 깊게 응답했다.

"아아하, 오우후! 우우후 아!"

입체 영상의 입술이 다시 합쳐졌다. 그러자 알함브라 극장에 온 6천 관객의 안면성감대가 참을 수 없는 극도의 쾌감을 느꼈다.

"우우후······."

영화의 줄거리는 간단했다. 최초의 '우우'와 '아아'(이 노래 소리의 이중주가 들렸고, 잠시 성희가 진행된 것은 바로 그 유명한 곰털가죽 위에서였는데, 곰털 한올한올을 계급예정과 부주임의 말처럼 촉감으로 느낄 수 있었다)가 지나고 몇 분 후, 흑인은 헬리콥터 사고를 당하여 머리를 부딪치며 쓰러진다. 쾅! 이마에 고통스런 상처가 생긴다. "오우" "아아" 하는 외침이 일제히 관중석에서 터져 나온다.

사고에서 받은 충격으로 흑인이 받은 조건반사적 훈련은 엉망 진창이 된다. 검둥이는 베타의 금발미녀에 대해 전폭적이고 미친 듯한 열정을 품는다. 그녀는 항거한다. 검둥이는 집요하다. 싸움이 벌어지고 추적이 뒤따르고 상대방에 대한 구타가 벌어지고 마침내 세상을 놀라게 하는 유괴사건이 벌어진다. 금발의 베타 여성은 하늘로 납치되어 거기서 3주일 동안 검은 미치광이와 극도로 반사회적 결합을 하며 생활한다. 그러나 결국에는 여러 가지 모험과 공중곡예를 거쳐 세 명의 잘생긴 알파 계급이 그녀를 구조하는 데 성공한다. 검둥이는 성인 재교육 센터로 후송되고 여자는 구조자 세 명의 애인이 되는 것으로 영화는 해피엔딩이 된다. 4명의 등장인물들은 이야기 진행을 중지하고 슈퍼 오케스트라의 반주에 맞추면서, 한편으로는 방향 오르간의 향기를 발산시키며 종합 4중창을 불렀다. 그러고 나서 곰가죽이 마지막으로 모습을 보였고 색소폰의 요란한 선율 속에서 마지막 입체 키스가 어둠 속으로 사라지고, 마침내 점점 힘없이 몸을 파닥거리며 죽어가는 나방처럼 전자식 간지러움이 사람들의 입술로부터 사라졌다. 마침내 장내는 고요해졌다.

그러나 레니나에게 있어서 그 나방은 완전히 죽지 않고 있었다. 조명이 켜지고 사람들 사이에 휩쓸려 서서히 엘리베이터 쪽으로 발걸음을 옮기는 동안에도 그 나방의 유령이 그녀의 입술 위에서 날갯짓을 계속하고 있었고 그녀의 피부 속으로 긴장된 초조와 쾌감을 불어넣고 있었다. 그녀의 양볼은 빨갛게 달아 올랐다. 그녀는 야만인의 팔을 잡고 은근하게 그녀의 허리로 끌어가며 힘을 주었다. 야만인은 욕정을 품은 창백하고 고통스러운 표정이었고 그러한 욕정을 품은 자신을 부끄럽게 여기며 잠시 그녀를 내려다보았다. 아니다, 나는 그럴 자격이 없다……. 그들의 눈이 잠시 마주쳤다. 그녀의 눈은 아름다운 보석 같았다. 자제심에 대한 크나큰 몸값을 약속하고 있었다. 그는 급히 눈길을 피하며 잡혔던 팔을 풀었다. 그로 하여금 자격이 없는 남자라고 느끼게 만드는 그녀의 가치가 행여나 사라져 버리지나 않을까 그는 막연히 두려워하고 있었다.

"당신이 저런 것을 봐야 한다는 생각이 들지 않습니다"
하고 야만인이 말했다.

과거에건 있을 수 있는 미래에건 그녀가 완전한 상태
에서 타락하게 되는 책임을 레니나에게 전가시키기보다
오히려 환경의 여건에 전가시키려고 급히 애쓰는 발언이
었다.

"존, 저런 것이라니 무슨 뜻이죠?"

"그 무서운 영화 말입니다."

"무서워요?" 레니나는 정말 놀랐다. "난 그게 재미있던
데요."

"그것은 저속합니다." 그는 화난 듯이 말했다. "아주 천
합니다."

그녀는 고개를 저었다. "당신의 말뜻을 모르겠군요." 이
남자는 어째서 이렇게 이상할까? 그는 왜 일부러 일을 망
치는 것일까?

택시콥터* 속에서 그는 그녀를 거의 쳐다보지 않았다.
한 번도 입으로 선서하진 않았지만 그 어떤 서약에 묶여
서, 오래전에 효력을 상실한 어떤 법에 순종하여 그는 시
선을 돌리고 묵묵히 앉아 있었다. 때로 팽팽하게 당겨져

* 헬리콥터 택시

261

서 거의 끊어질 것 같은 어떤 현에 손가락이 닿는 것처럼 그의 온 몸뚱이는 신경질적으로 갑자기 놀라며 경련하는 것이었다.

택시콥터는 레니나의 아파트 옥상에 착륙했다. "결국" 하고 그녀는 택시에서 나오며 희열에 차서 생각하고 있었다. 이제까지는 그가 매우 괴상하게 행동했지만——결국! 전등불 밑에 서서 그녀는 손거울을 들여다보았다. 그렇다. 그녀의 콧등이 약간 번들거리고 있었다. 그녀는 분가루를 그곳에 살짝 품었다. 그가 택시콥터 요금을 지불하는 동안 그만 한 시간이 있었던 것이다. 그녀는 번들거리는 부위를 문지르며 생각했다.

"지독히 잘생긴 남자야. 버나드처럼 수줍어할 필요는 없지. 하지만……. 다른 남자 같으면 벌써 옛날에 해버렸을 텐데. 이젠 기어코." 작은 손거울 속에 자리한 얼굴의 부분이 갑자기 그녀를 향해 미소를 보냈다.

"안녕히 주무십시오."

그녀의 뒤에서 목이 눌린 듯한 목소리가 말하고 있었다. 레니나는 급히 돌아섰다. 그는 택시 문 안에 서 있었다. 그녀를 응시하고 있었다. 그녀가 분을 바르는 동안 내내 기다리며 응시하고 있었음에 틀림없었다. 기다렸다면 무엇 때문이었을까? 아니면 주저주저하고 있었을 것이다. 결심하려고 해쓰면서, 내내 생각에 잠겨 서 있었을 것이다. 그가 무슨 괴상한 생각을 하고 있었는지 레니나로서는 상상할 수 없었다.

"레니나, 안녕히 주무십시오." 그가 반복했다. 그러고는 야릇하게 인상을 찡그리며 미소를 보이려고 애썼다.

"하지만 존…… 나는 당신이…… 저…… 저…… 안 그래요?"

존은 택시의 문을 닫고 몸을 앞으로 굽히면서 운전사에게 무엇인가 이야기하고 있었다. 택시콥터는 하늘로 쏜살같이 올라갔다.

바닥에 난 창문으로 내려다보았을 때 파란 등불 속에서, 위로 향한 창백한 레니나의 얼굴이 존의 시야에 들어왔다. 입이 열려 있었고 그를 향해 부르고 있었다. 그녀의 축소된 모습은 금세 그의 시야에서 사라졌고, 작아지고 있는 사각의 옥상도 어둠 속으로 빨려들고 있는 것 같았다.

5분 후 존은 자기 방으로 돌아왔다. 그는 은밀히 숨겨 놓았던 쥐가 뜯어먹은 그의 책을 꺼내어 경건하고 조심스레 얼룩지고 구겨진 페이지를 넘기며 《오셀로》를 읽기 시작했다. 그의 기억으로는 오셀로는 '헬리콥터 속에서의 3주일'에 나오는 흑인 주인공 같았다.

레니나는 눈물을 닦으며 옥상을 가로질러 엘리베이터로 갔다. 27층으로 내려오는 도중 그녀는 소마 약병을 꺼냈다. 1그램으로는 부족하다고 그녀는 결론을 내렸다. 그녀의 고통은 1그램의 고통을 초과했던 것이다. 그렇다고 2그램을 먹으면 내일 아침 제시간에 일어나지 못할 위험이 따를 것 같았다. 그녀는 중간으로 결정했다. 그리하여 오목하게 오므린 왼손바닥 위에다 반 그램짜리 세 알을 떨어뜨렸다.

12

버나드는 잠긴 문에 대고 고함쳐야 했다. 야만인은 좀처럼 문을 열려들지 않았다.

"모든 사람들이 자네를 기다리고 있단 말야."

"기다리라지." 문을 통해 재갈을 문 듯한 목소리가 응답했다.

"존, 자네도 잘 알잖아."

(목청을 높여 고함치는 소리로 사람을 설득하기란 얼마나 어려운 일인가!)

"일부러 자네를 만나러 오라고 내가 그네들에게 부탁한 거야."

"내가 그들을 만나고 싶어 하는지 나한테 먼저 물어 봤어야지요."

"존, 전에는 항상 순순히 만나 주지 않았어?"

"그래서 두 번 다시 만날 생각이 없는 겁니다."

"그럼 나를 즐겁게 한다고 생각해." 버나드는 소리 지르면서 타일렀다.

"나를 기쁘게 해주는 셈치고 나오지 않겠나?"

"싫어!"

"정말이야?"

"정말이고말고."

"그럼 나는 어떻게 하지?" 하고 버나드는 자포자기하듯이 울부짖었다.

"되는 대로 하면 되잖아요." 방에서부터 격분한 목소리가 소리쳤다.

"하지만 오늘 밤엔 캔터베리 공동체 성가당 대주교가 와 계셔." 버나드는 거의 울먹였다.

"아이 야아 타쿠와!"

존이 공동체 성가당 대주교에 대한 기분을 적절히 표현할 수 있는 것은 주니어를 통해서뿐이었다.

"하니!"

그는 잠시 생각하고 나서 덧붙였다. 그러고는 격렬한 야유조로 "손스 에소 체 나!" 하고 마치 포페가 그렇게 하듯 바닥에다 침을 뱉었다.

결국 버나드는 기가 꺾인 채 자신 방으로 돌아가서 오늘 밤엔 야만인이 모습을 나타내려 하지 않는다고 초조하게 기다리던 사람들에게 보고해야 했다. 그 보고는 이내

분노로 받아들여졌다. 사람들은 이 평판도 나쁘고 이단적인 사상을 가진 보잘것없는 인간에게 속아서 예의 바르게 처신한 것을 분하게 생각했다. 그들 가운데서 이 계급사회에서 지위가 높은 사람일수록 분노가 더 컸다.

"나를 속이다니!" 대주교는 계속 되뇌이고 있었다. "감히 나를!"

여자들은 어떠했는가 하면 엉터리 구실을 붙여——사실 실수로 알코올을 병 속에 주입당한 왜소한 사나이——감마 마이너스의 체격밖에 되지 않는 남자의 소유물이 되었던 사실을 분개하고 있었다. 이것은 모욕이라고 그들은 점점 언성을 높여 말했다. 이튼의 여학생감이 유달리 소리 높여 욕설을 퍼부었다.

레니나만이 아무 말도 하지 않고 침묵을 지켰다. 전에 없던 우울증이 그녀의 파란 눈 가득 덮고 있었으며, 그녀는 창백한 표정으로 구석에 앉아 있었다. 그녀를 둘러싸고 있는 인간들은 전혀 인식하지 못할 감정으로 인해 그들과 격리된 상태였다. 그녀는 불안과 환희가 교차되는 야릇한 감정에 사로잡힌 채 이 파티에 왔던 것이다.

'몇 분 후에 나는 그 남자를 보게 될 것이고 그와 이야기할 것이고(그녀는 이제 결심을 하고 왔으니까) 내가 자기를 좋아한다고 말해야지. 이제까지 알고 지낸 누구보다도 더 좋아한다고……. 그러면 그도 어쩌면……' 하고 레니나는 방에 들어서면서 속으로 생각했다.

그 사람이 뭐라고 할까? 뜨거운 피가 그녀의 양쪽 볼을 물들였다.

'그날 밤 촉감영화를 보고 나서 그 사람은 어째서 그렇게 이상한 행동을 했을까? 정말 이상했어. 하지만 그 사람이 나를 좋아하는 것만은 확실해. 확실히…….'

이런 생각을 되새기는 순간 야만인은 오늘 파티에 나타나지 않을 것이라고 버나드가 선언했던 것이다.

레니나는 갑자기 격정대용요법이 시작될 때 보통 체험하는 모든 감정을 느꼈다——즉 감당하기 힘든 공허감, 숨도 쉴 수 없는 불안감, 그리고 구토증을 느꼈다. 그녀의 심장이 박동을 멈춘 것 같았다.

'어쩌면 나를 싫어하기 때문인지도 몰라.' 그녀는 속으로 자신과 대화했다. 그러자 이러한 상상이 의심할 여지도 없이 확실한 현실이 되는 것 같았다. 존이 나오지 않는 것은 나를 싫어하기 때문이다. 존은 나를 좋아하지 않으니까…….

"이건 정말 너무 심하군요" 하고 이튼의 여학생감은 시체화장 및 인 재생 공장 대표와 이야기하고 있었다.

"생각해 보면 나는 정말……."

"그래요."

패니 크라운의 목소리가 들려왔다.

"알코올 이야기가 틀림없는 사실이에요. 내가 잘 아는 어떤 사람이 그 당시 태아저장실에서 일했던 사람을 알고 있대요. 그 사람이 내 친구에게 이야기하고 내 친구가 나한테……."

"이건 지나치군요." 헨리 포스터가 대주교를 동정하면서 말했다.

"흥미를 끄는 이야기인지 모르겠습니다만, 실은 전임소장께서는 그를 아이슬란드로 전출시키려던 참이었습니다."

쏟아지는 비난으로 인해 버나드의 행복한 자신감이라는 탱탱했던 풍선은 수많은 흠집이 생겨서 공기가 새나가고 있었다. 얼굴이 창백해지고 제정신이 아닌 사람처럼 비굴하게 떨면서 버나드는 모여든 손님들 사이를 돌아다니며 앞뒤가 맞지 않는 변명을 더듬거리고 있었고 다음 기회에는 야만인이 틀림없이 나올 것이라고 다짐했다. 그냥 앉아서 캐로틴 샌드위치와 비타민 A가 든 고기만두와 대용 샴페인을 마시라고 권했다. 손님들은 그럭저럭 먹긴 했지만 그를 무시하고 있었다. 또는 술을 마시고는 그의 면전에서 무례한 행동을 했으며 그가 그 자리에 없는 것처럼 큰 소리로 모욕적인 이야기를 서로 나누고 있었다.

"자, 여러분." 캔터베리 대주교가 마치 포드 기념일의 행사를 진행시킬 때와 같은 아름답게 울리는 목소리로 말했다. "여러분 이제 시간이 되었나 봅니다⋯⋯."

그는 일어서서 잔을 내려놓고 자주색 인조견 법의에서 여러 가지 음식의 부스러기를 털어 버리더니 문으로 걸어 갔다.

버나드는 그를 가로막기 위해 앞으로 돌진했다.

"대주교님, 꼭 돌아가셔야 되겠습니까? 아직 시간이 이른데, 제가 바라옵기는⋯⋯."

정말 초대하기만 하면 대주교께서는 초대에 응할 것이라고 레니나가 넌지시 말했을 때 버나드는 모든 기대를 가슴속에 품었던 것이다. "그분은 정말 친절한 분이셔요" 하고 말하며 레니나는 성가당에서 그녀가 보낸 주말을 기념하여 대주교가 그녀에게 준 T형 황금 지퍼 고리장식을 버나드에게 보여주었다. '캔터베리 공동체 성가당 대주교와 야만인을 만나 볼 기회를 갖기 위해'——모든 초대장에다 버나드는 이러한 대승리를 선언해 두었던 터였다. 그런데 야만인은 하필이면 이날 저녁을 택하여 자기 방문을 걸어 잠그고 "하니!" 하고 소리 질렀던 것이다. 게다가 (버나드가 주니족의 언어를 알아듣지 못한 것은 다행한 일이었다) "손스 에소 체 나!"라고 고함쳤던 것이다. 버나드의 일생에서 가장 찬란한 순간이 되었을지도 모르는 이 순간이 오히려 그에게 가장 지독한 굴욕의 순간이 되고 말았다.

"제가 진심으로 바라는 것은⋯⋯." 애원과 미혹함이 서

린 눈으로 이 고급관리를 올려다보면서 버나드는 더듬거리며 반복했다.

"젊은 친구." 대주교는 크고 근엄하면서 엄격한 어조로 말했다. 모든 사람들이 숨을 죽였다.

"내 자네에게 충고하겠네." 그는 버나드를 향해 손가락을 까닥했다.

"늦기 전에 말일세. 좋은 충고를 하겠네." 그의 음성은 음산한 어조로 돌변했다. "젊은 친구, 생활방식을 고치게, 생활방식을." 그는 버나드의 머리 위에 T자를 그리고 돌아섰다.

"레니나 양" 하고 대주교는 전혀 달라진 어조로 불렀다. "나와 함께 갈까?"

고분고분, 그렇다고 미소를 짓지는 않았지만 (그녀에게 베풀어진 영광을 전혀 의식하지 않은 채) 우쭐해 하지도 않으면서 레니나는 그의 뒤를 따라 방을 나갔다. 다른 손님들도 대주교를 공경하듯 약간의 간격을 두고 따라 나갔다. 마지막 손님이 문을 쾅 하고 닫았다. 버나드는 완전히 외톨이가 되고 말았다.

펑크가 나서 완전히 납작해진 버나드는 의자에 털썩 주저앉았다. 양손으로 얼굴을 가리고 울먹이기 시작했다. 그러나 몇 분 후 그는 마음을 고쳐먹고 소마를 네 알이나 삼켰다.

야만인은 위층 그의 방에서 《로미오와 줄리엣》을 읽고 있었다.

레니나와 성가당 대주교는 람베스 궁전 옥상에서 내렸다.

"빨리 와요. 레니나, 난 진심에서 하는 말이야."

대주교는 엘리베이터 입구에서 초조한 목소리로 불렀다. 달을 바라보느라 잠시 머뭇거렸던 레니나는 눈을 아래로 내리뜬 채 옥상를 가로질러 재빨리 그에게 다가갔다.

'생물학의 신이론'이라는 것이 무스타파 몬드가 방금 다 읽은 논문의 표제였다. 그는 잠시 명상하듯 얼굴을 찌푸리고 앉아 있다가 이윽고 펜을 들고 속표지를 펼치고 썼다.

'목적개념에 대한 필자의 수학적 검토는 참신하고 극히 독창적이지만 이단적이다. 현재의 사회질서에 관한 한 그것은 위험하고 해로운 요소가 잠재되어 있음. 출판불허.' 그는 출판불허라는 말에다 밑줄을 그었다.

'이 필자를 감시하기 바람. 세인트 헬레나 섬의 해양생물학 연구소로 전보발령을 내릴 필요가 있을지도 모른다.' 서명을 하면서 가엾게 되었구나 하고 그는 생각했다. 그것은 걸작이다. 하지만 일단 목적론적 해석을 용인하기 시작하면——그 결과가 어떻게 될지 누가 아는가! 그것은 상층계급 사이에서 확고한 사상을 지니지 못한 자들이 받은 조건반사 교육을 백지로 돌릴 가능성이 있는 사상이다. 지고의 선(善)으로서의 행복에 대한 그들의 신념을 상실케 하고 그 대신 인간의 최종목적이 어느 피안에 있다고 믿게 할 위험이 있는 사상이다. 최종목적이란 현재의 인간 영역 밖에 있으며 인생의 목적이란 행복의 유지가 아니라 의식의 강화와 세련이며 지식의 확대라는 믿음을 심어 줄 위험이 있는 사상이다. 사실 그것이 옳은 생각인지도 모른다고 총통은 생각했다. 그러나 현재의 여건으로서는 용인할 수 없다. 그는 다시 펜을 들어 출판불허라는 단어 밑에다 두 번째 줄을 그었다. 먼저 그었던 줄보다 더 두껍고 더 진했다. 그는 다시 한숨을 지었다. '행복에 대한 사색을 허가할 수 없다니 이 얼마나 우스꽝스러운가!' 하고 그는 생각했다.

눈을 감고 황홀감으로 빛나는 표정을 지은 채, 존은 허공을 향해 낭송했다.

오오, 그녀는 횃불더러 밝게 타라고 가르치고 있도다.
그녀는 에티오피아 흑인의 귀에
매달린 풍요로운 보석처럼

밤의 볼 위에 매달려 있는 것이다.

사용하기엔 너무나 사치스럽고

지상에 머물러 있기엔 너무나 고귀한

아름다운…….

——《로미오와 줄리엣》1막 5장 중에서

금빛의 T형 지퍼 고리장식이 레니나의 가슴 위에서 빛나고 있었다. 공동체 성가당 대주교가 장난치듯이 그것을 쥐고 잡아 당겼다.

"저……." 레니나는 오랜 침묵을 깨며 갑자기 말했다. "소마나 몇 그램 먹는 편이 좋겠어요."

이때 버나드는 깊이 잠들어 꿈 속에 전개되는 자신만의 낙원에서 미소를 띠고 있었다. 계속 미소를 짓고 있었다. 그러나 30초마다 그의 침대 머리맡에 있는 전자시계의 분침은 들릴락말락 하게 째깍 소리를 내며 가차 없이 전진하고 있었다. 째깍 째깍 째깍 째깍……. 그리하여 아침이 되었다. 버나드는 비참한 현실의 시간과 공간의 상태로 되돌아왔다. 우울한 심경으로 그는 택시를 타고 조건반사 양육소로 출근했다. 성공했다는 도취감은 증발되고 없었다. 그는 옛날의 말짱한 정신의 자신이었다. 지난 몇 주일 일시적 풍선을 탔던 때와 비교되어 자신을 둘러싸고 있는 공기가 지난날보다 훨씬 무겁게 느껴졌다. 전에 없이 무거웠다. 이렇게 납작해진 버나드에게 야만인은 예상치 않게 동정심을 표명했다.

"지금의 당신은 맬파이스에서 만났을 때와 비슷하군요."

버나드의 슬픈 이야기를 듣자 존이 말했다.

"우리가 처음 대화를 나누던 때를 기억하십니까? 작은 집 밖에서 말입니다. 지금의 당신은 바로 그때의 당신과 흡사합니다."

"다시 불행해졌기 때문이야. 이유는 바로 그거야."

"나 같으면 당신이 누렸던 거짓되고 기만적인 행복을 맛보느니 차라리 불행 쪽을 택하겠습니다."

"나는 행복이 좋아"하고 버나드는 내뱉듯이 말했다. "그런데 자네가 이 모든 불행을 몰고 온 거야. 파티에 나오기를 거부하여 모든 사람들이 나에게서 등을 돌리게 하다니 원!"

사실 그는 자신의 말이 부당하고 터무니없는 말이라는 것을 알고 있었다. 그까짓 조그만 실수가 있다고 해서 박해하는 적으로 표변할 수 있는 친구란 가치 없는 존재라는 야만인의 말이 옳다는 것을 버나드는 속으로 시인하다가 마침내는 목청을 높여 시인했다. 그러나 그것을 알고 있고 시인조차 하고 있었지만, 또한 지금 이 친구의 지지와 동정이 그의 유일한 위안이긴 하지만 버나드는 존에 대해 순수한 애정을 품는 것과 동시에 은밀한 원한을 계속 품고 있었다. 그렇기 때문에 야만인에 대해 약간의 분풀이를 하고 싶었다. 성가당 대주교에게 원한을 품어 봤자 그것은 쓸데없는 일이었다. 병입부장이나 계급예정과 부주임에 대해서도 원한을 품어 봤자 소용없는 일이었다. 버나드의 처지에선 야만인이야말로 어떤 다른 사람들보다 자신의 희생물로 삼기에 월등한 장점이 있었다. 우선 손에 쉽게 넣을 수 있는 위치에 있었다. 친구라는 것의 중요한 기능의 하나는, 우리가 우리의 적에게 가하고 싶지만 가할 수 없는 벌을 (보다 온건하고 상징적인 형태로) 그로 하여금 받도록 할 수 있다는 점이다.

버나드의 희생물이 될 수 있는 또 한 명의 친구는 헬름홀츠였다. 지속할 가치도 없다고 생각되었던 우정이었지만 이제 몰락한 입장에서 다시 우정의 부활을 구했을 때 헬름홀츠는 그것에 응했다. 헬름홀츠는 우정을 내주었다. 그것도 전에 둘 사이에 있었던 언쟁을 까맣게 잊은 듯이 비난도 없이, 한마디의 논평조차 하지 않고 우정을 주었다. 버나드는 이것에 감동한 동시에 그의 관용 앞에서 비굴함을 느꼈다——그 관용은 소마 같은 것의 영향을 받은 것이 아니라 곧바로 헬름홀츠의 성격에서 기인하는 것이었기 때문에 그만큼 유별난 관용이었고 그렇기 때문에 그만큼 더 굴욕감을 느끼게 하는 것이었다. 모든 것을 잊고 용서하는 것은 반 그램의 소마 휴일을 즐기는 헬름홀츠가 아니라 일상생활에서 한결같이 보는 헬름홀츠였다. 버나드는 당연히 감사했다. (다시 친구를 하나 얻는다는 것은 큰 위안이 었다.) 그러나 동시에 화가 났다. (헬름홀츠의 관대함에 대해 어떤 복수를 감행하는 것은 유쾌한 일일 것이다.)

서로 사이가 멀어졌다가 처음 다시 만났을 때 버나드는 자신이 당한 불운한 이야기를 털어놓고 위안을 받았다. 그런데 며칠이 지나자 그가 놀라기도 하고 부끄럽게 느낀 것이 있었는데, 그것은 지금 곤경에 빠진 것은 자기만이 아니라는 사실이었다. 헬름홀츠 역시 권위자와 충돌을 일으키고 있었다.

"어떤 시(詩)에 대한 일 때문이었어." 그가 설명했다.

"나는 삼학년 학생들을 위해 고등정서과학에 관해 늘상 하던 강의를 하고 있었지. 모두 제12회 강의 중에서 제7회 강의가 시에 관한 것이었단 말일세. 정확히 말해서 '정신적 선전 내지 광고에 있어서의 시의 효용에 관하여'라는 것이었지. 나는 항상 강의할 때 기술적인 실례를 들어서 설명하거든. 그런데 이번에는 내가 직접 쓴 작품을 학생들에게 공개하겠다고 생각했단 말일세. 물론 그건 완전히 미친 짓이었어, 하지만 충동을 억제할 수 없더군." 그는 웃었다.

"나는 학생들이 어떤 반응을 보일지 알고 싶었거든" 하고 그는 좀 진지하게 말을 이었다. "게다가 나는 약간의 선전을 하고 싶었던 거야. 내가 시를 쓰고 있을 때 내가 느낀 감정으로 그들을 끌어들이려고 노력했던 거야. 맙소사!" 그는 다시 웃었다. "굉장한 소동이 일어났던 거야! 학장이 나를 호출하더니 당장 해고시키겠다고 으름장을 놓더군. 그래서 요주의 인물이 된 거야."

"그런데 그 시가 어떤 것이었지?" 버나드가 물었다.

"고독을 노래한 시였어."

버나드의 눈썹이 올라갔다.

"원한다면 읊어 보지." 헬름홀츠가 읊기 시작했다.

어제 있었던 위원회

막대기는 있어도 찢어진 북

런던 시가는 한밤중인데

진공 속의 퉁소

다문 입술, 잠자는 얼굴

정지한 모든 기계

말을 잃고 너저분하게 어질러진 장소

군중들이 있었던 곳——

모든 정적은 환호하고

소리 높이 또는 낮은 소리로 울고

이야기한다——허나 누구의 목소리인지

나도 모른다.

예컨대 수잔과

에게리아의

팔과 가슴이 없는 곳

입술과 궁둥이가 없는 곳

그곳에는 서서히 한 형체가 나타난다.

그것은 누구의 것?

어떻게 그처럼 터무니없는 존재가?

허나 보이지 않는 무엇이

우리가 교접하는 도구보다

훨씬 더 견고하게

공허한 밤을 충만시킨다.

그것이 왜 더럽게 여겨져야 하는가?

"나는 이 시를 예로서 그들에게 보여준 거야. 그런데 학생들이 학장에게 보고했단 말일세."

"당연히 그랬겠지." 버나드가 말했다. "그것은 수면시 교육에 완전히 위배되는 글이니까. 기억하지? 고독은 금물이라고 적어도 이십 오만 번은 듣지 않았나?"

"알고 있어. 난 다만 그것의 효과가 어떤지 보고 싶었던 거야."

"이제 결과를 알았지!"

헬름홀츠는 웃을 뿐이었다. 잠시 침묵을 지킨 후 그가 말했다. "이제 써야 할 그 무엇이 생긴 기분이야. 내 속에 잠재해 있다고 느껴지는 그 힘을 사용할 수 있다는 기분이 들어. 어떤 것이 나에게 오고 있는 기분이야."

모든 역경에도 불구하고 그는 무척 행복해 보이는군 하고 버나드는 생각했다.

헬름홀츠와 야만인은 만나자마자 곧 친해졌다. 너무 다정했기 때문에 버나드는 날카로운 질투심을 느꼈다. 여러 주일이 지났지만 그는 헬름홀츠가 즉각적으로 달성한 그 친밀한 관계를 존과 가질 수 없었던 것이다. 그들을 바라보든가 그들의 대화에 귀를 기울이고 있을 때, 버나드는 때로 그들을 만나게 하지 말 것을 하는 후회감이 치밀어 오르는 것을 느꼈다. 그는 자신의 질투심을 부끄럽게 생각했다. 그리하여 그런 생각을 억제하려는 의지의 노력도 하고 때로는 그런 감정에서 벗어나기 위해 소마를 먹었다. 그러나 그러한 노력도 별 효과가 없었다. 소마 휴일 사이에는 어쩔 수 없는 간격이 있기 마련이었다. 그런 시간에는 그 지긋지긋한 감정이 되살아나곤 했다.

야만인과 세 번째 만나던 날 헬름홀츠는 고독에 관한 자신의 시를 낭송했다.

"어떻게 생각하십니까?" 전부를 읊고 나서 그가 물었다.

야만인은 머리를 저었다. "자, 이걸 들어 보십시오" 하고 그는 대답했다. 그러고는 서랍을 열고 쥐가 갉아먹은 책을 펴더니 읽었다.

요란하게 노래하는 새로 하여금
외롭게 서 있는 아라비아의 나무 위에
슬픈 전령이 되어 나팔을 불게 하라…….
——셰익스피어,《불사조와 비둘기》 중에서

헬름홀츠는 경청하는 동안 점점 흥분했다. "외롭게 서 있는 아라비아의 나무"라는 말에 그는 놀랐다. "너 외치는 전령아"라는 대목에 와서는 유쾌함을 느껴 미소를 지었다. "포악한 날개를 가진 못새들"이라는 대목에 이르자 피가 얼굴로 역류하고 있었다. 그러나 "장송곡"이라는 표현에 이르자 그는 창백해지며 이제까지 경험한 적이 없는 감동을 느껴 몸을 떨었다. 야만인은 읽기를 계속했다.

소유는 이처럼 위협받으며
자아는 이미 전과 같은 것이 아니며
단 한 개의 사물에 이중의 이름이 붙여졌지만
그것은 둘도 아니며 하나도 아니다.

자체가 혼란을 일으킨 이성은

개별적인 것이 합일을 이루는 모습을 용인한다.
——셰익스피어,《불사조와 비둘기》중에서

"자가자가 장, 자가자가 장!" 하고 버나드는 큰 소리로 불쾌해 마지 않는 웃음을 터뜨리며 낭독을 방해했다. "흡사 단결예배의 찬가 같군."

그들이 버나드에 대한 친밀감보다 서로의 친밀감이 더욱 다져지고 있었기 때문에 버나드는 이 두 친구에게 복수를 감행하고 있는 것이었다.

그로부터 두세 번 그들이 만나는 동안 버나드는 이러한 어쭙잖은 복수행위를 되풀이했다. 그것은 매우 간단했으며, 헬름홀츠와 야만인은 자기들이 애창하는 주옥같은 시가 이처럼 산산조각으로 모독되는 것에 견딜 수 없는 고통을 느끼고 있었기 때문에 이러한 복수행위는 효과가 컸다. 마침내 다시 방해하면 그를 방에서 쫓아내겠다고 헬름홀츠가 위협했다. 그러나 이상하게도 가장 치욕적인 방해는 다름아닌 헬름홀츠 자신이 행한 방해였다.

야만인은《로미오와 줄리엣》을 낭독하고 있었다——그는 항상 자신이 로미오이고 레니나를 줄리엣으로 상상하고 있었다. 그래서 그는 이것을 읽을 때 강렬했지만 떨리는 음성으로 읽고 있었다. 헬름홀츠는 애인들이 처음 만나는 장면에 당혹감을 느끼면서도 흥미 있는 태도로 경청했다. 과수원 장면은 그 시적인 정취로 그를 기쁘게 했다. 그러나 그곳에 표현된 감정은 그의 얼굴에 미소를 피어오르게 했다. 여자를 소유한다는 것을 가지고 이러한 감정에 빠진다는 것이 좀 우스꽝스럽게 느껴졌다. 그러나 단어 하나하나를 자세히 생각해 볼 때 그것은 정서과학의 놀라운 걸작이었다.

"그 늙은이에 비하면 우리들이 자랑하는 일류 선전기사들은 완전한 얼간이같이 보이는군" 헬름홀츠가 말했다.

야만인은 의기양양한 미소를 짓고 계속 읽어내려갔다. 3막의 마지막 장에서 캐플릿과 그의 부인이 줄리엣더러 패리스와 결혼하라고 윽박지르는 장면에 이르기까지는 아무 일 없이 잘 진행되었다. 헬름홀츠는 그 장면의 시작부터 끝까지 안절부절하는 것이었다. 이윽고 야만인의 슬픈 어조는 줄리엣이 외치는 장면에 이르렀다.

구름 속에는 내 슬픔의 바닥을
들여다보는 자비란 없는 것일까?
오, 사랑하는 어머님, 저를 내쫓지 마세요.
이 결혼을 한 달, 아니 한 주일만
연기시키세요.
아니면 신방일랑
티발트가 잠자고 있는

어두운 묘지 속에 꾸며 주세요.
——《로미오와 줄리엣》 3막 5장 중에서

줄리엣의 이 대사에 헬름홀츠는 도저히 참을 수 없다는 듯이 웃음보를 터뜨렸다.

어머니와 아버지(이건 정말 기괴한 음담패설이다!)가 딸이 원하지도 않는 어떤 남자와의 결혼을 강요하다니! 자기가 더 좋아하는 (하여튼 그 당시에) 다른 남자가 있다고 말하지 못하는 백치 같은 딸! 이 장면은 바보 같은 모순투성이였기 때문에 어쩔 수 없이 희극적이었다. 그는 초인적인 노력으로 치밀어오르는 웃음을 그럭저럭 억제했던 것이다. 그러나 (야만인이 고통을 담은 떨리는 음성으로) "사랑하는 어머님"이라는 말과, 죽어서 누워 있을 뿐 화장(火葬)은 고사하고 인(燐)을 사용하지 않고 낭비하는 티볼트의 이야기에 이르자, 그는 더 이상 참을 수가 없었다. 그는 눈물이 나도록 웃고 또 웃었다——아니 그칠 줄 모르고 그가 웃자 야만인은 굴욕감으로 창백해져서 책 너머로 그를 응시했다. 그런데도 웃음을 그치지 않자 그는 화가 나서 책을 덮더니 일어나서 돼지에게서 진주를 치워버리는 사람의 태도로 그 책을 서랍에 넣고 잠갔다.

"하지만" 하고 사과할 수 있을 정도로 호흡을 회복한 헬름홀츠는 자신의 설명을 들어 보라고 야만인을 달랬다.

"나도 그와 같이 우습고 광적인 장면이 필요하다는 것을 알고 있어요. 그런 것을 제외하고는 좋은 글을 쓸 수 없습니다. 그 늙은 작가는 어째서 그처럼 훌륭한 선전기사가 되었을까? 그것은 흥분을 자아낼 수 있는 광적인 요소와 가슴을 파고드는 요소가 있었기 때문일 겁니다. 고통과 분노를 느껴야 합니다. 그렇지 않으면 X광선처럼 예리하게 마음을 투시하는 훌륭한 글을 생각해낼 수 없는 것입니다. 하지만 아버지와 어머니 따위는!" 하고 그는 머리를 저었다.

"나로서는 아버지와 어머니라는 말을 듣고는 얼굴을 똑바로 들고 있을 수는 없었습니다. 남자가 여자를 차지한다든가 못 차지한다든가 하는 것에는 아무도 흥분하지 않을 겁니다."

야만인은 몸을 움찔했다. 그러나 시무룩하게 바닥을 응시하는 헬름홀츠는 그것을 눈치채지 못했다.

"아니" 하고 헬름홀츠는 한숨을 지으며 결론을 내렸다. "아니, 그건 안 되지. 우리는 다른 종류의 광증과 광란이 필요해. 하지만 어떤 광증이란 말인가? 어디서 그것을 발견할 수 있을까?"

그는 입을 다물었다가 다시 고개를 저으며 "나도 몰라. 도저히 모르겠군" 하고 말을 맺었다.

13

헨리 포스터가 태아저장실의 어스름한 빛 속에서 모습을
나타냈다.

"오늘 저녁 촉감영화 보러 가겠어?"

레니나는 아무 말없이 고개를 흔들었다.

"다른 사람하고 나갈 계획이라도?"

그는 그의 친구들 중의 누가 누구의 소유가 되고 있는
가에 관심이 컸다.

"베니토하고?" 그가 물었다.

그녀는 다시 고개를 저었다.

헨리는 충혈된 눈 속에 피로감이 감돌고, 결핵성 부스럼
이 깔린 얼굴빛은 창백하고, 미소를 잃은 주홍빛 입가에
는 수심마저 서린 그녀의 모습을 목격했다.

"몸이 좋지 않은 모양이지?"

그녀가 아직도 퇴치되지 않은 몇몇 전염병의 한 가지에

걸리지나 않았나 해서 헨리는 약간 걱정스럽게 물었다.

그러나 레니나는 다시 고개를 저었다.

"여하튼 가서 의사의 진찰을 받아 봐." 헨리가 말했다. "하루 한 번씩의 의사의 진료는 짐잼병*을 일소하니까."

어깨를 툭 치며 수면시 교육의 격언을 상대방에게 절실히 주입시키며 그는 명랑하게 말했다.

"혹시 임신대용약을 복용할 필요가 있는지도 모르지" 하고 그가 제의했다.

"그렇지 않으면 초강력 격정대용약이 필요한지도 모르지. 저 말야, 표준대용약으로는 전혀 효과를……."

"제발!" 그녀는 완강했던 침묵을 깨고 말했다. "입 좀 닥치세요!" 그녀는 방치해 놓았던 태아 쪽으로 몸을 돌렸다.

격정대용약이라고! 지금이라도 울고 싶은 기분만 아니었다면 그녀는 웃음을 터뜨렸을 것이다. 격정대용약을 충분히 먹지 않았는 줄 아나 보지! 그녀는 주사기에 약을 채우면서 깊은 한숨을 내쉬었다. "존!" 하고 레니나는 혼자서 중얼거렸다.

"존……" 하고 다시 부르다가 "어머! 이걸 어쩌지! 이 태아에게 잠자는 주사약을 주입했는지 모르겠군." 도무지 주사했는지 안 했는지 기억할 수가 없었다. 결국 두 번 주

* 알코올 중독에 의한 강한 의식불명 증세

287

사액을 주입시킬 위험을 무릅쓰지 않기로 결심하고 다음에 연이어 오는 병으로 옮겨갔다.

이 시점으로부터 22년 8개월 하고 4일이 되는 날, 므완자-므완자의 전도 유망한 알파 마이너스의 청년 행정관이 잠자는 병에 걸려 죽게 될 것이다──50여 년 만에 처음 있는 일일 것이다. 그런 상상을 하던 레니나는 한숨을 쉬면서 일을 계속했다.

한 시간 후 탈의실에서 패니가 맹렬히 비난하고 있었다.

"너 그런 기분이 되다니 정말 바보 같구나. 정말 바보짓이야." 그녀가 반복했다. "무엇 때문이지? 남자 때문 아니니? 한 남자쯤 가지구……."

"하지만 그는 내가 원하는 남자야."

"이 세상에 있는 수백만 명의 다른 남자들은 아무것도 아니라는 투로구나."

"나는 그들을 원하지 않아."

"해보지도 않고 원하는지 원하지 않는지 네가 어떻게 아니?"

"해봤어."

"몇 명이나?" 멸시적으로 어깨를 추썩이며 패니가 물었다. "한 명? 두 명?"

"수십 명. 하지만." 그녀는 고개를 저었다. "모두 소용없어." 레니나가 말했다.

"끈기 있게 참아 봐." 패니가 격언을 말하듯 타일렀다.
그러나 자신이 내린 처방에 대한 자신감 역시 흔들리는
것이 분명했다.

"참지 않고 이룩되는 것은 없어."

"하지만 그동안은……."

"그 사람을 생각하지 말아야지."

"어쩔 수 없이 생각이 나는데?"

"그럼 소마를 먹어."

"먹고 있다니까."

"계속 먹어."

"그렇지만 소마를 먹는 간간이 그 사람이 그리워. 언제
까지고 그 남자가 좋은걸."

"그래? 그렇다면." 패니는 결단을 내리듯 말했다. "가서
그를 차지해. 그 사람이 좋아하든 안 하든 무슨 상관 있니?"

"넌 그 사람이 얼마나 이상한 남자인지 몰라서 하는 말
이야."

"그러니까 더욱 확실한 방법을 택해야지."

"말로는 쉽지."

"바보 같은 이야기는 걷어치워. 행동으로 하는 거야."

패니의 목소리는 나팔처럼 울렸다. 사춘기의 베타 마이
너스 계급에게 저녁 연설을 하는 YWFA의 강연자 같았다.
"행동으로 옮겨──당장에 말야. 자, 지금이야."

"난 겁이 나."

레니나가 말했다.

"우선 반 그램의 소마를 먹으면 되는 거야. 난 이제 목욕이나 하겠어." 패니는 타월을 끌며 목욕탕으로 갔다.

초인종이 울렸다. 야만인은 더 이상 자신의 비밀을 뒤로 연기할 수 없는 처지여서, 레니나에 관한 자신의 감정을 헬름홀츠에게 털어놓기로 결심하고 헬름홀츠가 오후에 방문하기를 초조하게 기다리고 있는 참이었다. 벨소리에 그는 벌떡 일어나서 문으로 갔다.

"헬름홀츠, 자네가 올 것이라는 예감이 들더군" 하고 그는 문을 열며 외쳤다.

그런데 문에는 하얀 인조 공단으로 된 세일러복을 입고 둥글고 흰 모자를 왼쪽 귀에 비껴 쓴 레니나가 서 있었다.

"오!"

야만인은 누군가에게 강타를 얻어맞은 것처럼 비명을 질렀다.

반 그램의 소마는 레니나의 공포심과 당황을 잊게 하기에 족했다.

"안녕하세요, 존." 그녀는 미소를 지으며 인사하고는 존 앞을 지나쳐 방 안으로 먼저 걸어 들어갔다. 존은 자동적으로 문을 닫고 그녀의 뒤를 따라왔다. 레니나가 앉았다.

긴 침묵이 흘렀다.

"존, 저를 보고도 별로 반가워하는 것 같지 않군요." 마침내 레니나가 말했다.

"기뻐하지 않는다고?"

야만인은 나무라듯 그녀를 바라보았다. 그러다가 갑자기 그는 그녀 앞에 무릎을 꿇고 그녀의 손을 잡더니 정중한 키스를 손 위에다 했다.

"기뻐하지 않는다고요? 아아, 정말 당신이 내 마음을 아신다면……." 그는 속삭였다.

그러고는 용기를 내어 고개를 들어 레니나를 올려다보았다.

"사모하는 레니나! 사모의 극치, 이 세상의 어떤 보물보다 귀중한 그대여" 하고 그가 말을 계속했다.

레니나는 속으로는 그러한 찬사가 싫었지만 그런 감정을 억누르고 감미롭게 미소를 보냈다.

"오, 완전무결한 그대여!"

그녀는 입술을 앞세우고 그에게로 몸을 기울였다.

"완전무결하고 더 이상 견줄 대상이 없는 그대는."

레니나의 입술이 점점 가까워지고 있었다.

"만물의 가장 좋은 점만을 모아 창조한 그대."

입술이 더욱 가까이 왔다. 야만인은 갑자기 벌떡 일어섰다.

"그래서." 야만인은 눈길을 피하며 말했다. "나는 먼저 무엇인가를 하고 싶었습니다……. 내가 당신을 가질 자격이 있는 남자임을 보여주고 싶었다는 말입니다. 앞으로도 도저히 그런 자격을 얻을 수 없을 겁니다. 하지만 여하튼 전혀 자격이 없지는 않다는 것을 보여주고 싶었습니다. 그래서 무엇인가를 하고 싶었습니다."

"도대체 그런 것이 어째서 필요하다고 생각……." 레니나는 말을 꺼냈다가 중도에서 멈췄다. 그녀의 음성에는 분개한 기색이 있었다. 입술을 벌리고 앞으로 몸을 기울였는데——둔한 바보처럼 벌떡 일어나 물러나는 바람에 전혀 기댈 상대가 없어지다니——아무리 혈관 속에 반 그램의 소마가 회전하고 있다 하더라도 화가 나는 것은 당연한 이치가 아닌가!

"멜파이스에서는" 하고 야만인은 엉뚱한 소리를 중얼거리고 있었다. "어떤 여자와 결혼하고 싶으면 남자는 들사자의 가죽을 가져와야 합니다. 사자가 아니면 늑대라도 가져와야 합니다."

"영국에는 사자가 없는걸요." 레니나는 거의 쏘아붙이듯 말했다.

"혹시 있다 해도." 야만인은 갑자기 멸시가 섞인 분노의 어조로 말했다. "사람들이 헬리콥터를 타고 독가스 같은 것을 사용하여 죽일 겁니다. 레니나, 나는 그렇게 하지 않을 겁니다."

그는 어깨를 펴면서 다시 용기를 내어 그녀를 바라보았다. 그러나 영문을 모르겠다는 의아한 레니나의 눈초리를 접하자 그는 당황했다.

"나는 무슨 일이든 하겠습니다." 점점 더 수수께끼 같은 소리를 계속하고 있었다.

"당신이 명령하는 어떤 일이든 하겠습니다. '어떤 놀이에도 고통은 따르기 마련'——그렇지 않습니까? '고통은 기쁨을 수반하는 것." 지금 나의 심정은 바로 그러한 것입니다. 당신이 원한다면 마룻바닥을 청소하겠습니다."

"하지만 여기에는 진공청소기가 있어요. 그런 것은 필요 없어요." 레니나가 당황해서 말했다.

"물론 필요 없을 겁니다. 그러나 비천한 일도 고귀한 마음으로 행해질 수 있습니다. 나는 무언가 고귀한 마음으로 하고 싶습니다. 내 말을 알아들으시겠습니까?"

"진공청소기가 있는데……."

"그런 뜻이 아닙니다."

"그건 엡실론 세미 모론 계급이 하는 일이에요. 그런데 왜 하겠다는 거죠?" 그녀가 물었다.

"왜냐구요? 당신을 위해섭니다. 다만 입증해 보이고 싶은 것은……."

* 《템페스트》3막 1장 중에서

"그런데 진공청소기와 사자는 무슨 관계가 있길래……."

"보여드리고 싶은 것은……."

"나를 만나서 기쁜 것하고 사자가 도대체 무슨 관계가……." 그녀는 점점 화가 치밀어올랐다.

"레니나, 내가 당신을 얼마나 사랑하고 있는가를 입증하기 위해서입니다." 그는 거의 필사적으로 발언했다.

놀란 혈액의 격류를 나타내듯 레니나의 볼이 빨갛게 물들었다.

"존, 당신 진정으로 말씀하시는 거예요?"

"실은 입 밖에 내지 않으려고 했었습니다." 야만인은 괴로움을 참듯 양손을 합장하며 외쳤다.

"레니나, 내 말을 들어 봐요. 때가 올 때까지……. 아니, 맬파이스에서는 사람들이 결혼을 하니까요."

"무엇을 한다고요?" 다시 그녀의 음성에 분개한 기색이 감돌았다. 도대체 이 남자는 무슨 이야기하는 것일까?

"영원히 말입니다. 영원히 함께 살자는 약속을 합니다."

"어머! 끔찍한 일이군요!" 레니나는 진정으로 충격을 느꼈다.

"용모의 아름다움이 쇠진되어도, 마음은 피의 쇠퇴보다 빨리 젊어지는 것.*"

* 《트로일로스와 크레시다》 3막 2장 중에서

"뭐라구요?"

"셰익스피어의 작품 속에서도 사정은 비슷하더군요. '신성한 혼례의식을 거행하기 전에 그녀의 처녀대를 끄른 다면……'"*

"존, 제발 이치에 닿는 말 좀 하세요. 당신의 말을 한마 디도 알아들을 수 없군요. 처음에는 진공청소기가 나오더 니 이제 처녀대가 나오는군요. 당신은 저를 미치게 만들 고 있어요."

그녀는 벌떡 일어나서 존이 자기로부터 정신으로 뿐만 아니라 육체적으로 멀어져 달아날까 봐 두려워하듯 존의 팔목을 잡았다.

"이 질문에 대답해 주세요. 진정으로 저를 좋아하세요?"

잠시 침묵이 흘렀다. 이윽고 낮은 목소리로 그가 말했다.

"이 세상 그 무엇보다도 당신을 사랑합니다."

"그러면 왜 그렇다고 말하지 않으셨지요?" 그녀가 외쳤 다. 그러나 그녀는 화가 극도로 치밀어올라 자신의 날카 로운 손톱으로 그의 손목을 힘껏 찔렀다. "처녀대니 사자 니 하는 엉뚱한 소리로 나를 몇 주일 동안이나 비참하게 만들지 말고 애당초 그렇게 말해야지요."

그녀는 그의 손을 화난 듯이 뿌리치며 놓아주었다.

* 《템페스트》4막 1장 중에서

"만약 이렇게 당신을 좋아하지 않는다면 전 당신에게 노발대발했을 거예요"하고 그녀가 말했다.

다음 순간 그녀는 별안간 양팔로 그의 목을 끌어안았다. 그녀의 입술이 부드럽게 자신의 입술에 와 닿는 것을 존은 느꼈다. 감미롭도록 부드럽게 매우 따뜻하고 전류가 통하는 기분이어서 그는 '헬리콥터 속에서의 3주일'에서 본 포옹을 상기하지 않을 수 없었다. 우우! 우우! 입체적인 금발 미녀, 아아! 실물을 능가하는 검둥이! 공포, 공포……. 그는 그녀로부터 벗어나려고 노력했다. 그러나 레니나는 더욱 힘껏 포옹한 팔을 조였다.

"왜 그렇게 이야기하지 않았죠?"

그녀는 그를 보기 위해 고개를 뒤로 젖히며 속삭였다. 그녀의 눈에는 부드러운 질책의 빛이 감돌고 있었다.

"캄캄한 동굴, 더없이 알맞은 장소."

양심의 소리가 시적으로 외치고 있었다.

"우리의 사악한 정신이 아무리 강한 유혹의 손길을 뻗칠지라도 나의 정조는 음탕함으로 용해되지 않으리.* 결코! 결코!"하고 존은 다짐했다.

"바보 같은 사람! 난 당신을 그처럼 원하고 있는데……. 당신도 나를 원하고 있다면 왜 그렇게……."

* 《템페스트》 4막 1장 중에서

"하지만 레니나……" 하고 그는 항의하기 시작했다.

그러자 그녀는 급히 팔을 풀고 그로부터 떨어져 나갔기 때문에 존은 순간 그녀가 무언의 항의를 받아들여 주는구나 하고 생각했다. 그러나 그녀가 하얀 맬서스의 허리띠를 풀어 그것을 의자의 등받이에 조심조심 걸어 놓고 있을 때 자신의 판단이 틀렸다는 것을 깨달았다.

"레니나!" 그는 걱정스럽게 반복했다.

그녀는 손을 목으로 가져가더니 수직으로 길게 잡아내렸다. 그녀의 하얀 세일러복을 닮은 블라우스가 끝단까지 양쪽으로 벌어졌다. 의심에 불과했던 것이 너무나, 이건 너무나 확실한 현실로 응고되고 있었다.

"레니나, 지금 무얼 하고 있는 겁니까?"

지익 지익! 그녀는 말로 대답하지 않았다. 그녀는 판탈롱 바지를 벗어던진 채 걸어나왔다. 그녀의 지퍼가 달린 속옷은 엷은 핑크빛이었다. 공동체 성가당 대주교가 준 T형 지퍼 고리장식이 그녀의 가슴에 매달려 있었다.

"'창살'로부터 남자의 눈을 매혹시키는 저 젖꼭지는…….'"*

음악과 같고 천둥치는 것 같은 마술적인 언어는 그녀를 더욱 위험스러운 존재로 보이게 하면서 동시에 매혹의

---

* 가슴장식

** 《아테네의 타이몬》 4막 3장 중에서

강도를 배가시키고 있었다. 보드라우면서 관통하듯 꿰뚫는 것! 이성을 파고들어 결심에다 구멍을 내는 것이었다.

"아무리 강한 맹세도 타오르는 피 앞에서는 지푸라기에 불과하다. 더욱 절제하지 않으면……."*

주욱! 둥글게 부풀어오른 핑크빛 속옷이 사과가 두 쪽으로 갈라지듯 가운데가 열렸다. 두 팔이 꿈틀거리고 오른쪽 다리가 먼저 들리고 다시 왼쪽 다리가 들렸다. 그리하여 지퍼가 달린 속옷은 마침내 바닥에 흘러내려, 생명을 잃은 정물처럼, 아니 공기가 빠진 튜브처럼 놓여 있었다.

아직 구두와 양말은 벗지 않고 하얗고 둥근 모자를 기우뚱하게 비껴 쓴 채 그녀는 존에게 접근했다.

"오, 내 사랑, 내 사랑! 처음부터 그렇게 말씀하시지!" 하고 그녀는 팔을 내밀었다.

그러나 다정한 "내 사랑!"이라는 말로 응답하는 것도 아니고 팔도 내밀지 않은 채 야만인은 공포에 사로잡혀, 마치 위험한 동물이 침입하기라도 한 듯 그 동물을 쫓아내려는 동작으로 양손을 휘저으며 뒷걸음쳤다. 네 발자국을 후퇴하자 더 이상 후퇴할 수 없는 벽에 부딪쳤다.

"사랑하는……." 레니나는 말하고 그의 어깨에 양손을 얹고 그에게 매달렸다.

* 《템페스트》 4막 1장 중에서

"저를 안으세요." 그녀가 명령했다.

"기절할 때까지 안아 줘요."

그녀는 자유자재로 인용할 수 있는 시구와 음악이 되고 주문이 되고 북소리가 되는 언어들을 알고 있었다.

"키스해 주세요." 그녀는 눈을 감고 있었고 목소리는 잠 속에서 중얼거림으로 약화되고 있었다.

"기절할 때까지 키스해 줘요. 오! 내 사랑, 안아 주세요. 아늑하게⋯⋯."

야만인은 그녀의 팔목을 잡더니 어깨를 잡았던 그녀의 손을 풀고 팔을 뻗어 그녀를 거칠게 밀었다.

"오! 아파요! 당신은 나를⋯⋯. 오!" 그녀는 갑자기 입을 다물었다. 공포로 인하여 고통도 잊은 상태였다. 눈을 떴을 때 그의 얼굴이 보였다――아니, 이것은 그의 얼굴이 아니었다. 전혀 낯선 인간의 창백하게 일그러진 얼굴이었다. 형언할 수 없는 미친 듯한 분노로 경련하는 얼굴이었다.

"존, 왜 그러는 거죠?" 그녀가 속삭였다.

그는 대답하지 않고 그냥 광기 어린 눈으로 그녀의 얼굴을 뚫어져라 노려보고 있었다. 그녀의 팔목을 잡은 그의 손은 떨리고 있었다. 그의 호흡은 깊었고 불규칙했다. 거의 들리지 않을 정도였지만 공포스럽게도 존이 이를 가는 소리가 갑자기 들려왔다.

"도대체 왜 그러세요?" 그녀는 고함치듯 말했다.

그러자 그녀의 고함소리에 정신이 든 듯 그는 그녀의 어깨를 쥐고 흔들었다. "창녀!" 그가 외치고 있었다. "창녀! 파렴치한 매춘부!"

"그만! 그만하세요!" 그가 흔들고 있었기 때문에 기이하게 떨리는 음성으로 그녀가 항의했다.

"매춘부!"

"제발!"

"뻔뻔스런 매춘부 같으니!"

"일 그램의…… 소마 일 그램을 먹는 편이 좋겠어요……." 그녀가 말하기 시작했다.

그러나 야만인이 어찌나 심하게 밀어내었던지 그녀는 비틀거리다가 쓰러졌다.

"나가!" 그녀를 위협적으로 내려다보면서 그가 외쳤다.

"내 눈 앞에서 꺼져! 안 꺼지면 죽일 테다!" 그는 주먹을 불끈 쥐었다.

레니나는 팔을 들어 얼굴을 가렸다.

"존, 제발 그러지 말아요."

"빨리 나가! 당장!"

한쪽 팔을 그냥 치켜든 채 그녀는 존의 일거수일투족을 겁에 질린 눈매로 살피면서 슬그머니 일어나기 시작했다. 그러나 여전히 얼굴을 가리고 쪼그린 자세로 욕실로 달려갔다.

그녀의 따귀를 때리는 요란한 소리는 권총 발사에서 뒤

이은 소리 같았다.

"아이쿠!" 레니나는 앞으로 돌진했다.

욕실에 들어와 문을 걸어 잠그고 나자 그녀는 상처를 점검할 여유가 있었다. 등을 거울로 향하고 그녀는 고개를 비틀었다. 왼쪽 어깨를 내려다보았을 때 그녀의 진주 같은 살결 위에 진홍빛손자국이 뚜렷하게 찍혀 있었다. 그녀는 조심스럽게 상처를 손으로 비볐다.

밖의 별실에서는 야만인이 마술적인 언어가 빚는 북소리와 음악소리에 맞춰 방 안을 이리저리 왔다갔다 하고 있었다.

'굴뚝새도 그짓을 하고 조그만 똥파리도 내 눈앞에서 음탕한 짓을 저지르는도다' 하는 소리가 그의 고막을 미치도록 울리고 있었다. '암내 나는 고양이나 포식한 말조차도 이보다 방만한 육욕으로 음탕한 짓은 안 하리라. 허리 위는 여자지만 허리 밑은 반인반마인 저들. 허리띠까지는 신에게서 물려받았고 그 밑은 악마의 것. 지옥이 있고 어둠이 깔리고 유황이 끓는 웅덩이가 있고 타오르며 악취를 발산하는 자기 소멸이 있을 뿐……. 더러워, 아 더러워! 퉤! 퉤! 여보 약장수, 내 기분을 돌려줄 사향을 일 온스만 가져오게.'

* 《리어왕》4막 6장 중에서

"존!"

욕실로부터 상대방의 비위를 맞추려는 상냥한 음성이 가늘게 울려왔다.

"존!"

"오, 그대는 독초. 색깔과 향기가 너무도 아름다워 그대의 모습에 나의 오감이 병들도다. 이 훌륭한 서적은 그 위에 '창녀'라는 표제를 붙이기 위해 씌어졌을까? 하늘도 그것 앞에서 코를 막고……."*

그러나 그녀의 향수는 아직도 그의 몸을 에워싼 채 감돌고 있었고 그의 윗도리는 레니나의 매끈한 육체에 향료로 칠했던 분가루가 옮겨져 허옇게 되어 있었다.

"파렴치한 매춘부, 파렴치한 매춘부, 파렴치한 매춘부."

지울 수 없는 리듬이 울려오고 있었다.

"파렴치한……."

"존, 옷 좀 주시겠어요?"

그는 판탈롱 바지와 블라우스와 속옷을 집어 올렸다.

"열어!" 그는 문을 발로 차며 명령했다.

"안 돼요. 싫어요." 그녀의 음성은 겁에 질린 듯했지만 저항적이었다.

"그러면 내가 이것을 어떻게 넣어 주지?"

* 《오셀로》 4막 2장 중에서

"문 위에 있는 통풍구멍으로 밀어넣으세요."

그는 그녀가 시키는 대로 하고 나서 다시 불안한 걸음 걸이로 방을 왔다갔다 했다.

"파렴치한 매춘부, 파렴치한 매춘부, 살이 찐 엉덩이와 두툼한 손가락을 가진 색욕의 악마가……."*

"존!"

그는 대답하지 않는다.

"살이 찐 엉덩이와 두툼한 손가락으로……."

"존."

"뭐야?" 그가 거칠게 물었다.

"미안하지만 피임대를 주시겠어요?"

레니나는 밖의 별실에서 들려오는 발자국 소리에 귀를 기울이고 앉아 언제까지 저렇게 왔다갔다 할 것인가를 생 각하고 있었다. 그가 아파트를 떠날 때까지 이곳에서 기 다려야 할 것인가, 아니면 그의 분노가 가라앉을 때까지 시간을 끌다가 욕실 문을 열고 뛰쳐 나갈 것인가를 생각 하고 있었다.

그녀의 이런저런 생각은 다른 방 쪽에서 울리는 전화 벨 소리로 방해를 받았다. 갑자기 그의 발자국 소리가 멎 었다. 야만인이 보이지 않는 상대편과 대화하는 것이 들

* 《트로일로스와 크레시다》 5막 2장 중에서

렸다.

"여보세요."

"……."

"그렇습니다."

"……."

"제 말이 들리지 않습니까? 제가 본인입니다."

"……."

"네? 누가 아프다구요? 물론 관심이 있습니다."

"……."

"하지만 어느 정도로 심합니까? 정말 그렇게 심각합니까? 제가 당장 가지요……."

"……."

"지금은 그녀의 방에 없다구요? 어디로 옮겼습니까?"

"……."

"맙소사! 주소가 어떻게 되지요?"

"……."

"공원가 3번지……. 맞습니까? 3번지라고 하셨죠? 고맙습니다."

수화기를 놓는 소리가 들리고 서두르는 발자국 소리가 요란하게 레니나의 귀에 들렸다. 문이 닫히고 있었다. 정적이 감돌고 있었다. 그가 이제 정말 갔을까?

아주 조심스럽게 레니나는 문을 빠끔히 열었다. 그리고

는 틈으로 내다보았다. 방은 텅 비어 있었다. 그래서 문을
더 열고 머리를 내밀었다. 급기야 살금살금 방으로 들어
왔다. 두근거리는 가슴을 억제하지 못한 채 여전히 귀를
곤두세운 채 잠시 방 안에 서 있었다. 그러다가 쏜살같이
앞문으로 달려가 문을 열고 밖으로 빠져나오자 다시 문을
닫고 줄행랑쳤다. 엘리베이터를 타고 아래로 움직이기 시
작했을 때야 비로소 그녀는 살아난 기분이었다.

14

공원가 3번지에 있는 위급환자병원은 미색 타일을 붙인 60층 빌딩이었다. 야만인이 택시콥터에서 내릴 때, 병원 옥상에서는 화려한 색깔로 장식된 영구 헬리콥터의 한 편대가 공원을 넘어 서쪽 화장터를 향해 날아가고 있었다. 그는 엘리베이터 입구에 서 있는 안내원이 가르쳐 주는 대로 17층 81호실(급성노쇠환자 수용실이라고 안내원이 설명했었다)로 내려갔다.

그곳은 햇빛과 노란색 페인트로 인해 무척 밝고 거대한 방이었다. 침대가 20개가 있었는데, 모두 환자로 가득 차 있었다. 린다는 다른 동료들과 마찬가지로 죽어가고 있었다 ─ 여럿이 함께, 그리고 현대적인 편의시설 속에서 죽어가고 있었다. 그곳의 공기는 경쾌한 인조음악으로 끊임없이 활기에 찬 기류를 생성하고 있었다. 각 침대의 발치에는 죽어가는 환자 쪽을 향해 텔레비전이 놓여 있었다. 텔레비전은 아침부터 밤까지 줄곧 방영되도록 스위치를 켜둔 채였다. 15분마다 방 안을 지배하는 향기가 자동적으로 변하고 있었다.

"여기서는" 야만인의 안내역을 맡은 간호사가 설명하기 시작했다. "완전하고 쾌적한 분위기를 만들려고 노력하고 있습니다. 제 말씀을 이해하실지 모르겠습니다만 일류 호텔과 촉감영화관의 중간에 해당하는 정도로 말입니다."

"린다는 어디 있습니까?" 야만인은 이러한 예의 바른 설명을 무시하면서 물었다.

간호사는 기분이 상했다.

"대단히 급하시군요." 그녀가 말했다.

"가망이 있습니까?" 그가 물었다.

"그녀가 죽지 않을 가망을 말씀하시나요?"

그가 고개를 끄덕였다.

"물론 그런 가망은 없습니다. 여기에 보내졌다 하면 전혀 가망은……."

이 말에 그의 얼굴에 절망의 빛이 감도는 것을 발견하고 놀란 간호사는 말을 급히 중단했다.

"여보세요, 무슨 일이라도 있습니까?" 그녀가 물었다.

방문객이 이런 창백한 표정을 짓는다는 것이 너무나 생소한 일이었던 것이다. (그렇다고 방문객이 많이 있었다는 말이 아니다. 도대체가 방문객이 많을 이유는 없었다.)

"어디 몸이 불편하십니까?"

야만인은 고개를 저었다.

"그녀는 나의 어머니입니다." 그는 들릴락말락한 소리로 말했다.

간호사는 놀라서 겁에 질린 눈으로 그를 힐끗 보았다. 그러고는 급히 시선을 피했다. 목에서 관자놀이까지 그녀의 얼굴은 새빨갛게 물들어 있었다.

"나를 그녀에게로 안내해 주십시오." 야만인은 평상적인 음성으로 되돌아가려고 애쓰며 말했다.

간호원은 여전히 얼굴을 붉힌 채 방 안으로 안내했다. 아직 탱탱하고 주름이 없는 얼굴들(노쇠가 너무 급히 진전되었기 때문에 심장과 두뇌에만 작용했을 뿐 아직 볼까지 늙게 할 여유가 없었다)이 그들이 지나칠 때 돌아보았다. 그들이 방 안을 걸어가는 모습을 제2의 유아기에 접어든 멍청하고 호기심을 잃은 눈들이 뒤쫓고 있었다. 야만인은 그것을 보면서 소름이 끼쳤다.

린다는 침대의 긴 대열에서 맨 마지막 침대, 그러니까 벽에 바짝 붙은 곳에 누워 있었다. 그녀는 베개에 몸을 기대고 남미 리만식 평면 테니스 선수권대회 준결승전을 관전하고 있었는데, 그것은 침대 밑의 텔레비전 모니터에 무성으로 축소 방영되고 있었다. 사각의 반들반들한 유리면 위에서 작은 인간들이 이리저리 소리 없이 뛰어다니고 있었다. 마치 그것은 수족관의 물고기 같았다——말없이 흥분하는 별세계의 주민들 같았다.

아무것도 모르는 채 린다는 멍청한 미소를 지으며 관전하고 있었다. 창백하게 부어오른 그녀의 얼굴에는 백치 같은 행복감마저 감돌고 있었다. 이따금 그녀의 눈은 감겼다. 잠시 동안 그녀는 조는 것처럼 보였다. 그러다가 놀란 듯 눈을 떴다——다시 테니스선수권대회의 수족관 광대춤이 보였고, "마취될 때까지 안아줘요, 내 사랑" 하는 슈퍼 음성 전자 오르간의 연주를 들었고 머리 위의 통풍구로부터 불어오는 버베나 향기를 호흡했다. 눈을 떠서 이러한 것에 탐닉한다기보다는 그런 것들이 그녀의 혈관 속에 흐르는 소마의 덕택으로 미화되고 변형되어 신기한 몽상의 세계를 이루었고 그녀는 어린애 같은 만족감에 사로잡혀 다시 한번 일그러지고 색이 바랜 미소를 머금는 것이었다.

"이제 저는 이만 실례하겠습니다" 하고 간호사가 말했다. "제가 담당한 아이들이 오기 때문에 가봐야겠습니다."

그녀는 방을 가리켰다.

"언제 눈을 감을지 모르지만……. 편히 계시다가 가세요." 그녀는 경쾌한 걸음으로 물러갔다.

야만인은 침대 곁에 앉았다.

"린다." 그는 그녀의 손을 잡으며 속삭였다.

자신을 부르는 소리에 그녀가 몸을 돌렸다. 그녀의 멍청한 눈이 그를 알아보고 환하게 빛났다. 그녀는 그의 손을 힘껏 쥐며 미소를 지었다. 그녀의 입술이 움직였다. 그러나 갑자기 그녀의 고개가 앞으로 떨어졌다. 그녀는 잠이 들어 버렸다. 그는 그녀를 응시하고 있었다 ──그 노쇠한 육체 속에서 무언가를 찾고 있었다. 맬파이스에서 어린 그를 들여다 보던 그 젊고 밝은 얼굴을 찾고 있었고 (이제 눈을 감으며) 그녀의 목소리와 거동과 함께 생활하는 가운데 일어났던 모든 추억을 회상하고 있었다. "스트렙토코크-지에서 밴버리-T까지……." 그녀의 노래는 정말 아름다웠다. 어렸을 때 그녀가 불러 주던 가락은 이상하게도 마법적이고 신비스러웠다.

A·B·C 비타민 D
지방은 간장에, 오징어는 바다에

이 노래의 가사와 그것을 반복하던 린다의 목소리를 회상하는 순간, 눈꺼풀 뒤로부터 뜨거운 눈물이 샘솟는 것을 느꼈다. 다음으로 읽기 연습을 가르치던 생각이 났다. '젖먹이는 병 속에 있습니다. 고양이는 매트 위에 있습니다.' 부화실에 근무하는 베타 계급을 위한 기초교육이 생각났다. 그다음으로 화롯가에서 보낸 긴긴밤, 작은 오두

막 지붕 위에서 보낸 여름밤, 야만인 보호구역 밖의 "별세계"에 관한 여러 가지 이야기를 그에게 들려주던 시간이 생각났다. 그 아름답디아름다운 별세계, 그것은 마치 천국에 대한 회상처럼 선과 미의 낙원 같았고 실재의 런던이나 문명화된 실제 남녀와의 접촉을 통해서도 더렵혀지지 않고 옛날 그대로 완전한 형체를 기억 속에 간직하고 있었다.

갑자기 요란한 목소리가 시끄럽게 왁자지껄 들렸기 때문에 그는 눈을 떴다. 급히 눈물을 닦고 나서 그는 돌아보았다. 똑같이 생긴 여덟 살 먹은 쌍둥이들이 그칠 줄 모르는 물결처럼 그 방으로 들어오고 있었다. 쌍둥이에 이어 다시 쌍둥이들이 계속 들어왔다. 악몽이었다. 그들의 얼굴, 같은 얼굴의 반복——그렇게 많은 아이들이 있었지만 얼굴은 한 가지뿐이었다——아이들은 강아지처럼 온통 콧구멍과 창백한 눈망울을 굴리며 사방을 뚫어지게 바라보고 있었다. 그들의 제복은 카키색이었다. 그들의 입은 모두 멀거니 열려 있었다. 와글와글하며 잡담으로 소음을 일으키면서 아이들이 들어왔다. 이윽고 병실은 구더기가 들끓는 것 같았다. 그들은 침대 사이로 몰려들어와 침대 위로 기어오르고 침대 밑으로 기어들고 텔레비전을 들여다보고 환자들을 향해 울상을 짓기도 했다.

린다의 모습은 그들을 놀라게 했다. 아니 오히려 경계심을 심어 주었다는 편이 정확할 것이다. 린다의 침대 밑에서 한떼의 아이들이 모여 서서 마치 영문을 모를 대상에 갑자기 접한 동물들처럼 놀라고 어리석은 호기심을 발하며 그녀를 응시했다.

"오, 저걸 봐!" 그들은 낮고 겁먹은 목소리로 말했다. "저 여자는 어째서 저럴까? 왜 저렇게 뚱뚱하지?"

그들은 린다와 같은 얼굴을 이제껏 본 적이 없었다. 젊음을 잃고 팽팽한 피부를 잃은 얼굴을 본 적이 없었다. 날씬하지도 않고 곧바르지 않은 육체를 본 적이 없었다. 죽어가고 있는 60대 여성들도 모두 앳된 소녀의 용모를 하고 있었다. 그것에 비하면 44세의 린다는 생기를 잃고 일그러진 노쇠의 화신 같았다.

"저 여자 무섭지? 저 이빨을 봐!" 아이들이 속삭이는 소리가 튀어나왔다.

갑자기 침대 밑으로부터 강아지처럼 생긴 쌍둥이가 존이 앉아 있는 의자와 벽 사이로부터 고개를 들고 나왔다. 그러고는 린다의 잠자는 얼굴을 들여다보기 시작했다.

"인마……." 존이 입을 열었다. 그러나 그의 말은 도중에서 잘리며 고함으로 변했다. 야만인은 그 아이의 목덜미를 잡고 의자 위로 끌어올리더니 날카롭게 따귀를 올려붙였다. 그러자 아이는 엉엉 울며 물러갔다.

그가 지르는 고함소리에 수간호사가 급히 구원의 손길

을 뻗치기 위해 달려왔다.

"아이에게 무슨 짓을 하고 있는 겁니까" 그녀가 강경하게 항의했다. "아이들을 때리다니 있을 수 없는 일이에요."

"그래요? 그렇다면 아이들이 이 침대 옆에 오지 못하도록 하시오." 야만인의 음성은 분노로 떨리고 있었다.

"도대체 저 지저분한 녀석들이 여기서 무엇을 하고 있는 겁니까? 불손하기 이를 데 없게."

"불손하다니요? 그게 무슨 말씀입니까? 아이들은 지금 죽음에 대한 조건반사 훈련을 받고 있는 겁니다. 경고해두겠습니다만……." 그녀는 단호하게 경고했다.

"이 훈련을 더 이상 방해하면 경비원들을 불러서 당신을 이곳에서 쫓아내겠어요."

야만인은 벌떡 일어서서 그녀를 향해 몇 발자국 다가갔다. 그의 동작과 얼굴에 나타난 표정이 너무나 위협적이었기 때문에 수간호사는 겁에 질려 뒤로 물러났다. 야만인은 간신히 격정을 억누르고 아무 말없이 다시 침대 곁에 앉았다.

안심은 되었지만 약간 불안한 위엄을 과시하며 "이제 경고했으니까 조심하세요" 하고 수간호사가 말했다. 그러면서도 그녀는 호기심이 왕성한 쌍둥이들을 데리고 그 자리를 떠나 저쪽 한 구석에서 그녀의 동료 간호사가 주관하는 지퍼찾기 놀이에 합류시켰다.

"자, 당신은 가서 카페인 용액을 한 잔 마시고 오세요" 하고 그녀는 다른 간호사에게 말했다. 이렇게 권위를 행사함으로써 그녀의 자신감은 회복되었다. 그리하여 그녀의 기분은 한결 나아졌다. "어린이 여러분!" 그녀가 아이들을 불렀다.

린다는 불편한 거동으로 몸을 움직이며 잠시 눈을 뜨고 사방을 희미하게 둘러보더니 다시 잠에 취했다. 그녀의 곁에 앉아 야만인은 조금 전에 떠올렸던 추억을 다시 맛보기 위해 열심히 노력했다. "A·B·C 비타민 D."——이 말이 죽어버린 과거를 다시 살려 놓는 주문인 것처럼 그는 속으로 반복했다. 그러나 그 주문은 효과가 없었다. 아름다운 추억은 되살아나기를 완강히 거부했다. 질투와 누추함과 비참한 장면만이 증오스럽게 부활하고 있었다. 칼을 맞은 어깨로부터 피를 뚝뚝 떨어뜨리는 포페. 흉칙한 모습으로 잠이 든 린다. 침대 옆 마루 바닥에 엎지른 메스칼 주위를 윙윙거리는 파리떼. 린다가 지나갈 때 온갖 별명을 부르며 놀려대던 아이들……. 아아, 틀렸어! 틀렸어! 그는 눈을 감고 이러한 쓰라린 기억을 강력히 거부하기 위해 고개를 내저었다. "A·B·C 비타민 D……." 어머니 린다의 무릎 위에 앉아 있던 시절, 린다가 그를 팔로 감싸안고 흔들어 주면서 계속 자장가를 부르며 잠재워 주던 시절을 회상하려고 애썼다. "A·B·C 비타민 D……."

슈퍼 음성 전자 오르간이 흐느끼며 크레센도로 치솟았다. 그러자 갑자기 방향 회전장치에서는 버베나 향기가 그치고 강렬한 박하 향기가 뿜어나왔다. 린다는 몸을 비척거리며 눈을 뜨더니 잠시 동안 멍하게 준결승전 실황을 응시했다. 그러고는 얼굴을 들고 새로운 향수로 대체된 공기를 한두 번 맡고는 갑자기 미소를 지었다. 황홀한 경지에 있는 어린아이의 미소였다.

"포페!" 그녀는 낮게 중얼거리며 눈을 감았다.

"정말 좋아요. 정말……." 그녀는 한숨을 지으며 다시 베개에 고개를 파묻었다.

"린다!" 야만인은 애원하듯 소리쳤다.

"나를 알아보지 못하겠어요?" 그는 열심히 최선을 다했던 것이다. 그런데 어째서 그녀는 그에게 잊을 기회를 허용하지 않는 것일까? 그는 린다의 흐물흐물한 손을 힘껏 쥐었다. 이 추잡한 쾌락의 꿈으로부터, 이 천박하고 증오스러운 추억으로부터 이 현실의 세계, 현재의 시간 속으로 강제로 끌어내고 싶었다——아연실색할 현재, 무서운 현실, 그러면서도 공포심을 재촉하는 긴박성 때문에 숭고하고 처절하도록 중대한 현재로 끌어내고 싶었다.

"린다, 나를 알아보지 못하겠어?"

그것에 응답하듯 린다의 손이 힘없이 그의 손을 누르는 것이 감지되었다. 눈물이 그의 눈 속에 고여왔다. 그는 린다 위로 몸을 굽혀 키스했다.

그녀의 입술이 움직였다.

"포페!" 그녀가 다시 속삭였다. 이것은 그의 얼굴에 끼얹어지는 물통의 오물같이 느껴졌다.

그의 내부에서 갑자기 분노가 들끓었다. 잠시 제지되었던 슬픔의 격정이 또 하나의 탈출구를 찾아 괴로운 분노의 격정으로 변했다.

"나는 존이란 말이에요!" 그가 외쳤다.

"존이란 말이에요!" 너무나 미칠 듯이 비참해서 그는 사실상 그녀의 어깨를 잡고 흔들었다.

린다는 눈을 껌벅이면서 떴다. 그녀는 그를 보더니 알아보았다.——"존!" 그러나 현실 속에서의 있는 그의 얼굴이나 현실 속에서의 강렬한 손을 상상의 세계에 위치한 것으로 생각하고 있었다. 그녀의 마음속의 박하 향기와 슈퍼 음성 전자 오르간에 해당되는 것 속에, 그녀의 꿈의 세계를 구성하는 변형된 추억이나 기이하게 변형된 감각영역에서 자리잡고 있는 것을 생각하고 있었다. 그녀는 그를 자신의 아들 존으로 알고는 있었지만 포페와 소마 휴일을 즐기는 그 천국 같은 맬파이스를 침범한 원흉으로 상상하고 있었다. 어머니가 포페를 좋아하기 때문에 그는 분노했고 지금 포페가 그녀의 침대 속에 있었기 때문에 그는 그녀의 몸을 뒤흔들고 있었다 —— 여기에는 무슨 잘못이 있기라도 한 것처럼, 문명인이라고 해서 모두가 똑같이 행동하지 않는 것처럼…… "만인은 만인의 소유물……." 그녀의 목소리는 갑자기 잦아들며 거의 들리지 않는 가래 끓는 소리로 변했다. 그녀의 입이 벌어졌다. 그녀는 폐에다 공기를 채우려고 필사적인 노력을 하고 있었다. 그러나 그녀는 호흡하는 법을 잊은 것 같았다. 그녀는 고함을 지르려고 노력했다. 그러나 소리가 나오지 않았다. 그녀의 허공을 응시하는 눈망울만이 그녀가 겪는 고통이 어떠한 것인지를 말해 주고 있었다. 그녀의 두 손이 그녀의 목으로 갔다. 그러고는 다시 그 손으로 공기를 할퀴고 있었다──그녀가 이제 호흡할 수 없는 공기, 그녀에겐 이제 존재하지 않는 공기를 할퀴고 있었다.

야만인은 일어나서 그녀에게 몸을 굽혔다.

"린다, 무슨 일이야? 무슨 일이야?" 그의 목소리는 애원하는 목소리였다. '제발 나를 안심시켜 줘' 하고 애원하는 것 같았다.

그를 향한 린다의 눈매는 말할 수 없는 공포로 가득 찬 것이었다. 공포와 질책이 담긴 눈매라고 존은 생각했다. 그녀는 침대로부터 몸을 일으키려고 노력했지만 다시 베개 위로 쓰러지고 말았다. 그녀의 얼굴은 무섭게 일그러지고 입술은 파랬다.

야만인은 몸을 돌려 병실을 달리고 있었다.

"빨리, 빨리!" 그는 외쳤다.

"빨리!"

지퍼찾기 놀이를 하는 쌍둥이들이 늘어선 원 가운데에 섰던 수간호사가 돌아왔다. 처음에는 놀란 표정이었다가 곧 못마땅하다는 표정으로 바뀌고 있었다.

"고함치지 말아요! 어린 것들을 생각하세요." 그녀가 얼굴을 찡그리며 말했다.

"훈련의 효과가 무효로 되니까요……. 도대체 어쩌자는 거예요?"

그는 아이들의 대열을 밀치고 들어갔다.

"조심해!" 한 아이가 고함쳤다.

"빨리, 빨리!" 야만인은 수간호사의 옷소매를 잡고 끌어갔다. "빨리 와요. 일이 일어났어요. 내가 그녀를 죽였소."

그들이 방의 끝에 도달했을 때 린다는 죽어 있었다.

야만인은 일순간 얼어붙은 듯이 입을 다물고 있었다. 그러다가 그는 침대 곁에 무릎을 꿇더니 얼굴을 손으로 가리고 억제할 수 없는 오열을 터뜨리기 시작했다.

수간호사는 어찌할 바를 모르고 서서 침대 곁에 무릎 꿇은 인간(창피한 것 같으니!)에게 눈길을 돌렸다가 다시 지퍼찾기 놀이를 중단하고 (가엾게도!) 한쪽 구석에 서서 지금 20호 침대 주변에서 연출되는 충격적인 장면을 눈과 콧구멍을 들고 빤히 들여다보는 쌍둥이들을 보았다. 이 사내에게 말을 걸어야 한단 말인가? 점잖게 굴라고 말해야 될까? 여기가 어디라는 것을 상기시켜야 될까? 이 가엾은 어린이들에게 얼마나 큰 피해를 끼치고 있는가를 상기시켜야 되지 않을까? 죽음이란 무서운 어떤 것인 것처럼——이렇게 요란을 떨지 않으면 안 될 정도로 중요한 것처럼——불쾌한 울부짖음으로 인해 죽음에 대한 건전한 조건반사 훈련을 망쳐 놓다니! 이것은 죽음의 문제에 관한 대단히 비참한 개념을 아이들에게 심어 줄지 모른다. 아이들을 당황시켜 전적으로 그릇되고 전적으로 반사회적 반응을 일으키게 할지도 모른다.

그녀는 앞으로 걸어가서 그의 어깨를 건드렸다.

"점잖게 행동할 수 없어요?" 그녀는 나지막하고 화난 음성으로 말했다. 그러나 돌아보았을 때 대여섯 명의 쌍둥이들이 벌써 일어나서 병실의 통로를 따라 그리로 오고 있는 것이 보였다. 원은 지리멸렬 깨어졌다. 다음 순간……. 아니, 이건 너무 위험한 일이었다. 이 집단의 훈련이 6, 7개월 후퇴할지도 모른다. 그녀는 황급히 위험에 휩싸인 아이들에게로 돌아갔다.

"자, 초콜릿 에클레어를 원하는 사람 누구지?" 그녀는 크고 명랑한 소리로 물었다.

"저요!"

보카노프스키 집단 전체가 일제히 소리쳤다. 20호 침대는 완전히 망각되었다.

"오오, 하느님, 하느님, 하느님……." 야만인은 계속 속으로 반복하고 있었다. 그의 의식을 채우고 있는 슬픔과 회오의 소용돌이 속에서 그가 명확히 발음할 수 있는 말은 그 말밖에 없었다.

"하느님!" 그는 소리를 내어 부르짖었다. "하느님……."

"도대체 저 사람이 무슨 말을 하고 있지?"

슈퍼 음성 전자 오르간에서 나오는 지저귀는 소리를 통해, 아주 가까이에서 명료하고 날카로운 금속성 소리가 말하고 있었다.

야만인은 몹시 놀랐다. 그는 얼굴에서 손을 떼고 돌아보았다. 카키색 제복을 입은 다섯 명의 쌍둥이들이 각기 초콜릿 에클레어의 끝토막을 오른손에 들고 똑같은 얼굴에 녹은 초콜릿 얼룩을 여기저기 묻힌 채 한 줄로 늘어서서 강아지들처럼 그를 바라보고 있었다.

존의 눈과 마주치자 그들은 동시에 웃었다. 그중 한 명이 초콜릿 토막으로 지적했다.

"죽었나요?" 그가 물었다.

야만인은 잠시 아무 말없이 그들을 노려보았다. 그러고는 입을 다문 채 천천히 문 쪽으로 걸어갔다.

"죽었나요?" 호기심에 찬 쌍둥이가 야만인의 허리춤에 접근하여 물었다.

야만인은 쌍둥이를 내려다보았다. 그러다가 말없이 그 아이를 밀어젖혔다. 쌍둥이는 바닥에 넘어지며 금세 울기 시작했다. 야만인은 돌아보지도 않았다.

15

델타 계급 1백 62명은 공원가 위급환자병원의 직원으로 일하고 있었는데, 이들 중 84명은 붉은색 머리의 여자와 78명의 검은색 머리의 장두(長頭) 남자로 구분되어 있었다. 6시에 근무시간이 끝나면 이 두 개의 그룹은 병원 현관에 집합하여 부출납계장 대리로부터 소마를 배급받았다.

엘리베이터를 나온 야만인은 그들 가운데로 뛰어들게 되었다. 그러나 그의 생각은 다른 곳에 가 있었다——즉 죽음과 슬픔과 회오에 휩싸여 있었다. 자신이 지금 무엇을 하고 있는지 전혀 인식하지 못한 채, 기계적으로 군중들을 어깨로 밀치며 걸어가기 시작했다.

"떠밀고 있는 당신은 도대체 누구요? 어디로 가려는 겁니까?"

군중들 각각의 목구멍에서 발성되는 소리는 높은 음과 낮은 음, 악을 쓰는 소리와 웅얼대는 소리, 단 두 가지 음색밖에 없었다. 거울을 늘어 놓은 듯 반복되는 두 종류의 얼굴, 하나는 오렌지색의 달무리 같은 주근깨가 깔리고 수염도 나지 않은 얼굴이었고, 또 하나는 말라빠지고 새처럼 주둥이가 삐죽 나온데다 수염은 이틀쯤 깎지 않아 덥수룩한 얼굴이었다. 이 두 가지 얼굴들이 화가 나서 야만인을 바라보았다. 그들의 말이 고막을 자극하고 팔꿈치로 날카롭게 그의 늑골을 찔렀을 때 그는 겨우 제정신으로 돌아왔다. 그는 다시 외적인 현실에 눈을 뜨고 주위를 둘러보았다. 이제야 눈에 비친 것을 이해했다. 공포와 염증에 사로잡힌 채, 이것이 밤낮을 가리지 않고 반복되는 망상적인 광경, 악몽 같은 획일, 구별할 수 없는 닮은꼴들의 군집이라는 것을 깨달았다. 쌍둥이들, 쌍둥이들……. 구더기들처럼 그들은 린다의 신비한 죽음을 더럽히기 위해 몰려든 것이다. 구더기는 구더기지만 보다 크고 통통한 이 구더기들은 지금 그의 슬픔과 회오 속으로 기어든 것이다. 그는 걸음을 멈추고 당황하고 겁먹은 눈으로 카키색 군중을 노려보았다. 그는 지금 그 군중의 한가운데에 우뚝 솟은 자세로 서서 내려다보고 있었다. '얼마나 많은 훌륭한 인간들이 여기에 있는가!' 노래 속의 가사가 그를 야유하듯 귀에 울리고 있었다. "인간이란 얼마나 아름다운 존재인가! 오, 멋진 신세계여……."*

"소마의 배급!" 큰 목소리가 외쳤다.

"자 줄을 서라. 빨리!"

문이 열리고 탁자와 의자 한 개가 병원 입구로 운반되었다. 그 목소리는 생기에 찬 알파 계급의 청년이 지른 소리였다. 그는 철로 만든 검은 상자를 가지고 들어왔다. 기대에 부푼 쌍둥이들의 만족스런 중얼거림이 피어올랐다. 그들은 야만인에 대해선 까맣게 잊고 있었다. 그들의 주의는 이제 그 청년이 탁자 위에 올려놓은 검은 상자에 집중되어 있었다. 이제 상자가 열리고 있었다. 뚜껑이 올려졌다.

"오오 오호!"

1백 62명은 마치 불꽃놀이를 바라보듯 일제히 함성을 질렀다.

청년은 한줌의 작은 알약통을 꺼냈다.

"자, 앞으로 와요. 한 사람씩. 밀지 말고." 그는 건방지게 말했다.

쌍둥이들은 한 명씩 서로 밀치지 않고 앞으로 걸어나왔다. 맨 처음에 남자 두 명, 다음으로 여자 한 명, 다시 남자 한 명, 그리고 뒤이어 여자 세 명……

야만인은 그것을 바라보고 있었다.

* 《템페스트》5막 1장 중에서

"오, 멋진 신세계, 오, 멋진 신세계여……."

그런데 그의 의식 속에서 그 노래의 가사는 음조가 변하는 것 같았다. 그 가사는 그가 비참과 회한을 맛보는 동안 그를 조소했고 냉소적인 이유로써 가증스럽게 그를 괴롭혔던 것이다. 악마처럼 웃으면서 이 가사는 저급하고 불결한, 구역질 나는 악몽의 추함을 고집했던 것이다. 그런데 지금 이 가사는 무장을 완료하고 정렬하라는 나팔소리였다. "오, 멋진 신세계여!" 미란다는 아름다움은 가능한 것이라고 선언하고 있었다. 악몽의 세계조차 훌륭하고 고상한 것으로 변형시킬 수 있다고 선언하고 있었다. "오, 멋진 신세계여!" 이것은 도전장이었다. 명령이었다.

"거기 밀지 마!" 부출납계장 대리가 화가 나서 소리쳤다. 그는 상자의 뚜껑을 쾅 하고 닫았다.

"질서 있게 행동하지 않으면 배급을 중지하겠다!"

델타 계급들은 투덜거리며 서로를 쿡쿡 찔렀다. 그리고는 잠잠해졌다. 위협은 효과가 있었다. 소마를 탈취당한다? 생각만 해도 오싹했던 것이다.

"그만하면 됐어" 청년이 말하고 나서 상자를 다시 열었다.

린다는 노예였다. 그런데 린다는 죽었다. 이 계급의 다른 사람들만이라도 자유롭게 살아야 한다. 또한 세계를 아름다운 곳으로 만들어야 한다. 배상이란 곧 의무이다.

갑자기 야만인은 자신이 해야 할 일이 무엇인지 깨달았다. 마치 덧창이 열리고 커튼을 올린 기분이었다.

"자!" 부출납계 대리가 말했다.

또 한 명의 카키색 여자가 앞으로 나왔다.

"중지!" 야만인이 우렁찬 목소리로 외쳤다.

"중지해!"

그는 군중과 탁자가 있는 곳으로 갔다. 델타 계급들은 놀라서 그를 바라보았다.

"포드 님, 맙소사!" 부출납계 대리는 속삭이듯 중얼거렸다. "야만인이로군." 그는 겁이 났다.

"내 말을 들으시오." 야만인은 진지하게 외쳤다.

"저의 말에 귀를 기울이십시오……."

그는 대중 앞에서 연설한 경험이 없었기 때문에 말하고 싶은 내용을 말로 표현하기가 어렵다는 것을 깨달았다.

"그 무서운 것을 먹지 마십시오. 그것은 독입니다. 그것은 독이에요."

"여보시오, 야만인 씨." 부출납계 대리는 달래듯 미소 지으며 말했다. "내게 말할 기회를……."

"신체의 독일 뿐 아니라 영혼의 독입니다."

"그렇다고 해도 우선 배급을 계속하게 해줘요. 부탁입니다."

사나운 동물을 어루만질 때와 같은 조심스런 친절을

발휘하며 그는 야만인의 팔을 가볍게 두드렸다. "자, 이 제……."

"절대로 안 돼!" 야만인이 외쳤다.

"하지만……. 이봐요, 이 사람이……."

"전부 버려요! 그 무서운 독 따위!"

"전부 버리라"는 말은 무의식의 구름층을 관통하여 델 타 계급의 의식을 자극했다. 분노의 웅얼거림이 군중으로 부터 피어올랐다.

"나는 여러분에게 자유를 주기 위해 왔습니다." 야만인 은 쌍둥이들을 향해 말했다.

"내가 온 것은……."

부출납계 대리는 더 이상 듣지 않았다. 그는 병원 입구 로부터 살짝 빠져나가 전화번호부에서 어떤 번호를 찾고 있었다.

"그의 방에 없더군." 버나드가 결론을 내렸다. "내 방에 도 없고 너의 방에도 없고……. 아프로디태움에도 없고 연구소에도 대학에도 없단 말이야. 도대체 어디 갔지?"

헬름홀츠는 어깨를 움츠렸다. 그들은 야만인이 늘상 만 나는 어떤 만남장소에서 기다리고 있을 줄 예상하고 일터 로부터 돌아온 터였다. 그런데 그의 모습이 보이지 않았 다. 그들은 헬름홀츠의 4인승 스포츠헬기를 타고 비아리

츠 해안으로 여행할 계획이었기 때문에 그가 안 보인다는
것은 난처한 일이었다. 그가 당장 나타나지 않으면 그들
은 저녁 식사에 지각할 것이다.

"5분만 더 기다려 보자." 헬름홀츠가 말했다. "그래도 나
타나지 않으면……."

전화벨이 울려 그의 말을 중단시켰다. 그는 수화기를 들
었다. "여보세요. 네, 바로 접니다." 그러고는 상대방의 긴
이야기를 경청하더니 "야단났군! 제기랄!" 하고 욕지거리
를 내뱉으며 "즉시 가겠습니다" 하고 말했다.

"무슨 일이야?" 버나드가 물었다.

"공원가 위급환자병원에 근무하는 친구야." 헬름홀츠가
말했다. "야만인이 거기 있다는군. 미친 모양이야. 여하튼
사태가 긴박해. 같이 가겠나?"

그들은 함께 복도를 따라 엘리베이터로 달려갔다.

"여러분은 노예신분이 좋습니까?"

그들이 병원으로 들어갔을 때 야만인이 말하고 있었다.
그의 얼굴은 붉게 상기되어 있었고 눈망울은 정열과 분노
로 빛나고 있었다.

"여러분은 갓난아기 상태가 좋습니까? 그렇습니다, 여
러분은 갓난아기들입니다. 보채고 앵앵 우는 젖먹이들입
니다."

야만인은 그들의 짐승 같은 우둔성에 대해 어찌나 분개

했던지 자신이 구해주러 온 대상인 그들에게 모욕적인 언사를 퍼붓고 있었다. 모욕적인 언사는 거북등과 같은 완강한 그들의 우둔성 앞에서 무력한 메아리처럼 되튕겨 왔다. 그들은 분노에 찬 표정을 눈에 담고 야만인을 멍하고 침울하게 응시할 뿐이었다.

"그렇습니다. 여러분들은 앵앵 울고 있을 뿐입니다!"

비애와 회오, 연민과 의무——이 모든 것을 이제 망각한 상태였다. 이제 이들 인간 이하의 괴물들에 대한 강렬하고 위압적인 증오심에 빠져들고 있었다.

"당신들은 자유롭고 인간답게 살고 싶지 않습니까? 인간다움과 자유가 무엇인지도 모릅니까?"

분노가 원동력이 되어 그의 말이 유창해지고 있었다. 어휘가 술술 터져나왔다.

"그것도 모릅니까?" 그는 반복해서 물었다. 그러나 그의 질문에 대한 응답은 없었다.

"그렇다면 좋습니다." 그는 단호하게 말을 계속했다.

"그러면 내가 가르쳐 주겠습니다. 당신들이 원하든 원하지 않든 당신들을 자유롭게 해주겠습니다."

그러고는 병원의 안뜰로 향한 창문을 열더니 약상자를 열고 소마 알약을 한 주먹씩 꺼내어 던지기 시작했다.

카키색의 군중들은 이 오만한 신성모독에 놀라움과 공포로 말을 잃고 돌처럼 굳어 버렸다.

"미쳤군." 버나드는 눈을 휘둥그렇게 뜬 채 속삭였다.

"저들이 그를 죽일 거야. 죽일 거야."

군중들로부터 요란한 함성이 터져나왔다. 야만인을 향하여 무서운 인파가 몰려 들었다. 위협적인 물결이었다.

"포드 님, 그를 구해 주소서!" 버나드는 기도하고 눈을 외면했다.

"포드는 스스로 돕는 자를 돕는 법" 헬름홀츠 왓슨이 말하며 웃었다. 아니 웃음을 머금은 채 군중을 헤치며 뛰어들었다.

"자유! 자유!"

야만인은 외치며 한 손으로는 계속 소마를 밖으로 내던지고 다른 손으로는 공격해 오는 군중의 얼굴을 후려갈기고 있었다. 그게 그 얼굴이었다.

"자유다!" 하고 다시 외칠 때 갑자기 그의 옆에 헬름홀츠가 와 있었다.

"착한 헬름홀츠!" 그는 여전히 주먹질을 멈추지 않으며 그를 반겼다. "마침내 인간이 된 거야!" 그러는 동안에도 열린 창문을 통해 한줌씩 소마를 버렸다.

"그렇다. 이제 인간들이 되었어! 인간이!"

이제 독약은 하나도 남지 않았다. 그는 약상자를 들어 군중에게 텅 빈 속을 보여주었다.

"여러분은 자유로워진 것입니다!"

델타 계급들은 전보다 배가된 분노를 느끼며 포효하며 공격해왔다.

결투장의 입구에서 머뭇거리던 버나드는 "둘 다 죽겠군" 하고 중얼거리다가 갑작스러운 충동의 채찍을 받아 그들을 돕기 위해 앞으로 달렸다. 그러다가 다시 고쳐 생각하고 발을 멈췄다. 그러나 곧 부끄러운 생각이 들어 다시 앞으로 전진했다. 그러다가 다시 고쳐 생각하고 굴욕적인 우유부단의 번뇌에 사로잡혀 서 있었다——내가 돕지 않으면 두 사람은 죽을지 모른다. 그런데 그들을 돕다가는 내가 죽을지 모른다고 생각하고 있는데(포드 님에게 찬미하라!) 돼지 주둥이 같은 코가 달린 방독면과 물안경을 쓴 경찰들이 뛰어들었다.

버나드는 경찰관들 쪽으로 달려갔다. 버나드는 양팔을 흔들었다. 이것은 어떤 행위였고 그는 분명 뭔가 하고 있는 것이었다. 그는 "사람 살려!"를 몇 번 반복했다. 자신도 구조업무를 감당하고 있다는 착각을 일으키려고 더욱 큰 소리로 외쳤다.

"사람 살려! 사람 살려! 사람 살려!"

경찰관들은 그를 밀어젖히고 그들의 임무를 계속했다. 어깨 위에 분무기를 멘 세 경찰관이 기체상(氣體狀) 소마의 짙은 연기를 공기 속으로 뿜어댔다. 다른 두 명은 휴대용 인조음악기 주위에서 분주하게 작업하고 있었다. 강력한 마취제를 장전한 물권총을 든 네 명의 경찰관이 군중 속으로 파고들어 가장 맹렬하게 싸우는 놈들에게 쏴아 쏴아 하는 소리를 내며 그것을 발사하여 하나하나 쓰러뜨리고 있었다.

"빨리빨리!" 버나드가 외쳤다.

"서두르지 않으면 그 사람들은 죽습니다. 그 사람들……. 오오!"

그의 수선스러움에 화가 난 한 경찰관이 그에게 물권총을 발사했던 것이다. 버나드는 1, 2초 동안 불안정하게 비틀거리며 서 있었지만 그의 다리는 뼈도 힘줄도 근육도 없는 젤리 조각이 되더니 이윽고 젤리도 아닌 것——다시 말해 물로 변했다. 그는 바닥 위에 풀썩 주저앉았다.

갑자기 인조음악기로부터 어떤 목소리가 이야기를 시작했다. '이성의 목소리', '우정의 목소리'였다. 녹음 테이프가 회전하기 시작하더니 합성폭동진압 연설 제2호(강도는 중간)가 시작되었다. 실재하지 않는 인간의 가슴 깊은 곳으로부터 곧바로 "나의 친구들아! 나의 친구들아!" 하고 그 목소리는 애조를 띤 채, 무한히 부드러운 질책을 담고 이야기하고 있었기 때문에 가스 마스크를 쓴 경찰관의 눈에도 일순간 눈물이 고였다.

"이게 도대체 무슨 일입니까? 왜 여러분들은 함께 행복하고 우애롭게 살지 못하는 겁니까? 행복하고 우애롭게……." 그 목소리는 그 어휘를 반복했다.

"진정하세요. 진정하세요."

그 목소리는 떨리며 속삭임으로 줄어들었다가 순간적으로 끊어졌다.

"오오, 나는 여러분들이 행복하기를 바라고 있습니다."

다시 그 목소리는 간절한 열의로 이야기를 시작했다.

"나는 여러분이 착한 마음을 갖기를 바랍니다. 제발 착하게 우애를 나누세요……."

2분 후 그 목소리와 소마의 살포가 효과를 발했다. 델타 계급들은 눈물을 흘리며 서로 껴안고 키스를 나누고 있었다──한꺼번에 여섯 명 정도의 쌍둥이들이 한 덩어리가 되어 포옹했다. 심지어 헬름홀츠와 야만인도 울상이 되어 있었다. 출납계로부터 다시 새로운 소마 상자를 가져왔다. 급속히 배급이 진행되었다. 또한 애정이 담긴 그 목소리가 바리톤으로 고별사를 말할 때 쌍둥이들은 가슴이 터져라고 울음을 터뜨리면서 흩어졌다.

"안녕히 가십시오, 나의 소중한 친구들이여. 포드 님의 가호가 있기를! 안녕히 가십시오, 나의 소중한 친구들이여! 포드 님의 가호가 있기를! 안녕히……."

델타 계급의 마지막 사람까지 빠져 나갔을 때 경찰관은 스위치를 껐다. 천사의 음성이 중단되었다.

"잠자코 따라오겠습니까?" 수사부장이 물었다. "아니면 마취를 할까요?" 그가 위협적으로 물권총을 가리켰다.

"순순히 따라가겠습니다." 야만인은 터진 입술과 할퀸 자국이 난 목과 물어뜯긴 왼팔을 어루만지며 대답했다.

피가 흐르는 코를 아직도 손수건으로 틀어막은 헬름홀츠도 고개를 끄덕여 순순히 따라가겠다는 점을 확인했다.

의식을 회복하고 다리의 움직임을 회복한 버나드는 이 순간을 이용하여 될수록 눈에 띄지 않게 문으로 가려 했다.

"이봐! 거기 서." 수사부장이 외쳤다.

그러나 돼지코 방독면을 쓴 경찰관 한 명이 방을 건너와서 젊은이의 어깨를 잡았다.

버나드는 무고한 사람에게 왜 이러느냐는 듯이 분개한 표정으로 돌아섰다. 도망? 그는 그런 것은 염두에 둔 적도 없다는 태도를 취했다.

"도대체 왜 나를 잡는 겁니까?" 그가 수사부장에게 말했다.

"나는 도무지 상상할 수 없군요."

"당신은 지금 연행되는 사람들의 친구 아닙니까?"

"하긴……." 버나드는 주저했다. 그건 부정할 수 없는 일이었다.

"친구가 되면 안 됩니까?" 오히려 그의 쪽에서 질문했다.

"그러면 따라오시오." 수사부장은 그렇게 말하고 문 밖에 대기시킨 경찰차로 그를 데리고 나갔다.

16

세 사람이 안내된 방은 총통의 서재였다.

"총통께서는 곧 내려오실 겁니다." 감마 계급 하인장은 그들끼리 있도록 남겨 둔 채 나갔다.

헬름홀츠는 너털웃음을 터뜨렸다.

"이건 심문이라기보다 카페인 용액을 나누는 파티 같군." 그는 이렇게 말하고 그 방에서 가장 호사스럽게 보이는 푹신한 안락의자에 가서 앉았다.

"버나드, 힘을 내!" 그는 버나드의 새파랗게 질린 가엾은 표정을 보는 순간 덧붙여 말했다.

그러나 버나드는 좀처럼 명랑해지려고 노력하지 않았다. 대답도 하지 않았지만 헬름홀츠를 쳐다보지도 않은 채 그 방에서 가장 불편해 보이는 의자로 가서 앉는 것이었다. 권력자의 진노를 어떻게든 누그러뜨리겠다는 막연한 희망에서 조심스럽게 고른 의자였다.

한편 야만인은 초조하게 방 안을 이리저리 거닐면서 매우 피상적인 호기심으로 책장에 꽂힌 책이라든가, 번호가 붙은 비둘기집 같이 생긴 구멍 속에 정리된 녹음테이프와 낭독기를 들여다보았다.

창 밑 탁자 위에는 빳빳한 검은색의 인조가죽으로 장정된 거대한 책이 있었는데, 그 위에는 큼직한 T자가 찍혀 있었다. 그는 그 책을 집어들고 펼쳤다. 포드가 지은 《나의 생애와 사업》이었다. 그것은 포드 지식전도협회에 의해 디트로이트에서 발간된 것이었다. 그가 무료하게 페이지를 넘기며 여기서 한 문장, 저기서 한 문단을 읽으면서 이 책자가 그에게 아무런 흥미를 제공하지 못한다는 결론을 얻었을 때, 문이 열리고 유럽 주재 세계총통이 활기 있게 방으로 걸어 들어왔다.

무스타파 몬드는 세 사람에게 고루고루 악수를 청했다. 그러나 그가 먼저 이야기를 시작한 것은 야만인에게였다.

"야만인 씨, 그래 자네는 문명을 좋아하지 않는 모양이지?" 그가 말했다.

야만인은 총통을 바라보았다. 그는 거짓말을 하고 큰 소리로 고함치거나 침울하게 아무 반응을 보이지 말아야지 하고 마음의 준비를 갖추고 있었다. 그러나 총통의 밝고 지적인 얼굴을 보고 안심이 된 그는 솔직하게 사실을 말하기로 결심했다.

"네, 싫어합니다." 그는 고개를 저었다.

버나드는 깜짝 놀라서 겁먹은 표정이 되었다. 총통이 어떻게 생각할 것인가? 문명이 싫다고──그것도 공개적으로──하필이면 하고 많은 사람 중에서 총통에게 대항하는 인간의 친구라는 낙인이 찍힌다는 것은 끔찍한 일이었다.

"하지만 존, 내 말 들어봐……." 버나드가 입을 열었다. 그러나 무스타파 몬드가 그를 쳐다봤을 때 그는 비굴한 침묵으로 돌아가야 했다.

"물론" 하고 야만인은 솔직하게 말했다. "퍽 좋은 점도 있는 것은 사실입니다. 예컨대 저 공기에 가득 찬 음악이라든가……."

"때로는 수를 알 수 없는 악기에서 나오는 소리가 나의 귀에서 은은히 울리고 때로는 여러 가지 음성이 들려오도다."*

야만인의 얼굴이 갑자기 반가운 듯 빛났다.

"당신도 그것을 읽었군요?" 그는 말을 이었다. "이곳 영국에서는 그것에 대해 아는 사람이 하나도 없을 줄 알았습니다."

"거의 없을 걸세. 나는 극소수 중에 속하는 편이지 알다시피 그것은 금지된 책이야. 그러나 나는 이곳의 법을 제

* 《템페스트》 3막 2장 중에서

337

정하는 사람이기 때문에 그 법을 어길 수도 있는 위치야. 그것도 별문제 없이 가능하지. 마르크스 군" 총통은 버나드를 향했다.

"자네는 그렇게 할 수 없네."

버나드는 더욱더 가망없는 비참함 속으로 가라앉았다.

"왜 그것이 금서가 되었나요?" 야만인이 물었다. 셰익스피어를 읽어 본 인간과 만났다는 흥분으로 인해 그는 모든 것을 순간적으로 망각하고 있었다.

총통은 어깨를 움칠했다.

"낡았기 때문이지. 그것이 주된 이유일세. 이곳에서는 낡은 것은 전혀 쓸모가 없단 말일세."

"그것들이 아름다워도 그렇습니까?"

"특히 아름다운 것이면 더욱 그렇지. 아름다움은 매력적이거든. 그런데 우리는 낡은 것에 사람들이 매혹되는 것을 원치 않아. 사람들이 새로운 것을 좋아하기를 바라는 입장일세."

"하지만 새로운 것들은 매우 바보스럽고 끔찍합니다. 헬리콥터만이 날아다니고 키스하는 촉감을 느끼는 연극 따위들." 야만인은 우거지상을 지었다. "염소와 원숭이들!" 멸시와 증오를 적절히 표현할 수 있는 말은 단지 《오

* 《오셀로》 4막 1장 중에서

338

셀로》에서 찾을 수밖에 없었다.

"여하튼 귀엽고 온순한 동물들이야." 총통은 주석을 붙이듯 중얼거렸다.

"이왕이면 사람들에게 《오셀로》를 보여주지 그러세요?"

"아까 말했듯이 그건 낡았어. 게다가 보여줘도 이해하지 못할 테니까."

그건 옳은 말이었다. 헬름홀츠가 《로미오와 줄리엣》을 조소했던 것이 생각났다. "그렇다면" 하고 잠시 말을 끊었다가 다시 계속했다.

"무언가 《오셀로》와 같은 것이면서 모두가 이해할 수 있는 것은 어떻겠습니까?"

"그것은 우리 모두가 쓰고 싶어 한 것이었습니다." 오랜 침묵을 깨고 헬름홀츠가 말했다.

"그런데 그런 작품은 영원히 나오지 않을 걸세." 총통이 말했다.

"그 까닭은 그것이 정말 《오셀로》와 비슷하면 그것이 아무리 새로운 것일지라도 아무도 이해할 수 없을 것이고, 설사 그것이 새로운 것이라 해도 절대 《오셀로》와 비슷하지 않을 테니까."

"왜 그렇죠?"

"왜 비슷한 작품이 되지 않는다고 말씀하십니까?"

헬름홀츠가 반복하듯 물었다. 이 역시 불합리한 입장에 와 있다는 자신의 현실을 망각하고 있었다. 긴장과 공포로 창백해진 버나드만이 그것을 기억하고 있었다. 그러나 다른 사람들은 그를 무시하고 있었다.

"왜 비슷한 작품이 나올 수 없습니까?"

"우리의 세계는 《오셀로》의 세계와 같지 않기 때문이야. 강철이 없이는 값싼 플리버 승용차도 만들 수 없어. 사회의 불안정이 없이는 비극을 만들 수 없는 것이야. 세계는 이제 안정된 세계야. 인간들은 행복해. 그들은 원하는 것을 얻고 있단 말일세. 얻을 수 없는 것은 원하지도 않아. 그들은 잘 살고 있어. 생활이 안정되고 질병도 없어. 죽음을 두려워하지 않고 행복하게도 격정이니 노령이란 것을 모르고 살지. 모친이나 부친 때문에 괴로워하지도 않아. 아내라든가 자식이라든가 연인과 같은 격렬한 감정의 대상도 없어. 그들은 조건반사 교육을 받아서 사실상 마땅히 행동해야만 되는 것을 하지 않을 수 없어. 뭔가가 잘못되면 소마가 있지. 자네가 자유라는 이름으로 창 밖으로 집어던진 것 말일세. 자유라!" 총통은 여기서 웃음을 터뜨렸다. "델타 계급들이 자유가 무엇인지 알기를 기대하다니! 그들이 《오셀로》를 이해하기를 기대하다니! 정말 자네답군!"

야만인은 잠시 아무 말이 없었다.

"여하튼" 하고 그는 완강하게 고집했다.

"《오셀로》는 훌륭합니다. 이곳의 촉감영화보다는 그것이 더 훌륭합니다."

"그것은 말할 필요도 없지." 총통도 동의했다.

"그렇지만 그것은 안정을 얻기 위해 지불해야 할 희생인 것이야. 우리는 행복과 소위 말하는 고도의 예술 중에서 하나를 선택해야 돼. 우리는 고도의 예술을 희생시킨 셈이지. 대신 촉감영화와 방향 오르간을 제작한 걸세."

"그것들은 아무 의미도 없지 않습니까?"

"그 자체에 의미가 있는 것이야. 그것들은 관중에게 유쾌한 감정을 듬뿍 선사하고 있는 거야."

"하지만 그것들은……. 그것들은 천치가 말하는 이야기입니다."*

총통은 웃었다. "자네는 자네 친구 왓슨 씨에게 실례를 범하고 있는 중일세. 그는 저명한 정서과학 기사 중 한 사람인데……."

"그의 말이 옳습니다." 헬름홀츠가 우울하게 말했다.

"그건 천치 같은 짓입니다. 이야기할 것이 없는데도 쓴 것이어서……."

"바로 그거야. 그러니까 더욱 엄청난 창의력을 필요로

* 《맥베드》4막 5장 중에서

341

하는 것이지. 이를테면 자네는 최소의 강철로 플리버 승용차를 만들고 있는 거야……. 사실상 순수한 감각만으로 예술작품을 만들고 있는 것일세."

야만인은 고개를 저었다. "이 모든 것이 정말 소름 끼칠 뿐입니다."

"물론 그렇겠지. 실제의 행복이란 것은 불행에 대한 과잉보상에 비하면 항상 추악하게 보이는 법일세. 또한 말할 필요도 없지만 안정이란 것은 불안정처럼 큰 구경거리가 될 수 없는 법일세. 따라서 만족하는 생활은 불행과의 처절한 투쟁이 지니는 매력이나 유혹과 투쟁이 지니는 장관이나, 정열 내지 회의에 의한 치명적인 패배가 지니는 장쾌함을 갖추지 못하는 것이야. 행복은 결코 장쾌한 것이 아니야."

"저도 그렇다고 생각합니다만." 야만인은 잠시 침묵을 지키다가 말을 꺼냈다. "하지만 그 쌍둥이들처럼 그렇게 형편없을 필요가 있는 것입니까?"

야만인은 조립대 앞에서 일하는 똑같이 생긴 난쟁이들의 긴 대열, 브랜포드 모노레일 역 입구에 열을 지어 서 있던 쌍둥이들, 린다가 임종을 맞고 있는 병상 주위로 몰려든 인간 구더기떼들, 끊임없이 공격해오던 끝없이 반복되는 같은 얼굴들, 이렇게 기억에 떠오르는 영상을 지워 버리겠다는 듯이 한 손으로 눈을 눌렀다. 그는 붕대를 맨 자신의 왼손을 보곤 소름이 끼쳤다.

"끔찍합니다!"

"하지만 얼마나 유용한 존재인가! 자네는 보카노프스키 집단을 좋아하지 않는 모양이군. 그러나 그들은 다른 모든 것의 기초가 되는 것이야. 그들은 국가라는 로켓이 흔들리지 않고 곧장 날아오르게 만드는 회전의(回轉儀)와 같은 것이야."

그의 깊은 목소리가 감동적으로 떨리고 있었다. 손의 움직임은 모든 공간을 포용하고 동시에 억제할래야 억제할 수 없는 기체의 돌진을 암시하고 있었다. 무스타파 몬드의 연설은 거의 인조음악의 경지에 달해 있었다.

"제가 이상하게 생각하고 있는 것은" 하고 야만인이 말했다. "부화병에서 무엇이나 만들 수 있으면서 도대체 왜 그런 것들을 제조해 내느냐 하는 것입니다. 인간제조를 수행할 때 왜 모든 인간을 알파 더블 플러스 계급으로 제조하지 않는 것입니까?"

무스타파 몬드가 웃었다.

"우리의 목이 잘리는 것을 원치 않기 때문이야" 하고 그가 대답했다.

"우리는 행복과 안정을 신봉하네. 알파 계급으로만 이루어진 사회는 불안정하고 비참해지지 않을 수 없는 걸세. 알파 노동자로 채워진 공장을 상상해 보게──다시 말해서 좋은 유전인자를 지니고 자유로운 선택을 하고 책임을 떠맡는 일이(제한은 있겠지만) 가능하게끔 조건반사적으로 단련된 개별적이고 상호연관이 없는 인간들로 채워진 경우를 상상하란 말일세. 그것을 상상해 보란 말일세!" 하고 그는 반복했다.

야만인은 상상하려고 애썼지만 그것은 쉽지가 않았다.

"그렇다면 부조리한 사태가 벌어질 것이네. 알파의 병에서 태어나 알파로서 조건반사 훈련을 받은 인간이 엡실론 세미 모론의 일을 하지 않으면 안 된다고 하면 미쳐 버릴 거야──미치든가 아니면 닥치는 대로 부수기 시작할 거야. 알파도 완전히 사회화되는 것은 가능하겠지──그러나 그것은 그들에게 알파에게 맞는 임무를 맡길 때에 한해서 가능한 일이야. 엡실론적 희생은 단지 엡실론에게만 기대할 수 있는 거야. 그들에겐 그것이 희생이 될 수 없기 때문이지. 그런 희생은 최소저항선이야. 엡실론의 조건반사 훈련이 자신이 달릴 궤도를 미리 설치해 놓았기 때문이야. 그들은 어쩔 수 없지. 애당초부터 예정된 것이니까. 설령 병에서 나온 후라 하더라도 엡실론은 여전히 병 속에 있는 것이나 마찬가지야──유아기와 태아기의 성격적 고정이라는 보이지 않는 병 속에 들어있는 거야. 하긴 우리 모두가⋯⋯." 총통은 명상적으로 말을 계속했다.

"병 속에서 평생을 살아가고 있는 셈이지. 하지만 우리가 우연히 알파로 태어나면 우리의 병은 비교적 큼직한 공간을 제공하지. 보다 좁은 공간에 머물게 되면 우리는 심한 고통을 느끼게 될 거야. 상류계급의 샴페인 대용액을 하층계급의 병 속에 부어넣을 수는 없는 거야. 그것은 이론적으로 명백해. 하지만 실제로도 증명된 사실이야. 사이프러스 섬에서 시행한 실험결과는 의심할 여지가 없는 것이었어."

"그게 무슨 실험이었습니까?" 야만인이 물었다.

무스타파 몬드는 미소를 지었다.

"이것은 재투입이라고 불러도 무방한 실험이지. 그것은 포드 기원 473년에 시작된 것이야. 총통들은 사이프러스 섬의 주민을 모두 추방하고 나서 특별히 이만 이천의 알파 집단을 선정하여 그곳에 거주하도록 했었지. 그들에게 농공업의 모든 설비와 연장을 부여하고 스스로 일을 처리하도록 자유를 주었었단 말일세. 그 결과는 모든 이론적 예언과 정확히 들어맞았어. 토지는 제대로 경작되지 않았고 모든 공장에서 파업이 일어났단 말일세. 법률은 무시되고, 명령을 해도 그것에 복종하려 들지 않았지. 이윽고 낮은 계급의 일을 맡은 자들은 모두 높은 계급의 일을 맡기 위해 부단히 음모를 꾸몄고 높은 계급의 일이 맡겨진 자들은 모두 온갖 수단을 다해서 현상유지를 위해 음모로 반격했었단 말일세. 육 년도 채 지나기 전에 그들은 치열한 내란을 일으켰던 거야. 이만 이천 명 중에서 일만 구천 명이 살해되었을 때 생존자들은 세계총통들에게 섬의 통치를 다시 맡아 달라고 탄원했던 거야. 그래서 그렇게 해 주었던 거지. 그래서 이 세상에 존재하는 알파만으로 이루어진 유일한 사회는 종말을 고한 것이야."

야만인은 깊은 한숨을 쉬었다.

"최적의 인구는." 무스타파 몬드가 말했다.

"빙산과 같은 형태를 띠도록 구성되는 것이야——구분의 팔은 물 밑에 있고 구분의 일은 물 위에 있어야 되는 거야."

"물밑에 있는 사람들은 행복을 느낄까요?"

"물 위에 있는 것보다 더 행복을 느끼는 법이야. 예컨대 여기 있는 자네 친구보다 더 행복하지." 그가 지적했다.

"그 지겨운 작업을 하면서도 행복하단 말입니까?"

"지겨워! 그들은 지겹다고 생각하지 않거든. 지겹기는 커녕 그들은 일을 좋아한단 말일세. 작업은 경쾌하고 어린애도 할 수 있을 정도로 간단하거든. 정신과 근육에 하등의 긴장을 가져오지 않는 작업이야. 하루 일곱 시간 반의 쉽고 피로하지 않은 작업을 끝내면 소마가 배급되고 게임이 있고 무제한의 성희와 촉감영화를 즐길 수 있단 말일세. 그들에게 더 이상 바랄 것이 뭐가 있겠나? 하긴……" 하고 그가 말을 첨부했다. "그들도 짧은 작업시간을 요구하고 있지. 까짓거 우리는 보다 짧은 작업시간을 부과할 수도 있네. 기술적으로 하층계급의 작업시간을 하루 세 시간이나 네 시간으로 줄이는 것은 간단한 일이야. 하지만 그렇다고 그네들이 더 행복할 수 있을까? 아냐, 그렇지 않을 거야. 벌써 일세기 반 전에 실험이 행해졌었지. 아일랜드 전역에 걸쳐 네 시간 노동제를 실시했던 거야. 결과가 어떠했는지 알겠나? 다만 불안과 소마 소비량의 증가라는 결과가 따라왔었네. 단지 그것뿐이었지. 세 시간 반이나 늘어난 여가는 행복의 원천이 되기는커녕 그 여가로부터 어떻게 하면 도피할 수 있을까 하는 강박관념이 사람들을 사로잡고 말았단 말일세. 발명국에는 노동절약을 위한 계획이 산적돼 있네. 수천 가지의 계획서가 작성되어 있단 말일세."

무스타파 몬드는 과장된 제스처를 지어 보였다.

"그런 계획을 왜 집행하지 않느냐구? 노동자들을 위해서지. 노동자들에게 과다한 여가를 안겨 주는 것은 정말 잔인한 처사가 되는 것이야. 농업의 경우도 마찬가지야. 우리는 원하기만 하면 모든 식료품을 인공합성으로 제조할 수 있어. 그러나 그런 짓은 하지 않고 있지. 우리는 인구의 삼분의 일을 토지에 배당시키고 있네. 그것도 그들을 위해서 그러는 것이야. 공장으로부터 식량을 얻는 것보다 땅에서 식량을 얻는 데는 시간이 더 오래 걸린단 말일세. 게다가 안정이라는 것도 고려해야 되기 때문이지. 우리는 변화를 원하지 않고 있거든. 모든 변화는 안정을 위협해. 우리가 새로운 발명을 선뜻 적용하지 않는 이유도 바로 거기에 있지. 순수과학에서의 모든 발견은 유해한 잠재력을 지니고 있거든. 과학도 때로는 적이 될 수 있는 존재로 다루어야 돼. 그렇지, 과학조차도 그렇지."

과학? 야만인은 얼굴을 찌푸렸다. 그는 그 어휘를 알고 있었다. 그러나 그것의 정확한 의미는 알지 못했다. 셰익스피어와 프에블로 족의 노인들은 과학이란 것을 입에 올린 적이 없었다. 그러나 그가 과학에 대한 막연한 인상을 얻은 것은 린다로부터였다. 과학이란 헬리콥터를 만드는 무엇이고 추수 때의 춤을 조롱하는 것이고 얼굴에 주름이 가거나 이가 빠지는 것을 방지해 주는 무엇이라는 인상이었다. 총통이 말한 과학의 의미를 이해하기 위해 그는 필사적인 노력을 쏟았다.

"그렇지." 무스타파 몬드는 계속 이야기하고 있었다. "그것도 안정을 위해 희생시켜야 할 품목이야. 행복과 양립할 수 없는 것은 예술뿐만이 아니야. 과학도 마찬가지야. 과학은 위험한 것이야. 우리는 그것을 용의주도하게 묶어 놓고 재갈을 물려 놓아야 해."

"네?" 놀란 헬름홀츠가 말했다.

"과학은 가장 중요한 것이라고 우리가 항상 주장하고

있지 않습니까? 그것은 수면시 교육의 상식입니다."

"십삼 세부터 십칠 세까지 주당 세 번씩 교육받은 내용입니다." 버나드가 끼여들었다.

"또한 대학에서 우리가 하는 모든 과학선전에도……."

"그건 그래. 하지만 그게 어떤 종류의 과학이지?" 무스타파 몬드는 냉소하듯 물었다.

"자네들은 과학적 훈련을 받은 것이 없네. 그래서 판단할 능력이 없는 거야. 나는 당대에 알려진 훌륭한 물리학자였어. 지나치게 훌륭했는지도 몰라. 너무나 훌륭해서 우리의 과학이 누구도 의심할 수 없는 정통 요리이론으로 가득 찬 요리교본이라는 것을 깨달을 수 있었지. 요리장의 특별한 허락 없이는 내용의 추가가 금지된 비결의 목록이라는 것을 깨달을 수 있을 정도로 훌륭한 과학자였단 말일세. 이제 내가 그 요리장이 되었네. 그러나 한때는 나도 탐구심이 강한 젊은 조수였지. 내 독자적으로 요리를 만들기 시작했던 적이 있어. 비정통파적인 요리, 비합법적 요리를 만들어 보았다는 말일세. 실은 그것이 진정한 과학의 일부였던 거야." 총통이 입을 다물었다.

"그래서 무슨 일이 일어났습니까?" 헬름홀츠 왓슨이 물었다.

총통은 한숨을 쉬었다. "젊은 자네들에게 앞으로 일어날 일이 나에게도 일어날 뻔했지 뭔가. 나는 어떤 섬으로 전출당할 뻔했던 거야."

이 말에 버나드는 몸에 전류가 흘러들기 시작한 것처럼 격렬하고 보기 민망한 행동을 개시했다.

"저를 섬으로 전출시킨다고 말씀하셨습니까?"

그는 펄쩍 뛰더니 방을 가로질러 달려가 손짓발짓을 하며 총통 앞에 섰다.

"저를 전출시킬 수는 없습니다. 전 아무 짓도 안 했습니다. 다른 사람들입니다. 맹세코 다른 사람들의 짓이라는 것을 말씀드립니다."

그는 질책하듯 헬름홀츠와 야만인을 지적했다.

"오, 제발 저를 아이슬란드로 보내지 마십시오. 이제 제 의무를 다하겠다는 것을 약속하겠습니다. 한 번만 기회를 주십시오. 제발 기회를 한 번만 주십시오."

눈물이 흐르기 시작했다.

"분명히 말씀드리지만 저들이 잘못한 것입니다." 그는 급기야 흐느끼기 시작했다.

"제발 아이슬란드로는 보내지 마십시오. 각하, 제발…… 제발……."

그는 굴욕이 지나쳐 총통 앞에 무릎을 꿇었다. 무스타파 몬드는 그를 일으키려 했다. 그러나 버나드는 엎드린 자세를 고집했으며 그의 입에서는 구걸하는 소리가 물결처럼 그칠 줄 모르고 흘러나왔다. 결국 총통은 그의 제4비서관을 불러야 했다.

"세 명의 사나이를 데려오게." 그가 명령했다.

"버나드를 침대로 데려가서 소마 증기를 쏘여서 침대에 눕히게."

제4비서관은 나가더니 초록색 제복의 쌍둥이 세 명을 데리고 돌아왔다. 버나드는 여전히 고함치고 흐느끼며 끌려 나갔다.

"저 친구는 누가 자기 목을 칼로 따기라도 하는 시늉을 하는군."

문이 닫히자 총통이 말했다.

"하지만 저 친구에게 조금이나마 지각이 있다면 그에게 내리는 벌은 실상 보상이라는 것을 깨달을 텐데. 그는 어떤 섬으로 전출될 것이네. 다시 말해서 이 세상에서 발견할 수 있는 것 중에 가장 재미있는 남녀들을 만날 수 있는 장소로 가게 되는 거야. 어떤 이유로 지나치게 자아의식이 강해서 공동생활에 적응하지 못하는 인간들이 있는 곳이야. 정통에 만족하지 않고 나름대로 독특한 사상을 가진 인간들이지. 한마디로 말해서 지나치게 인간다운 인간들이야. 왓슨 군, 나는 자네가 부럽네."

헬름홀츠는 웃었다. "그렇다면 총통께서는 왜 그 섬에 가시지 않으십니까?"

"결국 이곳을 더 좋아하기 때문이야" 하고 총통이 대답했다.

"나는 양자택일을 해야 했어. 나의 순수과학을 계속할 수 있는 섬으로 전출되느냐 아니면 실제로 총통직을 계승 받을 가능성이 있는 총통위원회에 가담할 것인가 하는 선택이었지. 나는 후자를 택하고 과학을 버렸어." 잠시 침묵을 지키다가 말을 이었다.

"때로 나는 과학이 그리울 때가 있어. 행복이란 아주 귀찮은 주인이야——타인의 행복은 더욱 그렇더군. 사람이 행복을 아무 말없이 받아들이도록 훈련되지 않은 경우에는 진리보다도 더 섬기기 어려운 주인이야."

그는 한숨을 짓더니 다시 침묵을 지켰다. 잠시 후 명랑한 음성으로 말을 계속했다.

"의무는 의무야. 자신의 기호를 타진할 여유가 없는 것이야. 나는 진리에 관심이 많네. 따라서 과학을 좋아하네. 그러나 진리는 위협적이고 과학은 공적인 위험물질이야. 이제까지 유익했던 것만큼 위험한 것이야. 과학은 역사상 유례없이 안정된 균형상태를 가져다 주었지. 오늘날에 비하면 중국의 균형상태는 가망 없을 정도로 불안정한 것이었던 거야. 심지어 원시의 여족장제도 우리보다는 안정된 것이 아니었지. 되풀이하지만 이것은 과학의 덕택인 거야. 그러나 과학이 이룩한 성과를 과학 자체가 망치도록 방치할 수는 없는 거야. 따라서 과학연구가들의 연구범위를 조심스럽게 제한하는 이유도 바로 그것이야. 하마터면 내가 섬으로 전출될 뻔한 것도 모두 그 때문이었지. 당면한 급박한 문제 이외의 문제를 과학이 다루는 것은 허용될 수 없어. 당면한 문제 이외의 연구는 필사적으로 억압되고 있는 실정인 셈이지."

그는 잠시 말을 중단했다가 다시 계속했다.

"일찍이 포드 님 시대에 살던 사람들이 과학의 진보에 대해 기술한 글을 읽으면 이상한 기분이 들더군. 그때 사람들은 여타의 모든 것에 관계없이 과학이 무한히 발달되도록 허용해도 된다고 상상했던 모양이야. 지식은 지고의 선이었고 진리는 최고의 가치였지. 그 밖의 것은 모두 이차적이고 부수적인 것이었어. 물론 당시에도 사상은 변하고 있었어. 포드 님 자신도 진리와 미로부터 쾌적과 행복으로 중요성을 이전시키는 데 지대한 공헌을 하셨던 것이야. 대량생산이라는 것이 그러한 변화를 요구했던 것이지. 보편적 행복이 바퀴를 계속 회전시키는 것이니까. 진리와 미는 그럴 힘이 없어. 물론 대중이 정권을 잡을 때마다 중요시되는 것은 진리와 미보다는 행복이었어. 그럼에도 불구하고 무제한의 과학연구가 여전히 허용되고 있었지. 사람들은 여전히 진리와 미가 지고의 선인 것처럼 이야기하고 있었어. 그러니까 9년전쟁까지도 그랬단 말일세. 그 전쟁이 인간의 성향과 추세를 바꿔 놓고 말았던 것

이지. 비탈저폭탄(脾脫疽爆彈)이 바로 주변에서 윙윙거리며
투하되는 마당에 진리나 미나 지식이 무슨 의미가 있었
겠나? 과학이 처음으로 통제되기 시작한 것이 바로 그때
였어——즉 9년전쟁 직후였지. 그때는 인간의 식욕을 통
제한다 해도 기꺼이 받아들일 수 있는 때였어. 조용한 생
활을 위해서는 무엇이라도 용납되었던 거야. 그 이후부터
우리는 계속 과학을 통제하고 있는 형편이지. 물론 진리
를 위해서는 바람직한 것이 아니었지. 그러나 행복에게는
매우 유리한 것이었어. 인간에겐 무상으로 얻을 수 있는
것이라곤 하나도 없는 걸세. 행복도 대가를 치러야 하는
거야. 왓슨 군, 자네도 그 대가를 치르고 있는 중이야. 자
네는 미에 대하여 지대한 관심이 있기 때문에 그것을 지
불해야 하는 걸세. 나도 과거에는 진리에 너무 큰 관심을
가지고 있었네. 그래서 나도 그 대가를 지불했던 걸세."

"하지만 총통께서는 섬으로 가시지 않았잖아요?" 야만
인이 긴 침묵을 깨고 말했다.

총통은 미소를 띠었다. "그것이 내가 지불한 방식이었
어. 다시 말해서 행복하게 시중드는 쪽을 택하는 방법으
로, 나의 행복이 아니라 다른 사람들의 행복에 시중을 들
기 시작한 것일세. 다행한 것은" 잠시 쉬었다가 그는 말을
이었다.

"세상에는 섬이 많다는 점이야. 섬이 없다면 우리는 어

떻게 할지를 모르고 쩔쩔맬 걸세. 자네 같은 자들을 무통 도살실(無痛屠殺室)에 집어넣을지도 모르지. 그건 그렇고, 왓슨 군, 자네 열대성 기후를 좋아하나? 예컨대 마르케사스 군도 아니면 사모아 같은 곳 말일세. 아니면 훨씬 정신을 차리게 하는 곳으로 가겠나?"

헬름홀츠는 푹신한 의자로부터 일어났다.

"나쁜 기후일수록 좋습니다" 하고 헬름홀츠가 대답했다.

"기후가 나쁠수록 좋은 글이 나온다고 생각하고 있습니다. 예컨대 바람과 폭풍이 거세게 부는 곳이면……."

총통은 고개를 끄덕여 동감을 표시했다.

"왓슨 군, 난 자네의 정신을 좋아하네. 정말 마음에 드네. 공식적으로는 못마땅하지만……." 그는 말을 첨가했다. "포클랜드가 어떤가?" 하고 미소를 지었다.

"좋습니다. 그만하면 되겠습니다." 헬름홀츠가 말했다. "괜찮으시다면 전 이제 가서 가엾은 버나드의 상태를 봐야겠습니다."

17

"예술과 과학, 총통 각하께서는 행복을 위해 너무 비싼 희생을 치르셨군요" 하고 단둘이 남게 되었을 때 야만인이 말했다.

"그 밖에 또 희생한 것은 없습니까?"

"말할 필요도 없이 그것은 종교지." 총통이 대답했다.

"과거에는 신이라고 불리는 것이 있었네. 그러니까 9년 전쟁 이전에 말일세. 이제 다 잊어먹었어. 자네는 신에 대해 모든 것을 알고 있겠지?"

"글쎄요……." 야만인은 주저했다.

그는 고독한 밤에 대해 이야기하고 싶었다. 달빛 아래 창백하게 드러나 있는 고원과 깎아지른 절벽의 그늘진 어둠과 죽음에 대해 이야기하고 싶었다. 그는 정녕 이야기하고 싶었다. 그러나 어휘가 없었다. 셰익스피어에게도 없었다.

그러는 동안 총통은 방을 가로질러 반대편으로 가서 책장 사이의 벽 속에 설치한 거대한 금고를 열고 있었다. 거대한 금고문이 열렸다. 어두운 속을 뒤지면서 "그건 나에게 지대한 흥미를 끄는 주제였어" 하고 그가 말했다.

그는 검고 두꺼운 책을 꺼냈다. "예컨대, 자넨 이런 것은 읽지 않았을 거야."

야만인은 그것을 받아들었다. "《신구약겸용성서》" 하고 야만인은 책의 제목을 소리내어 읽었다.

"이것도 읽지 않았을 걸세." 그것은 작은 책자였는데 겉장이 떨어져 나가고 없었다.

"《예수 그리스도의 모방》."

"이것도 읽지 않았지?" 하고 총통은 또 한 권을 건네 주었다.

"윌리엄 제임스 지음,《다양한 종교경험》."

"그 밖에도 많이 있네." 무스타파 몬드는 자리에 앉으며 말을 계속했다.

"옛날의 섹스문학을 모두 수집해 두었네. 금고 속에는 신이 있고 책장에는 포드 님이 계신 셈일세." 그는 웃으면서 그의 공공연한 장서를 가리켰——책장과 낭독기와 녹음테이프 등을 가리켰다.

"신에 대해 알고 계시면 왜 사람들에게 그것을 말하지 않으십니까?" 야만인은 분개한 음성으로 말했다.

"이 신에 대한 저서를 왜 모든 사람에게 주지 않으십니까?"

"그들에게 《오셀로》를 주지 않는 것과 같은 이유에서일세. 그 저서들은 몇백 년 전에 있던 신에 대한 것이지 현재의 신에 대한 것은 아니야."

"하지만 신은 변하지 않습니다."

"그렇지만 인간은 변해."

"그렇다고 해서 이야기가 어떻게 달라집니까?"

"모든 것이 달라지는 거야." 무스타파 몬드가 말했다. 그는 일어서서 다시 금고로 갔다.

"뉴먼 추기경이라는 사람이 있었네. 추기경이라는 것은." 그는 주석을 붙이면서 설명했다.

"일종의 공동체 성가당 주교와 같은 것이었어."

"'나 팬덜프는 아름다운 밀라노의 추기경입니다'*라는 말을 셰익스피어의 책에서 읽은 적이 있습니다."

"물론 읽었겠지. 좀 전에 말한 것처럼 뉴먼 추기경이라는 사람이 있었네. 여기 그 책이 있군." 그는 책을 꺼냈다.

"이왕 이것을 꺼내는 김에 이 책도 꺼내야지. 이것은 멘드 비**라는 사람이 쓴 책이야. 그 사람은 철학자였지. 철

---

* 《존 왕》 3막 1장 중에서
** 1766~1824년, 프랑스의 철학자

학자라는 말을 자네가 알고 있는지 모르겠네만."

"하늘과 땅 위에 존재하는 것보다 훨씬 적은 수의 사물을 꿈꾸는 인간을 말하지 않습니까?"* 하고 야만인이 즉석에서 대답했다.

"맞았어. 그가 꾼 꿈 한 가지를 잠시 자네에게 읽어 주겠네. 그러니까 이 옛날의 추기경이 말한 것을 잘 들어 보게."

총통은 종잇장으로 표시한 페이지를 열고 읽기 시작했다.

"우리가 소유하고 있는 것이 우리의 것이 아닌 것처럼 우리 자신도 우리의 것이 아니다. 우리는 우리 자신을 만들지 않았으며 우리는 우리 자신에 대해 지고의 권위를 갖지 못한다. 우리는 우리 자신의 주인이 아니다. 우리는 신의 소유물인 것이다. 문제를 이렇게 보는 것이 우리의 행복이 아닌가? 우리는 우리의 소유물이라고 생각하는 것이 무슨 행복이 되며 무슨 위안이 되는가? 앞날이 창창한 젊은이들은 그렇게 생각할지 모른다. 이들은 모든 것을 자기들 멋대로 하고 아무에게도 의지하지 않는 것, 눈앞에 보이는 일 외에는 일체 생각하지 않는 것, 계속적인 확인 혹은 계속적인 기도, 자신의 행동을 타인의 의지에 지속적으로 조회하는 따위를 번잡스럽게 여겨 생략하는

* 《햄릿》1막 5장 중에서

것——이런 것을 훌륭한 행위로 생각할지 모른다. 그러나 세월이 흐름에 따라 그들도 모든 인간과 마찬가지로, 독립이란 것은 인간을 위해 만들어지지 않았다는 것——그것은 부자연스런 상태이며——잠시 동안은 효과가 있을지 모르지만 안전하게 우리를 끝까지 이끌지 못한다는 것을 깨닫게 될 것이다……."

무스타파 몬드는 거기서 중단하고 그 책을 내려놓더니 다른 책을 손에 들고 페이지를 넘겼다.

"예로 이 책을 택해 볼까?" 그는 깊은 목소리로 다시 읽기 시작했다.

"인간은 늙는다. 따라서 노년에 수반하는 쇠약, 무기력, 불쾌감 같은 어쩔 수 없는 느낌을 자신 속에서 체험하게 된다. 이런 느낌을 느낄 때 인간은 단순히 질병에 걸렸다고 상상하며 이런 고통스러운 상태는 무슨 특별한 원인이 기인한다는 생각을 가지고 자신의 공포심을 달래면서 이러한 상태도 질병으로부터 회복되듯 곧 탈피하게 될 것이라고 기대한다. 그것은 바보 같은 상상이다! 그 질병은 노령인 것이다. 노령이란 무서운 병이다. 인간들이 나이가 듦에 따라 종교를 찾게 되는 것은 죽음에 대한 공포와 죽은 뒤에 일어날 것에 대한 공포 때문이라고 사람들은 말한다. 그러나 내 자신의 경험이 안겨 준 확신에 의하면, 그러한 공포나 상상과는 아무런 관계없이 종교적 감정은 나이를 먹음에 따라 저절로 성장하는 경향이 있는 실체인 것이다. 격정이 진정되고 공상과 감수성이 이전보다 흥분 되지 않고 또 자극적인 경향을 잃어감에 따라, 우리의 이 성은 그 활동에 있어 침착하게 되고, 전에는 심취되고 말 았던 상상이나 욕망이나 기분전환 등에 의해 흐려지던 상 태에서 벗어나게 됨에 따라 종교감정이 성장하게 되는 것 이다. 거기에서 신이 마치 구름 뒷편으로부터 나오듯 자 태를 드러내게 된다. 우리의 영혼은 모든 빛의 원천을 느 끼고 보고 그곳으로 향하게 된다. 그곳으로 눈을 돌리는 것은 자연스럽고 불가피한 것이다. 왜냐하면 감각의 세 계에다 그 생명과 매력을 주었던 것이 우리로부터 새어 나가기 시작하고 현상세계가 이제 내부로부터 그리고 외 부로부터 인상에 의해 지탱될 수 없는 것으로 되기 때문 에, 우리는 영속성이 있는 무엇, 우리를 배신하지 않을 무 엇——다시 말해서 실체, 절대적이면서 항구적인 진리 같 은 어떤 것에 의지할 필요성을 느끼게 되는 것이다. 그렇 다. 우리는 어쩔 수 없이 신에게 눈을 돌리지 않으면 안 된 다. 이러한 종교적 감정은 성질상 그것을 경험하는 영혼 에게는 순수한 것이고 매우 행복한 것이기 때문에 모든 여타의 손실을 우리에게 보상해 주는 것이다."

무스타파 몬드는 책을 덮고 의자에 기댔다.

"하늘과 땅 위에 존재하는 수많은 것 중에서 이들 철학자들이 꿈도 꾸지 못한 한 가지가 있는데, 그건 이것이야."

그가 손을 내저었다.

"바로 우리들, 즉 현대 세계야. '앞길이 창창한 젊은 시절에만 신에 의존하지 않는다. 신으로부터의 독립은 최후까지 인간을 안전하게 인도하지 못한다'고 말하고 있었지? 그런데 우리는 지금 죽을 때까지 청춘과 번영을 잃지 않게 되었단 말일세. 그 결과가 무엇이냐고? 분명 우리는 신으로부터 독립할 수 있게 된 걸세. '종교적 감정이 모든 손실을 보상해 줄 것이다'라고 기술하고 있네만 우리에겐 보상할 손실이란 것이 없는 형편인걸. 종교적 감정은 쓸데없는 것이 되고 말았어. 젊음의 욕망이 쇠퇴하지 않는 마당에 왜 구태여 그것의 대용품을 찾아나서겠는가? 최후까지 옛날의 모든 바보스러운 유희를 즐길 수 있는데, 무엇 때문에 기분 전환의 대용품을 찾아나서겠나? 우리의 심신이 계속적으로 활동의 기쁨을 누리는 마당에 왜 휴식할 필요가 있겠나? 소마가 있는데 위안이 무슨 소용 있단 말인가? 사회의 질서가 있는데 불변부동의 그 무엇이 왜 필요하겠는가?"

"그럼 총통께선 신이 없다고 생각하십니까?"

"아니 아마 하나쯤 있을 거라고 생각하고 있네."

"그러면 왜······."

무스타파 몬드는 말을 막았다.

"그런데 신은 인간에 따라 다른 모습으로 자신을 드러내는 걸세. 근세 이전의 시대에는 이들 책 속에 묘사된 존재로서 그 자신을 드러냈건 거야. 지금은……."

"지금은 어떤 형태로 나타납니까?" 야만인이 물었다.

"글쎄……. 그것은 무(無)의 형태를 취하고 있지. 마치 존재하지 않는 것처럼."

"그것은 총통님의 잘못입니다."

"문명의 잘못이라고 부르게. 신은 기계나 발달된 의약품이나 보편적 행복과는 양립할 수 없는 걸세. 자네도 선택을 해야 하네. 우리의 문명은 기계와 의약품과 행복을 택한 것일세. 그래서 나는 이러한 서적들을 계속 이 금고에 처박아 두었던 것일세. 이것들은 추잡한 것이야. 사람들은 아마도 충격을 느낄 걸세, 만일……."

"하지만 신이 존재한다고 느끼는 것은 자연스러운 일이 아닙니까?"

"바지를 지퍼로 올렸다 내렸다 하는 것이 자연스럽지 않느냐고 묻는 편이 낫겠네." 총통은 야유적으로 말했다.

"자네 말을 듣고 있으니까 브래들리라는 이름의 옛날 사람이 생각나는군. 그 사람은 철학이란 인간이 본능적으로 믿는 것에 형편없는 이유를 붙이는 학문이라고 정의했던 사람이었네. 인간은 본능적으로 무엇이나 믿는다는 투였지. 사실 인간이 어떤 것을 믿게 되는 것은 그렇게 믿도록 조건이 주어지기 때문이야. 인간이 어떤 그릇된 이유로 무엇을 믿게 될 때 그에 대한 다른 엉터리 이유를 발견하는 것——이것이 철학이란 것이야. 인간이 신을 믿는 것은 신을 믿도록 조건지워지기 때문이야."

"하지만 여하튼." 야만인이 주장했다.

"인간이 홀로 있을 때——가령 밤에 혼자서 죽음을 생각할 때 신을 믿는 것은 자연스러운 일입니다."

"그렇지만 현재의 인간은 절대로 혼자가 아니거든." 무스타파 몬드가 말했다. "우리는 인간들로 하여금 고독을 증오하도록 만들고 있네. 고독을 갖지 못하도록 그들의 생활을 설계하고 있는 걸세."

야만인은 침울하게 고개를 끄덕였다. 맬파이스에서는 프에블로족의 촌락활동으로부터 추방되었기 때문에 그로 인해 그는 많은 고통을 겪었었다. 그러나 이곳 문명화된 런던에서는 사회활동으로부터 벗어나 혼자 있을 수 있는 길이 없기 때문에 고통을 겪고 있는 셈이다.

"《리어왕》속에 이런 장면이 기억나십니까?" 야만인이 마침내 다시 입을 열었다.

"신은 공평하다. 우리의 쾌락적인 악덕을 재료로 우리를 괴롭히는 연장을 만드신다. 너를 낳은 어둡고 사악한 장소가 그의 두 눈을 잃게 한 것이다' 여기에서 에드먼드가 답하기를——총통께서도 그가 부상을 입고 죽어가는 장면을 기억하실 겁니다——'하긴 너의 말이 맞구나. 인과(因果)의 수레가 한 바퀴 완전히 돌았구나. 그리하여 내가 여기에 있구나" 여기를 어떻게 생각하십니까? 사물을 관장하고 벌하고 포상하는 신이 있는 것 같지 않습니까?"

"그래?" 이번에는 총통이 질문했다.

"임신하지 않는 여자와 아무리 많은 쾌락의 외도를 즐겨도 자네는 자네 아들의 애인에 의해 눈알을 빼앗길 염려는 없을 걸세. '인과의 수레바퀴는 한 바퀴 회전해서 내가 여기 왔도다'라고 말하고 있네만 오늘날 에드먼드가 어디 있겠나? 푹신한 의자에 앉아 팔로 여자의 허리를 감아안고 성호르몬이 든 껌을 씹으며 촉감영화를 보고 있을 걸세. 신이 공평한 것은 의심할 여지가 없네. 그러나 신의 계율은 결국 사회를 구성하는 인간들이 규정하는 것일세. 신의 섭리도 인간으로부터 얻는 것이야."

"틀림없습니까?" 야만인이 물었다.

"푹신한 의자에 앉아 있는 에드먼드가 부상을 입고 피를 흘리며 죽어가는 에드먼드만큼 가혹한 형벌을 받지 않는다고 확신하십니까? 신은 공평합니다. 신은 인간으로 하여금 타락시키게끔 하는 수단으로 인간의 사악한 쾌락을 사용한 것이 아닐까요?"

* 《리어왕》 5막 3장 중에서

"어떤 위치로부터 타락시킨단 말인가? 행복하고 열심히 일하고 상품을 소비하는 시민으로서 인간은 완전무결해. 물론 자네가 우리의 기준이 아닌 다른 기준을 택한다면 인간은 타락했다고 말할 수 있겠지. 그러나 일관성이 있는 기준을 고수해야 하네. 전자 골프를 원심식 범블-퍼피의 규칙을 적용하여 진행시킬 순 없네."

"하지만 가치라는 것은 인간의 개인 의지로 결정되는 것이 아닙니다" 하고 야만인이 말했다.

"물건의 가치는 가치를 부여하는 사람에 의해서뿐 아니라 그 자체가 귀한 것일 때 가치와 권위가 붙는 것입니다."*

"이봐, 이봐. 그건 이야기가 지나치지 않은가?" 무스타파 몬드가 항의했다.

"총통 각하께서 스스로 신을 생각하신다면 탈선적인 쾌락으로 타락하는 자신을 용납하지 않으실 텐데……. 총통께서는 인내와 용기를 가지고 일을 처리하는 것을 존중하실 겁니다. 나는 인디언들에게서 그 실례를 보았습니다."

"틀림없이 보았겠지." 무스타파 몬드가 말했다.

"그런데 우리는 인디언이 아니야. 문명인은 불쾌하기 그지없는 어떤 일을 참을 필요가 없다네. 일을 성취하는 데도 말하자면——그런 생각을 하는 것 자체를 포드 님은

* 《트로일로스와 크레시다》 2막 2장 중에서

엄금하실 걸세. 인간들이 독자적으로 어떤 일을 하기 시작하면 모든 사회질서는 붕괴되고 말 걸세."

"그러면 극기에 대해서는 어떻게 생각하십니까? 신을 갖는다면 극기할 이유가 있을 것 아닙니까?"

"산업문명은 극기가 없을 때 비로소 가능한 것이야. 위생학과 경제학이 허용하는 극한까지 방종에 빠지는 거야. 그렇지 않으면 세계의 바퀴는 회전이 중지되고 말 것이니까."

"순결을 지킬 이유는 있지 않습니까?" 그 단어를 발음하면서 약간 얼굴까지 붉히며 야만인이 말했다.

"순결은 정열을 의미하며 신경쇠약을 의미하는 거야. 그런데 정열과 신경쇠약은 불안정을 의미해. 그런데 불안정은 문명의 종말을 의미하지. 타락한 쾌락이 풍부하지 않고는 영속적인 문명은 기대할 수 없네."

"하지만 신은 모든 고귀하고 아름답고 비장한 것의 근거가 아닙니까? 만일 신이 있다면······."

"젊은 친구." 무스타파 몬드가 말했다. "문명은 고귀함이나 비장함을 전혀 필요로 하지 않는 것일세. 그러한 것은 정치적 비능률을 나타내는 징후일 뿐이야. 우리처럼 적절히 조직된 사회에서는 그 누구에게도 고귀하고 영웅적이 될 기회란 있을 수 없는 걸세. 그러한 계기가 발생하기 전에 여건이 지극히 불안정한 상태가 되겠지. 전쟁이 일어나거나 어느 쪽에 충성을 맹세할지 모르는 경우이거나 저항해야 할 유혹이 있거나 쟁취하거나 방어할 사랑의 대상이 있는 경우——그런 경우가 생긴다면 틀림없이 고귀함과 비장함도 어떤 의미를 가질 거야. 그렇지만 오늘날엔 전쟁이 없단 말일세. 어떤 사람이 어떤 사람을 지나치게 사랑하는 일이 발생하지 않도록 우리는 최대의 신경을 쓰고 있는 중일세. 어느 쪽에 충성을 맹세할 것인가 하는 문제는 일어나지 않고 있어. 마땅히 해야 할 일을 하지 않을 수 없도록 조건반사 훈련이 되어 있단 말일세. 또한 해야 할 일이라는 것은 대체로 매우 유쾌한 것이며 여러 가지 자연적인 충동은 모두 자유롭게 만족되기 때문에 저항할 유혹이란 것이 존재하지 않는다는 것이지. 만일 불행한 우연으로 인해 어떤 불쾌한 사태가 일어나면 까짓것 그러한 상황으로부터 도피시켜 줄 소마가 항상 준비되어 있네. 분노를 진정시키고 적과 화해시키고, 인내하고 수난을 참도록 하는 소마가 있다 이 말이야. 옛날에는 대단히 어려운 노력을 거치고 오랜 수양을 쌓아야 겨우 도달되는 미덕이었지. 그러나 이제 반 그램짜리 두세 알만 삼키면 그러한 수양의 경지에 도달한다는 말일세. 이제 누구나 군자가 될 수 있다네. 그러니까 덕성(德性)의 반은 적어도 병 속에 지참하고 다닐 수 있다는 이야기야. 참회의 눈물을 흘리지 않고도 기독교 정신을 터득하는 것——그것이 소마의 본질일세."

"하지만 눈물은 필요한 것입니다. 오셀로의 말을 기억하시죠? '만일 폭풍이 지난 후 이러한 평온이 찾아오는 것이라면 사자(死者)의 눈을 뜨게 할 때까지 바람아 부소서'* 라는 대목 말입니다. 인디언들이 우리에게 들려주던 이야기가 하나 있습니다. 마타스키의 소녀에 대한 이야기입니다. 이 소녀와 결혼하고 싶은 청년들은 소녀의 집 정원에서 한나절 동안 호미질을 해야 했습니다. 이것은 손쉬운 일 같았지만 뜰에는 파리와 모기들이 있었는데, 그것들은 마법의 파리와 모기였습니다. 그래서 대부분의 청년들은 물리고 찔리는 아픔을 참지 못했지만, 참고 견딘 청년이 있어서 그 소녀를 손에 넣었다는 이야기입니다."

"참으로 멋있는 이야기야! 하지만 문명국에서는." 총통이 말했다. "여기서는 호미질을 하지 않고도 여자를 얻을 수 있네. 또한 물어뜯을 파리도 모기도 없어. 벌써 몇 세기 전에 그것들을 박멸해 버렸으니까."

야만인은 찡그리며 고개를 끄덕였다.

"전부 박멸시켰군요. 총통다운 이야기십니다. 불쾌감을 안겨 주는 것이면 참는 법을 배우는 것이 아니라 모두 제거한다는 말씀이시군요. '포악한 운명의 팔매나 화살을 참을 것인가 아니면 고난의 바다를 향해 무기를 들고 싸

* 《오셀로》 2막 1장 중에서

워 그것을 근절할 것인가——그 어느 쪽이 우리의 정신에 유익할 것인가?" 그러나 총통께선 그 어느 쪽도 하지 않고 있는 것입니다. 인내도 저항도 하지 않고 계십니다. 돌팔매와 화살을 그냥 포기할 뿐입니다. 그것은 너무 안이하군요."

그는 어머니를 생각하고 갑자기 입을 다물었다. 37층의 병실에서 린다는 노래하는 조명과 방향의 애무라는 바다에 떠 있었지……. 그러다가 시공간으로부터, 추억의 감옥으로부터, 습성과 늙고 부풀어 버린 육신으로부터 벗어나 표류해 가버렸지……. 그런데 토마킨, 그러니까 인공부화·조건반사 양육소 전임 소장 토마킨은 아직 휴일을 즐기고 있겠지. 굴욕이나 고통으로부터 도피하여, 그 불쾌한 험담과 야유 섞인 웃음소리도 들을 수 없고 그 소름끼치는 얼굴도 보지 않고 자기의 목을 부둥켜안던 축축하고 흐늘흐늘한 팔의 감촉도 느낄 수 없는 세계, 그 아름다운 세계에서 휴식을 즐기고 있겠지…….

"당신들에게 필요한 것은 어떤 변화를 위해 눈물이 따르는 그 무엇일 것입니다" 하고 야만인은 말을 계속했다.

"이곳에는 희생을 치를 가치가 있는 것이 전혀 없습니다."

("일천 이백 오십만 달러나 들었는걸요." 야만인이 전에 같은 말을 했을 때 헨

* 《햄릿》3막 1장 중에서

리 포스터 군이 대답한 말이었다. "일천 이백 오십만 달러——조건반사 양육소를 하나 신축하는 데 드는 비용입니다. 거기에서 한푼도 싸게 할 수 없습니다.")

"썩어 버리고 말 보잘것없는 육신을 운명과 죽음과 위험에 내맡기고 겨우 계란 껍질 한 개를 얻는다는 것˚. 이런 처사에도 무언가가 있는 것이 아닙니까?"

그는 무스타파 몬드를 바라보며 물었다. "신이라는 문제는 관두고라도 말입니다. 물론 신은 그런 행위를 할 만한 충분한 근거가 되겠습니다만, 위험 속에서 삶을 산다는 것에도 무슨 의미가 있지 않을까요?"

"큰 의미가 있는 것이야." 총통이 대답했다. "남녀들은 때로 아드레날린의 자극이 필요하니까."

"네?"

야만인은 무슨 말인지 몰라서 물었다.

"그것은 완전한 건강을 위한 한 가지 조건이야. 그래서 우리는 V. P. S. 요법을 강제로 시행하고 있는 것일세."

"V. P. S. 라고요?"

"격정대용약˚˚"이란 뜻이야. 매월 1회씩 정규적으로 복용하지. 신체의 모든 조직에 아드레날린을 충만시키는 요법일세. 공포와 분노의 효과를 가져오는 완전한 생리학적

---

* 《햄릿》4막 5장 중에서
** Violent Passion Surrogate — 원주

대용물일세. 데스데모나를 살해하고 오셀로에 의해 살해당하는 것 같은 강장제적 효과를 얻으면서도 전혀 불편한 일이 일어나지 않거든."

"하지만 저는 불편한 것을 좋아합니다."

"우리는 그렇지 않아." 총통이 말했다.

"우리는 여건을 안락하게 만들기를 좋아하네."

"하지만 저는 안락을 원치 않습니다. 저는 신을 원합니다. 시와 진정한 위험과 자유와 선을 원합니다. 저는 죄를 원합니다."

"그러니까 자네는 불행해질 권리를 요구하고 있군그래."

"그렇게 말씀하셔도 좋습니다." 야만인은 반항적으로 말했다. "불행해질 권리를 요구합니다."

"그렇다면 말할 것도 없이 나이를 먹어 추해지는 권리, 매독과 암에 걸릴 권리, 먹을 것이 떨어지는 권리, 이가 들끓을 권리, 내일 무슨 일이 일어날지 몰라서 끊임없이 불안에 떨 권리, 장티푸스에 걸릴 권리, 온갖 표현할 수 없는 고민에 시달릴 권리도 요구하겠지?"

긴 침묵이 흘렀다.

"저는 그 모든 것을 요구합니다." 야만인이 마침내 입을 열었다.

무스타파 몬드는 어깨를 추슬렀다.

"마음대로 하게" 하고 그가 말했다.

18

문이 조금 열려 있었다. 그들은 들어갔다.

"존!" 욕실로부터 기분 나쁜 이상한 소리가 들렸다.

"어떻게 된 거야?" 헬름홀츠가 외쳤다.

대답이 없었다. 기분 나쁜 소리가 반복되었다. 두 번 반복되었다. 그러고는 아무 소리도 나지 않았다. 다음 순간 딸깍 하는 소리를 내며 욕실의 문이 열렸다. 그러고는 매우 창백한 야만인의 모습이 나타났다.

"이봐! 존, 자네 안색이 나쁘군!" 헬름홀츠가 염려스러운 목소리로 말했다.

"뭔가 몸에서 받지 않는 음식을 먹지는 않았나?" 버나드가 물었다.

야만인은 고개를 끄덕였다.

"나는 문명을 먹었어."

"뭐라고?"

"문명이 나에게 독을 먹였어. 그래서 나는 오염되고 말았어. 그리고……." 그는 낮은 목소리로 말을 이었다. "나는 내 자신의 사악함을 먹은 거야."

"그렇겠군. 그런데 정확히 그게 뭐지? 내 말은 이제 자네는……."

"지금 나는 몸을 씻어내고 정화시켰어." 야만인이 말했다. "겨자와 더운 물을 마셨어."

상대방들은 놀라서 야만인을 응시했다.

"일부러 그걸 먹었다고 말하고 있는 건가?" 버나드가 물었다.

"인디언들이 늘 자신들을 정화시키는 방법이 바로 그런 것이야." 야만인은 앉았다. 신음하면서 이마에 손을 얹었다.

"잠시 좀 쉬어야겠어. 피곤하군."

"그야 놀라운 일이 아니지" 하고 헬름홀츠가 말하고 잠시 후 "작별 인사를 하러 왔네. 우리는 내일 아침 떠나게 돼" 하고 말투를 바꾸어 진지하게 말했다.

"그래. 우리는 내일 이곳을 떠나." 버나드가 말했다. 그의 얼굴에는 체념한 듯한 결의를 나타내는 새로운 표정이 떠오르는 것을 야만인은 볼 수 있었다.

"존, 그건 그렇고……." 버나드는 의자에서 몸을 앞으로 굽혀 손을 야만인의 무릎에 얹으면서 말을 이었다. "어제 일어난 일에 대해 미안하다고 사과하고 싶네."

그는 얼굴을 붉혔다. "정말 창피……." 그는 떨리는 목소리를 개의치 않고 말했다. "정말 너무……."

야만인이 그의 말을 막았다. 그러고는 그의 손을 다정하게 잡았다.

"헬름홀츠는 나에게 너무 친절했어." 버나드가 잠시 후 입을 열었다. "그가 아니었다면 난……."

"그만해. 그만!" 헬름홀츠가 그의 입을 막았다.

침묵이 흘렀다. 슬픔에도 불구하고——아니 슬프기 때문에 침묵을 지키고 있었다. 그들의 슬픔은 그들이 서로 사랑한다는 증표였다——세 젊은이는 행복했다.

"오늘 아침 나는 총통을 만나러 갔었어." 야만인이 급기야 입을 열었다.

"그건 왜?"

"나도 자네들과 함께 그 섬으로 보내 달라고 부탁하러."

"그가 뭐래?" 헬름홀츠가 열의에 차서 물었다.

야만인은 고개를 저었다. "허락하지 않겠다는 거야."

"왜?"

"그는 실험을 계속하고 싶다는 것이었어. 젠장!" 야만인은 갑자기 화를 내며 말했다.

"내가 계속 실험의 대상이 되다니! 젠장! 세상의 총통들이 모두 와서 부탁해도 그건 안 돼! 나도 내일 떠날 테야."

"하지만 어디로?" 두 사람이 일제히 물었다.

야만인은 어깨를 움츠렸다.

"어디든지. 상관없어. 나 혼자 있을 수 있는 곳이면 돼."

하행항로는 길퍼드로부터 웨이 계곡을 따라 고달밍에 이르고 거기에서 밀퍼드와 위틀리를 지나 헤슬미어로 빠졌다가 다시 피터스필드를 지나 포츠머스를 향한다. 그 노선과 거의 평행을 이루며 상행항로는 워플즈덴, 퉁햄, 퍼튼햄, 엘즈테드, 그리고 그레이샷의 상공을 통과한다. 혹스백과 하인드헤드 사이에는 두 항로간의 거리가 겨우 6, 7킬로미터도 채 안 되는 지점이 있었다. 이 거리는 미숙한 비행가에게는——특히 야간비행이라든가 소마를 반 그램가량 초과해서 복용했을 때에는 너무 가까운 거리였다. 그래서 사고가 자주 일어났는데 그것도 대형사고였다. 그래서 상행항로를 몇 킬로미터 서쪽으로 옮기기로 결정했었다. 그레이샷과 퉁햄 사이에는 네 개의 폐쇄된 항공용 등대가 남아 있어 옛날의 포츠머스와 런던 운항로의 흔적을 나타내고 있다. 그 위의 하늘은 고요하고 인적이 없었다. 이제 헬리콥터들이 끊임없이 윙윙대고 포효하는 곳은 셀본과 보든과 판햄 상공이었다.

야만인은 퍼튼햄과 엘즈테드 사이에 위치한 언덕 마루에 서 있는 낡은 등대를 자신의 은신처로 택했다. 그 건물은 철근 콘크리트로 되어 있었고 말짱했다——야만인이 최초로 이곳을 답사했을 때 너무 안락하고 너무 사치스러울 정도로 문명화된 장소라는 생각이 들었었다. 그 대신 자기단련을 한층 힘들게 하고 자기정화를 한층 더 완전하고 철저하게 하겠다는 다짐을 함으로써 자신의 양심을 달랬다.

이 은신처에서의 첫날밤은 뜬눈으로 지새우기로 했다. 그는 여러 시간 동안 무릎을 꿇고 기도했다. 죄를 진 클로디우스°처럼 용서를 빌기 위해 하늘을 향해 기도하기도 했으며 때로는 주니어로 아와나윌로나에게, 때로는 예수와 푸콩 신을 향해, 때로는 자신의 수호신 격 짐승인 독수리를 향해 기도했다. 이따금 그는 십자가에 못 박힌 것처럼 양팔을 뻗고 몇 시간이고 고통을 참으며 팔을 내리지 않았다. 그 팔의 고통은 차츰차츰 증가하여 마침내 팔이 떨리며 참을 수 없는 고뇌가 되었다. 스스로 자진해서 십자가에 처형된 자세를 취하며 팔을 뻗은 채 이를 악물고 (이 동안에 그의 얼굴은 땀으로 뒤범벅이 되어 있었다) "용서하소서! 선한 인간이 되도록 도와주소서!" 오오, 저를 정화시키소서! 그는 고통으로 인해 마침내 실신할 지경에 이르도록 되풀이해서 기도했다.

* 형을 죽이고 왕권을 뺏은 햄릿의 삼촌

아침이 찾아왔을 때 그는 드디어 이 등대에서 살 권리를 얻었다고 생각했다. 비록 대부분의 창문에는 유리가 그대로 있었고 발코니 위로부터 보이는 정경은 아름다웠지만 그렇게 생각했다. 사실 그가 이 등대를 선택한 그 이유 자체가 언제고 이곳을 떠나 다른 곳으로 가겠다는 이유가 되는 것이었다. 그가 이곳에서 살기로 결심한 것은 조망이 아름다웠고 이 유리한 고지에서는 마치 신의 형상이 나타나는 것을 바라 볼 수 있는 것 같았기 때문이다. 그러나 날마다 이렇게 아름다운 조망을 만끽할 수 있다니 도대체 그 자신은 겨우 그 정도의 인간에 불과하단 말인가? 신이 보이는 장소에 살고 있는 그는 도대체 어떻게 된 인간일까? 그가 살기에 알맞은 곳은 더러운 돼지우리나 땅속의 캄캄한 구멍이다.

　고통스럽던 긴 하룻밤을 지낸 뒤라 몸이 뻣뻣하고 아직도 욱씬거리는 육신을 느끼는가 하면 오히려 그런 이유로 해서 내심 안도감을 느끼면서 그는 탑의 발코니로 올라가, 이제 삶의 권리를 얻은 그 해 뜨는 세계를 내려다보았다. 북쪽으로 열린 전망은 혹스백의 길고 하얀 산봉우리로 인해 가려져 있었다. 그 동쪽 언저리로부터 7개의 마천루 탑이 솟아올라 있었고 그것들이 길퍼드 가를 형성하고 있었다. 그것을 보는 순간 야만인은 얼굴을 찡그렸다. 그러나 시간이 지나면 그것까지도 화해하게 될 것이다. 왜

냐하면 밤이라는 시간이 오면 그것들이 기하학적 성좌를 그리며 찬란하게 번뜩이고 있었고 그렇지 않은 경우에는 투광조명으로 빛나는 손가락들을 (현재 영국에서는 야만인만이 이해할 수 있는 의미를 띤 몸짓으로) 바닥을 헤아릴 수 없는 하늘의 신비를 향해 경건하게 쳐들고 있었기 때문이었다.

혹스백과 등대가 서 있는 모래언덕을 격리시키고 있는 계곡에 위치한 퍼튼햄은 곡물탑과 가금(家禽) 사육장과 작은 비타민 D 공장을 수용하고 있는 9층짜리 건물로 된 조촐한 마을이었다. 등대의 반대쪽, 그러니까 남쪽으로는 지세가 완만한 경사의 히스 초원을 이루며 여러 개의 연못으로 이어지고 있었다.

그 연못 너머로는 이곳저곳에 삼림이 있었고 그 위로 엘즈테드의 14층 탑상빌딩이 솟아 있었다. 안개 낀 영국의 대기 속에서 희미하게 보이는 하인드헤드와 셀본은 그 자체의 낭만적인 푸른 모습으로 사람들의 눈을 끌고 있었다. 그러나 야만인을 이 등대로 끌어들인 것은 이러한 원경만은 아니었다. 원경뿐 아니라 가까운 경치도 매혹적이었다. 숲, 히스와 노란 고스꽃이 깔린 평원, 스코틀랜드 전나무로 빽빽한 숲, 자작나무가 위로 늘어진 빛나는 연못, 연못의 수련과 밀생하는 난초——이들은 아름다웠으며 아메리카 황무지의 메마름에 익숙한 눈에는 모든 것이 경이롭게 보였다. 게다가 한적함! 인간의 그림자라곤 하나도 보이지 않고 하루하루가 지나갔다. 이 등대는 차링 T탑으로부터 15분의 비행으로 도달되는 곳이었지만 맬파이스의 황야도 이곳 서리의 히스 초원보다 쓸쓸하지는 않았다. 매일 런던을 떠나는 군중들은 전자 골프나 테니스를 치기 위해 도시를 떠나는 것이었다. 퍼튼햄에는 그런 것을 할 경기장이 없었다. 가장 가까운 리만식 평면 테니스 코트는 길퍼드에 있었다. 이곳의 유일한 매력은 꽃과 풍경이었다. 따라서 이곳을 방문할 아무런 이유가 없었기 때문에 아무도 오지 않았다. 처음에 야만인은 혼자 아무 방해도 받지 않고 살아갈 수 있었다.

처음 영국에 와서 존은 개인적인 생활비로 받은 돈이 있었는데, 이곳에 오기 위한 장비를 마련하는 데 대부분을 소비했다. 그는 런던을 떠나기 전에 넉 장의 인조양모로 짠 모포, 밧줄과 끈, 못, 아교, 몇 개의 연장, 성냥(앞으로는 원시적으로 불을 일으키는 마찰판을 만들 생각이었지만), 몇 개의 병과 프라이팬, 종자 24봉지, 10킬로그램의 밀가루 등을 구입했다.

"아닙니다. 합성 전분이나 목화씨로 만든 대용 밀가루 같은 것은 필요 없습니다." 그는 주장했었다.

"아무리 영양가가 높아도 싫습니다."

그러나 각종 내분비물질 함유 비스킷이나 비타민이 든 대용고기에 이르러서는 점원의 설득을 뿌리칠 수 없었다.

지금 그 깡통들을 볼 때 그는 자신의 나약함을 꾸짖지 않을 수 없었다. 지겨운 문명물질! 이제 굶어 죽어도 그것들을 먹지 않겠다고 결심했다.

"놈들에게 본때를 보여줘지." 그는 복수심에 사로잡혀 속으로 뇌까렸다. 또한 자신에 대해서도 본때를 보여주는 일이 될 것이다.

그는 돈을 세어 보았다. 조금밖에 남지 않았지만 겨울을 넘기기에 충분하다고 그는 생각했다. 다음 해 봄에는 그가 바깥 세계로부터 완전히 독립할 수 있을 만큼 충분한 것을 밭에서 수확하고 있을 것이다. 그동안에는 항상 사냥감이 될 수 있는 동물이 있을 것이다. 그는 벌써 많은 토끼를 보아 둔 터였다. 연못에는 들오리가 있었다. 그는 활과 화살을 만들기 시작했다.

등대 가까이에는 물푸레나무가 자라고 있었고 화살을 만들기에 알맞게 곧은 가지가 뻗어 있는 개암나무가 있었다. 우선 물푸레나무를 베어서 6피트 정도의 가지가 없는 줄기를 잘라서 껍질을 벗기고, 미치마 노인이 가르쳐 준대로 한 겹 한 겹 흰 부분을 벗겨내어 마침내 두툼한 중간부분은 튼튼하고, 가늘어지는 끝부분은 탄력 있고 나긋나긋한 자신의 키와 맞먹는 막대기를 얻었다. 이 작업은 그에게 강렬한 쾌감을 안겨 주었다. 런던에서 일다운 일도 없이, 간혹 일이 있다 해도 고작 스위치나 누르고 핸들을 돌리면 만사가 해결되던 권태로운 몇 주일을 보낸 후인지라 숙련과 인내를 요구하는 어떤 일을 한다는 것은 순수한 기쁨이었다.

막대기를 활 모양으로 다듬는 일을 거의 끝내갈 때 그는 자신이 노래하고 있는 것을 깨닫고 깜짝 놀랐다. 노래를 부르고 있었던 것이다! 그것은 마치 밖에서 들어왔을 때 자신의 모습과 마주쳤는데 불현듯 그것이 자신임을 발견한, 더욱이 아주 못된 잘못을 저지르고 있는 자신을 현장에서 잡은 기분이었다. 그는 죄를 지은 사람처럼 얼굴을 붉혔다. 따지고 보면 그가 여기에 온 것은 노래하며 즐기기 위한 것이 아니었다. 문명생활의 구정물에 더 이상 감염되는 것을 피하기 위해서였다. 정화되고 훌륭해질 목적에서였다. 적극적인 속죄를 하기 위함이었다. 활을 만드는 일에 열중한 나머지 영원히 잊지 않겠다고 맹세했던 것을 망각했다는 것을 깨닫고 그는 아연실색했다——불쌍한 린다, 그녀에 대한 그의 살인적인 불친절, 그 징그러운 쌍둥이들, 죽음의 신비를 헤치며 이처럼 몰려와 그의 비탄과 회한을 모욕했을 뿐만 아니라 그의 신들을 모욕하던 놈들을 말끔히 잊고 지냈던 것이다. 그는 잊지 않겠다고 맹세했었다. 끊임없이 속죄하겠다고 맹세했었다. 그런데 지금 활대 위에 행복하게 앉아서 노래 따위를 흥얼거리다니!

그는 안으로 들어가 겨자 상자를 열고 불에다 끓이기 위해 약간의 물을 부었다.

　반 시간 후 퍼튼햄 보카노프스키 집단에 속하는 세 명의 델타 마이너스 노동자들이 엘즈테드로부터 우연히 화물차를 몰고 달리던 도중, 언덕의 정상에서 허리까지 벌거벗은 젊은 남자가 버려진 등대 밖에 서서 매듭진 가죽 채찍으로 자신의 몸을 때리고 있는 것을 목격하고 깜짝 놀랐다. 그의 등에는 진홍빛 핏자국이 수평선을 이루며 그어져 있었고 그 자국을 따라 가는 핏방울이 흐르고 있었다. 화물차를 운전하던 노동자는 길가에다 차를 세우고 두 명의 동료와 함께 이 기이한 광경을 바라보며 입을 딱 벌리고 있었다. 하나, 둘, 셋——그들은 매질하는 회수를 세고 있었다. 여덟 번을 후려치고 나서 그 젊은이는 자신에게 가하던 벌을 중지하고 숲의 가장자리로 달려가서 그곳에다 지독한 소리를 내며 구토하는 것이었다. 구토가 끝나자 젊은이는 채찍을 다시 들어 후려치기 시작했다. 아홉, 열, 열 하나, 열 둘…….

　"오오, 포드 님!" 운전하던 사람이 속삭였다. 그러자 그의 쌍둥이들도 같은 말을 했다.

　"맙소사!" 그들이 말했다.

　그러고 나서 사흘 후 시체에 몰려드는 독수리처럼 보도진들이 달려왔다.

생나무를 서서히 태워 그 위에다 건조시켜 딱딱하게 굳
힌 후 활이 완성되었다. 야만인은 이제 화살을 만드느라
바빴다. 30개의 가는 가지가 다듬어지고 건조되고 끝에
못을 박고 찬찬히 활오늬를 달았다. 그는 어느 날 밤을 이
용하여 퍼튼햄 양계장을 습격했었다. 그래서 화살에 달
깃털은 충분했다. 최초로 기자가 그를 발견한 것은 그가
화살에다 깃털을 달고 있을 때였다. 공기가 든 구두를 신
고 있어 그 사나이는 소리를 내지 않고 그의 등 뒤로 접근
할 수 있었다.

"안녕하십니까, 야만인 씨." 그가 말했다. "나는 〈라디오
시보〉의 대표입니다."

뱀에게 물리기라도 한 듯 깜짝 놀라면서 야만인은 화
살, 깃털, 아교통, 솔 등을 사방으로 떨어뜨리며 벌떡 일어
났다.

"용서하십시오." 기자는 진정으로 가책을 느끼면서 말
했다.

"고의로 그런 건 아니었습니다……."

그는 모자에 손을 가져갔다──그것은 알루미늄 중절
모였지만 그 속에는 라디오의 수신기와 송신기가 달려 있
었다.

"모자를 벗지 않는 것을 용서하십시오. 이건 좀 무거운 모
자입니다. 지금 말씀드렸듯이 나는 시보의 대표입니다……."

"원하는 게 뭐요?" 야만인은 이맛살을 찌푸리며 물었다. 기자는 아주 상냥한 미소를 보내고 있었다.

"말할 것 없이 우리 독자들은 지대한 관심을……."

그는 고개를 한쪽으로 기울였다. 그의 미소는 거의 교태에 가까웠다.

"다만 몇 마디만 해주십시오."

늘 하는 몸동작으로 재빨리 그는 허리에 차고 있던 휴대용 전지에 이어진 전선을 풀어서 알루미늄 모자 양쪽에 꽂았다. 모자 위에 달린 스프링에 손을 대자 안테나가 공중으로 솟았다. 모자의 테를 건드리자 뚜껑을 열면 튀어나오는 장난감처럼 마이크가 튀어나오더니 그의 코밑 6인치의 허공에 걸려 흔들거리고 있었다. 그는 귀 위에 있는 한 쌍의 수신기를 끌어내렸다. 그러고는 모자의 왼쪽에 붙은 스위치를 눌렀다. 그러자 붕붕 하는 소리가 마치 청진기를 귀에 댔을 때처럼 쏴쏴 하면서 울려나왔다.

"여보세요, 여보세요." 그는 마이크에다 말했다. 그러자 갑자기 그의 모자 속에서 종이 울렸다.

"에젤, 자넨가? 푸리모 메론일세. 그를 잡았네. 야만인 씨께서 마이크를 잡고 몇 마디 할 걸세. 자, 야만인 씨, 한마디 해주십시오."

그는 다시 그 매혹적인 미소를 띠며 야만인의 얼굴을 올려다보았다.

"왜 이곳에 왔는지 좀 우리 독자에게 말해 주십시오. 왜 런던을 급히 떠났는지. (에젤, 이대로 끊지 말게!) 물론 저 채찍에 대해서도."

야만인은 놀랐다. 그들이 채찍에 대해서 어떻게 알았을까?

"우리는 그 채찍에 대해 몹시 궁금합니다. 그리고 문명에 대해서도 몇 마디 해주십시오. 잘 아시지 않습니까? '문명 사회의 여성에 대해 내가 생각하는 것' 따위 말입니다. 몇 마디면 족합니다……."

야만인은 당황스러울 정도로 액면대로 그 주문에 응했다. 다섯 단어를 말할 뿐 더 이상 말하지 않았다. 그 다섯 단어란 캔터베리 공동체 성가당 대주교에 대해 버나드를 향해 쏘아붙인 말과 같은 것이었다. "하니! 손스 에소 체나!" 이 말을 뱉고 나서 야만인은 기자의 어깨를 잡아 그의 몸을 빙글 돌리더니 (젊은 기자는 때려 주고 싶은 욕망이 일어나게끔 몸을 완벽하게 방어한 자세를 취하고 있었다) 겨냥을 끝내고 축구선수 같은 힘과 정확성으로 매우 맹렬하게 발길질했다.

8분 후 〈라디오 시보〉의 신간이 런던 거리에서 판매되고 있었다.

'〈라디오 시보〉의 기자, 신비한 야만인에게 차이다.'

신문의 제1면 톱기사의 제목이었다. '서리 주의 대소동.'

"런던에서도 대소동인걸."

기자는 돌아오는 도중 기사를 읽으며 생각했다. 더욱이

고통스러운 대소동이었다. 그는 신중히 앉아 점심을 들기 시작했다.

동료가 미골에 타박상을 입었다는 경고에도 불구하고, 〈뉴욕 타임스〉, 〈프랑크푸르트 사차원 연재지〉, 〈포드 과학 모니터〉, 〈델타 미러〉를 대표하는 네 명의 기자가 그날 오후 등대를 방문했다. 그들은 점점 도를 더하는 난폭한 환대를 받았다.

안전한 거리로 피신하여 엉덩이를 매만지며 "미개한 야만인아! 왜 너는 소마를 먹지 않니?" 〈포드 과학 모니터〉의 기자가 소리쳤다.

"꺼져!" 야만인은 주먹을 휘둘렀다. 다른 한 명의 기자는 몇 발자국 뒤로 물러서더니 다시 몸을 돌렸다.

"몇 그램만 먹으면 악귀는 사라진다!"

"코하콰 이야스토캬이!" 그 음성에는 위협적인 야유가 내포되어 있었다.

"고통은 망상이다!"

"오, 그래?"

야만인은 대답하며 두터운 개암나무 막대기를 집어들고 앞으로 걸어왔다.

〈포드 과학 모니터〉의 기자는 쏜살같이 헬리콥터로 도망갔다.

그 후 야만인은 얼마 동안 방해받지 않았다. 몇 대의 헬리콥터가 와서 등대 위를 돌며 살폈다. 야만인은 터무니 없이 가까이까지 온 헬리콥터를 향해 활을 쏘았다. 화살은 알루미늄 받침판을 관통했다. 놀란 비명이 들리더니 헬리콥터는 상단기어가 제공할 수 있는 최대의 가속을 붙이며 허공으로 치솟아 올라갔다. 그 후 다른 헬리콥터는 경의를 표하듯 적당한 거리를 두고 맴돌았다. 귀찮게 붕붕거리는 소리를 무시하며 (야만인은 자신이 마차키의 처녀를 얻으려는 구혼자 중 한 사람이며, 날개 달린 독충들 틈에서 끄덕 않고 견디고 있는 것이라고 상상했다) 야만인은 정원을 일굴 땅을 파고 있었다. 얼마 후 독충은 분명히 지루함을 느꼈는지 날아가 버렸다. 연달아 몇 시간 동안 하늘은 텅 비어 있었고 종달새만 아니면 조용했다.

날씨는 숨도 쉴 수 없이 더웠고 하늘에는 천둥소리가 있었다. 그는 오전 내내 땅을 파고 나서 바닥에 몸을 길게 뻗고 쉬고 있었다. 그러자 갑자기 레니나의 생각이 떠올랐다. 다음 순간 그것은 실제로 그곳에 현실의 모습으로 나타난 것 같았다.

"착한 분!" 그리고 "나를 팔로 안아 주세요!"——구두와 양말을 신고 향수를 바른 자태였다.

뻔뻔스런 창녀 같으니! 하지만 어, 어, 안 돼! 그녀의 팔이 그의 목을 감아 안았다. 유방이 위로 향하고 그녀의 입이 위를 향하고 있었다! 레니나, 우리의 입술과 눈에는 영

혼이 담겨 있도다⋯⋯. 안 돼! 안 돼! 안 돼! 그는 벌떡 일
어나 반쯤 벗은 채 집 밖으로 뛰쳐나왔다. 히스 초원이 끝
나는 곳에는 노간주나무가 빽빽이 자라고 있었다. 그는
나무를 향해 돌진했다. 그는 갈망하는 매끄러운 육체가
아니라 한아름의 파란 가시를 포옹했다. 가시는 수많은
송곳처럼 그의 몸을 날카롭게 찔렀다.

숨도 쉬지 못하고 벙어리가 된 채 주먹을 움켜쥐고 눈
에는 표현할 수 없는 공포를 담은 모습의 불쌍한 린다를
생각하려 애썼다. 영원히 기억하겠다고 맹세한 불쌍한 린
다⋯⋯. 그러나 그의 의식에 출몰하는 것은 레니나의 형
체였다. 잊겠다고 그가 맹세한 레니나⋯⋯. 노간주나무
가시에 마구 찔리면서 그의 움찔거리는 육체는 그녀의 생
생한 모습, 피할 수 없이 생생한 "내 사랑, 내 사랑, ⋯⋯
당신도 나를 원했다면 왜 그렇다고 하지⋯⋯" 하는 그녀
의 음성을 인식하고 있었다.

채찍은 기자들이 오면 작동할 태세를 갖추어 문가의
못에 걸려 있었다. 미친 듯이 야만인은 다시 집으로 달려
가 채찍을 잡아 휘둘렀다. 매듭진 가죽끈이 그의 살을 갈
랐다.

"매춘부! 매춘부!"

* 《안토니우스와 클레오파트라》1막 3장 중에서

그는 채찍을 휘두를 때마다 그것이 레니나인 것처럼 외쳤다. (그러면서도 자신도 의식하지 못한 사이에 오히려 그것이 레니나이길 미친 듯이 원하고 있었다.) 지금 때리는 상대가 희고 훈훈하고 향수를 바른 부정한 레니나인 것처럼…….

"매춘부!" 다음 순간 절망의 목소리로 "오오, 린다, 용서해요. 용서해요. 아, 신이여, 저는 나쁜 놈입니다. 저는 사악합니다. 저는……. 아니! 아니! 이 매춘부야! 매춘부야!"

3백 미터 떨어진 숲 속에 빈틈없이 만들어 놓은 은신처로부터 촉감영화회사의 가장 숙련된 거물 촬영기사인 다윈 보나파르트가 여기서 진행되는 모든 상황을 지켜보고 있었다. 결국 인내와 노력은 보답받고 말았다. 그는 인조 떡갈나무의 구멍 속에 앉아 있다가 사흘 밤 동안 포복하여 히스 초원에 접근했다. 부드러운 회색 모래 속에 전선을 묻으며 마이크를 여러 대 숨겨 놓았다. 72시간의 지리한 부자유. 이제 위대한 순간이 찾아왔다──저 유명한 '고릴라의 결혼'이라는 입체 촉감영화를 촬영한 이래 최대의 순간이 찾아온 것이었다. 야만인이 놀라운 연기를 시작했을 때 "야, 이건 멋지구나!" 하고 그는 환성을 질렀다. "멋지다!" 하고 속으로 탄성을 올리며 망원렌즈를 조심스럽게 조준했다──그리하여 움직이는 대상에다 카메라를 고정시켰다. 미처 날뛰며 찡그린 얼굴의 클로즈업을 찍기 위해 렌즈를 최대한으로 확대했다. (멋지군!) 다시

30초가량 느린 동작으로 돌려놓았다. (이건 정말 희극적인 효과를 낳겠지 하고 그는 속으로 다짐했다.) 그러는 동안에도 필름의 가장자리에 있는 녹음부에 녹음되고 있는 채찍소리와 신음소리와 거칠게 포효하는 소리에 귀를 기울였다. 그러고는 그 소리를 약간 확대하는 효과를 시도해 보았다. (그렇군. 좋아, 이 편이 더 결정적이야!) 그러다가 야만인이 내는 소리가 잠시 중지되는 순간 종달새의 날카로운 울음소리가 들리자 그는 무척 기뻐했다. 이제 야만인이 등을 돌려 등줄기에 난 핏자국의 클로즈업을 보여주었으면 싶었다. 그러자 그 소원과 동시에 (이 얼마나 소중한 행운인가!) 이 친절한 친구는 몸을 돌리고 있었다. 그리하여 촬영기사는 완전한 클로즈업을 찍을 수 있었다.

"이건 굉장한 것이야!" 모든 작업이 완료되었을 때 그는 중얼거렸다.

"정말 굉장했어!" 그는 얼굴의 땀을 닦았다. 이것에다 스튜디오에서 촉감효과를 첨가하면 멋진 영화가 될 것이다. '말향(抹香) 고래의 연애생활'에 버금가는 훌륭한 작품이 될 것이라고 다윈 보나파르트는 생각했다. 아, 정말 그게 어디냐 싶었다.

12일 후 '서리주의 야만인'이 개봉되어 서유럽의 일류 촉감영화관이면 어디서나 보고 듣고 촉감될 수 있었다.

다윈 보나파르트가 제작한 이 영화의 효과는 즉각적이

고 엄청난 것이었다. 그것이 개봉되던 날 오후가 되자 존이 숨어 사는 시골풍의 정적은 머리 위로 몰려드는 헬리콥터들로 인해 갑자기 깨어지고 말았다.

야만인은 그의 밭에서 땅을 파고 있었다——그의 의식 속에는 사고의 재료를 열심히 파헤치고 있었다. 죽음——하고 생각하는 순간 그는 괭이로 땅을 팠다. 한 번, 두 번, 다시 한 번! 우리의 지나간 어제는 모두 바보들에게 먼지로 돌아갈 죽음의 길을 밝혀 준 것에 불과하다.[*] 이 말에 대한 확신이 천둥처럼 그의 의식을 진동시켰다. 그는 한 삽의 흙을 퍼 올렸다. 린다는 왜 죽었을까? 왜 린다는 차츰차츰 인간 이하로 되어 마침내……. 그는 몸서리를 쳤다. 신의 키스를 받는 썩은 살![**] 그는 삽에 발을 올려놓고 딱딱한 땅속으로 그것을 힘껏 밟았다. 장난꾸러기 소년의 손에 놀아나는 파리처럼 신은 우리를 취급한다. 그네들은 재미로 우리를 죽인다.[***]

이 어휘는 다시 천둥소리가 되었다. 진실이라고——진실 이상의 것이라고 주장하는 어휘들이 있다. 그러나 바로 그 골로세스터는 그 신들을 가리켜 항상 자비로운 신이라고 불렀던 것이다. 또한 너 생명이여, 너의 최상의 휴

[*] 《맥베드》 5막 5장 중에서
[**] 《햄릿》 2막 2장 중에서
[***] 《리어왕》 4막 1장 중에서

식은 수면이며 너는 그것을 자주 불러들이도다. 잠에 불과한 죽음을 그대는 끔찍이도 무서워하는구나.[*] 그냥 자는 것에 불과한 것이다. 잠. 그러면 꿈을 꾸었지.[**] 그의 삽이 돌에 부딪쳤다. 그는 돌을 집기 위해 몸을 굽혔다. 그 죽음의 잠 속에서 무슨 꿈을 꾸게 될까?[***]

머리 위에서의 굉음은 포효로 변했다. 그러자 그는 갑자기 그늘 속에 있는 것이었다. 태양과 자신 사이에 무언가가 있었다. 그는 땅을 파던 작업과 상념을 그치고 놀라서 올려다보았다. 그의 의식은 아직도 진실 이상의 진실의 세계를 맴돌고 죽음과 신의 광대무변성에 초점을 맞춘 채 당황한 눈매로 올려다보았다. 그러자 자신의 바로 위에 한 떼의 기계가 배회하고 있는 것을 보았다.

그들은 메뚜기처럼 왔다. 균형을 잡고 허공에 걸렸다가 히스 초원 위 그의 주변으로 착륙하고 있었다. 이 거대한 메뚜기들의 복부에서 흰 인조 플란넬을 입은 남자들과(날씨가 더웠기 때문에) 인조견으로 짠 파자마와 벨벳 바지와 소매 없는 옷을 입은 여자들이 쌍을 지어 나오고 있었다. 몇 분이 지나자 수십 명으로 불어난 그들은 등대 주위에 커다란 원을 그어 늘어서서 바라보며 깔깔대고 카메라의 셔

---

[*] 《자에는 자로》 3막 1장 중에서
[**] 《햄릿》 3막 1장 중에서
[***] 《햄릿》 3막 1장 중에서

터를 찰칵찰칵 누르고 (원숭이에게 던지듯) 피너츠, 성호르몬이 함유된 껌, 각종 선(腺) 분비물이 함유된 버터조각 등을 그를 향해 던져 주고 있었다. 시시각각——혹스백을 가로질러 항공교통의 물결은 끊임없이 흘러들고 있었기 때문에 그들의 수가 점점 증가하고 있었다. 악몽처럼 몇십 명이던 것이 몇백이 되고 몇천이 되고 있었다.

야만인은 은폐물 뒤로 후퇴하여 이제는 궁지에 몰린 짐승 같은 자세로 등대벽에 등을 대고 서서, 정신을 잃은 인간처럼 군중의 얼굴에서 말없는 공포의 표정을 띠고 바라보고 있었다.

조준이 잘된 껌통이 그의 볼을 맞춘 충격 때문에 그는 멍청한 무의식의 상태에서 보다 실감나는 현실로 돌아왔다. 깜짝 놀라게 만든 심한 통증을 느껴 그는 정신을 차렸다. 그러고는 참을 수 없는 분노를 느꼈다.

"꺼져!" 그는 고함을 질렀다.

원숭이가 입을 연 것이다. 갑자기 환성이 터졌고 손뼉까지 치고 있었다.

"야만인아! 착하지. 만세!"

이러한 소란 속에서 "채찍! 채찍!" 하고 외치는 그들의 소리를 야만인은 들었다.

그 단어의 암시에 따라 야만인은 문 뒤에 있는 못에서 매듭진 가죽끈 다발을 잡아 들고 그를 괴롭히는 자들을 향해 흔들었다.

야유적인 갈채 소리가 일고 있었다. 야만인은 위협적으로 그들을 향해 전진했다. 한 여자가 무서워서 소리를 질렀다. 구경하는 대열 중에서 가장 직접적인 위협을 당하는 지점은 뿔뿔이 흩어졌다. 그러나 그 대열은 완강하게 저항하듯 다시 그를 둘러쌌다. 압도적인 수의 우위를 인식했기 때문에 구경꾼들은 야만인이 예상치 못했던 용기를 발휘하고 있었다. 야만인은 놀라서 걸음을 멈추고 주위를 둘러보았다.

"왜 나를 혼자 내버려두지 않습니까?"

그의 분노 속에는 거의 애원하는 기색이 담겨 있었다.

"마그네슘 소금에 절인 복숭아를 먹지 않겠나?"

야만인이 전진한다면 최초의 공격대상이 될 사람이 말했다. 그 사나이가 한 갑을 내밀었다.

"아주 좋은 거야." 그는 좀 불안한 미소를 지으며 달래듯이 말을 이었다.

"이걸 먹으면 늙지 않을 걸세."

야만인은 그의 제안을 무시했다. 웃고 있는 얼굴들을 하나하나 둘러보며

"도대체 내게 원하는 것이 무엇이죠?" 하고 야만인이 물었다.

"도대체 무엇을 원합니까?"

"채찍"하고 1백 명의 목소리가 혼란스럽게 대답했다. "채찍질 묘기를 해! 그 묘기를 보자꾸나!"

그러고는 일제히 느리고 무거운 리듬으로 "우리는——채찍질을 원한다"하고 대열의 끝에 선 집단이 외쳤다.

"우리는 채찍질을——원한다."

그러자 다른 사람들도 즉시 그 합창에 합세했다. 그리하여 이 소리는 앵무새처럼 계속 반복되면서 차츰차츰 우렁찬 합창이 되었다. 급기야 일곱 번 내지 여덟 번째 반복이 지난 후 다른 소리는 그들의 입에서 나오지 않았다.

"우리는——채찍질을——원한다."

그들은 모두 함께 외치고 있었다. 요란한 함성과 만장일치와 운율적인 화음의 일치를 이룬다는 감정에 도취되어 그들은 몇 시간이고 이 함성을 계속할 것 같았다. 아니 무한히 지속할 것 같았다. 그러나 약 스물다섯 번 반복했을 즈음에 합창은 갑자기 놀랍게도 중지되었다. 또 한 대의 헬리콥터가 혹스백을 가로질러 와서 군중들의 머리 위에 정지했다가 야만인이 서 있는 곳, 그러니까 인간의 대열과 등대 사이의 공터에 착륙했다. 프로펠러의 소음이 순간적으로 그 함성을 삼켜 버렸다. 기계가 땅에 닿고 엔진이 꺼지자 다시 "우리는——채찍질을——원한다"라는 합창이 터져나왔다. 전보다 못지 않게 우렁찬 합창이었고 집요한 단조로움을 담고 있는 합창이었다.

헬리콥터의 문이 열리자 먼저 아름답고 불그레한 얼굴을 한 젊은이가 내렸고 다음으로 초록색 벨벳 바지와 흰 셔츠와 승마모를 쓴 젊은 여자가 내렸다.

그 젊은 여자는 그에게 미소 지으며 서 있었다——머뭇거리며 애원하듯 거의 넋을 잃은 미소였다. 몇 초가 지났다. 그녀의 입술이 움직였다. 그녀는 무엇인가 이야기하고 있었다. 그러나 그녀의 음성은 구경꾼들의 요란한 반복적 후렴의 합창소리에 삼켜져 온데간데없었다.

"우리는——채찍질을——원한다. 우리는——채찍질을——원한다."

젊은 여자는 양손으로 왼쪽 허리를 누르고, 복숭아처럼 밝고 인형처럼 아름다운 얼굴에 동경하면서도 괴로운 듯 야릇하게 모순된 표정을 지었다. 그녀의 파란 눈은 점점 커지며 더욱 광채를 발하는 것 같았다. 갑자기 두 줄기 눈물이 그녀의 양볼로 굴러내렸다. 그녀는 무어라고 말하고 있었지만 들리지 않았다. 그러고는 별안간 정열적인 몸짓으로 양팔을 야만인을 향해 벌리고 앞으로 전진했다.

"우리는——채찍질을——원한다. 우리는——채찍질을……."

돌연 그들은 그들이 선망하던 것을 얻게 되었다.

"매춘부!" 야만인은 그녀를 향해 미친 사람처럼 돌진했다.

"이 족제비 같은 것!"

미친 사람처럼 야만인은 매듭이 달린 채찍으로 그녀를 마구 후려쳤다.

겁을 먹은 그녀는 도망치려고 몸을 돌렸다. 그러다가 발이 걸려 히스 초원 위에 넘어졌다. "헨리! 헨리" 그녀가 외쳤다. 그러나 혈색이 좋은 그녀의 남자 친구는 위험이 미칠 영역을 벗어나기 위해 헬리콥터 뒤로 뺑소니치고 없었다.

흥분과 희열에 찬 함성을 울리면서 구경꾼의 대열이 무너졌다. 자석과 같은 흥미의 중심부를 향해 그들은 서로 밀치며 달려왔다. 고통은 매혹적인 공포였다.

"고통을 받아라! 색마야! 고통을 받아라!" 미친 것 같은 야만인은 다시 채찍으로 그녀를 때렸다.

구경꾼들은 허겁지겁 주위로 밀려왔다. 여물통의 돼지들처럼 서로 밀고 엎어지면서 몰려들었다.

"오오, 이 육체!" 야만인은 이를 갈았다. 이번에는 그의 채찍이 자신의 어깨를 내리치고 있었다.

"이 육체야, 죽어라! 죽어!"

고통이라는 공포의 마력에 끌려, 한편으로는 그들의 조건반사훈련이 그들에게 뿌리 깊게 박아 놓은 협동하는 습성과 단결과 화합의 욕망에 이끌려 그들은 야만인의 미친 것 같은 동작을 흉내 내기 시작했다. 그리하여 야만인이 자신의 반역적인 육체를 때리고 동시에, 히스 초원에 쓰러져 몸을 꿈틀거리고 있는 포동포동한 타락의 화신을 내리칠 때마다 군중들은 서로를 때리기 시작했다.

"이것을 죽여라! 이것을 죽여! 죽여!……" 야만인은 계속 외쳤다.

그때 갑자기 누군가가 "지가쟈가장" 하고 노래하기 시작했다. 그러자 순식간에 그들은 그 후렴을 받아 노래하며 춤추기 시작했다. 지가쟈가장, 빙글빙글, 그들은 8분의 6박자에 맞춰 서로를 때리면서 돌아가기 시작했다.

최후의 헬리콥터가 그곳을 이륙한 것은 자정이 넘어서였다. 소마에 취하고 오랜 시간을 끈 관능의 광란으로 지칠 대로 지친 야만인은 히스 초원에 누워 잠자고 있었다. 그가 눈을 떴을 때 태양은 이미 중천에 떠 있었다. 그는 잠시 누운 채 햇빛을 향해 부엉이처럼 도무지 뭐가 뭔지 모르겠다는 듯이 눈을 껌벅였다. 그러자 불현듯 생각났다──모든 것이 생각났다.

"오오, 나의 하느님, 나의 하느님!"

그는 손으로 얼굴을 가렸다.

그날 저녁 혹스백을 가로질러 윙윙거리며 날아온 헬리콥터의 무리는 10킬로미터에 걸친 검은 구름 같았다. 어제 저녁의 요란한 융합의 광경이 모든 신문에 보도되었기 때문이다.

"야만인!" 하고 최초로 도착한 사람이 기체에서 내리자 불렀다.

"야만인 씨!"

아무 응답이 없었다.

등대의 문은 빠끔히 열려 있었다. 그들은 문을 밀고 들어가 어두컴컴한 안을 걸어갔다. 방 저편에 있는 아치형 복도를 통해 위층으로 통하는 계단의 바닥이 보였다. 그 아치의 정상 바로 밑에는 두 다리가 대롱거리고 있었다.

"야만인 씨!"

서서히 아주 서서히, 마치 두 개의 느긋한 나침반의 바늘처럼 그 다리는 오른쪽으로 회전했다. 북, 북동, 동, 남동, 남, 남남서. 그러다 다시 몇 초 후에는 전처럼 서서히 왼쪽으로 회전했다. 남남서, 남, 남동, 동……

작품 해설

올더스 헉슬리(Aldous Huxley, 1894~1963)는 20세기를 대표하는 몇몇 작가 중에 속하는 영국이 낳은 작가이다.

　이 작품을 읽고 그 인상을 한마디로 표현하라고 하면 백과사전적인 방대한 지식을 가진 천재라고 표현하는 것이 가장 적절할 것이다. 그의 작품은 어느 것이나 재치와 풍자가 번뜩이고 흥미 있을 뿐 아니라 심오한 지식을 안겨 주는 것이 특징이다. 도덕, 속물근성, 문명 등 모든 분야를 그의 특유한 날카로운 눈으로 관찰하여 그것을 분석하는 《멋진 신세계》도 20세기 문명이 어디로 치닫고 있는가를 희화적으로 묘사하여 그것이 지닌 위험을 경고한 작품으로서 시간이 갈수록 재음미되고 재평가받을 가치가 있는 작품이다. 《멋진 신세계》는 20세기에 쓰여진 가공소설, 공상과학소설, 미래소설 중에서 가장 잘 쓰여지고 가장 오래도록 읽혀질 작품이다.

공상과학소설인 이상 이 소설도 비현실적인 공상의 세계를 묘사하고 있는 것은 사실이지만 이것은 현시점에서 보아도 너무나 현실감이 풍부한 작품이다. 작가가 살고 있는 시대의 통찰과 비판은 물론 현실로부터 유리되지 않고 있다는 점에서 공상소설은 그 박력의 원천을 얻는 것이며 영속적인 명성의 터전이 마련되는 것이다. 역설적으로 말하면 탁월한 공상과학소설은 지극히 현실성을 띤 공상소설인 것이다.

《멋진 신세계》가 우리에게 강한 호소력을 지니고 있는 것은 이 작품이 20세기의 실상을 사실적으로 묘사한 어느 작품에 못지 않게 리얼함과 동시에 20세기를 상징적으로 그렸기 때문이다.

이 소설은 이상향을 그렸다고는 하지만 조지 오웰의 《1984》와 마찬가지로, 인간의 낙원에 대한 동경이나 낙원의 설계를 제시하는 것이 아니라 어디까지나 일종의 지옥을 묘사하고 있다. 이런 관점에서 볼 때 이 작품은 스위프트의 《걸리버 여행기》와 흡사한 범주에 드는 것으로서 이를테면 반이상향이라고 불러도 무방할 것이다. 《멋진 신세계》라는 표제는 셰익스피어의 《템페스트》(5막 1장)에 의거한 것이지만 물론 역설적 용법으로 사용된 것이다. 진보와 발달에 대한 확신이 있었던 19세기에는 장밋빛 유토피아를 상상하고 기대하고 묘사할 수 있었지만 그 확신이

제1차 세계대전과 제2차 세계대전을 통해 송두리째 흔들리게 된 현대에 와서는 유감스럽게도 가공소설이 철저한 부정적 입장을 취하게 되는 것도 당연한 추세였을 것이다. 이렇게 철저한 부정적 태도는 이것이 쓰여지던 시대에 호소력을 갖게 되었다. 따라서 그 시대 상황에 맞는 호소력을 지님으로서 다시 시대를 초월하여 생명을 유지해 갈 것이다.

헉슬리는《연애대위법》을 필두로 일찍부터 우리나라에 알려진 영국의 소설가 겸 평론가이다. 이 작가는 중년 후반부터 미국의 캘리포니아 주에서 살면서 계속 작품활동을 하다가 미국에서 생을 마감했다. 그가 문단에 등단한 것은 1920년대였다. 당시 전후의 지식층에 만연하는 혼미와 퇴폐를 재치있고 파괴적인 필치로 풍자적으로 묘사하기 시작했다. 풍자소설가로서 그는 최초의 장편소설《크롬 옐로우》로 세상을 놀라게 했고 마침내《연애대위법》이라는 걸작으로 그의 문인생활의 전반부를 장식했다. 전기의 작품에서도 여기저기에서 고개를 들던 작가의 문명비판적 태도가 가공소설의 형태를 띠고 결실을 맺은 걸작이 1932년에 발표한 이《멋진 신세계》이다. 이 소설을 기점으로 풍자소설가였던 헉슬리는 도덕론자로 전환하여 파괴적 회의주의자로부터 건설적 도덕가로 변신해 갔다. 다시 말해서 가학적인 필치로 인간의 추함을 묘출하던 초기의 특징이 후기의 윤리적, 설교적 경향으로 전이해 갔던 것이다.

따라서 《가자에서 눈이 멀어》를 후기 도덕가적 경향을 띤 최초의 작품으로 본다면 이 《멋진 신세계》는 이 작가의 전기와 후기를 잇는 가교적이고 과도기적 성격을 띤 작품으로 보는 것이 일반적인 견해이다.

《멋진 신세계》는 기계문명의 극한적인 발달을 그리며 동시에 인간이 스스로 발견한 과학의 성과 앞에 노예로 전락하여 마침내 모든 인간적 가치와 존엄성을 상실하는 지경에 도달하는 비극을 묘사한 것이다. 제1차 세계대전 이후의 세계에서는 기계문명의 위협은 자못 심각하고 리얼한 것으로 인식되기 시작했다. 과학이 전쟁과 결부되면 어떠한 비극이 초래하는가를 사람들은 체험하고 눈으로 목격했다.

헉슬리는 이 기계문명의 이상한 발달을 20년대와 30년대에 걸친 전체주의적 정치체제의 대두와 연결시켰다. 전체주의적 지배자가 자기만의 목적을 위해 근대과학의 성과를 마음껏 이용하면 어떠한 비인간적 지옥이 출현할 것인가를 상상해 본 것이다.

무엇보다 먼저 이야기해 둘 것은 헉슬리의 사고방식의 근저에는, 모든 진보는 반드시 그 희생의 대가를 동반하는 것이라는 사상이 있다는 것이다. '인간은 무엇이든 대가 없이 얻을 수 없다'는 말은 《멋진 신세계》에 등장하는 인물의 발언에서도 경청할 수 있듯(16장), 희생이 뒤따르지 않는 진보는 결코 가능하지 않다는 사고방식은 헉슬리의 소설과 비평에 반복되어 등장하여 그의 역사관 또는 문명관의 중요한 관점을 이루고 있음을 알아둘 필요가 있다.

예컨대 교육의 보급은 19세기에서는 민주주의의 보편화를 촉진시킬 것으로 믿어졌다. 그러나 20세기에 와서 교육의 보급은 정보나 지식의 전달을 용이하게 해줌과 동시에 전체주의자의 시끄러운 사상의 선전을 편리하게 했다는 면도 무시할 수 없다. 또한 공업이나 농업의 기술적 발달은 한편으로 대지의 풍요함을 급격히 고갈시킨다는 것을 예증하면서 헉슬리는 진보에의 맹신에 경고를 보낸다. 또한 《멋진 신세계》를 통해 기계문명의 발달에 대한 장밋빛 도취를 통렬히 공격하고 있다. 기계문명의 발달이 인간을 노예화시키고 일체의 인간적 가치를 상실케 하는 참상을 이 작품이 생생하게 희화적으로 그리고 있는 것을 목격할 것이다. 재미있는 것은 헉슬리가 미래의 세계를 상상할 때 과학 중에서도 특히 생물학과 심리학 쪽으로 사색을 발전시킨 점이다. 특히 생물학적 관심은 그의 조부가 진화론으로 명성이 높은 토마스 헨리 헉슬리였다는 사실에서 그 맥락을 찾을 수 있다. 또한 그의 형은 생물학자며 동시에 과학에 관한 글을 많이 쓴 주리

언 헉슬리였다.

그런데 문명의 발달을 생물학적 관점에서 추적하여 헉슬리는 인간의 태내생식에서 해방되어 배양시험관으로 자유자재로 만들어지는 날이 닥쳐올 것을 상상했다. 이미 우리도 시험관 아기를 만들 수 있는 세계에 살고 있는 셈인데, 헉슬리는 이를 이미 반세기 전에 예견한 것이다. 이렇게 배양병에 의한 인간제조의 기술이 전체주의적 목적에 악용되어 개인의 의지와는 무관한 상태로 계획경제적으로 인구가 조절된다. 필요한 질의 인간이 필요한 양만큼만 병에서 태어난다.

이러한 미래사회에서는 제1의 목적이 사회안정이며, 그 사회안정을 확보하기 위해서는 온갖 방안이 채택된다. 병에서 태어나는 인간은 각자 정해진 계급에 할당된다. 자기 계급에 기계적으로 적응될 수 있는 소질까지 구비하고 태어나는 것이다. 또한 그 계급에 적응되도록 심리학적 기술을 이용한 교육을 받는다. 주어진 환경에 절대로 반항하지 않고 24시간 내내 명랑할 수 있는 인간들로 구성된 사회가 세워진다. 게다가 소마라는 묘약이 배급된다. 이것을 삼키면 부작용도 없이 술과 종교의 효과를 얻을 수 있다. 소마의 덕택으로 인간은 항상 무릉도원의 생활을 향유할 수 있다. 인간이 병에서 제조되기 때문에 부모자식의 관계가 없으며 가족관계도 없고 부부관계도 없다. 만인은 만인의 것이다. 극단적인 자유연애, 완전한 잡혼이 장려된다. 어떠한 욕망도 배제당하며 배제되지 않는 욕망은 애당초부터 느끼지 않는다. 어느 인간도 격정을 경험할 기회가 없다. 모든 인간이 태평성세 속에서 살아간다. 이렇게 불안을 느낄 줄 모르며 안정된 인간들이 형성한 사회에서는 사회적 불안 같은 것을 찾아볼 수 없다. 한마디로 바보들의 천국이 실현된 것이다. 다만 전체주의적 지배자만이 총명하게 모든 것을 이해하고 질서정연하게 사회운영의 키를 잡고 있다.

이러한 바보들의 천국에 어느 날 미개한 반역자가 나타난다. 물론 제1의 반역자는 배양되던 중 혈액대용액에 혹시 알코올이 주입되지나 않았는가 의심을 받는 상층계급에 속하면서 하층계급의 열등한 육체를 가진 버나드 마르크스라는 청년이다. 상층계급으로서 지적인 노동에 종사하면서도 이 청년은 환경에 순응하지 못하고 언제나 고독하며 열등감에 사로잡힌 채 반사회적 사상을 품고 있다. 제2의 반역자는 육체적으로나 지적으로 너무나 우월한 소질을 타고난 청년인데, 전체주의 정책에 회의적인 태도를 나타내는 헬름홀츠 왓슨이라는 청년이다.

그러나 이러한 현체제 속에서 사는 반역자보다 훨씬 통렬하게 전체주의에 반항하는 자세를 취하는 것은 야만국에서 우연히 이 문명권을 방문한 존이라는 청년이다.

이 청년은 이 바보의 낙원인 미래국에서 볼 때 아직 문명을 외면한 구세계 속에서 자란 인물이다. 그는 배양병에서 태어나지 않고 어머니의 배 속에서 태어났다. 구세계의 주민(여기서는 보호구역으로 표현된다)인 이 청년은 행복이란 고뇌와 표리관계에 있다는 것을 알고 있다. 고난 없이 욕망을 성취한다는 것을 도저히 믿을 수 없다. 또한 종교적 정서의 존재를 긍정하고 격정에 의한 영혼의 동요를 실감하는 청년이다. 우연히 그가 손에 넣어 탐독한 셰익스피어의 세계, 인간의 정서가 큰 진폭을 갖고 영혼 속에 심연을 감추고 있는 세계를 예찬한다. 그의 눈으로 볼 때 1년 내내 영혼의 휴일을 즐기고 있는 문명국의 바보 같은 행복을 긍정할 수 없다. 그는 이 바보들의 낙원에 머물 수 없이 인적이 없는 전원의 고독을 찾아 도망친다. 그러나 문명국의 주민들은 그에게 고독을 허용하지 않는다. 문명국 사람들의 박해적 간섭에 쫓겨, 인간적 가치와 존엄성의 신봉자인 청년 존은 자살하고 만다.

이 작품의 17장을 보면 야만국에서 온 존과 전체주의적 문명국아 총명한 통치자 무스타파 몬드와의 문답을 읽게 된다.

"하지만 저는 불편한 것을 좋아합니다."

"우리는 그렇지 않아." 총통이 말했다. "우리는 여건을 안락하게 만들기를 좋아하네."

"하지만 저는 안락을 원치 않습니다. 저는 신을 원합니다. 시와 진정한 위험과 자유와 선을 원합니다. 저는 죄를 원합니다."

"그러니까 자네는 불행해질 권리를 요구하고 있군그래."

"그렇게 말씀하셔도 좋습니다." 야만인은 반항적으로 말했다.

"불행해질 권리를 요구합니다."

"그렇다면 말할 것도 없이 나이를 먹어 추해지는 권리, 매독과 암에 걸릴 권리, 먹을 것이 떨어지는 권리, 이가 들끓을 권리, 내일 무슨 일이 일어날지 몰라서 끊임없이 불안에 떨 권리, 장티푸스에 걸릴 권리, 온갖 표현할 수 없는 고민에 시달릴 권리도 요구하겠지?"

긴 침묵이 흘렀다.

"저는 그 모든 것을 요구합니다." 야만인이 마침내 입을 열었다.

이 대담에 의해 상징되는 것은, 물질문화, 기계문명의 발달과 인간적 가치라는 것은 양자택일을 강요하는 '이거나 저거냐' 하는 것이어서 혹시 인간적 가치를 우리가 보존하려 하면 반드시 원시사회의 불편을 감수하지 않으면 안 된다는 결론에 도달한다. 그러한 현대문명에 대한 부정적 태도는 전술한 바와 같이 낙천적 진보주의에게 보내는 경고에 그치는 한에서는 타당한 태도이다. 그러한 원시사회 역시 그 자체의 추악과 우둔성을 내포하고 있다는 사실을 헉슬리가 모를 리 없었을 것이다. 따라서 이 양자택일의 어느 쪽을 선택해도 인류는 행복한 해결을 기대할 수 없다는 결론이 된다. 논리적으로 파고들 때 헉슬리의 문명관은 비건설적이며 부정적인 염세주의라고 말할 수밖에 없다.

그러나 이 작품의 의의는 그러한 논리적 귀결을 내리기 위한 것이 아니라 그보다도 과학의 진보, 과학기술의 진보, 기계문명의 발달이 전체주의 사상과 밀착된 유대를 가질 때 어떠한 인간적 비극과 노예화가 초래될 것인가, 또한 현대문명에는 자유냐 안정이냐 하는 이율배반적 모순이 내재하고 있어 기계문명의 발달이 이 모순의 해결책으로서 전체주의 체제를 촉진시킬 위험성이 크다는 사실을 풍자적·희화적으로 과장하여 제시한 점에 있다. 재치 있는 희화를 통해 현대문명의 심각한 위험성을 과장적으로 지적하고 있다는 점에서 이 작품의 문명론적 가치를 인정하지 않을 수 없다.

헉슬리는 이 《멋진 신세계》를 발표하고 십 몇 년이 지난 후 그러니까 제2차 세계대전이 끝난 후 이 소설의 전후판의 서문에 작가 자신의 입장을 천명했다. 다시 말해서 여러 해가 지난 후 자신의 수정된 의견을 이 소설의 서문에 게재했다. 《멋진 신세계》를 집필할 때만 해도 필자는 이 소설의 중요 인물인 문명국을 방문한 야만인에게 두 가지 가능성을 부여할 수 있었다는 것이었다. 하나는 문명국에서의 바보들의 행복에 의한 미치광이로 만들 것인가, 아니면 야만국으로 돌아와서 그 우매함과 추악함을 감수하게 만들 것인가 하는 가능성이었다. 어느 편도 구원이 있을 수 없는 선택이었다. 그런데 지금 다시 쓰면 양자택일을 떠나서 야만족 주변에 문명국으로부터의 망명자나 도망자들이 건설하는 제3사회의 존재를 설정하겠다고 술회했다.

이 '제3의' 사회에서는 경제는 지방자치로서 헨리 조지식이며 정치는 크로포트킨식으로 협동주의적이다. 과학과 기술은 인간을 거기에 적응시키는 도구로서 사용되는 것이 아니라 인간을 위해 만들어진 안식일처럼 이용된다. 종교는 인간의 '궁극적 목적'인 자각적 지적탐구가 되고 우주는 내재하는 '길(道)' 또는 로고스, 초월적인 신 즉 브라만의 조화적 지식이 된다. 인생의 모든 기회에서 질의되고 답변되는 제1의 문제는 "이 생각, 혹은 이 행동이 자신이나 최대다수의 타인들의 인간적 '궁극적 목적'의 성취에 어떠한 공헌을 하며 어떠한 방해를 하는가" 하는 것이다.

이 작품을 발표하고 십여 년이 지난 후 작품의 말미에 수정적인 반성을 제시하고 있는 것은, 파괴적 풍자가 헉슬리가 30년대의 후반에 이르러 동서고금의 신비사상에 몰입하여 신비주의적 종교적 도덕가로서 변신했음을 말하는 것이다. 그는 후기의 작품 속에서 동양적인 무집착(non-attachment)의 덕을 지도원리로 추천한다. 그의 무집착이라는 것은 부나 명예나 지위에 집착하지 않을 뿐 아니라 과학, 예술, 사상, 심지어 박애에도 집착하지 않는 무집착으로서 자아는 물론 현세의 모든 것에 집착하지 않는 무집착을 말한다. 그러나 이러한 무집착의 상태는 평범한 인간으로서는 미치지 못하고 종교적 천재나 천재적 철인만이 가능한 이상이다. 따라서 이러한 이상을 사회문제 고찰에 적용하려 하는 도덕가 헉슬리는 풍자가 헉슬리보다 현실도피적 색채를 띠었다고 말할 수 있다.

1949년 헉슬리는 제3차 세계대전 후 핵으로 파괴된 세계에 전체주의가 지배하는 가공소설 《원숭이와 본질》을 발표했다. 여기서 자유를 구하는 인물이 전술한 '제3의 사회'로 도피행을 감행하는 어떤 해결의 길이 암시된다. 그러나 해결의 길을 암시하는 《원숭이와 본질》은 완전히 부정적인 《멋진 신세계》보다 박력과 감동을 주지 못한다. 《멋진 신세계》가 문학작품으로서 단연 박력과 중량감을 주는 것도 흥미로운 사실이다.

역자는 원래 대학 시절부터 헉슬리를 탐독했고 그에 대한 논문으로 학사학위 논문을 대신했고 대학원에서의 석사 논문도 〈헉슬리의 풍자〉였다. 역자는 그의 소설의 영화적 기법과 반복적 수법, 기타 의식의 흐름 수법 등 소설의 구성에 관심이 많았다. 이번에 다시 이 작품을 처음 읽은 지 20년이나 지나서 정독을 하다가 헉슬리의 혜안과 미래에 대한 예견에 큰 감명을 받았다는 말을 첨가하며 기회가 있으면 우리나라에 소개되지 않은 헉슬리의 작품을 더 소개할 것을 약속한다.

이덕형

옮긴이 **이덕형**

서울대학교 사범대학 영문교육과와 동 대학원을 졸업하고
이화여고, 동성고등학교, 서울사대 부속고등학교 교사를 역임한 후,
서울대학교 강사와 연세대학교 교수를 지냈다.
편저로 《한 권으로 읽는 세계문학 60선》이 있고,
역서로 《월든》(헨리 데이비드 소로), 《가시나무새》(콜린 맥컬로), 《호밀밭의 파수
꾼》(J.D. 샐린저), 《페이터의 산문》, 《르네상스》(월터 페이터), 《센토》,
《돌아온 토끼》(존 업다이크), 《파리대왕》(윌리엄 골딩),
《프랑스 중위의 여자》(존 파울스), 《20세기 아이의 고백》(토마스 로저스),
《고라이의 악마》(아이작 싱어), 《천형》(그레이엄 그린),
《시를 어떻게 읽을 것인가》(에즈라 파운드) 등 다수가 있다.

멋진 신세계

1판 1쇄 발행   1983년 8월 30일
리커버판 재쇄 발행   2024년 8월 30일

지은이 올더스 헉슬리 | 옮긴이 이덕형
펴낸곳 (주)문예출판사 | 펴낸이 전준배
출판등록 2004. 02. 11. 제 2013-000357호 (1966. 12. 2. 제 1-134호)
주소 04001 서울시 마포구 월드컵북로 21
전화 393-5681 | 팩스 393-5685
홈페이지 www.moonye.com | 블로그 blog.naver.com/imoonye
페이스북 www.facebook.com/moonyepublishing | 이메일 info@moonye.com

ISBN 978-89-310-1083-1   03840

◦ 잘못 만든 책은 구입하신 서점에서 바꿔드립니다.

ꕷ문예출판사® 상표등록 제 40-0833187호, 제 41-0200044호